U0943129

拉罗斯

LaRose

[美] 路易丝·厄德里克 著

张廷佺 译

Where the reservation boundary invisibly bisected a stand of deep brush—chokecherry, popple, stunted oak—Landreaux waited. He said he was not drinking, and there was no sign later. Landreaux was a devout Catholic who also followed traditional ways, a man who would kill a deer, thank one god in English, and put down tobacco for another god in Ojibwe.

He was married to a woman even more devout than he, and had five children, all of whom he tried to feed and keep decent. His neighbor, Peter Ravich, had a big farm cobbled together out of what used to be Indian allotments; he tilled the corn, soy, and hay fields on the western edge. He and Landreaux and their wives, who were half sisters, traded: eggs for ammo, rides to town, kids' clothing, potatoes for flour—that sort of thing.

中信出版集团 | 北京

图书在版编目（CIP）数据

拉罗斯 /（美）路易丝 · 厄德里克著；张廷佺译
. -- 北京：中信出版社，2020.6
（真相四部曲）
书名原文：LaRose
ISBN 978-7-5217-1659-7

Ⅰ . ①拉… Ⅱ . ①路… ②张… Ⅲ . ①长篇小说—美国—现代 Ⅳ . ① I712.45

中国版本图书馆 CIP 数据核字 (2020) 第 039113 号

拉罗斯

著　　者：（美）路易丝 · 厄德里克
译　　者：张廷佺
出版发行：中信出版集团股份有限公司
（北京市朝阳区惠新东街甲4号富盛大厦2座　邮编　100029）
承 印 者：北京诚信伟业印刷有限公司

开　　本：880mm × 1230mm　1/32　　印　　张：14　　字　　数：278千字
版　　次：2020年6月第1版　　印　　次：2020年6月第1次印刷
京权图字：01-2020-0262　　广告经营许可证：京朝工商广字第8087号
书　　号：ISBN 978-7-5217-1659-7
定　　价：198.00元（全四册）

目　录

两家人
1999—2000

家门

灌木丛中长满了苦樱桃树、美洲山杨和低矮的橡树。保留地边界若有若无，将灌木丛一分为二，朗德罗就在那儿等着。他说那时没喝酒，事后也没有任何喝酒的迹象。朗德罗是个虔诚的天主教徒，同时又遵守部落传统：他猎到鹿后会用英语感谢神灵，接着再往地上放些烟草，用奥吉布瓦语①感谢神灵。他的妻子比他还虔诚。他们有五个孩子，他尽力让每个孩子都吃饱穿暖，过得体面。他的邻居彼得·拉维奇有个大农场，农场由先前的几块印第安分配地②拼凑而成，他在农场西面的边界处种了玉米、大豆和牧草。两人的妻子是有血缘关系的姐妹，两家人常相互帮衬：拿鸡蛋换弹药啊，搭彼此的车进城啊，互换孩子的衣服啊，或是用土豆换面粉啊——诸如此类。两家的孩子在不同的学校读书，却常常一块玩耍。眼下正是 1999 年，拉维奇一直在念叨千禧年，说自己要如何安装备用发电机，买特殊的电脑软件，囤积家用必需品；他甚至给埋在工具棚旁边的旧汽油罐加

① 亦称齐佩瓦语（Chippewa），本书原文中的奥吉布瓦语（齐佩瓦语）在译文中采用意译。

② 1887 年实施的《土地分配法案》（又称《道斯法案》）规定的分配给印第安人的土地。该法案废除原保留地内实行的土地部落所有制，将土地直接分配给印第安人，原保留地中的剩余土地由联邦政府公开拍卖，印第安人因此失去大片土地。

满了油。拉维奇预感到有事会发生，但做梦也没想到会发生这样的事。

整个夏天，朗德罗都在追踪这头雄鹿，准备等收过玉米，雄鹿膘肥体壮时，再伺机猎杀。他会像往常一样将一部分鹿肉分给拉维奇。这头雄鹿活动形成了规律，渐渐在它常走的路上放松了警惕。它常在下午三点左右开始观察和等待，然后在黄昏前壮着胆子越过保留地的边界，到拉维奇家的土地边上吃草。这不，它沿着小路来了，停下来嗅了嗅，朗德罗此刻刚好在下风向①。雄鹿转头看了看拉维奇家的玉米地，朗德罗此刻射击再好不过了。他是个老猎手，七岁就跟着祖父打体形较小的猎物了。朗德罗这一枪打得果断自信。当雄鹿仓皇而逃时，朗德罗才意识到自己刚才击中的不是鹿，而是别的什么——扣动扳机的那一刹那，有个模糊的影子在晃动。他上前查看，往地上一瞅，才意识到自己竟然误杀了邻居家的儿子！

朗德罗没去碰孩子的身体。他扔下来复枪，跑过树林，来到拉维奇家门前——那是一栋有落地窗和露天平台的褐色农场住宅。当诺拉开门看到朗德罗费劲地吐出她儿子的名字时，她一下瘫坐到地上，伸手朝楼上指了指——他本该在那儿，实际却不在。她刚才上楼查看发现他不在，正要出门去找，就在那一刻传来了枪声。她极力用双手双膝撑地，稳住身体，接着听到朗德罗在电话里向调度员讲述事情的经过。她起身想冲出门，朗德罗连忙丢下电话，一把抱住她。她乱扭乱抓，想挣脱他；部落警察和急救队

---

① 意指风从雄鹿的方向吹向朗德罗，因此雄鹿无法嗅到朗德罗的气味。

赶到时，她仍在挣扎。她没能冲出门，但不一会儿就看到医护人员穿过田地。救护车慢腾腾地跟在后面，沿着长满草的拖拉机车道摇晃着驶向林子。

她冲朗德罗尖声咒骂，也不记得骂了些什么。部落警察在场，她认得他们。杀了他！杀了这畜生！她大喊大叫。等彼得赶来跟她说明情况，她也明白过来，知道医生尽力了，但无力回天。彼得这样解释。她看到他的嘴唇张张合合，却听不清他说了些什么。她快爆炸了，而他却如此冷静，太冷静了，她心想。她恨不得丈夫乱棍打死朗德罗，她就是这么想的。虽然她瘦小，沉默寡言，从没伤害过谁，可这回她想血债血偿。那天早上，她十岁的女儿因病请假在家，没去上学。女儿还没退烧，却走下楼来，蹑手蹑脚地进了房间。母亲诺拉最讨厌她和弟弟把家里搞得一团糟，讨厌他们把玩具乱丢一气，或是把玩具一股脑儿地从箱子里倒出来。她女儿不声不响地拿出玩具，这儿放点儿，那儿放点儿。母亲瞧见了，突然跪在地上，把玩具收了起来。她厉声斥责，你非得把家里搞得一团糟吗？你就不能不把家里弄得乱七八糟吗？当玩具收回箱子里以后，母亲又尖叫起来。女儿又把玩具拿出来，母亲又狠狠地摔回玩具箱里。每当母亲蹲下去捡玩具时，大人们总是朝别处看，大声说话以盖过她的斥责。

女孩名叫玛吉，用的是曾伯母玛吉·皮斯的名字。她浅色的皮肤很有光泽，栗色的鬈发俏皮地散落在肩头。达斯提的头发是金褐色的，仿佛东西烧焦的颜色，与那头鹿的毛色一样。那阵子是狩猎时节，那天达斯提穿了件褐色T恤，虽然在保留地的这一侧——朗德罗捕猎鹿的一侧——这么穿没问题。

扎克·皮斯是部落的代理警长。他和县里的法医，也就是八十二岁的退休护士乔琪·麦迪，早就忙得焦头烂额了。前一天深夜两点半，发生了一起车辆正面冲撞事故，那时酒吧刚打烊不久——车内死者均未系安全带。州法医当时正好在这一带，来到保留地以加快完成文书工作。扎克正在绞尽脑汁地处理保留地这边的事务，关于达斯提案子的电话就打进来了。他停下手头工作，将头抵在桌上，接着打电话给乔琪，让她说服州法医多待几小时，给孩子做个尸检，好让家属尽早举行葬礼。眼下，扎克得赶紧给艾玛琳打电话，他和艾玛琳是表姐弟，打小一块儿长大。他强忍着泪水，做这份工作他未免太年轻了，而且身为部落警察，他心又太软。他说自己晚些时候会过去一趟，虽然孩子们还没放学艾玛琳就得到了消息，她得回家与他们碰头。

艾玛琳走到门前，看着那几个年龄稍大的孩子从校车上下来，他们低头朝家走，经过水沟时用手拍打着牧草。她知道孩子们也听说了，其中有从小随他们生活的霍利斯，还有斯诺、乔塞特和威拉德。在保留地，没人会起威拉德这样的名字，却没昵称。所以威拉德又叫酷奇。此刻，她的小儿子拉罗斯正跌跌撞撞地上前去迎接他们。他和诺拉的儿子同岁。艾玛琳和诺拉同时怀上孩子，后来艾玛琳去了印第安健康服务医院待产。三个月后，她才见到诺拉的小宝宝。这对表兄弟从小就在一块儿玩。艾玛琳拿出三明治，开火加热肉汤。

“现在该怎么办?”斯诺问道，静静地望着她。

艾玛琳再次泪流满面，她的前额破了点皮。方才跪下做祷告，她不由自主地以头撞地——此刻，恐惧从四面八方向她袭来。

“不知道，”她说，“我一会儿要去部落警察局陪你爸爸。这简直是……”

艾玛琳本想说“一场可怕的事故”，但她突然用手捂住嘴，泪水夺眶而出，衣领都给打湿了。发生这样的事，她要说些什么——这事根本就说不出口——艾玛琳不知道她或是朗德罗，或是其他人，尤其是诺拉，今后该怎么过活。

时间一分一秒地流逝，一天又一天。扎克来了，他坐在沙发上，不时地用手拨弄他那蓬松的头发。

“看住他，”他说，“艾玛琳，你一定得看住他。”

那时，她以为他是暗示朗德罗会自寻短见，她摇头否认这种猜测。朗德罗对家人倾尽全力，对病人也关怀备至。他是个理疗师助理，正在接受血液透析医师的培训；同时他还是在印第安健康服务医院受过培训的私人护理师，很受医院信赖。艾玛琳给朗德罗的客户分别打了电话，其中包括奥蒂和他的妻子巴普。她还给一个叫埃文的老人打了电话，这位和蔼的老人家已是癌症晚期。她告诉接听电话的埃文的女儿，说朗德罗不能去做看护了，对方回复说，在朗德罗不在的这段时间，她会请假照顾父亲。她父亲很喜欢和朗德罗打牌。提起发生的事，老人的女儿语气里透着些许疲倦，却没有一丝惊讶。也许是艾玛琳过于敏感了——她的神经绷得紧紧的——但她察觉埃文的女儿似乎犹豫了片刻，然后说了扎克说过的那番话：“你一定得看住他。”艾玛琳告诉自己，他们这番话是出于对朗德罗的关爱，可后来她才明白那只是部分原因。

经过简短的调查，度过令人难眠的几天，朗德罗获释了。扎克从艾玛琳那儿取来钥匙，将那把来复枪锁进了汽车后备厢。朗德罗从部落警察总局出来后，艾玛琳陪他径直去了神父那儿。

特拉维斯·沃兹涅克神父握着他们的手祷告。他以为自己说不出话，不知不觉却说了许多，话总会自然而然地来到嘴边。他的判断何其难测，他的踪迹何其难寻。[①] 早在成为神父前，他就已接受过多年的训练。特拉维斯神父曾是名海军陆战队员。或者说，他那时依然是名海军陆战队员。他是第八海军陆战队第一营的士兵，经历了美国驻黎巴嫩大使馆的恐怖袭击，同时还是1983年贝鲁特兵营爆炸案的幸存者。他脖子上数条疤痕蜿蜒盘曲而下，疤痕不仅留在皮肤表面，也烙在内心深处。

他闭上眼，更加用力地握紧他们的手，他有些眩晕。他厌倦了为车祸受害者祷告，厌倦了在每次布道结束时都嘱咐一句系好安全带，厌倦了目睹那么多人早逝，他自己已做好倒地死去的准备。日复一日，他不知道该如何在所爱的人们面前继续伪装。他竭力平复内心的激动，与哀哭的人一同哀哭[②]。艾玛琳的脸上满是泪水。祷告时，他俩心烦意乱，不停地擦去脸上的泪水。他们需要纸巾，特拉维斯神父准备了薄纸巾和成卷的厚纸巾。他扯下几节卷纸，两天前，他也为彼得做了同样的事。诺拉不需要纸巾，她的泪水早已被仇恨吸干。

“我们该怎么办？”艾玛琳问道，“我们该怎么活下去？”

可朗德罗闭上双眼，开始喃喃地念起玫瑰经。艾玛琳瞥了他

---

① 出自《新约·罗马书》第11章第13节。

② 出自《新约·罗马书》第12章第15节。

一眼，也从特拉维斯神父手中接过念珠，继续祷告。特拉维斯神父没有流泪，但他一头红发下的双眼却微微泛红，眼睑泛紫。念珠在他手里垂着。他结实的双手长着茧，因为他常年搬运石头、清除矮树丛、干院子里的杂活——干活能让他平复心绪。如今教堂后面堆起了高高的木柴。四十六岁的他，遇到了人生的坎儿；他虽孔武有力，却更加深沉，更加忧伤。他教过武术，跟唱诗班的孩子们一起进行海军陆战队式的训练，有时他也会独自锻炼。桌子后面有一堆按重量级排列整齐的举重器械，唱诗班帷幕后面还有一张长椅。祷告结束后，朗德罗静静地坐在那儿。多年来，特拉维斯神父陪朗德罗一同走过风风雨雨——帮他应对寄宿学校的问题，帮他应对在科威特遇到的问题，陪他走过那段放浪不羁的岁月以及酗酒和清醒后的日子，后来看着他通过古老的治愈仪式得到救赎，又见证了眼下这场灾祸。在保留地生活的岁月里，特拉维斯神父亲眼见过人们是如何全力地拥抱生活，却依旧挡不住厄运一次次降临。朗德罗伸手抓住神父的胳膊，艾玛琳抱了抱朗德罗，他们又念了一遍万福马利亚的祈祷词，反复的念颂使他们再次平静下来。两人离开前犹疑了一下，特拉维斯神父觉得他们似乎想问些什么。

朗德罗和艾玛琳·艾恩参加了葬礼，他俩坐在后排长椅上，在那具小小的白色棺材还没抬到过道时就悄悄从侧门离开了。

艾玛琳四肢修长，颇有棱角的长相惹人喜爱。她身形瘦削，手肘和膝关节突出。她的鼻子略有些歪，狼一般深绿色的眼睛异乎寻常。女儿乔塞特遗传了她的眼睛，斯诺、酷奇和拉罗斯则遗传了父亲那双温和的棕色眼睛。艾玛琳发色很浅，皮肤白皙，但一晒就黑。她丈夫的肤色更深些，他们的孩子的肤色近乎烤面包的颜色。作为母亲，艾玛琳把所有的心思都放在孩子身上。朗德罗清楚，孩子们出生后他退居第二位，但只要他坚持，总有一天会再次成为她心里最重要的那个人。从神父那儿回家的路上，她把手搭在他的腿上，他一颤抖她就抓紧他。他在车道上将车换到停车挡，但保持在怠速状态，幽暗的光勾勒出他们脸部的轮廓。

“我还不能回家。”他说。

她不安地望着他。朗德罗想起艾玛琳十八岁时的模样，那时她叫艾玛琳·皮斯。他想起两人刚在一起的那几年，每当她那样微微一笑，那就意味着两人会好好疯一场。他大她六岁，那会儿他俩一起干了不少疯狂的事。他们早已为此忏悔过，但改不了。他们在一起就会疯狂，必须一起变得理智。正因如此，她立刻明白了什么在拽着他。

“我不能硬拉着你进屋，”她说，“我不能硬拦着你不让你去。”

但她向他靠过来，捧起他的脸，将额头抵在他的额头上。他们闭上双眼，仿佛两人的思想能够合而为一。然后，她下了车。

朗德罗从保留地驾车到霍普丹斯，转到酒水店的免下车窗口前。他将装有酒的袋子放到副驾驶座上，沿偏僻的小路一直开，直到四周一团漆黑，才停车熄火。他身边放着那瓶酒，坐了将近一小时，随后一把抓起酒瓶走进冰冷的旷野。风在他耳旁呼啸，他在地上躺下，极力想象达斯提升入天堂的画面。他拼命想让时光倒流，让自己在还没走进树林就猝死。然而每次闭上眼睛，他脑海里依然是那孩子倒在落叶中的样子。大地干涸，星光四射。天上的飞机和星星忽闪忽闪地一明一暗，月亮高挂苍穹，发出惨白的光。最终，云团飘来，掩盖了一切。

几小时后，他站起身，开车回家。卧室的窗户透着微光，艾玛琳还没睡，双眼盯着天花板。听到汽车碾过碎石的声音时她才合眼睡下，不久又在孩子们起床前醒来。她走到屋外，发现他蜷缩在汗屋里，身上盖着防水帆布，酒瓶还在包装袋里。他朝她眨了眨眼睛。

"噢，老天，"她说，"一瓶老鸦啊！一会儿你就醉得不省人事。"

她把酒瓶放到汗屋的角落，走进屋里，把孩子们送上校车。然后她给自己和拉罗斯穿上暖和的衣服，又给丈夫取了个睡袋。在朗德罗身子渐渐暖和的时候，她和拉罗斯生起火，从一个特制的小袋子里取出烟草，连同古老的石块一同扔进火中①，将火烧旺。他们从屋里拿出铜桶和餐勺，还有一些毯子和药，以及他们要用到的一切。拉罗斯一直在旁边帮忙——他知道怎么做。他是朗德罗的小小男子汉，是他最中意的孩子，但朗德罗小心翼翼，没透露过自己的心思。拉罗斯的腿精瘦强壮，神情严肃地蹲着，小心地排好父母的烟斗和自己的小药袋。朗德罗的大脸上渐渐露出绝望的神色。他低下头，看向别处，看哪儿都行，因为此时的想法让他痛苦不已。艾玛琳看到他躲躲闪闪的眼神，拿过酒瓶，将酒倒在两人之间的地上。酒洒到地上时，她唱起一首关于狼獾奎格瓦格的古老歌谣，歌颂这位专门帮助绝望的酗酒者的神灵。

① 此处艾玛琳和拉罗斯在为汗屋祷告做准备，朗德罗夫妇期望借此向祖先求助。

酒瓶倒空后，她抬头看向朗德罗。她与他对视，目光空洞，有些异样。就在那时，她想到了什么。她明白了他的想法。她停下来，无力地盯着火堆，盯着地面。她轻声说“不要”。她想离开，却做不到，等到再次祈祷时，她已泪流满面。

※

他们把火烧得很旺，依次将石头滚入火中，八块，四块，又八块，不停地将石头烧热，不时地把汗屋的帘子和门打开，又合上，不停地把石头搬进屋里，这费了他们不少时间。不管怎样，他们也只能做这些。除非他们喝得烂醉，可他们现在不再酗酒，至少目前不会。

艾玛琳唱起颂歌，把草药倒进火里，召唤神灵玛尼图格和阿迪祖卡纳格。朗德罗向四面八方的动物神灵和风神颂唱。空气闷热潮湿，拉罗斯翻身滚到一旁，掀起防水帆布的边儿，呼吸着凉爽的空气。他睡着了，父母的颂唱幻化成他的梦境。他的父母颂唱着，祈求得到被颂赞者的帮助；他们颂唱着，呼唤那些年代久远、无名可考的祖先亡灵。他们呼唤那些还叫得出名字的先人，向先人的祷告要复杂得多，这些先人的名字都以“之灵”结尾，或表示怀念，或表示已逝。为了得到先人的帮助，朗德罗和艾玛琳双手紧握，将法药撒到发红的石块上，然后一边抽泣一边呼唤。

“不行，”艾玛琳怒吼着，咬牙切齿地说，“否则我先杀了你。不行。”

他安抚她，跟她说话，与她一起祷告，叫她放心。他们一起跳太阳舞，讲述各自在进入通灵状态后听到的启示，在悬崖上禁食时见到的景象。拉罗斯从云间走出，问他们为什么要他穿别的男孩的衣服。他们看到儿子飘在大地上空，用手抚摸着他们的心口，轻声道："你们会挺过去的。"现在，他们明白了这些景象的含义。

艾玛琳逐渐瘫倒在地，喘不过气来，她蜷缩着靠近儿子。最小的孩子出生前，夫妻俩一直不愿用拉罗斯这个名字。这名字蕴含着纯洁而强大的力量，常用来命名家族中的治疗师。他们本不想用这个名字，但这个名字好像注定属于拉罗斯。

一百多年来，在艾玛琳的家族中，每一代都会有一个拉罗斯。其间不知什么时候，一家分成了两家。艾玛琳的母亲和外祖母都叫拉罗斯。所以，每一代的拉罗斯都和她俩息息相关，她俩都熟知家族的故事和历史。

※

1839 年，在一个偏僻的奥吉布瓦乡间贸易站外，明克还在无休无止地吵闹。她想从商人那儿搞些牛奶、没兑水的混合蒸馏朗姆酒、红辣椒，还有烟草。此前，她又哭又闹，搞到过一小桶酒。麦金农被她吵得心烦意乱，但又不能揍她一顿，让她闭嘴。明克出身于一个充满暴力的神秘家族，这家人还是强大的治疗师。她曾是优质毛皮供应商辛格比美丽的女儿，她还是麦什齐格的娇妻，后来丈夫毁了她的容貌，还用刀捅死了她弟弟。两人年纪不大的女儿随母亲蜷缩在沾满油污的毛毯里，拼命往毯子里藏。贸易站里，麦金农的书记员沃尔弗雷德·罗伯茨在头上裹了块狐狸皮，不想听见明克的吵闹声，他将风干的狐爪系在下巴下方。他的斜体字写得漂亮，可以把三行字写到一行格子里。在偏僻的丛林里，他们总担心没纸用。

他是四兄弟中的老幺，家里的面包房生意也没他的份儿，所以才离开家出来闯荡。他的母亲是学校教师的女儿，教会了他念书识字。他思念母亲，也想念那些书——他被送到麦金农那儿当伙计时，只带了两本书：一本袖珍字典，还有一本他祖父收藏的色诺芬的《远征记》。《远征记》里有些淫秽的描述，这一点母亲一直不知道。当时他才十七岁。

即使他戴着狐皮帽，还是被明克的尖叫声吵得心烦意乱。他打算清扫一下壁炉四周，把剩菜剩饭扔给外面的狗吃。他刚回到屋里，外面就乱成一团：明克母女在跟狗抢吃的。那噪声让人毛骨悚然。

“别出去，不准去，”麦金农说，“要是她们真被狗吃了，反倒少点麻烦。”

母女俩最终赢了这场夺食大战，但吵闹声一直持续到天黑。

天还没亮，明克又开始叫。她尖锐的哭号此时越发刺耳。麦金农和罗伯茨眼睛发涩，疲惫不堪。麦金农从母女二人身边经过时，使劲踹了一脚，也不知踢中了谁。当天下午，明克的嗓子变哑了，听着更让人心烦。这声音听着有些不同，罗伯茨心想。他听不太懂她说的话。

“这臭娘们儿想把女儿卖给我。”麦金农说。

明克描述着她女儿能做的事，声音听着很可怕，极其下流。她求麦金农给她牛奶，说只要他愿意，让她女儿做什么都行。她冲那扇紧闭的门拼命叫嚷。沃尔弗雷德的职责之一就是听从麦金农的指示，随时去捕鱼，并把鱼处理干净。沃尔弗雷德出了门，朝河边走去，他在冰面上一直开着个洞。他知道这事糟透了，于是在胸前画十字。当然，他不是天主教徒，但只要是耶稣会教士所在之地，画十字自会得到保佑。他回去时明克已经离开，那女孩留在了贸易站。她瘫坐在角落里，身上披着一条新毯子，低着头，像个死人似的，一动不动。

“我真受够了！”麦金农说。

※

那天晚上，拉罗斯睡在父母中间。那晚他记得清清楚楚，第二天晚上也记得很清楚，却想不起这期间发生了什么。

他们烧掉来复枪，埋了弹药。第二天，他们决定沿着雄鹿经过的小路走到彼得家。两家之间的那块空地现在长满了野生覆盆子，不过这里曾有棵橡树被闪电击中，把这里烧得精光。热量在树皮下流动，从枝杈蹿到根部，橡树承受不住，炸裂开来。火从树根向四周蔓延，烧死了周围的小树，但随后一场大雨将火浇灭。离橡树残迹约一英里①处是艾玛琳母亲从小生活的地方。从前，人们为了保护这块地，在地上立起测量木桩，甚至还有个测量员在这儿失踪了。这地方中央有片湖，那儿幽深静谧，大家在那片湖里打捞了很久，也没找到他的尸体。部落的许多后人继承了零零星星的土地，但地小得连盖栋房子都不够，于是这些零碎的地就一直荒在这儿。只有艾玛琳母亲原先那一百六十英亩的分配地是完整的，如今完好地传给了艾玛琳。人们直到现在还觉得这片

① 1英里约等于1.6千米。——编者注

林子有些古怪，所以除了朗德罗和彼得，很少有人到那儿打猎。

树林生机盎然，漆树鲜红，白桦嫩黄。朗德罗时而抱着拉罗斯，时而让艾玛琳抱着拉罗斯，一路上两人一言不发，也不回答拉罗斯的问话。他们就这么紧紧地抱着他，摸摸他的头，用干裂而颤抖的唇亲亲他。

诺拉眼见他们带着那男孩走进院子。

他们来这儿做什么，啊，啊，他们怎么还带着，带着……

她冲出厨房，猛地一推彼得的胸口，清晨原本的平静被打破了。她叫彼得赶他们走，他说一定会的。他拍拍她的肩膀，她却猛地抽身避开，两人之间仿佛有道黑色裂缝在无止境地加深，他不知道裂缝的尽头在哪儿，她的变化使他害怕。他应了门，但那一刻他感到的不是愤怒——那远不足以描述他的感受。何况，他和朗德罗原本是朋友，两人的关系比这对同父异母的姐妹还要亲近，此刻他依然感受得到朋友间原本的亲近。朗德罗和艾玛琳带着他们的儿子，这孩子的长相与达斯提截然不同，但举止间却透着和达斯提一样的好奇、自信和对他人的信任，这都是五岁男孩身上特有的。

朗德罗将孩子慢慢放到地上，问能否让他俩进屋说话。

“不行。”诺拉说。

但彼得还是开了门。拉罗斯立刻抬头看了彼得一眼，然后急切地朝客厅里张望。

“达斯提在哪儿？”

彼得的脸已哭肿，疲惫不堪，但还是告诉他，达斯提不在了。

拉罗斯失望地走到一旁，然后指着塞到角落里的玩具箱问：

“我能玩儿吗?”

诺拉说不出话来。她猛地坐下，看着拉罗斯，先是面无表情，之后却看得入了迷。拉罗斯把玩具一件一件拿出来，玩得不亦乐乎，神情专注，动作时断时续，真切有趣，对每件玩具都爱不释手。

此刻，没人留意玛吉，她站在楼梯上注视着一切。拉罗斯和达斯提都生在初秋，两家的母亲都觉得他们年纪还小，把孩子留在家没上学。孩子们在一起时，玛吉对两个男孩发号施令。玛吉想扮成国王，就让他们当仆人。她要是扮成怪兽皇后，他俩就扮成她的小狗。现在她也没了主意。无论游戏里还是生活中，她不知道该扮演什么角色。父母还不打算送她回学校。她要是哭，母亲会哭得更响。她不哭，母亲会骂她是冷血的小畜生。所以她就站在铺着地毯的楼梯上，看着拉罗斯摆弄达斯提的玩具。

玛吉注视着这一切，目光渐渐变冷，她握紧楼梯栏杆，仿佛握着牢房的栅栏。达斯提走了，再也守不住自己的玩具，再也不能决定要不要跟别人分享玩具，再也不能抓着那只粉橙色的恐龙玩偶，还有他心爱的黑焰风火轮①了。她想冲下楼，把那些玩具乱扔一通。她真想踹拉罗斯。但眼下她因为顶撞老师惹上了麻烦，本该关在自己的房间里反省。

朗德罗和艾玛琳·艾恩夫妇还站在门口，没人请他们进屋。

“你们想干什么?”彼得问。

有客人来时，彼得通常会问能帮对方什么忙。不过，只有诺

① 怪兽卡车的小模型。

拉理解彼得话里的粗鲁，知道他以此来表达内心的悲痛，掩饰真实的感受。

“你们想做什么？”

他们的回答很简单。

“以后我们的儿子就是你们的儿子了。”

朗德罗把拉罗斯的小行李箱放到地上，艾玛琳的心都碎了，她把另一个口袋放到玄关口，随后移开了视线。

他们得把话说清楚。“以后我们的儿子就是你们的儿子了。”他们又说了一遍。

彼得惊讶地张开了嘴，他目瞪口呆，感到难以置信。

“不行，”他说，“我从没听说过这种事。”

“这是我们的老传统，”朗德罗答道。他说得很快，将之前的话重复了一遍。他们的决定还有别的考虑，但他不能再说了。

艾玛琳瞥了诺拉一眼，她一直不喜欢这个同父异母的姐姐。她没出声，一抬眼，却看见玛吉蹲在楼梯上，那张稚嫩的脸上流露着愤怒，好像拳头狠狠地揍了她一下。我得赶紧离开这儿，艾玛琳心想。她猛地走上前，将手放到拉罗斯的头顶，吻了吻他。这孩子拍拍她的脸颊，又专心地玩起来。

“就一会儿，妈妈。”他学着哥哥们的样子说。

“不行，”彼得再次说道，他比画着，“不行。不能这么做，把拉罗斯……”

随后他瞥见诺拉，发现她的脸不再阴沉。诺拉的神态中流露出温柔，还有贪婪，一股强烈的渴望使她忍不住向那孩子靠近。

院门

傍晚时，诺拉熬好汤，将晚餐摆上桌，她做这些时异常专注。一切都按部就班地做好后，诺拉却有些恍惚。她不得不努力收敛心神，找出碗碟、黄油，切好面包。拉罗斯小心翼翼地慢慢舀出汤，笨拙地给面包涂上黄油。他在桌上还算有规矩，诺拉暗自想着。拉罗斯的到来是种安慰，却也让人心力交瘁。他像达斯提，却又和达斯提截然不同。缕缕困惑在彼得心底升起。是吃惊，他想着，我还在吃惊。那男孩表现出的安静、沉着和好奇吸引了彼得。当他意识到自己的反应时，一股背叛感深深刺痛了他。他告诉自己，达斯提不会介意，也无法介意了。他还注意到，诺拉似乎也准备接受帮助，但他不知道诺拉是真心接受这难以说出口的礼物，还是深信失去孩子会让朗德罗的生命渐渐枯竭。

“你带他去洗澡。”诺拉说。

“然后……”

“我知道了。”

他们相互看了看，询问着彼此。两人决定不能让他睡达斯提的床。此外，拉罗斯两次想找妈妈，但都被两人糊弄了过去。但第三次时，他耷拉着脑袋哭了起来，哭得上气不接下气。他从没离开过妈妈。眼下的状况他不明白，好不伤心。玛吉摸摸他的头发，把玩具递给他，转移他的注意力。眼下似乎只有玛吉才能安抚他。平日里，玛吉一直睡在祖母那张旧的雕花双人床上，那张床足够大。“我现在没心情理他。”诺拉说。于是彼得把拉罗斯的行李箱、装满布偶和玩具的帆布包拎到玛吉的房间。他告诉玛吉今晚她有个小客人。彼得帮拉罗斯刷好一口小奶牙，拉罗斯自己脱下衣服，换上睡衣。他比达斯提瘦，容易紧张。他的头发贴在前额上，发色比玛吉的还要深些。彼得帮拉罗斯在床上躺好。玛吉站在一旁，有些犹豫。她那件白色法兰绒长睡袍像铃铛似的悬在脚踝处。她拉过毯子，钻了进去。彼得吻了吻两个孩子，低声说了晚安，然后熄了灯。关上门的一瞬间，彼得觉得自己简直要疯了，但那悲伤却变了。他的悲伤里五味杂陈。

拉罗斯使劲儿捏着手里动物模样的玩偶。平日里，他常像哥哥们玩塑料的超级英雄人偶一样摆弄这个玩偶。那是艾玛琳专门给他做的，上面的绒毛脏兮兮的，已经被扯掉了好几块，一个当作眼睛的纽扣已脱落。要是玩偶坏了，艾玛琳就从玩偶的臀部往里塞些毛绒的蒲草，再重新缝好。玩偶的红色毡垫舌头已磨成了一条丝带。起初，拉罗斯极力控制，很难看出他在颤抖。但不一会儿，他身体上下起伏，剧烈颤抖，泪水涌了出来。玛吉躺在他身旁，感受到他的悲伤，她悲伤极了，心脏似乎停止了跳动。

她翻过身，把拉罗斯推下床，拉罗斯拖着床罩跌了下去。玛吉把床罩拽回去，任凭他在地上哭得打嗝。

“你哭什么，宝贝？”她问道。

拉罗斯开始抽噎，声音很低，难以控制。玛吉脑子里突然闪过一个邪恶的念头。

“你想妈咪是吗？想妈咪是吗？她走了。你爸爸妈妈把你丢在这儿给我当弟弟，像达斯提活着时那样。但我根本不稀罕你。”

说这话时玛吉觉得心里的恶意化成了水，她爬下床去找拉罗斯，拉罗斯在角落里蜷缩成一团，抱着那个脏兮兮的玩偶，一声不吭。她伸手抚摸他的背，他浑身冰凉僵硬。她拽出自己的露营袋，把两个人都罩住。她抱着拉罗斯，好让他暖和点。

“我要你做我弟弟。”她轻声说，声音里透着一丝害怕。

多年后，拉罗斯依然记得这个晚上。他常想起和玛吉一起度过的第一个夜晚，把它当成珍贵的回忆。他记得她温暖的法兰绒睡裙，记得她环抱着他。他相信两人就是在这晚成了姐弟。他忘掉了她先前把他踢下床的事，也忘掉了她说过的那些伤人的话。

※

沃尔弗雷德盯着裹在毯子里的女孩。作为商人，麦金农向来诚实，也很守规矩，除了卖朗姆酒给印第安人这类违法的事外，倒也不像做过什么缺德事。沃尔弗雷德接受不了刚发生的事，只好又出门去捕鱼。当他再次拎着一串白鱼回来时，他已经想清楚了。麦金农是那女孩的救星，是麦金农把她从明克的手中救了出来，使她摆脱了被卖到别处当奴隶的命运。沃尔弗雷德劈了些柴，在贸易站旁生了一小堆火，他把整条鱼烤熟，麦金农配着上星期的硬面包吃下了鱼。沃尔弗雷德打算明天烤面包。他回到屋里，发现那女孩还在先前的地方。她一动不动，也没畏缩后退，看起来麦金农没碰过她。

沃尔弗雷德将一盘面包和烤鱼放在她够得到的泥地上，她狼吞虎咽，吃得直喘气。他用啤酒杯接了杯水放在她旁边，她一口气喝了下去，喉咙里发出婴儿喝水一般的咂咂声。

麦金农吃饱后，爬回他那张铺着熊皮的板条床。他常常在床上喝得烂醉如泥，倒头就睡。沃尔弗雷德将屋里打扫干净，然后烧了一桶水，蹲在女孩身边。他用一块破布蘸水帮她擦脸，厚厚的污垢一点点从她脸上消失，他渐渐看清了她美丽的五官。她有张饱满的小嘴，眼睛甜美迷人，眉毛扬起完美的弧度。当她整张脸露出来时，他瞪着她，惊慌不安。她太美了！麦金农知道吗？麦金农可知道他那一脚生生踹掉了她的一颗门牙，还在她花蕊般的脸上留下了一块淤青吗？

“真美！①”沃尔弗雷德轻声说，他知道用奥吉布瓦语的哪个词语形容她的模样。

他小心地走到屋子的角落，取了土，和成泥。他固定住她的下巴，轻轻地给她的脸重新涂上泥巴，遮住她极美的眉毛、匀称的眼睛和鼻子，还有弧度完美的嘴唇。她是个漂亮的十一岁女孩。

※

“昨晚他们睡在地上，”诺拉说，“我告诉玛吉以后不许这么干。如果你非要睡在地上，就不许出去玩儿。她还跟我顶嘴。我跟她说，那好，你回自己的屋待着，不准出来。他又哭了，哭个不停。我真不知道该拿他怎么办。”

她甩了甩手指，脸紧绷着，面色苍白，身体虚弱。这周她的状态不错，可眼下是周末，玛吉整天都在家。

“放她出来吧。”彼得说道。

---

① 原文为奥吉布瓦语。

“噢，她早就出去了，根本不听我的，”诺拉生气地说，“她在吃早饭呢。”

“怎么不让他俩一起玩儿呢？那样他们会很高兴的。”

一直以来，在对待孩子们的问题时，彼得和诺拉支持彼此的决定。现在情况却变得有些糟，彼得心想。几分钟后，他看到诺拉使劲儿压着玛吉的头，简直要把她埋在冲燕麦片的碗里。玛吉反抗着。诺拉看到彼得后，将手从玛吉的脖子上拿开，仿佛什么也没发生过。

玛吉喘着粗气，盯着碗里的燕麦。燕麦已经凝固，母亲担心她长蛀牙，不给她加葡萄干和红糖。她抬头看看父亲，彼得坐下来，趁诺拉背对着他们，将玛吉碗里的麦片舀出大半放到自己碗里。他做了个吃的动作，玛吉也拿起了餐勺。他先盛了一勺麦片放到嘴里，做了个难吃的鬼脸。玛吉也学着吃了一口，做了个鬼脸。他们像忐忑的小狗似的，眼巴巴地看着诺拉。拉罗斯虽然不知道发生了什么，但也见样学样。诺拉头也没回，对彼得说了句：“别犯傻了。”

彼得用力握住手中的餐勺，紧盯着诺拉的背影。

彼得本以为，只要这件事解决了，妻子就会慢慢恢复。他觉得该把拉罗斯送回家。但他希望诺拉主动提出来，可她反而制订了许多计划。

“我要给他做个蛋糕。”她说道，泪眼模糊，“要像生日蛋糕那样插上蜡烛。我要不断地插蜡烛，再让他吹灭。这样，他许一百个愿都行。”

她转过身去。先前，医生给她开过氯安定，到圣诞节时她会服用很多氯安定。要是拉罗斯不哭闹，要是他能像达斯提那样黏着我，要是他真做我的儿子，我唯一的儿子，我就天天给他做蛋糕，诺拉心想。她心里对彼得积怨已深，所以没告诉彼得，达斯提出生后不久，她就再没来过例假，医生也查不出原因。彼得并没发现她身体上的变化，但从那以后，她一直隐瞒自己的身体状况。她只把这个秘密告诉了艾玛琳。她当初怎么会毫无戒心地告诉艾玛琳呢？想到这儿，她的心不由得一紧。艾玛琳知道她的情况，所以才会把拉罗斯送过来。

她同父异母的妹妹那么了解她，这让诺拉感到畏惧，决定狠下心来疏远她。

※

彼得最终还是上门去找了朗德罗。两家相距不过半英里，他其实可以直接走过去。他家西面是霍普丹斯，东面和北面是保留地和保留地上的小镇。南面就是日益衰败的普路托镇，但那里还保留着一所学校，玛吉就在那儿上学，如果情况不变，他们也要送拉罗斯去那儿念书。彼得把车开进艾恩家空荡荡的车道，然后熄了火。那栋灰色的小房子黑漆漆的，没人在家。一张用胶合板和刨花板搭的平台还没完工，一侧松散地垂下。后院汗屋的弯柱上挂的防水毯也取下来了。还有个用牛奶罐做的喂鸟器，车道旁堆着一整箱的玻璃罐，院子里散落着几只小玩偶。平日里到处溜达的那只狗也不知哪里去了。艾恩一家可能是去加拿大走亲戚了，不然就是去当地药师兰德尔那儿举行家庭仪式了。因为与朗德罗曾是朋友，彼得了解到部落的族人会为他们举行祭拜仪式，彼得记不清具体叫什么了，反正他对朗德罗这套传统的东西没什么兴趣。但他们曾一块钓鱼，一块打猎，彼得了解朗德罗有多么小心谨慎，很难相信他竟会犯这样的错。彼得将车留在车道上，从朗德罗家后面走进那片树林。

他沿着小路一直走到达斯提死去的地方。途中，他看到了那只狗。它的毛很短，身上有铁锈色的斑点。它一动不动，仿佛在等他。它头上的毛呈浅棕色，反应敏锐，一钻出树林便警觉地竖起两只耳朵。那只狗打量着他。彼得停下脚步，狗的沉着和上下审视让他吃惊不小。他往前走了一步，那只狗便消失不见了。四周静悄悄的，仿佛这片树林悄无声息地将它吞噬了。

昨夜刮了一夜狂风，下了一阵急雨，树叶大多凋零了。各色叶子一层层地落在地上，绚烂的色彩相互映衬。晨曦照在白桦树上，如白炽灯般耀眼。然而，当他穿过一片大果栎树时，周围倏然昏暗下来。最后，他站到了朗德罗扣动扳机的地方，当时那只雄鹿正好站在对面。两者中间正是玛吉提到的他们平时爬的那棵树。彼得从没想过自家孩子竟然会跑到离家这么远的密林深处玩耍。这儿的树木枝杈很低，树枝弯曲，对孩子们来说是不可抵挡的诱惑。其中有一条枝干整个折断了。他走上前，伸手去摸那犹如针尖般锋利的断枝。随后，他看到断枝下的那块地，不禁跪下，伸手去摸。那块地的四周被人践踏得一片凌乱。彼得在地上躺下，仰面向上看，脑海中浮现达斯提中枪的经过。达斯提爬上树，坐到一根树干上，他看到了那头雄鹿，就在朗德罗开枪的一刹那，吓得从树上跌了下来。彼得看过朗德罗的供词，现场与他说的完全吻合。

此刻，他就躺在达斯提生命汇入大地的地方。他闭上眼，听着树林里的声音。他听到一只山雀在叫，远处有一只五子雀，还有一只乌鸦。他还听到自己失声痛哭。接着，他听到风吹过嫩枝和树叶的簌簌声，风穿过松叶的声音。他闻到一阵清新的草香，当中混合着烟草、树皮树叶做的烟草代用品和祭品的味道——朗德罗也来过这儿。

※

朗德罗正在干活儿。他一向这样，每过几周就来帮艾玛琳的母亲干活儿。早在成为朗德罗的岳母前，艾玛琳的母亲就是他最喜爱的老师。事实上，就像她拯救了其他许多人那样，是她救了朗德罗。她不是朗德罗的客户，但他还是会来帮忙。朗德罗来到她在部落养老院的住处。部落养老院是栋用砖石砌成的高楼，倘若从飞机上俯瞰，整栋建筑就像一只巨大的雷鸟。艾玛琳的母亲就住在养老院大楼最里面的一间。这儿没人喊她外婆或姨妈，也没人叫她的本名拉罗斯。大家还像她当老师时那样，喊她皮斯太太。

作为老师，皮斯太太受历届学生爱戴，大家公认她品行无瑕，但她却说自己并非完人。她常说，尽管她对艾玛琳的父亲比利·皮斯忠贞不渝，但她的过去也是好坏参半。据说皮斯先生去世时，她想随他入葬。人们至今谈起这事，都还满怀敬佩，却没人记得皮斯先生其实是火葬的。诺拉也是比利·皮斯的女儿，没人清楚老比利究竟娶过多少个妻子，也没人记得几十年前他作为某团体的领袖在那个院子里干了些什么。然而，现在不断有他的后代——过去是儿女，现在是孙子孙女——冒出来，加入部落成员的名单里。

过去，皮斯太太很漂亮，一头柔软的褐色长发，却满面愁容。如今，她一头银色长发依然柔软，容颜也依旧美丽，却比以前快乐得多。她不像许多朋友那样把头发剪短或是烫卷，而是编成细长的发辫，有时还会编成圆发髻。她每天都会戴不同的串珠耳环，耳环都是她亲手串的。今天这副以橘色做心，天蓝色为边。除了串耳环，她还抽小雪茄，这些都是她不再教书、搬回保留地后养成的习惯。如今，她很少抽小雪茄，她说串耳环帮她戒了烟。她视力很差，总是将那副立式放大镜摆在桌上。当她抬起头，透过放大镜望向朗德罗时，厚镜片后的她仿佛来自另一个看不清的神秘世界，更加迷人。

她点头示意朗德罗进屋，上前拥抱了他。两人默默地拥抱彼此，继而各自退后一步。皮斯太太伸出双手，掌心朝上。

朗德罗把鞋脱在门口，她在烧水准备沏茶。他拿着听诊器和血压测量仪的套腕朝她晃了晃，她却让他把那玩意儿收起来，她感觉身体还不错。养老院大楼有台地毯清洗机，她半个公寓都铺着银灰色长毛绒地毯，需要朗德罗打理。朗德罗暂时将清洗机和肥皂罐放在门外。尽管拉罗斯偶尔还会受病痛折磨，但比利·皮斯死后，她身上莫名的疼痛几乎完全消失了。她得过不少大大小小的病——神经痛、牵扯全身的偏头痛、骨质疏松、脊椎病、红斑狼疮、坐骨神经痛、骨癌——她四肢健全，却得过幻肢综合征①。那些病历堆起来有一英尺高②。比利死后，她这些毛病也好了，很少犯病。她很清楚这是为什么。比利残忍、自私又精明。他的爱就像恨一样，都是负担。有时，她仿佛还能听到比利在冥界讥笑她。外人认为，她爱比利爱得无可救药，所以对他一向忠贞不渝。随他们说去吧。实际上，比利让她彻底见识了男人这种动物。她太了解男人了。

作为男人，朗德罗对老师的这段悲惨的苦恋深信不疑，认为

---

① 又名幻肢痛，指患者感觉到被切断的肢体仍在，且该处发生疼痛。

② 1 英尺≈0.3 米。——编者注

她只是在人前故作坚强，因而对她充满关切。他关切地发现老师今天面无表情，脸色憔悴，在躺椅上翻来覆去，想找个舒服的姿势。他看着她，担心自己刚刚惹她犯了病。

“别为我操心啦，”她说道，“清理地毯得好长时间吧？你是个好孩子，这种时候还记得来帮我。”

“我总不能成天闲坐着。”他说，想哄她吃一两粒鸦片酊。

“这种药让我头昏脑涨。”

她目光游移，透过玻璃瓶般厚的镜片看着他。

“用不用帮您洗洗地毯?”他问道。他觉得自己说的话有些可笑，甚至有些可怜，可她总会化解他的尴尬。

“瞧我把地毯搞得一团脏，”她答道，“那就洗洗吧。”

他喝过茶之后，把清洗机拿进屋。

朗德罗把躺椅、杂志架、电视机和电视柜从地毯上挪走，他给清洗机的水箱里装上清水，加入肥皂粉，混成肥皂水，接着就忙活开了。清洗机发出咕噜咕噜的冒泡声，他拖着清洗机来回移动。机器的声音很轻，具有催眠效果。果然，皮斯太太合上了眼，神态安详，脸上挂着微笑。等朗德罗干完活儿，她忽地睁开眼，站起身，在湿地毯的边上忙活不停。朗德罗将清洗机放回去，坐下来吃她准备的唐棣咖啡蛋糕。接着，她接了个电话，说她得去帮埃尔卡滴眼药水，随后就穿着拖鞋到走廊里了。

朗德罗等门一关，起身去了浴室。他像往常一样翻看她的药品柜，检查里面的药品是否齐全，有没有过期。她有两种药就快用完了，朗德罗将药瓶拿出来放到桌上。皮斯太太回来后，他说自己会去医院药房再帮她拿些药。

“先别走，”她说，“到这儿来。你看看。”

拉罗斯打开壁橱，里面收藏着证书、发脆的学校成绩单、剪下来的散页小诗和几摞旧信，这些都是寻找第一代拉罗斯的线索。艾玛琳说她母亲就像个历史学会，至少她存着的照片现在都由斯诺整理好放进相册了。皮斯太太从矮架子上取下一个破旧的黑色圆形大锡罐，罐子的顶部印着三朵褪色的玫瑰花。她叫拉罗斯，因此人们常会送她带有玫瑰图案的东西①。她们母女同名，没准儿当时人们也喜欢送她母亲带玫瑰图案的东西。罐子已经很旧，或许是她母亲的。皮斯太太在圆罐里放了大大小小的纸片——有些写着箴言，有些是报纸、照片、狗的故事，还有她亲笔写的东西。朗德罗看着她的笔迹和优美的签名，不禁想起艾玛琳年轻时的样子。

“您想让我看什么？”他问。

她将那首诗递给他，诗歌名字叫《不可征服》②。她的每届学生都背过这首诗。

“送给你吧。”她说。

“这首诗我现在还能背出来。好吧，眼下我就是被丑恶紧紧攫住。”他说。

“是被地狱紧紧攫住。”她纠正道。

上面都是他的字迹，但他根本不记得写过这些。便签上写着一行又一行的“我以后不会逃跑了”。

“这句话，我让你写了整整十页，可我只留了这一页。”她说。

---

① 拉罗斯在法语中有玫瑰之意。

② 英国诗人威廉·埃内斯特·亨利的诗。

她将纤小的手放到他肩上，一股温热立刻从她指尖传到他身上。

“我以后不会逃跑了。”他说。他们坐在沙发上，握着彼此的手。

离开前，朗德罗将两个塑料药瓶交给皮斯太太，她把药瓶上的数字录进药房电话留言里，然后把药瓶递给朗德罗，让他放回药品柜。她知道他对这些药没兴趣。他确实好一阵子没偷拿过她的药了。皮斯太太可不像她很多朋友那样糊涂，药瓶里的药她都仔细数过。毕竟老人的药大都很容易偷。

朗德罗需要用皮卡拖帐篷支杆，搬运干草垛。他需要开皮卡去垃圾场扔垃圾，或者单纯是展示男子气概。但因为皮卡更安全，他将皮卡让给了妻子，自己开那辆神奇的老卡罗拉。这辆老卡罗拉是艾玛琳的母亲搬去养老院时留给他俩的。车从没出过故障，至于建议要做的保养朗德罗自己就能搞定。相比于他以前的几辆车，这辆卡罗拉出奇地可靠。车的外壳是土灰色的，里面的座椅早已破旧，里衬也塌陷了。朗德罗无法将驾驶座的座位往后调足够多，他腿又长，伸不直，可他还是喜欢开这辆车。他特别喜欢在初雪后给车换上雪地轮胎，沿着偏僻的小路一路轰鸣着去看望他的病人。

奥蒂·普鲁姆因糖尿病失去了一只脚，他和妻子巴普一起生活在镇外几英里处的湖区黄金地段。巴普不愿让丈夫去康复中心，所以朗德罗就上门给他做物理治疗，给他冲澡，帮他上厕所，给他吃药、打针，喂他吃饭，给他修理鼻毛和耳毛，剪指甲，给他按摩，再时不时跟夫妻俩聊聊八卦。此外，他还要送奥蒂去做透析，陪他输血。

朗德罗轻轻敲了敲门，巴普开了门。

“我还担心你不来了呢！”她说。

“日子总得过，哪怕碰上这种事也一样。”朗德罗说。他说话的样子，他表现出的担当，让巴普安心不少。她朝另一间屋里唤了声。

“奥蒂，他来了！”

往常，朗德罗给奥蒂治疗时，巴普总是走开去做自己的事，但今天她留下来没走。朗德罗知道，大家都在议论他的事，她留下来是为了跟亲戚们说说他的表现，看看他有什么异常。艾玛琳告诉过他，重新开始工作会面临很多困难。那件事会如影随形，纠缠他一辈子。“人们会不断地提起这件事，他什么也改变不了，即使拉罗斯也改变不了。”她说。

可朗德罗认为这种看法不太准确，拉罗斯已经带来了转机。

“噢！你能来真是太好啦！”奥蒂说，他病恹恹的棕黄色娃娃脸也跟着明朗起来。奥蒂曾是个厉害的摔跤手，至今还一身硬汉气概。他现在整个人胖得像海豹似的，圆滚滚的。他家族里的人大多死于糖尿病并发症，比奥蒂发作得更快。

“我刚才还跟巴普说呢，生活总得继续。”

“不到死的那一天，日子总得过下去，”奥蒂接着说，“前几天我自己上厕所，差点儿从坐便器上摔下来。”

“天哪！”巴普叫道。

“咱们开始吧。”朗德罗说，他推着奥蒂走过那条短短的走廊。

部落掏钱给奥蒂建了一个残疾人浴室，奥蒂还有个淋浴椅。朗德罗将奥蒂扶到淋浴椅上坐好，帮他搓背，给他冲洗。浴室门开了条缝儿，巴普的一只手伸进来，递来一套干净的衣物。等他们洗好澡来到厨房，巴普已备好蓝莓烙饼，上面淋了人造枫糖浆，加上鸡蛋粉烘的。朗德罗尝得出那熟悉的、干巴巴、没味道的人造鸡蛋粉和枫糖浆中的代糖。蓝莓饼很好吃。

“大家都还好吗?”巴普靠着桌边的椅子坐下。她个子矮小，身体健壮，至今依然装作一副嫉妒的模样，假意提防别的女人追求奥蒂。在奥蒂面前，她总是精心化妆。一周里，她每天都会涂不同颜色的眼影。今天是星期二，她涂的是紫色眼影。她将头发向后绾起，把刘海喷成蓬松的一团，遮住了修过的细长眉毛。她还把指甲染成嫩粉色，一根手指轻轻敲着自己的嘴唇。

“也许我什么都不应该说，我该闭上嘴，对吧?”

“没事。”朗德罗回道。

“巴普是艾玛琳的堂姐，我们是一家人。”他接着说。

“艾玛琳真坚强!”巴普说。

“她很坚强，”朗德罗附和道，他脑子嗡嗡作响。“知道吗?我想成立个基金会。我是说，等他们都好些，等我家里人伤痛平复一些之后。”

巴普和奥蒂小心地点了点头，生怕自己得掏腰包似的。

“如今人人都在成立基金会。”巴普说。

“我也想过，”奥蒂说，“虽然现在说有些伤感，但等我死后，我想为保留地的女士们建个高跟鞋基金。我爱死巴普干活时穿着高跟鞋精心打扮过的模样。我希望有更多的女士穿上高跟鞋，走起路来发出那种声音。真迷人!”

巴普两手握住奥蒂的一只手。

“你用不着成立什么基金会，我的小可爱。你不会死的。”

“只不过器官一个接一个地衰竭。”奥蒂说。

“可恨的糖尿病!”朗德罗说。

“我们该送他去做透析了，”巴普说，“给他测下血糖吧。”

“已经测过了。”奥蒂回答说。

朗德罗没说在闻到烙饼的味道时就给奥蒂测过血糖了。就算巴普用再多的人造代糖，里面的碳水化合物也足以让奥蒂的血糖升高不少，他有时觉得可能是人造代糖使他们产生了幻想。他和奥蒂上了车，轮椅已折好，放在后备厢中，这时朗德罗才想起自己还没回答巴普的问题。奥蒂那番死后组建高跟鞋基金的话把话题岔开了。

“谢了。”他对奥蒂说。

“谢什么?”

“我真不知道怎么回答巴普，说我们过得好还是不好。我们每天早上醒来，想起发生的一切，就恨不得再倒头睡去。”

“我猜你不会再打猎了。”

“我把枪烧了。我是说，能烧的部分都烧了。”

“这对谁都不好，”奥蒂说，“你不打猎，怎么弄到动物蛋白，把孩子喂得壮壮实实的?”

“我们会设陷阱捕猎，”朗德罗答道，“用油煎野牛肉吃。”

“我减肥餐要吃这个，”奥蒂说，“我可以拿你喜欢的药跟你交换。”

朗德罗没吱声。

“我会馋你的鹿肉，”奥蒂接着说，“我想这事一次解决不了，肯定会缠着你不放。”

“不断地纠缠，”朗德罗说，“也许以后帮你换鹿肉，我自己就不需要了。”

其实他很需要，迫切地需要。

※

怀蒂加油站里有家炸货店，在那儿能买到油炸鸡翅、鸡胗、鸡腿、比萨，还有夹心饼。罗密欧·普亚特瞧见朗德罗开车经过加油站，停在后面的草丛里。罗密欧身材精瘦，两只距离极近的眼睛十分犀利，走起路来弯腰驼背，像受过伤。他的右胳膊多处受伤，总是紧贴着身体。他的右腿也一样。尽管如此，他依然身手敏捷。罗密欧觉得朗德罗会在里面吃午饭，于是抓起胶皮管和塑料油桶——油桶是大红色的，可用于消防救援。他左摇右晃，身体歪歪扭扭，但却十分麻利地来到朗德罗的车旁，把工具放好。罗密欧驾轻就熟，很快就让朗德罗油箱里的汽油顺着胶皮管流进罗密欧的油桶。

朗德罗手拿一个防漏油的小纸盒走出商店。他瞧见罗密欧，不禁眼皮一跳，却没跟这位老同学打招呼。朗德罗和罗密欧两人相互仇恨，这要说回到他们青少年时期凄惨的结局。两人在寄宿学校时就没再说过话，后来有段时间，罗密欧做梦都要杀死朗德罗。那会儿两人才二十来岁，朗德罗一夜之间得到一大笔钱，正是这笔钱让两人之间生了嫌隙，而朗德罗死活不相信罗密欧捅他的那一刀是无心之过，这让罗密欧很伤心。至少现在，罗密欧不再想着要朗德罗的命了。

关于朗德罗抢了他初恋这件事，罗密欧也算是想通了，也许人家艾玛琳当初根本没看上他罗密欧。后来朗德罗和艾玛琳夫妇二话没说就收养了他意外得来的儿子霍利斯，对霍利斯照顾有加，但罗密欧的心里总不是滋味。霍利斯很优秀，因此他自我安慰说，收养霍利斯是他们赚了，但他心里清楚，这些年来两口子没少在那孩子身上花钱。这段时间里，主要问题是罗密欧想让朗德罗把自己弄到的不论什么东西都和他平分。朗德罗是医院里有名的私人护理师，肯定有不少门路能搞到止痛药。他干吗不让老同学高兴点儿？帮他减轻痛苦？没错，罗密欧手上也有医生开的止痛药，可那不是奥施康定，有时他还得靠卖劣质药赚的钱去买点儿好货，像是盐酸阿芬太尼什么的。他一直想从哪儿搞一板来。

朗德罗朝汽车这边走来。

“哟，哟，哟，”罗密欧吆喝着，一边往下瞥了一眼胶皮管里流淌的汽油，“好久不见。”

朗德罗眼见着老同学偷自己车里的汽油，心里很难过。他一早就暗下决心，不论是罗密欧或是其他什么人报复他，都是他活该。他什么都没说，只是说我得走了，奶酪条要凉了。

“你还吃奶酪条呢！”罗密欧一脸嫌弃地说。

“是给孩子们买的。”朗德罗回道。

“唔……”罗密欧又说，像是听到了什么高明新奇的话。他一边将头往后一靠，蹙起眉头认真思考，一边轻轻地拔出胶皮管。

“没给我带点儿什么吗，老朋友？”他煞有介事地用橡胶管敲了敲油箱内壁，然后将压力锁盖子拧回红色塑料桶上，把朗德罗车上的油箱盖放回去，啪的一声将注油封盖盖上。

“没有。”朗德罗答道。

“好吧，反正我这儿的事也干完了。”罗密欧说。

他拎起红色油桶，做了个致敬的手势，模样傲慢，惹人讨厌。

接着他转身走回自己那辆没油的车旁。

“代我向艾玛琳问好。”他回头喊道。

朗德罗斜着眼狠狠地瞥了罗密欧一眼，接着把打包的奶酪条放到发动机盖上。上车时，看到罗密欧举手致敬的动作，他不禁想起从前，思绪翻腾。朗德罗最难忘的莫过于当初罗密欧拿着刀，先刺他的前臂，接着又刺他大臂，给他留下了一条清晰的疤痕。时至今日，朗德罗都不敢相信睡梦中的自己当时竟一个翻身，伸手抓伤了罗密欧的鼻子。朗德罗胡乱想着，忘记拿走发动机盖上的奶酪条，发动汽车离开了。车从罗密欧身边经过时，罗密欧正往自己油箱里灌用胶皮管偷的油，朗德罗转弯时，奶酪条从他车顶上飞了出去，正砸在罗密欧的车盖上。罗密欧灌好油，伸手取过包装盒，拿出一根奶酪条。他只尝了一口，发现奶酪条已经凉了，吃起来跟皮革似的。他开车跑到炸货店向店员投诉。

“我再帮您热热。”柜台后的女店员说。

“还是退钱吧。”罗密欧回答。

※

前几周过后，拉罗斯尽量忍住不哭，至少在诺拉面前不再哭。这期间，他再次从玛吉那儿得知自己为什么被送到这儿来。爸爸妈妈告诉过他，但他还是不明白，需要有人一遍遍地告诉他。

“你压根儿不知道死是什么。”玛吉说。

“就是不动了。”拉罗斯回道。

“就是不喘气了。”玛吉又说。

“喘气就是动！”

“过来，”玛吉说，“咱们去外面，我杀个东西给你看看。”

“你要杀什么?”

他们看向窗外。

“那只狗。”玛吉伸手指着狗说。

一只狗正在院子边上懒洋洋地躺着晒太阳，那是拉罗斯家养的狗。他没说认识这只狗，却对玛吉说：“你真残忍，没人会平白无故杀死一条狗!”

“你爸爸就平白无故地杀了我弟弟!”玛吉说。

“那是意外。”

“都一样。”玛吉争辩道。

拉罗斯眼里涌起泪水，接着玛吉也哭了，她心里很难受。梦里达斯提来找过她，给她看了只玩具狗，现在她想起来了，那只玩具狗正和外面那只橘色的狗一模一样。她转身想要确认一下，狗却不见了。她有个主意，她可以利用拉罗斯，让他帮她。

“好啦，小傻瓜。”

“别这么叫我!”

“要是你能让我妈不再邪恶，就像现在这样，让她重新善良起来，我就不叫你傻瓜。要是你真能做到，他们简直可以给你拍个电视节目了。”

“我应该怎么做?”

“你是说怎么让她变得善良?”

拉罗斯点点头。玛吉让他问问妈妈要不要按摩脚底，但拉罗斯却面露不解。

“她让你做什么你就做什么，”玛吉命令道，“吃她做的蛋糕。

还有，抱抱她。”

拉罗斯等着诺拉告诉他做什么。那天晚些时候，诺拉对他说要管她叫妈妈。

“好，妈妈。”

“能抱抱我吗？”

他也照做了。

诺拉把他的头发向后理了理，看着他的眼睛，可接着她的脸像气球充气似地变大，脸色泛红，仿佛她就要大吼大叫。

“你最爱吃什么？”她问。

“蛋糕。”

她说她要给他做好多好多蛋糕。拉罗斯伸手搂她的脖子时，能感觉到她皮肤下硌人的骨头。

“你真瘦。”他对诺拉说。

“你都能摸到我的骨头了。”诺拉答道。

“你是万圣节女巫吗？”他小心地问。

“不是，”她说，“我妈妈是个巫婆，我不想跟她一样。”

拉罗斯将头靠在她胸前，确认她还有心跳。她瘦削的锁骨突出，硌着他的太阳穴。

太瘦了，他心想。她太瘦了。以前他曾听爸爸这样逗妈妈：“你可越来越瘦了！”他也曾听到外婆这样说姐姐斯诺：“可别像你妈妈似的瘦得皮包骨头。”

他周围的女人都是皮包骨头。连玛吉也一样，她那两条腿真是干瘦干瘦的。不过，这话他没说出口，他也没说玛吉私下叫她妈妈魔鬼。这些话被什么堵住了，他也不知道自己为什么不把脑子里想的全都说出来。他嘴里像是长了筛子，只会说好听的话。

※

拉罗斯在杂货店见到了亲生母亲。他朝艾玛琳跑过去，母子俩紧紧拥抱在一起。罗密欧恰好看到这一幕。他站在灯光明亮的肉食冷柜前，摇晃着身体，把菜篮子紧紧抱在胸前。罗密欧认为自己是个危险的浑蛋，可他此刻脸上的神情却不像坏蛋。罗密欧控制住自己，眯起眼，假装在仔细看那些廉价的长条汉堡。

幸好今天拉罗斯跟着彼得，彼得没有干涉。艾玛琳闻着拉罗斯头发的气味，抱了他很久。她看看彼得，见他点头后，她让拉罗斯抓住购物车，跟他聊着天，带他在商店里兜了一圈。这感觉就像是心死后终于又活了过来，可她不能在商店里一辈子。彼得帮她拎着东西出了商店，然后她领着拉罗斯来到拉维奇家的车旁。拉罗斯上了车，不哭不闹，坐到后车座上，自己系好了安全带。他无言的坚强让艾玛琳说不出话来。当他们开车离开时，他朝艾玛琳挥挥手。他像是坐在一张不结实的木筏上，渐渐漂离了她。也许，那只是梦吗？每天早上，她也在同一张即将散架的木筏上漂浮，脑子里一片空白。每天，她不止一次地质疑他们的决定。

见过拉罗斯后她没法直接回家。她觉得也许该去她母亲那儿，却不知不觉开车去了教堂。她又想着或许可以去那儿祷告，祈求内心的平静，但又不知不觉绕到教堂的后面。接着她想也许可以去找特拉维斯神父，可她找遍了教堂办公室和他简陋的、盒子似的教区长住所，却找不到他的人影。这么到处找他，她开始感到尴尬。这时，她看到他在远处的湖边开着一辆山猫牌小型拖拉机，打算辟出一条人行道。他戴着顶棕色绒线帽，帽子低低地垂在耳后。帽子让他的耳朵露了出来。这本会让他显得滑稽可笑，但让特拉维斯神父显得滑稽可笑可是件难事。他的皮肤被风吹得很粗糙，有淡淡的雀斑，如同所有金红色头发的人一样，皮肤一晒就黑。他颊骨扁平，看上去近乎冷酷，还有如电影明星般棱角分明的下巴。待他模样变得令人生畏时，他也上了年纪，脾气也不那么惹人厌了。此外，他脸上的疤痕一直蜿蜒至喉咙。特拉维斯神父微笑时眼神温暖，连眼角的鱼尾纹也透着愉悦。但他的眼神也会阴沉、乏味或充满危险气息——当然了，他早已不是个俗世的士兵了。

他看见艾玛琳，将拖拉机熄了火，从拖拉机上下来。艾玛琳习惯了他一身教士服的样子。多数时候，特拉维斯神父都会穿教士服，因为教士服穿起来方便，能穿在T恤和工装裤外面，他很喜欢。老人们也喜欢他穿教士服的模样；《黑客帝国》上映后，年轻人也喜欢看他穿教士服。但眼下，他穿着旧牛仔裤、格子法兰绒衬衫和棕色帆布夹克。

艾玛琳朝他微微一笑，有些惊奇。

他瞥了瞥院子四周，留意观察是否有人在看。他后来想，没错，就是这种"留意"泄露了一切。几天来，他的理智掩盖了内心感受，直到他想起要越过艾玛琳的肩头四处看，确保没人在看他们，他内心的感受才重新浮现。

他们将手插在口袋里，一起走到他正在林间开辟的健身道上。两人走过单杠和练俯卧撑的木杠，她才开口说话。

"我不想把拉罗斯给他们。"她说。

“那当初是为什么?”

这是个明媚的日子，太阳照在绿色的湖面上。绿色——那也是她眼睛的颜色。

“这好像是唯一的办法，”她说，“她毕竟是我姐姐。我以为她怎么也会让我见见他，一起待会儿。但她没有，所以我想把他要回来。我刚见到他了，他该觉得我不爱他了。”

特拉维斯神父依然为他们的做法感到惊讶。他回想起朗德罗获释后与艾玛琳来到教堂，那次他们原本有话要说，但没说。他以往也听说过，要是一些家庭因为疾病或谋杀变得支离破碎，而另一些家庭完整，这时就会发生这类收养。这是种古老的正义形式。这只是个故事，但故事往往会打动他。他就是因为一个故事才成为神父，也因为一个故事至今都没放弃神父这份工作。晚上，他在看一部部动作片的间隙，字斟句酌地解读《新约》。

玛丽将她的孩子献给全世界。他看着艾玛琳，这话差点脱口而出。这话很应景，她正好穿着天蓝色的皮衣①，风帽边缘的皮毛饰带已经脱落。他看着她戴风帽的样子，不禁联想到画里的圣母马利亚。她的头发从中间分开，顺滑的发丝往后飘，落在蓝色的皮衣上。

“你是想做好事，”特拉维斯神父说，“拉罗斯会理解。他会回到你身边。”

艾玛琳停下来，紧紧地盯着他。

“你确定吗?”

“我确定，”他回答，又不禁说了下面的话，“无论是生，是

---

① 在圣母马利亚怀抱耶稣的绘画作品中，圣母常身着天蓝色长袍。

天使，是掌权的，是现在的事，是将来的事，是有能的，是高处的，是低处的，是别的受造之物，都不能使你们分离①。”

艾玛琳看着他，像看疯子似的。

《圣经》是这么说的。

他低头看了看车辙杂乱的小路，刚才他竟然像个骄傲自大的傻瓜一样引用了《罗马书》。

“拉罗斯还小，”她说，她满是渴望的双眼渐渐模糊。“孩子就是这样，你不天天陪着，他们就会忘记你。”

没人忘得了你，特拉维斯神父心想。这失控的想法让他心头一紧，他努力使自己说的话合情合理。

“听着，你随时可以把拉罗斯要回来。只要你开口，彼得和诺拉只能照办。要是他们不听，你可以去求助社会服务部门，你才是他的母亲。”

“社会服务部门，”她念道，“嗯，你听说过保留地内部事务保密协议吗？”

特拉维斯神父突然大笑。

“何况，我不就是做社会服务的吗？问题学生、学校事务也属于社会服务的范畴，我还得跟自己打交道。”

“那有什么问题吗？”特拉维斯神父问。

她摇了摇头，说话时移开了视线。

“你以为我没预料到眼下的情况吗？没想到会这么艰难吗？既然有这样的历史和传统，有这一切，为什么还是无法忍受？你以

---

① 出自《新约·罗马书》第8章第3839节。

为这些我都不明白吗?”

她用手擦了擦脸，假装擦的不是泪水，而是别的。

“没错，我也不是很清楚自己的想法。而且，还有诺拉，她老跟玛吉发火，要是她也这样对待拉罗斯怎么办?”

特拉维斯神父没说话，他听过教众的个人忏悔，对诺拉的脾气有所耳闻。

他们一起走回她的车旁。特拉维斯神父有种说不清的情绪，没能像往常一样随便聊几句来结束这个话题。他没说话，不想打断她坦诚的倾诉。艾玛琳上了车，然后脱下风帽，摇下车窗。她抬头看着他的脸，她对儿子的渴望那般炽烈，他仿佛感同身受，他闭上了眼睛。

艾玛琳看着闭上眼的神父，突然发现他不过是个平常人，皮肤晒得黝黑、嘴唇干裂。

她移开视线，发动了汽车。开车离去时她悲观的想法也变了，转而想起乔塞特和斯诺对神父的讨论，她们的话曾让她笑个不停，笑得肚子疼。

“他眼睛那样，他自己也没办法啊!”其中一个说道。

他的眼睛像玩具机器人的眼睛。

乔塞特和斯诺对电影中的男性机器人或半人半机器人很感兴趣，两人的房间里有台老旧的无线电视公司生产的录像机，要是谁家在院子里卖旧货或超市有旧货甩卖，她们还会买老电影回来放。她们收藏的影片有《西部世界》、《机械战警》和《黑洞》。她们会把装着促销录像带的箱子都翻个遍，一心想找到最喜欢的《银翼杀手》。她们还自己画这些机器人和半人半机器人——它们精确、完美、注定会有情感体验，或许就像特拉维斯神父那样。

“他的眼睛像人造眼。”

“不是吧！说不定特拉维斯神父就是个复制人，就像巴蒂[①]那样！”

她们一起吟诵：“我曾见过你们人类无法想象的事物，我曾见过太空战舰在猎户星座旁熊熊燃烧，我看到C射线在唐怀瑟之门附近的黑暗中闪耀。”

接着，她俩的声音变得疲惫嘶哑。

“所有这些时刻都将消逝于时间长河中，如同泪水消失在雨中……死亡的时刻到了。”

她们的脑袋耷拉下去，艾玛琳大声叫：“停！”她皱起眉头，和所有母亲一样，她见不得自己孩子装死。

斯诺和乔塞特是艾恩家的两姐妹。两个铁处女[②]，两人都是学校初中部的排球女王。她们是姐妹，也是彼此最好的朋友，她们相互信任，常给兄弟们出主意。姐妹俩跟母亲亲近，和父亲关系一般。到外婆那儿时，祖孙仨会开心地一起串珠，干针线活儿，一做就是几小时。斯诺今年读八年级，将来会是个热心的高个子姑娘，却无心学业，男孩们只当她是普通朋友。两姐妹中，乔塞特个子更高、更敏感。她以后肯定会为肉多而头疼，可身材丰满却正好撩起男孩们青涩的迷恋，但她只会把那些男孩当成普通朋友。乔塞特现在读七年级。

---

① 电影《银翼杀手》中的复制人。

② 此处意在说明艾恩两姐妹比较强悍。

朗德罗开车送两个女儿去霍普丹斯买东西，随后去接奥蒂做透析。女孩们径直去了那儿唯一的一家药店。两人进了店，带进一阵寒气。一个染着红发、头发顺滑、眼镜上带着链子的女店员接待了她们。她问两人要买什么。

“不用管我们，谢谢。”乔塞特说，“你也不用一直跟着我俩，我们带了钱，不会偷东西。”

女店员低下头，缩着脖颈，随后保持着这个古怪的姿势，转身走到收银台处。

“你不用那么说的。”斯诺说。

“我自我保护意识太强。”乔塞特回道，扮出一副温顺的模样。药店里有家礼品店，里面卖装饰用的花和小饰品。艾玛琳不稀罕这些，但姐妹俩却很喜欢。她们走过去，看着那些陶瓷小雪人、闪闪发光的叶子，还有刻着字的石头。石头上面写着：梦想爱生活。

“为什么不刻抛下，”乔塞特问，“怎么没有石头上面刻着抛下呢？”

“你无法从这个词里感受到鼓舞，不是吗？”斯诺说。

“那不是鼓舞，是自以为是。”

“哎！”斯诺舔了舔手指，在空气里做了个标记，“这是词汇表里的词。”

她们来到店里的另一片区域，那儿有少量汽车雨刷和应急手电筒，也许可以买给父亲。

“五金店卖的质量更好。”乔塞特说。

“我们帮妈妈挑挑香水吧。”

“不，要挑乳液才对。”

“那你去看乳液，我要挑香水。”

“好香水都在玻璃柜里锁着呢，那个戴眼镜的女店员的双手就放在上面。”

“讨厌，看来还得跟她打交道。”乔塞特说。

“我去吧，”斯诺说，“我是乖乖女。”

乔塞特翻了个白眼，扮了个“我错了”的鬼脸。

斯诺笑着朝女店员走去，“你好。”斯诺用明快的语调问候，“我们想给妈妈挑份特别好的圣诞礼物。她是个很特别的人，”斯诺叹了口气。“她工作那么累！能帮我们推荐一下吗？”

女店员锐利的目光扫过乔塞特，乔塞特正俯身去看玻璃柜里的香水。女店员的手掠过那些宝石般耀眼的盒子和香水瓶，随后抽出一张吉恩内特牌香水的试香纸。

“太普通了！”乔塞特说。

斯诺指着一瓶祖梵香水。

“那瓶闻起来也跟妈妈不搭。她闻起来，怎么说呢，更清冽。”

“查理女士香水或是范思哲的蓝色牛仔香水怎么样？”

“可那些闻起来太普通。”

她们看着一排排的香水，思考着，不禁皱起了眉头。

“我想选个特别的香水，我可以用打工的钱买。”斯诺对柜台女店员说，“或许我们可以试试设计师款，或是那些电影明星用过的香型。”

女店员又拿出一个香水盒：“里面是白钻香水，伊丽莎白·泰勒旗下的一款香水。”

“这是全美最棒的香型。”女店员说，语气中充满了崇敬之情。

“伊丽莎白·泰勒是谁?”乔塞特问。

“这还用问，没听说过《埃及艳后》吗?”

两人不约而同地想到视频租赁店里那盒录影带的封面。

“她还是迈克尔·杰克逊的朋友，这你总知道吧?”

“哦，当然。”乔塞特闻了闻香水瓶的喷嘴，“梦幻，我喜欢这香味儿。”

女店员又拿出一瓶恩乔丽香水，香水瓶装在亮粉色的包装盒里，还带着金色浮雕花饰。

“妈妈可没这么热辣。我是说，她闻起来很舒服。”

“它和爸爸的老香料牌须后水的味道太像了。”

“这款野麝香香水呢?”

“或者这款风之歌呢?”

“外婆用的就是这款。”

这时，柜台后的女店员又从一堆香水盒后面拿出了一个十分典雅的盒子。盒子是薰衣草的那种淡紫色，这种特制的中间色一看就价格不菲。包装上系了深灰色的带子，瓶身由玻璃制成，系着镶钻暗纹丝带，弧度流畅，握在手里大小正好。清新之水。女店员喷了些到纸巾上，拿着纸巾在她们鼻端挥了挥，随后等气味挥发。这味道闻上去既清新又干爽，带了些许甘草味儿，似乎还夹杂了云朵的味道，或许还有一丝新劈的木头味儿吧？还有碾碎的青草味儿，像哪片罕见的树林中某种珍稀药草的香气。其中没有阴郁，没有渴求，还有点别的东西。

“很多人觉得这款香水太过寡淡，”女店员说，“它与其他香水都不同。没人买这款，我们店里也就这么一瓶。”

斯诺睁大眼睛，看着乔塞特。乔塞特又闻了闻那香气。

“真希望一切也能像这香水一样。”斯诺说。

“这么纯净，”乔塞特接道，随后放下瓶子，“肯定不便宜吧。”

“对，是有点贵。”女店员说，她似乎为价钱感到尴尬。“我只是个店员，这店不是我的。”她说。

“我明白，”斯诺回道，“它贵了点。不过我一直在存钱，还是买吧。”

“这款香水男女都能用，这款清新水①。”

“清新之水，”乔塞特以夸张的法式口音读道，“就买它吧。”她转向斯诺，眼里放光。

“多好闻啊！”

“就它吧。”斯诺说。

乔塞特皮夹的最里面藏了个老式的钱袋，她掏出钱袋，斯诺激动得抱住她。

两人紧接着在女店员面前双双哭了起来，她们知道这香味中有拉罗斯的气息。这气味像寒冷的秋日里拉罗斯清爽的发香，他一进屋，艾玛琳俯身抱他就会闻到。

“哦，你真好闻，”艾玛琳会说，“有户外的味道。”

出了药店，乔塞特和斯诺聊起户外的味道，都觉得两人像是参加了女巫集会似的，能够彼此感应。

“也许，我们的族人在白人来这里之前就有这种能力。”

---

① 此处服务员将原文 EauSauvage（清新之水）误说为 Eww Savage，此处译为清新水表示这一误用。

“没错，”斯诺接道，“我们就这么延续了五百年。”

“我确实听人这样讲过。”

“我也是，据说我们还能改变天气。”

“我相信这是真的。”

“太棒了，”斯诺说，“我们现在就试试吧。”

“那我该叫夏茉儿[①]才对，乔塞特你只能让天下雪[②]。”

天刮起了大风。她们一边聊着，一边朝和父亲约好的地方走。他答应将奥蒂送回家安顿好后再回来接她们，她们打算去赛百味等他，也许再合点一个十二英寸的土耳其鸡肉三明治，加上美式奶酪，面包要全麦的，就像她们的肤色那样，还要加上生菜、番茄、腌菜，最后再淋上甜洋葱酱。她俩肯定会这么做的，她们简直饿坏了，要是只喝白水，剩下的钱刚好能买个土耳其鸡肉三明治。

“咱们最好就这么办。”乔塞特说，尽管她平时爱喝雪碧。

“健康教育课上他们给我们演示过，”斯诺伤心地说，“哪怕每天只喝一听饮料也会得糖尿病。”

朗德罗从不给孩子们买苏打水，他可不想让他们烂脚[③]。每当他这么说，孩子们都会眯起眼，仿佛很痛苦，“好吧，老爸”。但她们还是会在怀蒂炸货店偷偷喝汽水。眼下，她们一边等父亲，一边吃惊地低头盯着三明治的包装纸。

“我怎么这么快就吃完了？”

---

① 英文为 Summer，小写做名词时意为夏天。

② 英文为 Snow，小写做动词时意为下雪。

③ 指糖尿病足，是糖尿病并发症的一种。

“怎么这么快？”乔塞特打了个饱嗝儿。

“真恶心！现在怎么办？”

“我们身上一分钱都没有，只能慢慢喝健康的白水了。”

“然后等爸爸过来。”

她们心领神会地对望了一眼。学校里倒是没人使坏，在她们学校，每个同学家里都发生过不好的事。通常情况下，大家都会为彼此感到难过，或是说一句太糟糕了，女孩可能会送张慰问卡。然而，事情发生后，没有一个人给她们送过卡片。斯诺的一个好朋友给她串了对耳环，她知道这是在表达无法言表的悲伤。她们也没跟父亲说过什么，至少她们没话想说。上车后，两人也许会一声不吭。她们也许会问问奥蒂、阿万或其他客户的情况。再不然，她们也许会随意聊聊学校的作业。她们不会表露心里的真实情感，以免触动父亲内心隐藏的情绪。他会像举行仪式时那样一下子严肃起来。在仪式上，人们会表露内心真实的想法和情感，好让周围的人为你祈祷、唱歌，为你提供帮助。现在一切都像平常那样，姐妹俩觉得不能让父亲将情绪流露出来。因此，当他开着卡罗拉出现时，她们朝彼此使了个眼色。乔塞特要坐到前面的座位，因为她擅长跟父亲聊理发、汽车电池、用旭化成保鲜膜给家里的玻璃做防冻处理这样的寻常话题。一旦察觉他情绪低落，她就再问问他喝汽水有什么不好。

※

千禧年即将来临，彼得一直忙着筹备，能够暂时放下达斯提，想点别的。去弗利特农场的路上，他不禁自责去年春天没买些活鸡。他一直打算把房子旁的一间老屋改成鸡舍，连通常不想养动物的诺拉都同意养鸡。他从没做过养鸡的准备，但他养过狗。自打在树林里发现那只狗，他就一直在喂它。没准儿它还有牧羊犬的血统呢。要是早养了它，它说不定就能看好家，彼得心想，说不定还能救下达斯提。也许吧。他知道这纯粹是瞎想，但还是买了狗粮。此外，彼得还买了七袋烤玉米和一个发条手电筒。他开车回家，把刚买的东西放到地下室，那儿已经存了六桶密封好的全麦面粉，十加仑[①]一桶，还有奶粉、油、干扁豆、蚕豆和熏肉条。他还买了个冰柜，配好了发电机，还买了台备用发电机。他还买了个木柴炉，每天下班后要花一小时劈柴，劈柴能使彼得心无杂念，就像神父一样。他和特拉维斯神父相距几英里，像堆柴火一样堆积着各自的悲伤，却都用劈柴这种方式让自己平静下来。彼得有台滤水器，他另外准备了一台，以防万一。去年他凿了口新水井，配了一台备用发电机。他还提前备好了孩子们未来两年的鞋，还有苹果干、梨干、杏儿干、梅子干、蔓越莓干。他还用五加仑的塑料水罐储存了更多的水，还额外备好了毯子。还有好多把枪，全放在上锁的枪支保管箱里。他将每把枪都装满子弹，因为不装子弹有枪也没意义。他曾两次在门廊开枪打死几只土狼，还有一次打死了一头鹿。有只美洲狮他没打中。钥匙就粘在那个七尺长的保管箱的顶部，他总要反复检查箱子是否已经锁好。还有几箱弹药盒，以及一大箱照明弹。还有蛋糕配料、糖、烟草、威士忌、伏特加和朗姆酒。他可以拿这些换需要的东西——肯定还有他忘记准备的。

实际上，他真正忘记的是信用卡的利息有多高。现在他加班加

---

① 1美制加仑≈3.785升——编者注

点才勉强还上每月的最低还款。每当他用信用卡多买一袋松饼粉或一把铲子，他都自我安慰说，等千禧年一过，信用卡公司把1900年和2000年搞混，账目一塌糊涂，很可能连他的账目清单都找不到了。到那时，信用卡公司消失，银行体系瘫痪，一切都将回到以金条交易的时代。到那时，没有电话、电视、能源公司，也没有全自动汽车，只剩下那种发动机没有芯片控制的古董汽车。加油站、航空运输、卫星统统都没有了。那时，他就用无线电联系，他多年前就拿到了无线电通信的业余执照。整个十二月，他每晚都与世界各地的人密切联系。每天早上，他一醒来就在清单上加上一条。周末他就带着玛吉和拉罗斯去买一令纸，一箱信封。还有铅笔、钢笔和邮票。那时还会有老式地面邮递系统吗？或许吧，他的熟人说。整间储藏室都塞满了。诺拉毫无察觉，她正忙着做那些可恶的蛋糕。

变质蛋糕够那些鸡吃上好几个月了，彼得心想。诺拉在她做的单层蛋糕、千层蛋糕、环形蛋糕上涂了厚厚的糖霜，小心翼翼地写上拉罗斯或玛吉的名字。如今孩子们也吃腻了蛋糕。他将蛋糕收起，放进没有暖气的车库里。以前当地中学翻修时他回收了有用的东西，他看着那一排回收来的锡质储物柜，想到每个标有数字的柜门后窄窄的顶层架子上都有个彩色蛋糕，他忍不住笑了起来。

※

两家的父母都没心情过圣诞节，但圣诞节还是一天天近了。12月25日前一周的一天，诺拉醒来时感觉心脏重得像块铅。铅块重重地压在胸口，她能感觉到心脏在重压下无力地乱跳，不过她压根儿不在乎它是否还在跳动。可圣诞节快到了。她在床上翻了个身，轻轻推了推彼得——她一想到他还能睡得着，就忍不住恨他。

“树，”她说，“就今天吧，我们该装扮圣诞树了。”

彼得睁开眼，他有一双明亮亲切的蓝眼睛，他们永远无法在另一个孩子脸上看到这双眼睛了。达斯提那孩子简直是照两人的模子刻出来的，融合了两人五官的优点，曾让他们惊叹不已。那些镶了框的照片都还摆在梳妆台上。照片里的达斯提依然在阳光下奔跑，摆出蜘蛛侠的造型，和玛吉在儿童泳池里嬉戏，跟他们一起站在去年的圣诞树前。诺拉看着这些照片，感到一丝慰藉。可她却闭上眼，不愿看到与达斯提酷似的彼得。她哼唱起来，不再去想这些，把念头转到女儿身上。想到玛吉，她心里五味杂陈，时而充满爱意，时而满腔怒火。玛吉长得像她坚韧而倔强的波兰外婆，也像她任性又狡猾的齐佩瓦姨妈。玛吉生起气时，一双斜挑的金色眼睛仿佛也变成了黑色，还有那不自然又瘆人的笑。

诺拉轻柔的哼唱让彼得为之一振，从前，她时不时就会这样唱。他伸手抚摸她的手指：“也许？”

“不行。”她说。但他还是不死心，不是直接要求，就是伸手摸她。

“我带孩子们去砍树。”

他有个电锯，准确地说有三个。砍圣诞树用不上这些大家伙，有个手锯就够了。

“那，”他坐在冰冷的房间里说，“就用那把红色锯柄的手锯吧。我们先找棵最好的树，然后轮流锯。”他想了想，竟然觉得这想法可行，他只要起身照着去年的做法再做一遍就行。那时他身边的男孩因为自己的外套还没洗好，只能穿着玛吉亮粉色的迪士尼公主外套。达斯提总是信心满满。玛吉取笑他，叫他妹妹，他便学着加斯顿①的模样摆了个造型，把玛吉逗得哈哈大笑，玛吉从前的笑声如银铃般好听。

一切都变了，彼得暗自想着。玛吉的笑声变成了讥笑、尖叫、一连串愤怒的叫喊和宣泄。如今事情令人悲伤，并不好笑，玛吉也会幸灾乐祸地笑。

※

树林里，薄薄的雪地上，朗德罗看见彼得三人在选小云杉树，他往后退了退。他不是来挑选云杉的，而是来检查先前设下的陷阱，看到他们，他才想起圣诞节这回事。

“对了，”艾玛琳说，“对。我们也该准备棵圣诞树。”

“我想在圣诞树上挂白色的灯。”斯诺说。

“还是拿彩灯出来吧，”乔塞特说，“白色的灯太单调了。”

“我就喜欢清一色的，”斯诺说，“屋里其他的东西都是混杂在一块儿的。”

“嘿!”艾玛琳打断她。

“别见怪，妈妈。但用白色的灯装扮圣诞树，肯定很漂亮。”

“那就砍两棵树吧。”艾玛琳说。

“真的吗？你说真的吧？”

“两棵小点儿的。”

当晚，客厅的角落里摆了两棵小树，姐妹俩各装饰一棵。与

---

① 动画片《美女与野兽》中的人物。

往常不同，艾玛琳这次一点忙都没帮，倒是姐妹俩彼此较着劲儿。她们把亮片、丝带、帕瓦仪式所穿服装的饰物、拉罗斯的培乐多橡皮泥装扮到树上。她们从不用包装纸包礼品，都是用旧杂志、彩色报纸、购物袋来代替。可不知什么时候，一切都停了下来，女孩们哭了起来。酷奇翻了个白眼，瞪着眼大步走了出去。霍利斯借故溜回男孩们的房间。朗德罗早早上班去了，只剩下艾玛琳一个人搅拌着一锅炖菜。这一切都因为拉罗斯。

自从朗德罗和艾玛琳夫妇给孩子们解释了将拉罗斯送走的事后，这种情形几乎每周都会发生一次。

霍利斯回到男孩们的房间，给充气床垫插上电，将充气泵的表盘调到充气模式。有那么一两分钟，刺耳的充气声淹没了她们的声音。床垫充好气后，他倒头躺下，闭上眼。

什么都没有，周围寂静无声。

霍利斯知道，他的生父罗密欧就是在圣诞节前后把他丢给艾玛琳和朗德罗的。当时他五六岁，与拉罗斯差不多大。以前他也睡过一段时间的架子床，但还是更喜欢充气床。他还知道自己不是在医院而是在房子里出生的。关于人生的头几年，他还记得，他睡在周围满是人脚的桌子下，好一点时就和小狗挤在狗窝里睡。他还记得一年冬天，他和其他孩子穿着大衣挤在床上，那儿充斥着咸咸的汗臭味，裹着一股馊了的大麻味和打结的头发的臭味，让他至今仍觉得喘不过气来。要是他闻到有大人或孩子身上有那种味道，就会连忙避开。现在，他每天都洗澡。他还自己洗衣服，喜欢衣服熨烫时的味道。为此，家里的姐妹还嘲笑过他，不过她们也喜欢熨衣服的味道。能让自己干干净净的，有张属于自己的床，这种生活并非理所当然的。不，他不掺和拉罗斯的事。他刚才就是不想惹上麻烦才借机溜走了。但她们又开始喊叫，他能听到声音。

“那么妈妈，要是你杀了人会把我送走吗？”

这是乔塞特的喊叫声。

斯诺上前，扇了乔塞特一巴掌，乔塞特又扇了回去。艾玛琳扔下餐勺，扇了她俩一人各一巴掌——她从没打过自己的孩子，一次都没有。这一切发生得太突然，就像《活宝三人组》中那段歌舞场景——那是影片最大的看点了。艾玛琳哭起来，紧接着是乔塞特，最后斯诺也哭了。母女三人紧紧地抱在一起。

“我真恨不得把手剁下来，”艾玛琳哭着说，“我从没打过你们姐妹俩。”

“我俩也该把手剁下来。”斯诺也哭着说。

“那样以后我们炸面包，就得两个人站在一起，各用剩下的一只手，你看，拍一下，再拍一下。”乔塞特和斯诺两人演示了一遍。

“拍拍，再拍拍，真可怜！”艾玛琳不禁破涕为笑。

艾玛琳无精打采地搅拌着锅里的菜。慢慢地，大家相继回到炖锅边。霍利斯睡着了，打了个小盹儿。酷奇把几个月前从姐姐们那儿偷来的小物件包装好，当作圣诞节礼物送给她们。他把包裹挂在树枝上。朗德罗拎着两个海富迪牌的黑袋子回来了，里面装满了手套、帽子、靴子、夹克，都是新的。特拉维斯神父早在其他人翻拣慈善折扣商店的捐赠品前就把这些东西挑了出来。霍利斯走出卧室，帮忙把袋子拖进屋，把礼物分好。他尽量表现得开心，但却做不到。霍利斯高兴不起来，他天生不喜欢节日，不过这正好给了家里女孩们责怪他的理由。

“别哭丧着脸，”她们对霍利斯说，“圣诞节了，高兴点，别告诉拉罗斯根本没有圣诞老人。”

“我是说，要是你见得到他的话。”乔塞特说。

斯诺又沮丧起来。

“我会找到他的，”霍利斯说。他根本无心掺和，但话却脱口而出。“我会告诉他圣诞老人快来了。”

霍利斯长得不算英俊，鼻子很大，可他一副愤愤不平、闷闷不乐的样子，也许比那些长相英俊的人更有魅力。他刚理过发，头发垂在额前，格外整齐。

他用手掌将头发捋到一侧。

乔塞特每次见他这样捋头发，就会说他天生一副老式做派。

她冲他一挑眉毛，转过身去。而同时，这不经意的举动引得霍利斯痴迷地盯着瞧。

女孩们决定最后再把清新之水拿出来给母亲。她们不放心霍利斯、威拉德，就连父亲也不放心，担心他们一不留神就把香水瓶踩碎。家里有男人就是这样。他们总会踩坏东西，连礼物也会踩坏。奥吉布瓦族的女人，根据传统，而且是刚刚复兴的传统，从小就被教育不能踩踏东西，尤其是男孩的东西。外婆有个朋友，叫伊格纳西亚·桑德，她们常去向这位老人请教传统习俗。她告诉她们，女孩的力量会削弱男孩的力量。“这是性别歧视，”乔塞特说，“不过是另一种企图控制女性的手段罢了。”斯诺基本同意，艾玛琳听完拉长了脸。艾恩家的女人虽然不会对各种条条框框百依百顺，但也无法置之不理。

两姐妹给父亲和几个兄弟买了些稀奇古怪的小玩意儿。乔塞特和斯诺第一次买了彩色纸，小心地将用红色玻璃纸包装的礼品盒摆放好，然后把给母亲的礼品盒单独放在架子上。她们还特意为母亲的礼品盒配了个闪亮的红色蝴蝶结。此刻，那蝴蝶结在两人手里闪闪发光。

"拉罗斯的礼物怎么办？"斯诺问。

他们将大桌上的东西——珠串、螺纹瓶盖、报纸和课本——都推到一边，然后开始吃炖菜。乔塞特想去拉维奇家，把礼物给拉罗斯。斯诺说自己受不了诺拉姨妈，她太挑剔了。酷奇只一味闷头吃饭。霍利斯看看他，随即也埋下头。艾玛琳看着孩子们，他们转过头来看着她。

"你给拉罗斯做鹿皮软鞋了吗？"酷奇问。除了拉罗斯，他是家里最小的孩子。他语气里有一丝恐慌，眼里泛起晶莹的泪水。

艾玛琳每年都会用熏制好的驼鹿皮和毯子碎片给每一个孩子做一双新的鹿皮软鞋。有时，她还会在脚踝处缝上兔毛。她通常在看望母亲或在家时做。她一边做鞋，一边看她最喜爱的电视节目，或和孩子们坐在一块儿，督促他们完成作业。她做鞋很拿手，还有人专门从她这儿订鞋。有时，她做鹿皮软鞋能赚到两三百美元。全家人都感到骄傲，在家里只穿她做的鹿皮软鞋，就连霍利斯也不例外，不过霍利斯的鞋上缝着珠子，看上去很可爱，却不够酷。每年添一双，他们每个孩子都有整整一箱鹿皮软鞋。

"做了。"艾玛琳答道。

※

她给拉罗斯做了鹿皮软鞋，朗德罗告诉他的朋友兰德尔。兰德尔经营着汗屋，还在部落中学任教，传播奥吉布瓦文化、历史以及剥鹿皮的技术。他曾找到部落药师，并跟随他们学习，还从这些老人那儿学习了各种仪典。朗德罗身体里住着魔鬼，他说。兰德尔不怕魔鬼，相反，他尊敬魔鬼。

“我小时候肯定发生过什么，但我记不得了。”朗德罗说。

“大家都这么想，”兰德尔说，“仿佛你突然记起发生过的事就能杀死魔鬼。可事实上，要复杂得多。”

兰德尔的工作就是要和各种魔鬼抗争。土地被掠，被迫迁移，遭遇疾病，贪酒成瘾。他感到自己的民族历经坎坷，劫后余生，潦倒不堪。那段历史里有什么？让他们懂得了什么？他们曾经是什么人？现在情况怎样？为什么到哪儿都那么倒霉？

他们已把石头烧热，搬进汗屋。眼下，两人只穿着宽松的冲浪短裤，坐在汗屋里。朗德罗把防水帆布放下，汗屋变得密不透风。兰德尔将烟草、鼠尾草、雪松和裸根粉撒到黑石块上，待浓烈的香气弥漫开，他将四大勺水浇到石块上，热气一下涌进他们的肺里，呛得他俩难受。两人做完祷告，兰德尔打开汗屋门，拿起干草叉，又搬进十几块石头。

“好了，我们豁出去，再弄热点。”他说着，披好毛巾，免得烫出水泡。他将门关好。朗德罗数不清兰德尔究竟浇了几勺水，他觉得很晕，用毛巾遮住脸，接着越来越晕，只好躺下。兰德尔用阿尼什纳比①语向神灵做了一段长长的祷告，朗德罗似懂非懂。随后，兰德尔又说，“轮到你了②”，朗德罗本该说点什么，但他

---

① 北美印第安部落，白人殖民者称该部落为奥吉布瓦或齐佩瓦。

② 原文为奥吉布瓦语。

满脑子只有一句话："家里人都恨我送走了拉罗斯。"

兰德尔想了想。

"你做得对，"他最后说，"他们会明白的。还记得老一辈的人说的话吗？他们了解历史，他们知道是谁杀了他们这一家的第一个母亲明克，知道她有怎样的能力。还有明克的女儿、孙女、曾孙女，然后是艾玛琳的母亲。魔鬼想把她们都抓起来，可她们奋力反抗，以智取胜，逃出了它们的魔爪。"兰德尔又说："以前人们觉得部落药师是靠魔法才做到这些的，其实那不是魔法。也许很难理解，但那并不是魔法。"

"这些拉罗斯也能做到，"兰德尔说，"他生来就会，他比你想的要强大。有人曾说他是米拉奇，你还记得吧？"

"他们给了他一个名字：米拉奇。我记得。"

"没错。"

米拉奇知道怎么通过梦境追踪动物的下落，怎么让灵魂在昏睡般的通灵状态离开肉体，去探访住在远处的亲戚。早在18世纪，一个名叫乔治·尼尔森[①]的商人就见过这样的人，并做了记录。

朗德罗迟疑地问："要是这些老人家不过是普通人，跟我们没两样，那该怎么办呢？要是……"

"他们的确是普通老人，"兰德尔答道，"但他们掌握了先人传下来的知识，不是吗？比如，这儿闹饥荒时，大多数老人都放弃了自己的食物。他们那代人为我们献出了生命，不是吗？所以

---

① 主要生活在后来的加拿大魁北克，著有《皮毛交易商：1802—1804年日志》一书，记录了印第安奥吉布瓦人的文化风俗和文化活动。

我们去了北方。如果他们说得有道理就听他们的。”

“也许他们也不知道呢？”

“别问这样的傻问题了，这么想脑子会坏掉。我来问你点事，达斯提是个什么样的孩子？”

“别问我那男孩的事。”

“兄弟，他对你的人生影响巨大。这孩子怎么样？你们家谁最了解他？”

朗德罗终于开了口。

“拉罗斯……”

拉罗斯对他有哪些了解？

“他是个有趣的孩子，喜欢玩冒险游戏，他们俩曾把一堆玩具想象成卡通人物。要是你听听他俩编的那些情节，也会捧腹大笑。达斯提他……”

“这就对了，说出他的名字，但记得加上对逝者的称谓‘之灵’。”

“达斯提之灵，他喜欢画画，画得很好，我们家里还有几幅他送给我们的画。”

“画的什么？”

“马、狗、蜘蛛侠。”

朗德罗一直在不住地哽咽，兰德尔由他哭了一会儿。

“以后别再哭了，除非为那孩子难过。别再为自己的痛苦而哭，省下力气，照顾好家人，多为达斯提之灵的家人做好事。你在我面前哭是为所做之事而流泪，现在别再为这哭了。你是吃了药才射中他的吗？”

石头上的药物噼啪作响，“不是”。

“你当时吃药了吗?”

“没有。”

“你当时吃药了吗?”

“没有。”

“我们太过轻易地放过自己的族人，这是不对的，所以我才问这话。”兰德尔沉默了好一会儿。

“你是个出色的猎人，打每一枪都很小心，”兰德尔说，“大家都知道你很谨慎，而且每年都能打到猎物，所以我得问清楚。”

“好吧。”朗德罗说。

“我还是不太相信。”

“好吧。”朗德罗说。

“你戒酒了吗?”

“戒了。”朗德罗回答说。

“也没吃什么药?”

“没有。”

“好吧，你要相信，把拉罗斯送过去是对的。”

“可艾玛琳怎么办?”朗德罗问。

“诺拉是她姐姐。”

“她们只是同父异母的姐妹。”朗德罗纠正道。

“姐妹就是姐妹，没什么同父异母的说法。”兰德尔说。

“艾玛琳不喜欢她姐姐。”

“她这么说的?”

“我看得出来。诺拉也受不了艾玛琳，所以我们见不到拉罗斯。我们本以为她会时不时地带拉罗斯回家看看；从前，两个孩子常在一块儿玩儿。”

“再给他们点时间吧，”兰德尔说，“门！糟糕，我忘了咱们没有看门的。门！我是在叫自己呢。”兰德尔将防水帆布拉到一边，“搬进来更多的石头，”用干草叉放到石堆上。

“搬这么多石头？”朗德罗整个人快热化了。

“哈哈，”兰德尔笑道，“我们痛痛快快来一场，我要把你整个人活煮了。”

朗德罗被兰德尔当青蛙似的煮了一通，但心里依然无法平静。他越来越难过，他想念拉罗斯用纤细的胳膊抱着自己，为把他当作自己最喜欢的孩子而自责。他开始亲近酷奇，去哪儿都带着他。酷奇真诚、内向、爱较真。拉罗斯的事对酷奇打击很大，可他太安静了，没人察觉到。

“你怎么不说话？”朗德罗曾问他。

“乔塞特老是说个不停，我还说什么呢？”

他说得有道理。

艾玛琳还惦记着特拉维斯神父的话。没错，只要她愿意，就能把儿子要回来。她不会走官方程序，社会服务工作的那些文件都得一式三份，越填越多，保不准会有什么变故。但她没想让事情走到那一步。像往常一样，她总会想起诺拉的不幸，自己的丈夫对达斯提的死负有责任，所以她做了些别的事。过去几个月来，她零零星星地为拉罗斯攒了些钱存进储蓄账户。有时她将对拉罗斯的爱缝进被子，送到拉维奇家。艾玛琳将被子递给诺拉。诺拉在门口谢过她，然后把被子叠好，放进衣柜的最顶层。每隔几周，艾玛琳就忍不住要做拉罗斯喜欢的汤和炸面包。她把做好的食物放到诺拉家门前的台阶上，有时还会直接交到诺拉手中，希望拉罗斯能吃上两口，感受妈妈的爱。圣诞节前夕，艾玛琳将鹿皮软鞋带回来，包好，写上拉罗斯的名字，放在彼得家门前。而诺拉将鹿皮软鞋收进一个塑料盒中，塞进箱子。诺拉害怕鹿皮软鞋，因为鞋上的熏木味有创造之力。

每当艾玛琳送东西过去时，她觉得同父异母的姐姐知道拉罗斯的去留由谁说了算。开门时，诺拉撇着嘴，笑得很假。有时，还没收下食物，诺拉就紧张得双手时而攥紧时而松开。她小心翼翼地向艾玛琳道谢，话里隐藏着一种绝望，逼得艾玛琳不得不转身离开。艾玛琳回到车里，将手伸进口袋，摸着一张小纸条，上面写着：你有权把他要回来。

就在圣诞节前一天，她又去了诺拉家，放下食物后她怎么也舍不得离开。她从皮卡里下来，又回到诺拉家门前。或许她可以跟诺拉谈谈？让她看一眼拉罗斯？她敲敲门，但诺拉没来开门。艾玛琳更加用力地敲，手腕生疼。她知道诺拉就在屋里陪着儿子，装作不知道是她在敲门。

屋里，拉罗斯听出了妈妈的声音，闻到了汤的味道，但他一口也喝不到。诺拉只是一遍遍地给他读《野兽出没的地方》[①]，直到听不见敲门声才停下，她的声音沙哑尖细。

“饭还是热的[②]，”诺拉读着，合上了书，“还要再读一遍吗？”

---

① 莫里斯·桑达克于1963年出版的儿童绘本。

② 《野兽出没的地方》里最后一句话。

“好。”拉罗斯小声说道，他心里涌上一阵说不清的哀伤，让他精疲力竭。他闭上眼，睡着了。

“有种基因叫婊子的基因吧?”艾玛琳一进门就嘲讽道。她刚才站在拉维奇家门口，敲了很久的门。

斯诺向乔塞特使了个眼色，乔塞特立马接道：“我没听错吧，妈妈竟然骂人了?”

“要是真有，”艾玛琳又说，“我那个姐姐肯定是从她妈那儿继承来的，谁都知道她妈就是个出了名的贱婊子。”

姐妹俩盯着艾玛琳，不禁皱起眉，不敢相信妈妈竟然这么说话。

“她妈妈名叫马恩，这女人杀了自己的丈夫，逍遥法外。当然，因为她丈夫是个邪教头目。”

“哇哦。”女孩们举起双手。

“你说的都是疯话，妈妈。”乔塞特说。

“这可都是事实。”艾玛琳说。

“好吧，妈妈，可你别忘了，你说的可是我们的外公。”乔塞特和斯诺使劲儿点头。

“妈妈，你说的这些事听着太奇怪了。我是说，人再怎么贱，杀自己的丈夫可有点不正常。我们可不想听这些。”

“这么说，你们不想听事实。那你们想听什么?”艾玛琳问。

“我们当然是想让一切恢复正常。”乔塞特说。

“日子平平淡淡，只碰到好事没坏事，”斯诺接道，“像情景剧一样？虚假的真实罢了。”

“你用了词汇表里的词!”

姐妹俩击了个掌。

“好吧，”艾玛琳说，“我认输了。”

※

麦金农用女孩的语言跟她说话，女孩藏起涂满泥巴的脸。

“我不过是问问她的名字，”他说着，双手无奈地一举，“她不肯告诉我。罗伯茨，给她找点活儿干，我看她缩在墙角就心烦。”

沃尔弗雷德让她帮着劈柴，可劈柴会暴露她优美的身姿。他教她烤面包，可火光照亮了她的脸，她脸上的泥巴因为火的热量融掉了一些。他给她的脸重新涂上泥，又试着教她写字，她很快就学会了写那些字母。可写字又会露出她美丽的手。最后，女孩自己提出去林子里设陷阱捕捉猎物。她把意思表达得很清楚，她打算卖皮草，攒钱为自己赎身。麦金农买下她也没花几个钱，用不了多久就能把钱攒够，她说。

这段时间里，她知道沃尔弗雷德为什么给她擦过脸又将泥巴涂回去，所以装作无精打采、愁眉苦脸，故意把头发搞乱，把脸弄脏。此外，她每天学写一个字母，然后是单词、短语。她开始零零星星地把学过的东西用在谈话中。

她算得上是野蛮人里很聪明的了，沃尔弗雷德心想。用不了多久，她就能抢我的饭碗了，哈哈。这些玩笑话他只能对自己说说。

※

特拉维斯神父拿起电话，将椅子向后倾了一下，他听到教区新主教的名字时什么也没说。

不出所料。

新主教弗洛里安·索日诺会对一切敏感问题采取强硬立场——这儿是红州[①]，可特拉维斯神父工作的地方属于蓝色选区。保留地是支持民主党的蓝色小点，或者可以说是污点。除了他本人，在他认识的人中只有罗密欧·普亚特是共和党支持者。新主教上任后，特拉维斯神父也许会有一位提倡神学解放的多明我会[②]神父做同事，因为新主教可能会惩罚这类神父，把他们下放到保留地工作。或许，保留地会由一个新教派全面接手。他倒很喜欢圣庇护十世司铎兄弟会[③]，怀念他们的拉丁弥撒，是他们让脱利腾弥撒[④]流传至今。至于别的，比如堕胎，他毫无兴趣。父亲告诉过他，女人的事留给女人自己去解决。还有一种可能——教会上层还在耍花招，帮助恋童癖神父躲避惩罚。

杜绝最后这点向来是个难题。

他本人可能会被派到其他地方，也有可能突然来个比他更有权威和资历的神父，他得听人指挥。他可能得跟一个邋遢鬼神父同住——那位神父可能长期患病、无精打采、成天病恹恹的。或许突然会有一大批修女被派到修道院，那儿现在正由一些献身于教会事业的外行人士管理，用作静修之地和会议中心。

也可能什么都不会改变，他总这样希望。他抬头看了看办公室那裂了缝的天花板，上面有条淡蓝色的线条，是木匠的画线器

---

① 美国大选用词。红州指支持共和党的州，蓝色则代表支持民主党的州。
② 一译多米尼克派，天主教托钵修会主要派别之一。
③ 创立于 1970 年，是一个国际性的天主教传统主义团体，以坚持脱利腾弥撒闻名。
④ 罗马天主教拉丁弥撒的祭祀仪式。

画的。它仿佛在他脑中打开了一扇蓝色的门。

特拉维斯神父穿上外套，走进明亮干燥的雪地里，这一刻神圣而宁静。他爱圣诞节，爱午夜弥撒。虽然保留地的人平常让他抓狂，可烛光使他们的容貌充满灵性。黑夜已深，白昼将近；我们就当脱去暗昧的行为，带上光明的兵器①，他打算在布道时这样说。还有那扇蓝色的门。这里面没有什么让人羞愧的事，他没有违背自己、朗德罗或艾玛琳的誓言或别的约定。他自己想想开心的事情总可以吧，不是吗？尽管与《马太福音》相悖？可他想想总可以吧？那原本就不是他最喜欢的福音书。白鸽飞过，沙沙作响。他往四周瞥了一眼，心里充满异样的喜悦。雪如同光明从天上洒下。

※

诺拉将圣诞节搞得很盛大，但这无济于事。她的心像沉重的铅锤，铅锤渐渐融化，铅液渗入血管，渐渐使她的血液无法流动。她手脚冰凉，即使穿着好几层羊绒衫，还是冷得发抖。她坐在壁炉旁，喝了一整天热茶。从床上起身，从椅子上站起来，改变姿势，对她来说就像移动家具一样困难。只有在每天下午，她抱着拉罗斯坐在她的腿上，哄他睡觉时，四肢才不那么僵硬。他睡得很熟，甜丝丝的感觉流进她的心里。她抱着他一动不动，见他要醒时才又摇摇他，哄他接着睡。他睡醒后，她还不愿把他从腿上放下去。接着，她会强打起精神，假装全心全意地陪在孩子身边，不是个活死人。她无法在彼得面前这般掩饰，但圣诞节后一周，

① 出自《新约·罗马书》第13章第12节。

彼得满脑子都是元旦前夕可能发生的事情。他已经计划妥当，只等夜幕降临后实施自己的计划。

1999 年 12 月 31 日，彼得在客厅的储藏箱里塞满柴火，好让炉子能烧上一整宿，因为电脑控制的电力系统肯定会崩溃。他装满几大罐饮用水，还准备了几桶水来冲洗厕所，随后他关上水阀，以防水管冻裂。他在楼下的客厅里铺好床，因为烧着火炉，客厅温暖而舒适。他早已买好适用于零摄氏度以下的蓬松睡袋，因为他认为一家人可能要靠这些睡袋过冬。他满怀希望地为自己和诺拉买了双人睡袋，他还买了厚泡沫垫。他将这些漂亮的床上用品都铺在地板上，孩子们从楼上取来了枕头。拉罗斯抱着他的娃娃。屋里还准备了吃的、老式电池收音机、纸牌游戏和电脑——他们要在午夜亲眼看它失灵。诺拉做了爆米花；无论拉罗斯做什么，她都会哈哈大笑。她看起来很高兴，事实上也的确如此。假如这真是世界末日，那一切就都结束了，她再也不用装出一副渐渐恢复的模样，不管出了什么乱子都不是她的错。彼得和玛吉一起玩钓鱼纸牌、疯狂八点和红心大战①。诺拉一本接一本地给拉罗斯念书，她的声音很轻，夹着几丝兴奋。

最后，孩子们钻进他们柔软光滑的睡袋里睡着了。彼得点起蜡烛，拿出一瓶气泡酒，把炉火弄旺。他往诺拉的香槟酒杯里斟上酒，琥珀色的泡沫沿着酒杯边缘缓缓流下，接着他又给自己倒了一杯。两人默默举起酒杯。诺拉伸手将那蓬松的金色鬈发从脸上捋到一旁。喝酒时，两人看着彼此。正是这两具身体共同孕育

---

① 钓鱼纸牌、红心大战和疯狂八点均为纸牌游戏。

了他们的儿子，而此刻那熟悉的躯壳下像寄居着两个陌生人。

“我都认不出你了。”诺拉说。

“就是我，”彼得说，“还和从前一样。”

“不，你不一样了。我们都回不去了。”

“好吧。”彼得喝下一大口酒，“回不去了。但那不代表我们变了，我是说，我们还在一起，我仍然爱你。”

他的话静悄悄地浮在空中。

“我也爱你。”她最终说，竭力表现得发自内心。她呷了口酒，然后突然一口气喝光。“再来点！”诺拉举着酒杯笑了，“算了，变没变有什么关系？世界末日了！为世界末日干杯！”

她容光焕发，脸上发烫，闪过一丝笑容，是那种迷人的、祝人好运的坏笑。她的牙很小，像珍珠一样。他常说她的笑能让整个屋子充满幸福。她一旦兴奋起来的确很有感染力，就像一个平时不苟言笑的人忽然放开了一样，那种惊喜会感染人。彼得又给她倒了一杯酒，然后示意她上楼。她兴奋地从睡袋里钻出来，头发凌乱，光着脚。他们一起上楼，进了卧室，锁上了门。起初，两人急不可耐，好不甜蜜。但随着更深的交媾，两人跌入残忍、痛苦的深渊。

“我不该那样，”彼得后来小声说，“你还好吗？”他见她没回应，又问道。屋里弥漫着压抑的沉默。“嗯，”他又开口道，“好吧，刚才我失控了，对不起。但你也达到高潮了，这我没什么好抱歉的，我感觉得到。我很爱你，也许我们可以再要个孩子，诺拉。这事我们没谈过，就算再生个孩子，也无法取代达斯提，也不会取代拉罗斯。我也爱拉罗斯。再要个孩子也不能挽回已经发生的事，但也许会让你好受些，甚至还能开心起来。”

“好冷，”诺拉说，“我恨你。”

他没说话。过了一会儿，她把头贴在他胸口，发出缓慢均匀的呼吸声。她一睡着，他就将她留在房间里，起身下了楼。孩子们还睡着，他轻手轻脚地帮他们把被子掖到颈下。他不由得抬头望去，那条脏兮兮的狗正在门廊上透过玻璃移门往屋里看。在如此特别的夜里，放条狗进屋不算什么吧。他打开门，狗进了屋，警觉地浑身颤抖。它那两只红耳朵原本竖着，此时微微耷拉，身子却还紧绷，仿佛在思考彼得让它进屋有什么特殊意义。

“你……”彼得开口说，他没法像对普通狗那样跟它说话。

“你不是普通的狗，对吧？你肯定饿了，这儿有鸡肉，但没有骨头给你吃。”

他低头看着狗，狗一脸期待地坐在地上，仿佛受过训练似的。

“骨头都碎了。”彼得对狗说。狗抬起头，像是听懂了，这让彼得很吃惊。

“你会噎着的。”彼得说。

彼得撕鸡肉时，狗棕色的眼睛紧盯着他的手，彼得刚将一盘碎鸡肉放下，它就开心地哼哼着，猛地向前扑去，分三大口将肉吞了下去。随后，狗径直走到孩子们身边。它站着看看玛吉，又看看拉罗斯，身体一动不动，只有鼻子在抽动，仿佛嗅得出孩子们过去几周做过什么，吃过什么，摸过什么。觉得心满意足后，它摇着尾巴，在整个房间里走来走去，将每件东西嗅了个遍，像是要将它们的主要特征牢牢记住。嗅了一圈后，它在孩子们脚边踩出一个窝趴下。它看上去与其他狗并无不同——黄褐色的脑袋，漂亮的爪子，花色皮毛，头上有两撮深色的毛，毛长的位置在人脸的眉骨处。彼得挠挠它的背，狗面露喜色，随后发出不寻常的呼噜声，表示它很高兴。接着它睡下了，房间里很暖和，它身上散发着淡淡的臭味。彼得又给孩子们整理好睡袋，然后转身走开。他像个等待吃食的饿汉似的，给自己倒了杯威士忌，在电脑前坐下。午夜快到了。一整宿，他都没睡。随后的几小时里，他一直在网上漫游。法国的电子时钟显示数字一九零零。有几个地方的电路闪着光，不太稳定。没有恐慌发生。后来，他低下了头，肯定是睡着了。黎明悲伤而平静，大笔的债务也随之而来。

通道

明克的女儿一脸忧郁地看着高吹雪[1]下个不停，沉思着：我得自己生堆火，晚上那老浑蛋肯定不会让我靠近他的火堆。借着火光，我还能除掉裙子和毯子上的虱子。可他再干那档子混账事的话，他身上的虱子又会爬到我身上，她仿佛看见自己抽出他腰间的刀插进他肋骨间。

另一个人，就是那个年轻的，他是个好人，可他无能为力。他不知道那个狡猾的老浑蛋在搞什么勾当。她越挣扎，那老癞皮狗越来劲儿。那个老浑蛋知道怎么一下子制伏她，让她无力反抗。

鸟儿不再鸣叫，安静下来。那天下着雪，雪从树上落下，她用雪将身子擦得通红。她脱掉所有的衣服，赤身躺在雪里，一心求死。她忍着不动，严寒刺骨，她心脏里似乎塞满了冰，让她异常痛苦。有人从另一个世界来了，这个灵魂身上散发着淡蓝色的光，没有清晰的轮廓。这个灵魂照料她，给她穿上衣服，系好鞋，拂去身上的虱子，给她裹上新毯子，说道："再遇上这种事，来找我，你一定会活下去的。"

---

① 较强的气流将雪吹离地面两米以上的自然现象。

※

“这狗真臭！”诺拉说。

“我再给它洗洗，”彼得回道，“它天生就有些味道。”

狗深情地望着诺拉，两次冲她弯下身，试探着想把鼻子凑近她的膝盖。

“可别！”诺拉对狗说，她瞪着狗充满疑问的眼睛。它坐下，露出惊奇的神情。

“你臭死了！”诺拉又说。

狗气咻咻地咧开嘴，对诺拉说的每个字都做出了反应。

它曾游荡在外，跟别的狗打架。彼得听到树林里传来其他狗的吠叫。有几年冬天，保留地的狗成群结队，一起追赶并慢慢杀死公鹿。他以前在自家地里射杀过几只狗。这只狗回来时鼻子上有块伤痕，尾巴断了，一只眼睛也受了伤。

“那只眼睛以后就是血红色的了。”诺拉说。

“这狗还挺惜命的，”他说，“我把它拴起来，养在院子里。”

“要给它绝育吗？”

彼得没吭声。

“它可能吃了鞭炮，看到这儿没？它嘴巴的一边全都肿了。”

“好吧，看样子它有些来历，是从某个地方来的。”彼得一边说一边揉着狗的全身，狗高兴地直哼哼。它满足地闭上眼，那张撕裂的嘴唇间露出了尖牙。彼得大笑起来。“这狗叫归叫，但眼神是开心的，”他说，“连那只受伤充血的眼睛也一样。”

“我们不能留下它。”诺拉说。

“我们必须把它留下。”彼得回道。

诺拉身子一僵，转身离开房间。狗的目光紧随其后，若有所失。

彼得摸它的耳朵和脖子，轻声道：“嘿，你知道点什么！我就知道你知道！你想对我说什么？”

他摸着狗，不觉间走了神。他的思想放松下来，因此当那些话缓缓出现在他脑海中时，他并不沮丧。

“那天我看见了达斯提。”在彼得的脑海中，那狗似乎对他说“我身上附着他的灵魂碎片”。

彼得将饱经风霜的宽阔额头抵在狗的前额上。

“我没疯，对吧？”

“你没疯，”狗说，“正常人都会这么想。”

※

二月中旬，南风吹遍各处，融化了冬雪，敲打着门窗。朗德罗穿着衬衫出门给卡罗拉加油，没留意到彼得的车就停在怀特便利店门口。彼得拎着几组还滴着水的六罐装的冰镇啤酒——两人都看到了对方。朗德罗转过身，看着读数表上快速上升的数字直皱眉头。

“我懂。”彼得突然来到他身旁，“我花了三十美元才把油加满。”

自从朗德罗将儿子送到拉维奇家，两人就再没讲过话。朗德罗点点头，说了几句不痛不痒的话。

“诺拉带孩子们去了迈诺特，”彼得说，“他们打算在那儿过夜，我今晚要痛痛快快喝点酒。”

他问朗德罗要不要来家里坐坐。

“好啊。”朗德罗答道。说这话时，他没想着喝酒，可当他开了十英里，越过保留地边界去拉维奇家时，他却想喝酒了。他现在每天还是想大醉一场，但只是习惯性地想一想，从没喝过。车轮碾过拉维奇家的车道发出刺耳的声音，拉维奇家附近修剪过的常绿植物上还挂着薄薄的雪。朗德罗看着一动不动的窗户，突然感到一阵窒息般的恐慌，差点掉头离开，可彼得已站在门口朝他招手。

朗德罗慢腾腾地下了车，彼得示意他进门。朗德罗认出了彼得身后站着的那条狗，那是原来自家一直喂着的狗。狗也认出了朗德罗，跟他交换了一个熟人相见的眼神，然后转身走了。连他家喂过的狗都来这里住了，可屋里丝毫没有味道。诺拉一闻到有什么味道就会点上除怪味的无味蜡烛。她的屋子里从来闻不到一丝生活的气息，没有旧衣服味儿、腐烂食物的味道，就连正在烹饪的饭菜味儿也没有，因为诺拉会用油烟机将味道都吸到屋顶排走。但没味道也是种味道，朗德罗记得这味道。

他把鞋脱在门口，穿过铺着地毯的客厅，和彼得一起坐在擦得光亮的老家具中间。客厅和厨房之间有个长长的岛屿状柜子作为隔断。他想都没想，也许是记性太好，彼得径直走进厨房，打开冰箱。他开了一罐冰镇啤酒。他坐在桌旁，邀朗德罗打开啤酒一起喝，朗德罗照做了。与平常不同，朗德罗不再像旁观者那样清醒地审视自己的想法。那一刻他暂时忽略脑子里的想法，坐下喝了口啤酒。同时，他那满是孔隙的脑袋像海绵吸水一样记下这个举动，随后脑细胞才开始慢慢理解其中的意义。

“谢了。”彼得说，目光却盯着桌子。

“谢谢。”朗德罗也说道，两眼看着啤酒罐。

两人任由心情裹挟。他们起初随意闲谈，谈朗德罗照顾的病人，谈艾玛琳所在的问题学生寄宿学校，艾玛琳算是学校的主管，但也得给学生上课。他们又说起农场，说起彼得卖木材的工作，还有彼得在西内克斯①的工作，以及其他为还债打的零工，说起他还得继续打零工才能维持农场的运营。两人喝完一罐，又开了一罐。四五罐酒进肚后，朗德罗有些晕，但酒已下肚。他尽量保持平静，打算慢慢喝这一罐，可脑袋嗡嗡作响，脑海中不断浮现不在场的儿子。他和彼得惺惺相惜，却做不成朋友，这痛苦掀起了第一阵情感的波澜。这种感觉在喝下第二罐后很快消失了。朗德罗举起大手，摸了摸自己的脸，他脸上坑坑洼洼的，倒不是痘坑，而是小时候出水痘落下的疤痕。那场水痘险些让他失明。他想换个话题，调节一下气氛。

“千万得给他打新型水痘疫苗，我的脸就是水痘搞的。”

彼得的目光锁定在朗德罗脸上。诺拉每隔一段时间就大发脾气，已让他不再轻易发怒，他总是用平静来浇灭她的怒火。他轻微的恼怒都会引爆她阴沉的怒火。此刻，他突然感到肋下剧痛，一时间无所适从。他没意识到自己的疼痛，也许只是不愿承认。

“水痘，嗯?”

“对。”

---

① 连锁加油站附属的便利店。

“我还以为你这脸是被铅弹打的呢，我是说，不知哪个拿猎枪的浑蛋打的。”

彼得被自己的话吓了一跳。他不安地跳起身，将狗放出屋，接着又从塑料包装里取出一罐酒。彼得把心里话说了出来，觉得很痛快。为什么要憋着不说？可朗德罗会怎么想呢？

朗德罗突然深感沮丧，默默地将话吞进肚子。同时，他屏住呼吸，闭上眼睛，然后伸出手。彼得甩给他一罐啤酒，站在那儿，好像要动手。朗德罗突然睁开眼，跳起来，拿着啤酒罐——称不上是什么武器——迅速砸向彼得的太阳穴，但没打中。彼得弯下身，猛地朝朗德罗扑过去，想把他按倒在地。朗德罗双膝抬高，彼得必须贴近才能打他一拳，而朗德罗借机紧紧夹住彼得的头部，将他翻了过来。两人就这么打了起来。他们打翻了桌子，各自站在桌子一边，羞愧地瞪着对方，张着嘴，喘着粗气。

“好吧，”彼得开口说，“不能再喝了。”

外面传来了狗吠。

“你了解我的。”朗德罗说。

“是啊，”彼得说，一边将桌子摆正，“妈的。”

朗德罗拉过一把椅子坐下，双手抱住头。

“来吧，狠狠揍我一顿。”他说。

“我巴不得。”

彼得依然感觉得到那骨子里的疼痛，他渐渐适应了。“我可以让你堕落成邋遢的醉鬼；我也可以埋伏起来，把你炸死。我有的是法子报复你，但那都无济于事。达斯提，我每晚都会梦见达斯提。”

“就算有拉罗斯也不行吗?”

“我还是会梦到达斯提，而且我觉得对不起你儿子，我是说，我爱你儿子。”

那句你儿子让朗德罗松了口气，他看着彼得。

“要是能让达斯提回到你们身边，就算要我的命都行。”朗德罗说，“拉罗斯是我的命根子，我已经尽力了。”

他们将桌椅摆好，又坐了下来，点点头，但都不再喝酒。彼得用手捂住脸，让椅子向后倒，两脚离地，继而又重新放好。他正视着朗德罗。

“说起那件事，”他小心翼翼地说，“我有几个问题想问你。”

“以后再问吧。”朗德罗说。

他垂下眼，慢慢看向别处。他不知所措，心情绝望而沉重。他一直在等，等彼得夫妇提出正式收养拉罗斯。他起身出了门。他还需要再等一段日子。

※

皮斯太太望着地毯笑了，地毯闻起来还有股芳香剂的甜味。她倚在灰色天鹅绒躺椅上，脚下仿佛有一朵朵小花盛开。她把锡罐放到腿上。她近半年没犯过病了，但病根儿早就落下了。比利像波浪一样不时袭击她，她总是将他打退。现在正是芬太尼药性最强的时候，疼痛刚刚折磨着她这把老骨头，使她的内脏都疼得揪在一起。在药物的作用下，疼痛也正不情愿地离她远去。疼痛是不想放过她的，但倏忽之间她自由了。她的呼吸渐渐轻快起来，身子也好起来。皮斯太太的目光穿过透明镶板门，穿过扫过雪的院子，穿过一棵长满节瘤的苹果树和凌乱的栅栏，又向下穿过一条长长的斜坡，最后看到了公墓。

人们开始用太阳能草坪饰物和其纪念品来装饰亲人的墓地。八月，她和艾玛琳在地上打桩，挂了不少灯笼。这儿埋着她的一个女儿，生这个女儿时她差点儿难产而死。她母亲也长眠在这儿。那儿有块白色的墓碑，字迹模糊不清。她众多亲人和朋友，这些她深爱的人，长眠在这片长长的小山下。一小时后，这些逝者的家园就会被雪覆盖，发出白茫茫的光。

疼痛渐渐离开她，让她进入了轻松的梦乡。她梦见妈妈来看她，妈妈穿着那件极薄的旧外套，走上山来。她没有敲门，直接穿门而入，坐了下来。妈妈踢掉那双装饰着长绒毛的漂亮橡胶雨鞋，蜷缩到长沙发上，盖上荷粉色的薄毯子，开口说："一切都很平静，一切都很明亮。"

"我知道，"皮斯太太说，"纱线应该用再暗些、柔和些的粉色，我没料到织出来是这种效果。"

"我在托顿堡寄宿学校念书时有条这种颜色的裙子，上面还有蓝白条的印花。好吧，我不是说裙子，那条裙子其实跟其他裙子一样，都是灰色的。我说的是饰带，饰带是粉色的。有时我们在头发上戴饰带或是彩色发带。当然只有特殊场合才这样打扮，毕竟那是军事学校，是从军事据点改造成工业军事学校的。"

"我每天还会想起你，"皮斯太太说，"我只有这么几张照片，但我记得你照片里的样子，我常看你的照片。"

她妈妈在毯子里瑟瑟发抖。

"你能把温度调高点儿吗？"

“好，你瞧！”

拉罗斯有个长柄夹子，可以伸缩使用。她将它伸长到墙那儿，调高了取暖器的温度。妈妈满意地叫出了声。

“很快就暖和起来了！”

“我来给你沏茶。”

“他们不给我们喝茶，我们只有牛奶、粥和兑水牛奶。脱脂牛奶算什么牛奶，嗯？我们就喝那种牛奶。老是有铃响。我们做什么都得听铃响，很快，你会发现铃声简直无处不在。”

“我现在还听得见铃声。”

“铃声就在你脑袋里嗡嗡响，是吗？”

“就像过节似的。”

“天哪，我的好女儿，我感觉热起来了。在那里，冰冷一直往我骨髓里渗。第一年时，他们拿走了我的毯子，我那条暖和的小兔毛毯。他们没收了我的毛边儿鹿皮靴，还有那件传统裙装和其他所有的东西。我的小贝壳耳环、项链，还有布偶娃娃。那娃娃还在下面的纪念品箱子里，对吧？他们将家人寄给我们的纪念品卖了。他们竟然卖我们的纪念品！想不到吧？”

“看他们干的好事！”

“我知道！那些年，他们剪了多少人的辫子，男孩的、女孩的，都剪了。”

“每年从各地送来几百个孩子，最远还有从伯特霍尔德来的。这样一来，他们每年就要剪掉几百条辫子，那些辫子都去哪儿了？”

“都织进我们的床垫里了吗？难道我们睡在自己的头发上吗？”

“假如他们一把火烧了我们的辫子，你总该记得那种味道。”

“可没有辫子，我们就没了力量，就会死。”

“看看这张照片，”皮斯太太说，“一排排的孩子穿着硬邦邦的衣服，站在一栋砖砌的大楼前面，瞪着愤怒的眼睛。”

“看看那些小孩，我觉得，他们是为我们这些人牺牲的，穿着让人瘙痒的衣料接受驯化。”

“这类照片很出名，他们用这些照片来表明我们也能被驯化成人。”

“政府吗？他们那时想把我们赶尽杀绝。那个写《绿野仙踪》的家伙，对吧？你还有他的剪报呢。”

拉罗斯拿出几片报纸碎片。

“呐，就在这儿。”

《阿伯丁周六先驱报》（1888）

法兰克·鲍姆①

……高贵的印第安人已经灭绝，少数苟活下来的只会哭着抱怨，只会卑贱地舔舐敌人的双手，哪怕那双手曾打过他们。强者理应武力征服弱者，文明理应取代野蛮，白人是美洲大陆的主宰。为最大限度地保障边疆定居点的安全，应全面灭绝余下的印第安人。为什么不灭绝他们呢？他们的辉煌已经逝去，他们的精神已经崩溃，他们的刚毅气概已经不再，与其让他们卑微地苟活，不如让他们解脱。

① 童话《绿野仙踪》的作者。

1891

法兰克·鲍姆

……我们仅有的安全感有赖于印第安人的灭绝。过去的一个世纪，我们已对他们犯下累累罪行，如今为了保护自身文明，又何须介怀再添一笔罪行，将这些野蛮难驯的生物从地球上彻底抹去。

“好吧，”皮斯太太说，“我们还活着，这真是奇迹！”

“这里不是奥兹国[①]。”她妈妈说。

“你的墓里倒像个奥兹国，那些绿色的光。”

“那儿冬天可没有罂粟花。”

“我这儿还有更好的东西。”

皮斯太太四下翻找，她把芬太尼药贴放在玫瑰锡罐底部，上面盖着各种纸片和纪念品。白色的药贴上印着绿色字母，装在半透明的袋子里。她使用这些药贴很小心，她本该在痛症出现前贴上药贴，但芬太尼会让她神志不清，她不喜欢这样。因此她会忍着痛苦，直到疼得大脑一片空白才贴上。药贴慢慢地发挥药效。她眼下使用的药量几年前足以要了她的命。

“是灭绝还是教育[②]？”

① 《绿野仙踪》中的魔幻世界。

② 美国政府对印第安人实施的强制性同化教育，给印第安人的精神和传统文化造成毁灭性的影响。

"只要将痛苦带走就好。"她说。

"我们能当老师真好，我们可以好好地爱这些孩子。"

"有好老师，也有坏老师。孤独排解不了。"

"孤独扎根在人的心里。"

"延续了一代又一代，他们说整整四代人。"

"也许它终将在这男孩这儿结束。"

"拉罗斯。"

"也许他最终会平安无事的。"

"很有可能。"

躺椅让她觉得更加舒服了，空气里传来滴答滴答的声音，轻柔的蒸汽声响如溪流淌过她身旁。她伸出双臂，母亲握住她的双手，她们飘了起来，她就是这样和母亲见面的。母亲死于肺结核，外祖母和曾外祖母也死于这种病，这无情的疾病会在母亲死前通过母亲传给孩子。肺结核要了母亲的命，皮斯太太安然无恙。1952 年，她一直在疗养院，那一年异烟肼和含异烟肼的迭代药物竟奇迹般地治好了这不治之症。

"我相信，我也会像你那样死去，所以不跟任何人和任何事产生牵绊。如果你麻木了很多年，"她对母亲说，"然后突然有了情感，这起初很令人生厌，像生了病似的。可时间一久，你就会适应了。"

"你不是平白无故活下来的，对吧？"

"为了那些孩子，"皮斯太太说，"为了跟他们一块儿编织，给他们做参加帕瓦仪式的衣服，把他们带大，领他们跳舞，跟他们一起喝茶，那时我只往他们的牛奶杯里放少量咖啡。"

“你现在还见他们吗?”

“那些还活着的，时不时能见到。其中有朗德罗，自然不用说。那个罗密欧也会过来，我还听人说起其他孩子的事，有成功的有失意的。”

两人依然手牵手在空中飘荡，她母亲大声说：“我也想把原来没能给你的爱全都给你。我不想死，不想抛下你一个人，现在我们又在一起了，多好啊！”

※

诺拉硬拉着玛吉去做大弥撒。跪下祈祷时，玛吉却一屁股坐到长条木凳的边缘。母亲用胳膊肘推她，但玛吉往旁边一滑，躲到诺拉够不到的地方。玛吉这个狡猾的动作惹怒了诺拉，她伸手去打玛吉，她用手背打了玛吉一下，抓住她，将她拽回原位。诺拉的动作又快又准，玛吉吃惊地张着嘴，扑通一声跪在地上。周围似乎没人注意到刚才这一幕，只有特拉维斯神父走上布道坛时瞥了一眼。

特拉维斯神父很久不布道了，他只讲故事。今天他讲的是圣方济各的故事，讲他怎样向鸟、鱼、忠诚的兔子传道，后来应村民的请求，将意大利的一个村庄从一只饿狼的嘴里救下来。

特拉维斯神父从布道坛上走到教堂过道的中间，表演圣方济各和狼相遇时的情景。特拉维斯神父绘声绘色地说：“那只古比奥[①]的狼体形巨大、好食人肉。圣方济各来到村子，沿恶狼留下

① 意大利地名。

的脚印走进树林，见到了那只狼。在此之前，没人胆敢挑战那只狼，狼看到圣方济各毫无惧色的模样很是吃惊。它听了圣方济各的话，同意不再袭击村庄。狼将爪子放到圣方济各手上，承诺必将践约。人若言语冷静，周身散发平和之气，他的话就连狼也会听从。”

玛吉心想，说得对，但有时你还得咬上一口才行。

圣方济各带着狼回去见古比奥人，让双方互相承诺。古比奥人同意为狼提供食物，它可以每天到各家各户，接受人们的食物。相应地，狼承诺不再袭击村民。在村民的见证下，狼再次将爪子放到圣弗朗西斯手中。它翻身打滚，接着蹲坐在后腿上，一声长啸，以此立下誓言。古比奥人和狼从此和平相处。后来狼寿终正寝，古比奥人将它埋了，为它立了墓碑，以示悼念。

玛吉忍住怒气，因为她想听故事，但等特拉维斯神父的故事一讲完，她又从妈妈身边挪开，这次躲到了诺拉够不着的地方。

人们害怕狼吃人，所以才听它的话。玛吉对此深信不疑。

※

所有人都知道彼得收养了以前在林子里流浪的那条狗，然而一天下午，它没走平常的路线，反而来到朗德罗家。因此，当朗德罗出门去社区——阿万正在那儿等着换班——值班时，他将狗哄到车后座，打算送它到拉维奇家。

朗德罗原本只打算将狗留在门口。但彼得开了门，他把狗领回去后，突然开口。

“我们该把上次没说完的话说完。”

“我快迟到了。”朗德罗说。

“耽误不了你多久，”彼得接着说，“进屋坐坐好吗？就五分钟？”

朗德罗耸了耸肩，在门口准备脱靴子。

“不用，不用脱鞋了。”彼得说。

朗德罗在桌子旁坐下，摸着桌沿。他不想说话，不想谈那件让他害怕的事。他越来越紧张，心跳越来越快。

“那个协议，不管它叫什么……”彼得开了口。

朗德罗只是点点头，眼睛盯着自己的手指头。

“问题是……”彼得说。

朗德罗的心跳差点停止。

“问题是，”彼得接着说，“这事对他有什么影响？”

朗德罗的心又跳了起来。

“对他有什么影响？”朗德罗无力地重复道。

“他很难过，”彼得说，“他很想念家人，他不明白这是怎么回事。这条路后面就是你们家，每当我们路过时，我能从后视镜中见到他的表情。他安静得出奇，一声不响地看着自己从前的家。”

彼得说不下去了。他没提拉罗斯偷着哭，没提拉罗斯用手打自己的脑袋，也没提拉罗斯悄悄问他我真正的妈妈在哪儿，他说不出口。

朗德罗领会了彼得的意思，开口说：“我觉得我是在利用他消除自己的愧疚，这是我们的传统做法，时代不同了，可我这么做是有理由的。我想要……”

朗德罗的声音弱了下去。“帮忙。”彼得在心里紧接着说。

这的确帮了忙。没错，帮了很大的忙。我们和拉罗斯在一块儿时，满脑子都是他。我们爱拉罗斯，他是个好孩子，朗德罗，你们把他教育得很好。他来我们家，这对诺拉好，对玛吉也好。这对我们都好……但这对拉罗斯的影响呢？我是说，他正在帮诺拉恢复，很了不起！但艾玛琳可能会为此心碎。

“哦，”朗德罗说，“她掩饰得很好。”

“诺拉不会掩饰，”彼得说，“她动不动就发火。”他不安地挥挥手，指指周围的地方：客厅、餐厅，还有厨房。两人陷入了各自的心事。自打进屋以后，朗德罗觉得越来越不安、压抑和恐惧。他一走进一尘不染的房间或大楼就有这种感觉，这儿就是如此：在这里，秩序吞噬了生活。从前，朗德罗的生活一度充斥着嗡嗡声、睡前点名声、哨子声、铃声、分格餐盘摩擦声和度日如年的寄宿学校生活。有种实施可怕的军事暴行时的整洁。

“我什么也不能动，”彼得说，“她会把东西放回去。她心里有把尺子，东西哪怕有一点变化她都能觉察。相信我，她肯定已经发现我们打翻桌子的事了。”

朗德罗点点头。

“我真恨不得……把她这个敏感的开关给关了。”彼得说。

彼得说完觉得对不起诺拉。他们这房子虽然很新，却有不少彼得父母和祖父母留下的物件。诺拉搬进来后，小心翼翼地呵护着这些老物件，这让彼得很欣慰。

“我是说，有时，她能想开些就好了。”他补充道。

“你想让她重新快乐起来。”朗德罗说。

"快乐?"彼得重复着，觉着这词既怪异又古老，"最糟的是，她老把火撒在玛吉身上。但她确实一直在努力，她是个好母亲。我起初想把拉罗斯给你们送回去。我觉得你们这么做不对，没有拉罗斯她也能好起来。但我后来意识到，要是把拉罗斯送回去简直会要她的命。"

朗德罗想起艾玛琳，想到她在汗屋里身体蜷缩的可怜样。

"可拉罗斯该怎么办?"彼得说。他呼吸急促，都听见了自己的心跳。"他知道自己要说的话会让诺拉像野兽般哀嚎，就像有时孩子们熟睡后诺拉会躲到谷仓里这么哭，以为这样就没人听得见。拉罗斯这孩子，"彼得说，"我们也该为他着想。我们两家应该一起照顾他。你懂的，我们应该让两家的日子都好过一点。"

"哦。"朗德罗说。

好像突然明白过来，朗德罗既感到震惊，又松了口气。他说不出话来。他突然觉得无力，将头抵在桌子上，彼得看着朗德罗中分的头发、他的长辫子，还有他叠放的无力的手臂。他突然暗暗鄙视朗德罗，脑子里想象自己用斧子砍下朗德罗的头，想象这之后的狂喜，那可能会持续一小时，也许两小时。他一早就把那堆柴火叫作朗德罗，脑子里想着朗德罗，他劈的柴也越堆越高。要不是因为拉罗斯，他心想，要不是因为拉罗斯。可后来，他满脑子都是拉罗斯那张伤心的脸。

朗德罗走后，彼得躺在客厅的地毯上，盯着天花板上的吊扇。他将手放在前额上，胃里也跟着风扇叶一起旋转。他不善于跟人打交道，跟朗德罗谈拉罗斯的事对他来说很不容易。彼得身高六点二英尺，经营农场，所以身强力壮，但脚踝、膝盖、腰和脖子却不太好，身上随便哪个关节都会疼。可他的应对方法就是忍耐。这是中学教练教他的。这儿以前是他家的农场，后来家人去世了，只剩一个兄弟，住在佛罗里达，他从自家兄弟的手上买下了农场。彼得家是俄国和德国移民，很久前就住在这儿，当时他们可能还从地上捡过水牛骨头呢。

心情好的时候，彼得会把拉罗斯和玛吉抛到空中。孩子们从空中落下，看到彼得那张斯拉夫式不苟言笑的脸上挂着笑容。他每天凌晨五点起床，半夜入睡。他干着好几份工作，还打理着农场，可活儿总是干不完。他是在法戈遇见诺拉的。此前两人都在北达科他州立大学读书，让人惊奇的是，两人从没在普路托镇遇见过。普路托镇是个鲜为人知的小地方，里面有几栋老建筑，一家勉强维持的杂货店，几家礼品店，一家西内克斯便利店，还有一家新开的美西银行。彼得家的农场在镇外，马恩——诺拉的妈妈——小时候曾在那儿生活过，她家的那片地已出租，但有时他们还会去看看。比利·皮斯死后，家里日子不好过，她带着孩子搬到了法戈，后来因为某些人，也就只叫孩子们的中间名了。

彼得从一开始就迷上了诺拉。她身材漂亮，身体韧性又好。她将一头棕黄色的头发染得更明亮。若顺其自然，到了冬天，她的头发就会变成与他肤色相同的棕色。她长着啦啦队队长般精致可爱的脸，眼睛上挑，透着精明。她让人难以捉摸，常常一个人想心事。不管他费多大心思都无法理解她。哪怕她就站在面前他也猜不透她的心思。有时，她那双无情的深色眼眸里没有一丝情绪。她面无表情，仿佛是面新刷的白墙。他摸索着找寻她心扉上的隐秘的铰链。她有时会在床上热烈地回应他，红润的脸上洋溢着温柔，眼里满是喜悦与爱意。那是真的，对吧？他已分辨不出。

他该怎么把这事告诉她呢？他和朗德罗定好了计划，两家共同抚养拉罗斯，大致按月交替，免得另一家太难熬。他说的时候得小心点。他打算在谷仓里告诉她，即使她在那儿哭闹都不怕。他已经能心平气和地看着诺拉尖叫，大喊，咒骂，发怒，悲伤，痛苦，暴怒，饮泣，恐惧，发脾气，大发雷霆，宣泄，唱歌，祈祷，继而恢复平日里可怕的平静。

有时他们会在这寻常的平静中做爱，不再像第一次那样粗鲁。她没原谅他，但却接受了他。他或许是个浑蛋，但绝不会再伤害她。每当她在上面时，他就会说，好吧，使劲打我。她会说，谢谢，不用了，我宁愿你一直欠我。他们安静地做爱，或许有点温柔，或许有点怪异，或许是假装的。她会哼出声来。但不像以前，她现在哼的是真正的曲子。到了第二天，他想起那调子，尽管说不出她哼的是什么词，但听上去却有些狡猾和嘲讽。她美好、温暖的回应像热流一般传遍他全身，这有时让他充满力量，有时却像毒药般腐蚀骨髓。

他和朗德罗商量好两家共同抚养拉罗斯之后，诺拉似乎知道了。她来找彼得，迫切而甜美地和他做爱。事后她依偎着他，将他推了推，好让自己躺得舒服些。他开不了口。等早上再说吧，他心想。等玛吉上学之后。

“你就像只鸽子。”他说。他往一个方向抚摸她的肩膀，仿佛抚摸她的羽毛。

“像只恶毒的鸽子，会把你的心啄出来。”她说。

“那会很疼的。”

“我控制不了自己。要是我疯了，”她突然问，“你还会跟我在一起吗?”

她的声音听着很悲伤，因此他试着打趣道。

“嗯，你早就疯了。”

他感到胸前被她的泪水沾湿。哦，他说得太过了。

“没什么不好，我就爱你这种疯狂!”

“你为什么没疯呢?”

“我也疯了，在心里。”

“不，你没有，你没疯。你怎么没疯？我们失去他了，你怎么没疯？你不在乎吗?”

她的声音更加尖锐、响亮。

“你根本不在乎！你个冷血的浑蛋，你个纳粹。你不在乎!”

“嘿，”他说着，抱住了她。“我们不能两个人都疯了。不管怎么说，也不能都疯了。我们得轮着来。”

她沉默了，随即大笑起来。

“浑蛋，纳粹。”

她笑得更厉害了。她的笑感染了彼得，两人病态地狂笑，再次因为最初的相同的痛苦而失控。他俩抱头痛哭，鼻涕滴到床单上。

“你依然是我的鸽子，”他随后说，“我会一直爱你。”

但她让他害怕，让他的爱冷却。他听得出话里的犹疑，他突然觉得很孤独，那种身边有人却依然无法抑制的孤独。

后来，他在黑暗中醒来，抚摸她的肌肤，睡意蒙眬地许下从前那个奇怪的愿望。他希望融入她的身体，成为她。他希望能和她融为一体，一起在黑暗中摇摆。

是的，融为一体，他再次入睡时疲惫地许愿。明天，他还得把事情告诉诺拉。他不能在屋里说，不能让拉罗斯听到，得到谷仓去。得知两家要共同抚养拉罗斯，她一开始可能会像以前那样失控发疯，但必须这么做。一想到他们竟对拉罗斯做出这样离谱的事，他就无法忍受。

诺拉听到这件事时，她表现得很正常，一连几天都很正常。她早料到了。她很正常，直到看见那只老鼠。她倒不是怕老鼠，但你能在明处看到一只，就说明暗处隐藏着上万只。那只老鼠出现在车库门口。她将它逼到角落，想要踩死它，但老鼠从她鞋底下窜出去了。这一下子惹恼了她。那天，她不是一个人在家，玛吉和拉罗斯在院子里。这点她刚确认过。诺拉不准他俩离开院子，孩子们也知道她每隔十五分钟就会来检查。诺拉来到房子和车库之间的小泥屋。她很少进车库，因为这是彼得的地盘，是他的工作间。她很少开车出门，偶尔需要开车时，彼得也会帮她把车从车库里开出来。彼得接了更多的工作后在车库的时间就少了。

她一进车库，浑浊难闻的空气立刻扑面而来，带着老鼠的酸臭味儿。她退了出去，站在车库门口，大口呼吸着新鲜空气。接着，她深吸一口气，打开灯，又走进车库。车库里看不见的老鼠在四处乱窜，发出嘈杂的声音。彼得的工作台上满是细小的黑色老鼠屎，还有个放抹布的桶。她跑回车库门口，喘着气，接着又深吸一口气，再次进入车库。也许是桶底有粮食。一定是什么东西招来了老鼠。也许他准备的食物忘了封好。这儿看起来很整洁，谢天谢地，彼得不是个邋遢的男人，他自己的地盘也整理得很好。

她打开第一个储物柜，这是他以前存放大件工具的地方，包括长柄剪刀、斧子、铁锹和小铲子。可眼前看到的一切让她忘了自己正憋着气。

储物柜的最高层上有个镀金纸板做的蛋糕托盘，上面都是老鼠屎，还有被老鼠啃过的生日蜡烛。第二个储物柜里也是如此，第三个、第四个也是如此。只有一个柜子例外，那儿放着她漂亮的黄色特百惠储藏盒，以前她还以为盒子丢了。盒里的蛋糕，除了彼得之前勉强吃掉了几小块，剩下的老鼠吃不到。她之前在蛋糕上撒了点与储藏盒颜色相仿的黄色糖霜，还用紫色糖衣做了几朵小花。蛋糕的样式不算复杂，上面写着孩子们的名字。她拿出蛋糕，在手里捧了一会儿。随后她拿起一块很轻、有些发干的蛋糕，用舌头舔了舔，咬了一口。什么味道都没有。她站在那儿，左手臂弯处抱着黄色储藏盒，将剩下的蛋糕都吃了，上面的小花，孩子们的名字，连老鼠都不吃的蜡烛也吃，即使蜡烛芯顶端已经烧黑了。她把手指上的蛋糕屑也舔干净了。将蛋糕吃得一干二净后，她回到厨房用热肥皂水洗好储藏盒。她原以为糖分会刺激神经，使她烦躁，但事实上并没有。那些糖分反而让她的心跳慢下来，淡淡的喜悦包围了她，让她感到像个傻乎乎的孩子。她还没走到沙发旁，脑子就几乎一片空白。

一小时后，玛吉和拉罗斯进了屋，他们饿了，还纳闷诺拉怎么没去看他们。他们发现她仰面躺着，面色凝重，像死了一样。她的嘴微微张着。玛吉将手指伸了过去，看她还有没有呼吸。

玛吉打了个滑稽的手势，示意拉罗斯悄悄走开。拉罗斯低下头，轻手轻脚地走开。他们从餐具抽屉里拿出两把餐勺，随后玛吉拉开冰箱门，悄悄地拿出一盒蓝莓味的蓝兔牌冰激凌。他们小心翼翼地出了门，跑到他们在谷仓的藏身地，那是个温暖的小角落，他们可以打开彼得的小型取暖器，他们在那儿吃完了冰激凌。之后，他们把包装盒和餐勺埋到了谷仓外的雪地里。他们太爱冰激凌了。

※

罗密欧·普亚特走进死人卡斯特[①]酒吧，看见坐在吧台高脚椅上的神父。特拉维斯神父是保留地有史以来唯一一位主动走出教堂、逛遍桌球酒吧的神父。他似乎很乐于扮作现实中的得人渔夫[②]。他会在喘着粗气的“大眼鱼”身边坐下，甚至还会给那人买啤酒，诱惑那人咬钩。特拉维斯神父也爱钓真正的鱼。他钓鱼的方法也一样。你得在水草中抓住它们，他说。向软弱的人，我就作软弱的人，为要得软弱的人。向什么样的人，我就作什么样的人，无论如何总要救些人。[③] 倘若特拉维斯神父有文身，文的一定是使徒保罗[④]的话。为救那些醉汉，他自己还差点成了醉汉，但那些都过去了。目前，他在教堂地下室举办了气氛热烈的互诫会[⑤]。

---

① 此处可能指乔治·阿姆斯特朗·卡斯特（George Armstrong Custer，1839—1876），美国内战时期的北方骑兵将领。在1876年蒙大拿州的小巨角战役中，他率领骑兵团进攻印第安营地，在印第安苏族和夏延族的联合伏击下全军覆没。

② 出自《马太福音》第4章：耶稣召唤四个渔夫，对他们说“来跟从我！我要叫你们得人如得鱼一样”。

③ 出自《新约·哥多林前书》第9章第22节。

④ 耶稣的十二使徒之一。

⑤ 又名戒酒匿名会，是一个帮助嗜酒中毒者摆脱酒瘾的团体。

尽管特拉维斯神父从未真正酗酒，十年前他却亲身体验了喝酒是如何上瘾的——起初只有一听啤酒，接着是一组六听，很快再加上威士忌，喝得人事不知。他惊讶地发现戒酒极其困难，因此有些同情嗜酒成瘾的人。不过，他将这种情感藏在心里，对待他那些醉汉非常严苛。连祈祷也是严苛的。要是有人控制不住酒瘾，或在死人卡斯特酒吧里发酒疯，他就把那人带到酒吧外做祷告。罗密欧·普亚特已面壁祷告了两次，特拉维斯神父还扇了他一巴掌，不过后来两人成了朋友。特拉维斯神父看到了他，和他打了个招呼。

这儿有咖啡喝。维吉尔每天上午都供应咖啡，也有酒，但只有啤酒，没有烈酒。罗密欧没好气地接了杯温热、发酸的淡咖啡。

压力式水瓶上有个潦草的标志：咖啡①。

“好像黑色药水，”罗密欧说，“真有趣!②”特拉维斯神父从纸盒里拿出一包榛子奶油粉，倒进杯子里搅拌起来。

“你怎么来了?”特拉维斯神父小心地喝了一口，仿佛咖啡真的很烫。

罗密欧胸部有点凹陷，像得了肺结核，胳膊瘦巴巴的，脑袋像秃鹰头，眼里似乎总是充满兴奋。他已经开始脱发，只剩下一条细细的马尾辫。他用手将辫子甩到身后，仿佛那是条粗绳。今天天气晴朗，他本想一早喝点啤酒让自己变得晕乎乎的，这样阳光不会那么刺眼，当然了，他不能在自己戒酒会的资助人面前大喝一场。

---

① 原文为奥吉布瓦语，意为“咖啡”。

② 原文为印第安苏族语。

“正打算去上班呢。”罗密欧说。

“这倒是新鲜事。”特拉维斯神父说。

罗密欧眼睛扫过维吉尔，维吉尔正在擦吧台的另一端，没朝这边看。特拉维斯神父另一侧的一位客人问了神父一个问题。趁神父转过身，罗密欧在客人们买咖啡时放钱的泡沫塑料杯里翻了翻。杯子上贴着二十五美分的价签。零钱装了大半杯，大多是二十五美分的硬币。罗密欧从口袋里拿出一美元，装作要换零钱的样子，接着将零钱一把一把地装进自己的口袋。他将一美元放进杯子，然后把杯子放到吧台上。特拉维斯神父转过身，面对罗密欧说道：“我从没在弥撒上见过你。”

“太疲惫。”罗密欧说。

“哦？你现在在哪儿上班？”

“老地方，到处走，替补环卫工人，日常维护，您知道的。”

日常维护含义太宽泛，保持药品的正常供应也可以说是日常维护。特拉维斯神父在罗密欧身上不急于求成，他目前要做的就是用水磨工夫，慢慢改变他。

罗密欧穿着花哨的紫色高领套头衫和黑色拉链连帽衫，帽衫上印着小骷髅头，与他脖子上那圈小骷髅头文身正好相配。

“喜欢这份工作吗？”

“玻璃鱼缸都有缸底，”罗密欧说，摇了摇头，“我能看见缸底的鱼吃淤泥，它们是食物链的最底层。您了解我，对吧？”罗密欧笑了。他小小的牙齿发黄，他有些牙疼，但他还是往咖啡里加了点糖，看着红色塑料搅拌棒周围搅起油腻的漩涡。”

“对，我了解你。”特拉维斯神父说。

“那您就会知道我不与食物链顶端的人为伍，我不吃昂贵的食物。正如我说的，我是底层人。我跟这儿的上层印第安人说不上话。比如说朗德罗。他天天手里转着烟斗什么的，自以为是兰德尔那样的药师。他们就是这么搞到女人的，靠那种古老的印第安医术。您知道，艾玛琳就是这样被迷惑的。”他起身想要离开，习惯性地用两根手指向神父致敬，并问道。

“知道朗德罗是怎么说你的吗？”

“少跟我耍酒疯。”特拉维斯神父说着，大笑起来。

“要是您不想听……”罗密欧装出一脸受伤的模样，“那就算了。”

罗密欧快步走出门，零钱的重量使口袋坠得厉害。他穿过街道，去了怀蒂炸货店，把从咖啡杯里掏来的零钱全拿出来，数出四美元。

“给我一份香肠比萨，一份甜甜圈，还有苏格兰威士忌，”他对柜台后的斯诺说，“你父亲还好吗？”

※

方圆一百英里内只有这一位心理医生，她成日疲于奔命，只得靠服用阿普唑仑①，每晚喝伏特加来自我麻痹。她一整年的日程都排满了。那些预约不成的就去参加弥撒，过后再到教区办公室找特拉维斯神父。

“我很害怕。”诺拉说，手指抓挠着涂成淡玫瑰色的指甲。

---

① 抗抑郁药物。

半小时后，特拉维斯神父有一节迦南入门课[①]要上。他的桌子是从老教区学校搬来的，由厚实的橡木制成。他的腿在桌底下伸着。他没用写字椅，而是坐在一张折叠露营椅上。露营椅上有个网格杯架，里面放着他的咖啡保温杯；以前刚好能放个啤酒瓶。阳光洒满南面的窗子。他桌上的文件让人眼花缭乱。阳光反射过来，他浅色的眼睛闪着光芒。

“拉维奇太太，”特拉维斯神父柔声道，“别怕。最坏的事已经发生了。况且眼下你还有拉罗斯和玛吉，有两个孩子要照顾。”

“现在是我们两家一起照顾他，我是说拉罗斯。要是他们把他要回去，我真怕，真怕自己会做什么。”

“你会做什么？”

“是对我自己做什么。”诺拉轻声说。她用恳求的目光看着他，眼里闪着泪光。她那张娃娃般甜美的脸上露出一丝令人不安的表情。

特拉维斯神父在椅子上稍微向后挪了挪，他脖颈上那条青紫色疤痕也像蛇一样随之滑动。

他面对诺拉时很小心，让她一直坐在桌子另一侧，门也一直开着。他假装看不出她情绪不对劲。

也许，他是留意到了她有些不对劲的，正如他也留意到了一个细节，这可能会让他睡不着。比如，她那件薄薄的棉衬衫下隐隐透出的黑色胸罩。

“你打算自残吗？”特拉维斯神父问。他问得很直白，却是善

---

① 为准备在天主教教堂举行婚礼的男女准备的课程。

意的，不掺杂个人情感。

她改变了语气，噘起嘴，装出一副吃惊的模样。当她意识到神父可能会给彼得打电话时，她目光闪烁，躲开了神父的注视。

“我刚才不是这个意思吧？”

特拉维斯神父低头喝了口咖啡，皱起眉头盯着她。他分不清她话里有多少是瞎扯。他觉得自杀是对他牺牲在贝鲁特的战友们的侮辱。他们本想活下去，尽情地生活，但他们却无辜地死了，只剩下他。或许他之所以还活着就是为了纪念这二百四十一个逝去的生命。想到这儿，他的心也硬了起来。他不禁双手握起拳头，然后又松开。

“我们聊聊玛吉吧。”

“聊她什么呢？”

特拉维斯神父一直皱着眉。诺拉低头往下看，像个沮丧的小女孩。

“她似乎适应好了，他们都是，只有我没适应。我来这儿是想聊聊我自己的事。”

“好吧，那我们就聊聊作为玛吉妈妈的你。要是你有任何自残的倾向，诺拉，你也会毁了玛吉。明白吗？”

诺拉抬起头，张开嘴准备反驳。这真可怕，太可怕了，在神父眼中她仿佛只是家人的陪衬，无足轻重。他根本没听她讲话。

“我真的不想说她，特拉维斯神父！”

“为什么？”

“她总跟我作对。”诺拉的脸色一变，忽然哭起来，摸索着想找纸巾，特拉维斯神父把卷纸推到她跟前。她流着泪，止不住地哽咽，哭得很逼真。或许玛吉正是她痛苦的根源，证明她无法摆脱内心的悲伤。“她是个小贱货。”诺拉对着卷纸轻声说道。

特拉维斯神父听到了。

诺拉拭去泪水，将脸擦干净。“抱歉，神父。也许我应该觉得一切都正常，也许我该做些正常的事。我也该学着适应，学会接受，不断接受。我不该再想达斯提。”

特拉维斯神父起身，绕到桌子对面。

“你会想达斯提，这很正常。”他说。

他站在她身后，讲话时正对着她头顶蓬松的秀发。也许这时他该停下来，缓一缓，但诺拉那种装模作样的挑逗仿佛在嘲笑他。

“你在弥撒上那么做不对，”他说，“你打了玛吉。”

她激动地转过身：“我没有!”

特拉维斯神父低头盯着她，但盯着她看并不容易。她的美貌会让人不禁走神，她比互诫会的醉鬼还难对付。

“要是我从彼得那儿得知你虐待玛吉，或者玛吉自己跑来告诉我，或者艾恩家任何一个人，或者老师，无论是谁，来跟我说你虐待她，那该怎么办？我就向社会服务部门举报。”

“你真会这么做?”

诺拉问，声音有些哽咽，但脸却因愤怒而紧绷。她猛地站起来，动作突然而迅捷，胸部向前挺，送到特拉维斯神父的手里。他像被火烧到似的，猛地缩回手。

诺拉后退了一步，睁大的眼睛里满是惊诧。

“特拉维斯神父，我觉得你刚才只是在开玩笑，我是指向社会服务部门举报的事。你摸我胸这事就当没发生过。”诺拉一笑，露出酒窝，但目光很有力量。

他看着她，随后做了一件让他后来十分羞愧的事。他大笑起来。“我摸你胸?”他把她赶出门，大笑不止。

“嘿，斯坦!”他冲走廊里大声嚷道。那位教会清洁工手拿扫帚，转过身。“听着!拉维奇太太陷害我，说我吃她豆腐。”

“哦，好吧。”斯坦应道，继续挥动扫帚干活。

诺拉转过身，一脸愤怒和受伤的神情。特拉维斯神父对她说：“你不是第一个对我要这招的人。你该清楚，我从不摸任何人的胸，我不是那种神父。”

她哭了，真的哭了，然后踩着高跟鞋弯着腿，踉踉跄跄地走了。

※

朗德罗和艾玛琳的房子里至今还保留着1846年建造的那间小屋。那年冬天飘起雪花，他们的祖先走投无路时修建了那间小屋。他俩知道，如果揭掉层层石膏板和灰浆，就能看见最里面的柱子和泥墙，想到这些，他们深感慰藉。住在这儿的第一代里有婴儿、母亲、叔伯、孩子、姨妈和祖父母。家人间互相传染肺结核和白喉，同时传下来的还有悲伤，喝不尽的茶，欢乐的故事，神圣的故事，下流的故事，还有神奇的故事。他们生生死死都在过去的小屋、如今的客厅里度过，每一代都会有一位拉罗斯。

过了段日子，老一辈在先前小屋的基础上进行了扩建。二十世纪二十年代，艾玛琳的祖父买了木板做护墙板，然后用屋顶板盖屋顶，把几个房间连成一片。到了五十年代，房子旁的那间单坡屋顶的小屋做了绝热保温处理，改成了几间卧室。七十年代以前，他们用的是户外厕所，用水得自己运，用的是拧干式洗衣机、洗衣盆，还有搓衣板。后来又盖了间浴室和一间小洗衣房，房子才算建完。

接下来的十年，艾玛琳一直和母亲住在这幢房子里。后来家里的孩子多了起来，艾玛琳也拿了学位回来，皮斯太太就搬到养老院去了。现在，艾玛琳和朗德罗就住在皮斯太太原来的小卧室里，卧室有个门通到浴室。乔塞特和斯诺在浴室里洗澡总要洗上很久，还要做烦琐的美容护理。要是哥哥弟弟们敲门想如厕，就被赶到那间户外老厕所去。

厨房和客厅是房子里最古老的两间屋子，还贴着五十年代的壁纸。在层层油漆下，壁纸都鼓起包来。那些油漆，起初是深绿色，接着是浅绿色，然后是斯诺挑的蓝灰色。乔塞特不喜欢斯诺挑的蓝灰色油漆，于是她照着自己的喜好给两人的卧室里贴上了便宜的壁纸，图案是系着白缎带的薰衣草花束。没人考虑过男孩房间的油漆，他们房间还是古老的红色油漆，上面贴着忍者神龟、坐牛①、蝙蝠侠、图帕克②、小贝壳部落酋长③、真命天女④乐队的破损海报，还有电影《灵异第六感》⑤ 的海报。

八十年代，房子整个被架高了。房子抬高后，安放到煤渣砖打的地基上，这样一来就解决了房子霉变和受潮的问题。下面有了狭窄的爬行空间⑥，房子成了名副其实的房子。艾玛琳和朗德

---

① 美国印第安苏族亨克帕帕部落首领。

② 已故美国说唱巨星。

③ 19 世纪后半叶美国印第安奥吉布瓦酋长。

④ 美国流行演唱组合。

⑤ 美国导演马诺伊 · 奈特 · 沙马兰执导的灵异惊悚影片。

⑥ 屋顶、地板下面供电线或水管等通过的槽隙。

罗结婚后，朗德罗又给房子的正门修饰了一番，建了个露台——露台足以放下两张草坪椅和一个长满杂草的花盆。这些都搞定后，朗德罗忽然觉得这栋房子也像其他房子一样有模有样，他想象着自己和艾玛琳在里面渐渐老去，想象着两人一起坐在正门前的露台上，看到偶尔有车穿过路旁的树丛，等着他们的孩子——还有他们孩子的孩子——下了校车，穿过长满野草野花的小沟，穿过那片不知被踩了多少遍的杂草地，朝家里走来。或是像眼下的冬季，犁过的砾石地早已冻住，孩子们还得爬上那片冻地才能回家。

一切都会好起来的。无论怎样，我们会一直在这里生活到老。

彼得第一次将拉罗斯送来时，朗德罗的心里就是这么想的。他们会一直在一块儿，从春天到夏天，直至三伏天，那时整个房子都会热得不行，地底的老木桩会散发泥土的芳香。

朗德罗打开门，拉罗斯手里紧握着布偶，径直从他身边跑过，大喊着要找妈妈。朗德罗转身向彼得挥手告别，但彼得已迅速倒车开到路上。朗德罗关上铝合金外门，随后把里面的木门推上。他不敢看拉罗斯和艾玛琳奔向彼此的情景，那会让他心里难受。于是他在沾满泥的地毯前弯下腰，花了很长时间将散乱的鞋子一双双并排摆好。等他终于把鞋摆好，垂着两条长胳膊走到他们身边时，他俩正讨论着怎么用土豆削皮器。

拉罗斯坐在窗前的桌子旁，冬日微弱的阳光洒在他身上。防风窗的边缘结了一层厚厚的霜，水蒸汽在窗边和窗台上结成灰色的小冰碴儿，像绒毛一般。他一点点地削下土豆皮，每次往塑料盘里削一小片。艾玛琳把肉块倒进面粉袋，来回摇晃，好让面粉沾到肉上，再将肉一块块夹起，小心地放进热油锅里。这口铁煎锅是艾玛琳母亲留下来的，已经用了五十年了，但锅身却依然平整光滑。

朗德罗坐在桌子对面，展开没读完的报纸，纸张发出沙沙声，这不禁使他注意到自己的手正微微颤抖。

最先推门进来的是斯诺和乔塞特，威拉德和霍利斯正拖着四个人的运动包，东西都零散地堆在门口。两个姑娘跑向拉罗斯，一把抱住他，跪在厨房的椅子边大哭。几个哥哥上前跟拉罗斯击了掌。

“我们还留着你的床铺，老弟。”霍利斯说。

“可不是，我想睡你的床，结果被他一下扔到地板上，”酷奇说，“现在还给你了。”

“他要在这儿过夜了！要在自己家里睡了！”乔塞特呜咽道。

“你知道的。”斯诺说。

斯诺和乔赛特两人你一阵我一阵比赛似地哭个不停，拉罗斯用手梳理着她们的头发。

“别哭了。”朗德罗说。

姐妹俩抽抽鼻子，像获得了救赎，仿佛体内有盏灯被重新点燃。虽然她们的举止有些做作，但她们太高兴了，只能这样表达内心的喜悦。女孩们坐了下来，帮忙切胡萝卜 。

“你切得太大了。”

“不，我切得才不大，你看看土豆的大小。”

“注意比例。”乔塞特说。

“别切歪了。”

她们从一个老师那儿拿到了一份 SAT 考试的词汇表，那位老师很喜欢姐妹俩，她们愿意学习，因此大多数老师都喜欢她们。她们很开心，排球赛季终于结束了。比赛只要一小时，但从家到赛场却有两小时路程，她们一个晚上全耗在那上面。霍利斯和威拉德的篮球赛也是如此。乘公交花的时间更久，于是朗德罗和艾玛琳两人轮流开车送他们。他们还让孩子们在车后座上用手电照着读书。他们是怎么想出这法子的？这是从艾玛琳母亲那儿学来的。在朗德罗家，父母可不会为孩子这般操心，他们都是短命的酒鬼。

※

罗密欧·普亚特的确有一份工作，其实是几份工作。他断断续续地在部落学院做替补维修工，这份正式工作为他捡拾丢弃物这个别人看不起的活儿提供了方便。他在部落学院清洗地毯和擦窗户，他利用干这两个活儿之间的空闲时间看了不少书。他一直想换个地方工作，比如去部落医院上班，但那种工作总没空缺。不管怎样，正式工作为他的几份副业提供了便利，如同大鱼用自己的废物和吃不了的食物养着一群小鱼那样。

罗密欧的副业虽然不是什么正式活儿，甚至只能算志愿性质的工作，涉及面却很广，利润也很可观。一方面，他回收并处理有害废物，那通常在印第安健康服务医院的医生开的药瓶里就能找到。没人花钱雇他或要求他这么做，但这已成为他生活方式的一部分。他清理负责的区域时，尽量在每间教室附近逗留，以便找到被误留在手袋里的药品。他甚至主动把堆在其他建筑外的有害废物也收了，尤其是他去医院时。偶然看到的人会误以为他在找烟头，虽说有些门外汉确实能找到没抽过几口的香烟（烟是有人匆忙从禁止吸烟的地方扔出来的），但他的目标可不止于此。事实上，他有些工作是背地里偷偷做的。有一次酒吧里有个人，也许是神父，曾把罗密欧称作保留地上的百事通。他本人觉得这话不假。他是个间谍，但不受雇于任何人。没人能差遣他，他独来独往，只为他的个人利益。

他自有得到消息的法子。他成天到部落学院的小餐馆转悠，要不就去教师咖啡屋门外站着，再不就装成透明人似的在公共场所坐着，以此获得大量重要信息。偶尔有那么一两回，他在陡坡草地上值班的救护人员看不到的地方除杂草，因此没人注意到他。这些救护人员对发生的每场灾难都了如指掌，知晓公众毫不了解的内幕。罗密欧听过很多桩死人案，其中有一起自杀事件。他们掩盖了死者自杀身亡的事实，好让尸体得以在教会的祝福中安葬。他还发现有堕胎搞砸了的，有些新生儿表面上是死于婴儿猝死综合征，但真正的死因却很可疑。他清楚有人嗑药过量，知道他们嗑的是什么药，还知道救护人员费了多大劲才把他们从鬼门关救回来。他还知道那些人何时出院。这些消息在他脑子里窜来窜去，能知道这些消息很好。罗密欧其实早就想通了，这些消息意义深远、让他不安，作为一种附加福利，这些事无须他承担任何法律后果，这种权利远胜其他权利。可也仅此而已。

罗密欧还会去翻垃圾。他的专长是翻捡医疗垃圾，这类垃圾通常会被切碎处理，垃圾桶也会上锁，但罗密欧通过掌握的消息结识了一位药店店员。每隔几天罗密欧就能偷到几袋医疗垃圾，塞进汽车后备厢。

罗密欧住在一家破旧的部落公寓楼中一间破旧的残疾人公寓里。公寓楼有个昵称，叫作绿色田园。可这栋公寓楼不巧正建在有害垃圾填埋场上，至今还有绿色气体泄漏。油地毡之间的裂缝里渗出的有害气体对罗密欧没什么影响，他也不怕那些或黑或红的真菌。要是气味太重，他就去怀蒂便利店偷新的汽车清新剂，他最喜欢杧果味的。他公寓里的装饰主要围绕一棵常年摆在室内的人造圣诞树，这棵箔质圣诞树上挂着许多杧果味的汽车清新剂。他屋里那变软的石膏板墙面上钉着照片。公寓里还有一台电视机、一个迷你冰箱、一个手提音响、一张床垫、两个脏兮兮的涤纶睡袋，还有一个漂亮的手工水晶吊灯，破灯罩像顶歪歪扭扭的帽子。

灯开着，罗密欧坐在船长座椅上——这椅子是他从一辆失事货车上拆下来的。他将垃圾袋里的东西翻了个遍，他要找的东西都在纸上——废打印纸、标签、处方，还有药剂师的笔记——上面的内容还没被他在药店的线人绞碎。通过这堆东西，他能知道社区里的每个人服用什么药；哪种药药效强，会被关系好的亲戚顺手牵羊拿走。罗密欧看过这些信息就能知道谁快死了，谁能活下来，谁比他还神经病，或是根据没提及的名字，推测出哪些人还神志清醒、身强体健。他一直在便签本上做记录，记录药品名称、剂量、再次取药的日期、服用方法。罗密欧从没发现有医生建议患者将一种药物磨粉后吸入的情况，但这往往是他的首选服药方案。

今晚，他又看到了“缓和性治疗”这几个字，他将有这几个字的资料用曲别针单独夹在一起。此外，袋子里的废物还有报纸附加版，这也是他最喜欢的部分——部落报纸的讣告页。他把几张对他有用的处方与讣告中的一个名字配在一起，发现那人的葬礼就在明天。

第二天上午九点四十五分，罗密欧到食品杂货店买了一磅适合煨炖的肉，接着开车去了教堂。他把车停在停车场边上，挨着一辆敞篷小货车，上面的油箱盖用螺丝刀就能毫不费力地撬开。他坐在车里，等所有人都进了教堂，然后麻利地将货车的汽油注入自己的油箱，足够他开车去死者家跑个来回还有余。那儿离这儿只有六英里，他不到十五分钟就到了。

罗密欧在房子边上停好车，径直走到前门，敲了敲门。屋外的几条大狗狂吠不止，他丢过去几块肉让它们抢。屋里的几条小狗在房子入口处吠叫。没人应门。门上是沃尔玛卖的廉价钥匙锁，他用平头螺丝刀轻轻地把旧门闩从门框上撬起，然后进了屋，又丢了几块肉。小狗们一个个摇着尾巴，跟着他一路直奔卧室。床边的电视桌上摆着几个琥珀色塑料瓶。他将几个瓶子检查一番，拿走其中一瓶。屋里还有张带半开式抽屉的床头柜。找对了。他又发现三瓶药，其中一瓶还是满的。他走进浴室，皱着眉，将每种药仔细看了个遍。他看着其中一种药笑了笑，晃了晃瓶子，又往口袋里装了三瓶。没必要贪心。现在已经上午十点半了。他走出房子，将锁修好，免得它掉下来，随后离开。他兜里还剩半磅肉。

他上午十点五十五分回到葬礼上。他把处方卷起来放进塑料袋，然后把袋子藏到后座底下，把肉也藏在那儿。他服下少量丙氧酚，然后悄悄进了教堂。所有人的目光都集中在前方，看着抬灵柩的人。看到他们抬出遗体，他用手抚着胸口。他是搭顺风车去公墓的，这样还能省些油。

令人哀伤的葬礼结束后，人人都如释重负，哭了起来。罗密欧坐车回到教堂，随悼念者一起下楼吃午餐，他在那儿吃得饱饱的。他喝了淡咖啡，跟死者的亲戚以及亲戚的亲戚聊天。他一直待到葬礼结束，又喝了些咖啡，吃了单层蛋糕，还用纸盘装满剩菜带回家。他难过地微微点头，接过葬礼手册，手册上印着死去男人的照片，照片中的男子对着镜头微笑，手里举着一块表彰他的刻字铭牌。罗密欧一回公寓就用硬纸板把药粉整齐地分成两行。

"到哪儿去，老兄?"他对着空气说。

罗密欧用鼻子吸了药，然后躺回船长椅中。他惬意地坐在磨损的灰色长毛绒椅子上，仿佛正坐在后排车座上安全地旅行。墙上的那些照片他一路上都带着，对着现在已经不知所踪的摄影师微笑。里面有些是他上学时的照片，其中一张是艾玛琳和她母亲，也就是他喜爱的老师皮斯太太。还有张照片是朗德罗和两个男孩——两人现在都已不在人世。还有一张斯塔尔举着啤酒杯的照片，照片脏兮兮的。他这儿还有霍利斯的照片，有几张是他念小学时的照片，有一张是他读中学时的，还有一张是他俩的合照，罗密欧跟霍利斯父子俩，他很珍惜这张合照。还有一张很久以前从报纸上剪下来的婚礼照片，照片已经泛黄。照片上是艾玛琳和一个男人，看身材能认出是朗德罗，但脸已被刮花。照片上有些人他记不得名字了。罗密欧仿佛飘了起来，穿过起皮的天花板和上面的黑曲霉，又穿过屋顶的沥青石板瓦，飘在屋顶上。在保留地小镇的另一边，他的旅伴皮斯太太也和他一样飘在空中，从他身边经过。她像往日在学校里对男孩们所做的那样，将手放在他肩上。她从没打过他，但罗密欧却弯腰闪开了，一看到有人突然做出什么动作他就会闪身避开。本能的反应。

你好，美人

参加完平日弥撒后，诺拉来到特拉维斯神父的办公室，坐下等他。神父常在走廊里被人截住。今天诺拉同样听到有人在讲话。特拉维斯神父听着，偶尔问个问题。两人在讨论修理地下室墙壁的细节，也许是窗户。寒气侵入屋子，到了春天会渗水、渗泥，有蛇出没。教堂周围总有蛇出没，有时教堂里也能看到。除了这个地区，还有平原上的一些地方，一直到加拿大的马尼托巴省都是这样。那儿的岩石下有古老的蛇窝。每年春天，大量的蛇聚集在窝里，赶也赶不走。

诺拉素来不怕蛇。蛇会被她吸引而来。眼下就有条性情温和的束带蛇，嘴边有条红线，身上有黄色斑纹。你好，美人。那蛇无声地盘踞在装着书籍和小册子的书架底下，接着停下来，伸出舌头感受周围的气息。不如跟你聊聊，诺拉心想。他还没来，我觉得他也不愿见我，他觉得我很软弱。反正我有话也没法与人说。我不愿想那些不好的，但我没法一直按捺住这些念头，不是吗？玛吉会好起来的，会好好长大的。拉罗斯也会轻松很多。我对彼得现在又爱又恨，你知道吗？我真快受不了他了。我知道自己不该那么贪睡。谁会注意到一张老旧的绿色椅子呢？蛇会注意到。你会注意到，或者当我清理鸢尾花花圃时那里的蛇会注意到。当你想离开这儿时，一切都让人激动，或者说兴奋？阳光照进来，准确地说是闯了进来。活着可以看到这些，活着可以看到午后的阳光破窗而入，一缕暖阳落在我的鞋上。蒸汽起来了，在水管里咝咝作响。那声音听着让人心安。或许是我眼花了。不，架子下没有蛇，那不过是条黑色尼龙绳。

“诺拉！”

“我只是在这儿等你，想着你或许有空。”

特拉维斯神父站在门口。她威胁过他，竟然还敢来，真烦人，他心想。她可能比一般人更敏感，她说的自杀可能是认真的。他不该再拿牺牲的海军士兵跟普通人做比较，他当时也不该大笑。

“我开着门，看到了吗？别再把胸贴过来了，好吗？”

“不会了。”诺拉说。

“最近怎么样？”

“好些了，不，没有。”

特拉维斯神父叹了口气，然后扯下一节卷纸，让它顺着桌面滑过去。诺拉伸手抓起纸，擦了擦脸。

“我也不想那么想。”她伤心地说。

“我都听到了。”特拉维斯神父说。

“我把您书架下的那段绳子当成了蛇。”

他俩都向书架下面看了看，那儿什么也没有。

“也许那儿之前确实有条蛇，”特拉维斯神父说，“它们喜欢有热水管的地方。”

“确实。”她笑了，“我也不知道自己怎么会把它看成绳子。”

特拉维斯神父等着她继续说。热水管时而发出咚咚声，时而嗞嗞响。

“绳子吗，”他问，“怎么会看成绳子呢？”

“我也不知道。”

“因为你有那种打算？”

她点点头，没说话。

“你打算上吊？”

她一下僵住了，然后含混不清地说道：“别说出去，求您了。他们会把他带走的。玛吉已经恨上我了，我不怪她，可我更恨我自己。我是个不称职、很不称职的妈妈。我让达斯提跑到外面去了，没看好他。我罚他上床睡觉，因为他淘气，弄得到处都是手印。他上楼去了，拿了根棒棒糖。他爱吃巧克力，是以前，以前爱吃巧克力。都是玛吉挑唆的。玛吉那天病了，要么可能是装病。玛吉挑唆达斯提淘气，我就罚他上床睡觉，可他偷偷溜出去了。”

“你怪玛吉吗？”

“不怪。”

“你确定？”

“刚开始我脑子没现在清楚，也许怪过她。但是，现在不怪了。我是个不称职的母亲，是的，可要是我一直怪她，我不知道，那肯定不是好事，对吧？”

“对。”

诺拉把手掌摊在膝盖上，审视着。

“自责，肯定也不是好事。”

她突然转过头，头上黄色的饰物像火焰一样闪闪发亮，划过空中。她小心翼翼地把脑袋贴在桌子上。

“我吼他了，特拉维斯神父。声音很大，把他吓哭了。”

诺拉离开以后，特拉维斯神父盯着桌子上的电话。她有自杀的打算，但讲出达斯提最后一天的事后她好像卸下了心里的大石头。她脑子好像很清楚，不肯承认她可能会伤害自己。她还求他不要告诉彼得，不要再增加他的负担。她说彼得会垮掉的。对此，特拉维斯神父毫不怀疑。可要是他妻子自杀了，他更谈不上振作。他拿起话筒，但又放了回去。诺拉离开时，似乎放松了很多，她穿着白色跑鞋，脚步轻快。她已经答应他，说要是再有这种念头，就来跟他聊聊。

※

沃尔弗雷德砍下一块被黄鼠狼咬过的麋鹿肉，拎到小木屋里，放进堆满雪的锅里。他把火生得不大不小，把锅吊在火上煮。他从小女孩那儿学会了采摘金红色的浆果，这种冬天有点干瘪的浆果可以给肉增加一丝微臭却好吃的味道。她教他怎么用沼泽植物粗糙的叶子泡茶喝，她教他辨认岩石上淡而无味但可以食用的地衣。半天的时间过去了。

女孩的父亲麦什齐格和两个手下走了进来。麦什齐格精瘦，让人心生畏惧，两个手下鬼鬼祟祟。麦什齐格瞥了女孩一眼，然后就转过头去，他拿毛皮换了朗姆酒和枪。麦金农告诉他，想喝个痛快，先离贸易站远点。那天麦什齐格杀死了女孩的几个舅舅，还把靠近他的人都捅伤了。他割下了明克的鼻子和耳朵，现在他先是想要回女孩，接着又提出赎回她，不过麦金农不肯回收卖给麦什齐格的任何枪支。

麦什齐格离开后，麦金农和沃尔弗雷德轮流去小便，又拖了些木头进来，然后从屋里锁上木头窗，给武器装上弹药。大约一周之后，他们听说麦什齐格杀了明克。女孩低下头，哭了。

作为一个职员，沃尔弗雷德的价值远比他自己意识到的要大得多。他厨艺好，只要有面粉和酵母就能做出面包来。他带着父亲的酵母走遍了半个北美，总是在寻找新的食物来源。他快要把麦金农带来交易的石磨面粉用光了，而那些印第安人一口都没尝过。沃尔弗雷德已开始把菰米磨成粉，加在他们剩下的面粉里。去年夏天，他堆起一团泥，从中间掏空，做了个泥炉。每个星期的面包就是他用泥炉烤出来的。面包烤得发黄时，麦金农出去了。漆黑的冬夜里，面包的香味深深地触动了他的酒瘾，他开了一桶酒。他们原来有六桶酒，现在已经变成了五桶。在无数次的陆上运输途中，麦金农把好酒装进了自己肚里。通常，每次有酒运来，他都会喝那种没有稀释过的烈酒；这是那些混血印第安人背过来，不断供应给纯种印第安人的。现在，他和沃尔弗雷德坐在两个木桩上，一起喝起酒来，旁边是暖和的炉子和跳跃的火堆。

在温暖的火圈外，雪吱吱作响，星星也在深邃的天空中跳动。那女孩没喝酒，坐在他俩之间，想着烦心事。两个男人不时看看那女孩火光中的侧影，她脏兮兮的脸像涂上了一层金。两个人喝酒的同时，面包烤好了，他们郑重地取下滚烫的面包，就往外套里放。女孩掀开身上披的毛毯，伸手来接沃尔弗雷德递给她的面包。沃尔弗雷德给她面包时才注意到她的衣服从正中间被撕开了。他望着她的眼睛，她朝麦金农瞟过去。接着，她低下头，接过面包时，用胳膊肘按住撕裂的衣服。

他们坐在木屋内的小木桩上，围着一个大木桩吃东西。木屋是很多年前建好的，以那个大木桩为中心，正好用它来当餐桌。

沃尔弗雷德上下审视着麦金农，弄得这位毛皮交易商终于问他：“怎么了？”

麦金农松软的肚子像膀胱一样胀得鼓鼓的，双腿像螃蟹腿似的，胡子上沾满口嚼烟的污渍，眼睛跟疯猪一样血红，红头发像怒气冲冲的红甘蓝，嘴唇像蠕虫似的，牙齿黑乎乎的，口气臭得能把你熏得逃到一边去，鼻毛上粘着鼻涕，滴下来，弄脏了沃尔弗雷德用墨水画得整整齐齐的表格。麦金农打枪百发百中，拔钉锤玩得神乎其技。沃尔弗雷德见识过他的厉害，麦金农曾经用锤子打中那天跟踪麦什齐格的一个手下，是个危险的家伙。可是，沃尔弗雷德嘴里咀嚼着，眼睛怒视着，心里异常难受。生平第一次，沃尔弗雷德渐渐看懂了他早该明白的事。

横梁

六月了。这两栋房子之间的地方可能会有六十亿只木蜱孵化出来，然后开始它们艰难、充满希望却又注定失败的生命旅程。地球上有多少人，那片树林里可能就有多少只木蜱。乔塞特这么跟斯诺说，因为她知道姐姐无法忍受木蜱。斯诺会检查、清洗、抖干净她的衣服，尽量避开树林，但无论多么仔细都是徒劳。斯诺比其他人更容易招惹虫子。她说，因为木蜱，她迫不及待要住到没有木蜱的大城市里去。

“你会想念你的朋友们。”乔塞特说。她的牛仔裤太紧，天太热。她猛地解开腰带，挥舞着手臂。

她们要去接拉罗斯。清晨的热气让木蜱从窝里蜂拥而出，草丛里全是木蜱，它们离开树枝树叶，嗅着哺乳动物的超感官气味扑过去。斯诺走在路上，感觉头发里有一只，她一把抓了出来。

“我要回去了，”她说，“哪怕被妈妈看到，我也要走那条大路。”

“那就是只木蜱幼虫，”乔塞特嘲讽道，“嘿，我不走那条灰尘满天飞的路，那要远一倍。如果你让我一个人去接拉罗斯，老姐，随身听我可就不给你了。”

这个索尼随身听带给她们欢乐，是她们的宝贝。这个表面光滑的金属播放器可以播放她们仅有的几张唱片：《罗密欧和朱丽叶》的电影配乐，还有瑞奇·马丁[①]、德瑞医生[②]和黑屋乐队[③]的专辑。因为随身听只有一个，她们轮流使用，严格地分配了使用的日子和小时数。乔塞特被派去接拉罗斯回来。她不想一个人去，就用自己明天使用随身听的时间份额贿赂斯诺陪她一起去。

“好吧。”斯诺像黑桦树一样弓着腰，脱下长袖衬衫罩在头上，蜷缩在下面。

“我应该穿件连帽衫。”

“你不穿你的连帽衫，我是说，肖恩送你的连帽衫，看着确实挺别扭。”

“那是肖恩的摔跤队队服，他当时送给斯诺以示真心，可之后就……”

“我今天就要忘了他。”斯诺说。

乔塞特知道，斯诺的前男友有了新女友，但她没说出来。她很气愤，真想对着肖恩的肚子给他一拳。但和斯诺说这样的话会让她心烦，斯诺说暴力让她恶心。

“现在我只是讨厌必须去那儿上班。”斯诺说。

她俩都在怀蒂的便利店里打工，现在去得更频繁了。她们是年纪最小的服务员，老怀蒂和他的继女兰顿是老板，他们喜欢看到女孩子全身心地工作。每次斯诺上班时，帅气的肖恩就会进来

---

① 波多黎各裔国际传奇流行音乐巨星，拉丁美洲音乐风潮的标志性人物之一，有“电动马达”和流行音乐“拉丁天王”之称。

② 非洲裔美籍音乐制作人、饶舌歌手、企业家。

③ 印第安人的一个鼓乐队。

买佳得乐和微波炉加热即食的卷饼。

“知道我们为什么喜欢机器人吗？比男人好多了。如果肖恩只是一部机器，他肯定会听我的命令。”

“哈哈，你会命令他做什么？”

“别太刻薄了，好不好？”

“我知道，别担心，我帮你揍他。”

斯诺一定很难过，因为她用奥吉布瓦语说了句“谢谢”，这是表示真心感谢的意思。乔塞特不禁动容。

拉维奇家到了。她们站在灌木丛里，注视着整洁得让人发怵的庭院。院子里扎成束的花开得正艳，小树篱修剪得过于整齐。

“疯狂的人生。”乔塞特说。

“我知道，这一切令人悲伤。”

“她极力表现得若无其事，”乔塞特说，“我有点理解她了。还有，我喜欢她的花。”

“我也是，但她让我害怕。”

“你先去。”

“不，你先。”

“好吧，但你来跟她说话。”

“不，不行。我会逃走的。”

诺拉身上有着使人紧张的气场。她打开门时，气场共振的余波随她一道来到门口，涌向两个女孩。其实门只开了一条缝，她只是说，“哦，是你们”。她开口说话时气场涌了出来；当她在两个女孩面前轻轻把门关上时，气场将门像塑料包装纸一样密封起来。当她再次打开门时，动作是如此轻缓，仿佛连空气离子也没被打乱。拉罗斯背着双肩包急匆匆地跑出来。那气场被吸回去，他们三人跑过草坪。

自从拉罗斯第一次被接走后，诺拉已不再朝窗外看。她抓起耳机戴上，径直穿过房子，经过双层玻璃移门，走到后面的木质平台上，又走下四级台阶，穿过院子，来到车库。彼得一直担心车库的横梁是否结实。她打开门，给骑坐式割草机加满油，然后坐上去，调整好别在腰带上的随身听。彼得给她准备了非常特别的圣诞音乐，这音乐既令人感到安慰，又让人心烦，有管乐器和反复回响的咏唱，有缥缈的女高音独唱以及没有歌词的神秘哼唱，旋律反复回响、突然消失，又从某个令人眩晕的高音响起。她坐在割草机上不停地割草时可以反复听这些曲子。

最后，她把割草机停好，从上面下来，走进屋里。她上楼走进自己的房间，靠在衣橱门上，盯着衣服。除了一件紫色连衣裙外，她的衣服都是中性色，每样四件：四件夹克、四条裤子、四条短裙、四条牛仔裤、四件衬衫和四条连裤袜。每样四件，每天一套，她就靠这些打扮。但她从商品宣传册上买了很多漂亮内衣。

开始，她只打算换内衣。她的小腹紧实，上身穿着一件粗糙扎人、镶着栗色蕾丝花边的上托型文胸，下身则是一件小小的白色比基尼内裤。接着，她站在那儿，把一件蛋壳白的衬衫和一条更白的裤子摊在床上。她又从鞋盒里拿出棕色的高跟鞋，再把一件紧身无领灰夹克放在蛋壳白的衬衫旁。整套衣服看着就像殡仪员的制服。穿这身衣服自杀太呆板了，她心想。于是她拿走白色裤子，换上一条鲜艳的短裙。我得再想想，她决定。她轻抿嘴唇，又把衣柜打开。

野兽

两个女孩把拉罗斯夹在中间，穿过树林往家走。斯诺还记得那些木蜱，只是高兴得顾不上为它们烦心。现在，她们可以带弟弟回家住几天。炙热的太阳被挡在树林外，照在路面上，阳光穿过树叶变成鲜绿色，林子里十分凉爽。半路上，拉罗斯停下来问："我们可以去那儿吗?"她俩知道他指的是那棵树。没人知道他是怎么知道那棵树的，但他就是知道了，而且她们来接他时，他常常坚持要去那儿。她们不太介意，也从未告诉过父母。去那儿很容易，没一会儿他们就站在达斯提经常爬的那棵树下，树下的空地上摆放着凋谢的花、烟草末儿、散落的鼠尾草和两个被雨淋过的小毛绒玩具——一只猴子和一只狮子。拉罗斯放下背包，拿出《野兽出没的地方》，递给乔塞特，说："读一下。"她大声读了起来。书读完后，周围传来清晰甜美的鸟叫。

"怎么回事?"乔塞特问。

拉罗斯拿回书，轻轻皱着眉头放进背包。

"我想这本书是他的最爱，"拉罗斯说，"因为诺拉老是给我读这本书。"

斯诺和乔塞特把手放在胸口，用唇语默默地说："为忧伤，为甜蜜。"说完，便一人牵着拉罗斯的一只手，继续往家走。

"我再也不想看这本书了。"拉罗斯大声说。

两个女孩互相眨眨眼，心里憋着笑。

“也许你应该把那本书留给他。”斯诺说。

“和他的毛绒玩具放在一起。”

“不行，”拉罗斯说，“诺拉会找的。”

“那，”乔塞特说，“就算那样，她也找不到，然后就放弃不找了，对吧？”

“不，”拉罗斯说，“她永远不会放弃。她可能会去外面的谷仓，像报丧女妖一样尖叫。”

“哦，”斯诺问，“报丧女妖是什么人？”

“报丧女妖是一个瘦骨嶙峋的老女人，长着獠牙。如果有人死了，她就围着坟墓边爬边叫。”

“哇。”乔塞特叫了声。

“吓死我了！”斯诺说，“你从哪儿知道的？”

“玛吉告诉我的，她床底下藏了很多从书上撕下来的图片和可怕的东西，全都很恐怖。”

“她把吓人的东西放在床底下？”乔塞特和斯诺对视了一眼。

“哇，都是为了干坏事准备的。”

“她是从哪儿弄到那些鬼东西的？”

“别跟拉罗斯说脏话。”

“她从学校图书馆的书上撕下来的。”拉罗斯回答。

“小男子汉，”乔塞特鼓励道，“别受她影响。”

“我已经习惯了，”拉罗斯说，“我现在什么都习惯了。”

两个女孩只是握住他的手，没再说什么。

去年秋天，他们送拉罗斯到拉维奇家之前，朗德罗和艾玛琳就讨论过他的名字。这个名字是赋予每一代拉罗斯的，是米拉奇，是幻象。这是明克女儿本来的名字。这个名字能保护他免受不明事物的伤害，免受达斯提事件的影响。有时，混乱、厄运这样的自然能量会降临在这个世上，搞得灾祸不断。倒了一次霉就会接二连三地倒霉，这一点印第安人都明白。要干净利落地阻止厄运，可要费不少工夫，这也是拉罗斯来到拉维奇家的原因。

※

艾玛琳·皮斯做学生时英语成绩优异。她想教文学，她拿到了教师资格证，做了中学老师，只有周末能找点乐子。她现在认为比起教青少年，她更适合教小孩，因为那些青少年跟她太像了。的确如此。有天晚上，她正在派对上享受香烟，不料几个学生走了进来，于是她作为老师的那点权威随着烟雾袅袅上升，消失殆尽。

结束了与朗德罗醉生梦死的生活之后，她收到一份录取通知书。因为部落正自上而下地掌控整个学校系统，所以资助她去攻读管理学学位。艾玛琳回到研究生院深造，变得成熟起来。带着速成学位回来后，艾玛琳对一个刚获得资助的试点项目——保留地问题儿童寄宿学校——产生了浓厚的兴趣。

强制同化的时代该结束了，人们都不愿意再考虑寄宿学校。但话说回来，有些孩子的家庭一团糟，他们上不了学，睡不好，吃不好，也没有人指导家庭作业。从吸毒到抑郁症，再到健康日益恶化，无论是哪种糟糕的处境，除非上学，否则永远无法摆脱。要在学校取得好成绩，孩子们必须按时上课，按时吃饭，按时睡觉，按时学习。也许早期的寄宿学校剥夺了弱势群体的传统文化教养，也没让为人父母的明白怎么爱孩子，怎么做父母，可现在呢？孩子需要干预措施，但不是寄养家庭和外人收养这类残忍的方式。寄宿学校进行危机干预，让父母有时间走上正轨。它与以往寄宿学校的根本区别在于，这所学校位于保留区，从幼儿园一直到小学四年级。四年级之后，孩子们可以寄宿，但要上普通学校。这种新旧兼容的寄宿学校成了艾玛琳的使命，替那些不断失败又不断振作的家庭承担起教养子女的任务。

教室是两辆加宽的拖车。印第安事务管理局的家庭住宅进行了翻修，配备了宿舍管理员、老师和助教，据说他们都接受过儿童心理学培训，或正在考教师资格证。起初，她是主管助理，需要帮助主管收集数据、制定策略、订购日常用品、主持会议、组织筹集资金、制订没完没了的进度报告和计划。还有很多她职责范围外的事情，比如排解悲伤。她自己的悲伤。孩子们的悲伤。孩子父母的悲伤。超出职责的还有：打扫呕吐物，换手纸，关门开门，抱着受伤啜泣的男孩轻轻摇晃，直到他们情绪稳定，一边和小女孩玩疯狂八点，一边听她们讲母亲怎么用刀捅父亲，或是父亲捅母亲，她会和已戒毒或戒酒的母亲一起做小松饼，会痛斥那些还没改邪归正的母亲。她不和父亲们打交道，那是主管的事。后来她成了主管。

她尽量不把白天的情绪带回家，但不可避免。她渴望稳定和平静时，白天的情绪跟着她来到家里。在她追求可靠的家庭关系时，白天的情绪跟着她来到家里。在她试图维系家庭关系却频频失败时，在她追求整洁却又故态复萌时，在她奋力寻找平衡点时，白天的情绪跟着她来到家里。她需要一个人待着，于是她建了属于自己的汗屋，一个人坐在里面，将悲伤发泄出来时，白天的情绪跟着她来到家里。她采取了应对策略，用燃烧的鼠尾草治疗身体功能失调，在床四周铺满蓬松的羽毛，每周独自喝一次酒，每次喝两杯能买得起的最好的酒，但白天的情绪还是跟着她来到家里。她试图重建曾苦心营造的家庭，强大的艾恩一家，优秀的艾恩一家，但白天的情绪依旧跟着她来到家里。她明白唯一的解决办法在拉罗斯身上，但她受不了了。

现在，她知道她又能看到拉罗斯，又可以做一个真正的母亲了。她整天沉浸在兴奋之中，没人见过这样的她。她急促生硬的动作变得优雅。她的目光停留在文字材料上，不去理解，也不心烦。甚至她的发尾也松散地披着，没扎成马尾，也没用饰有珠子的发卡绾起。

艾玛琳离开了位于拖车后部的办公室，小心翼翼地开车回家。她没有去诺拉那儿接拉罗斯，因为彼得之前跟朗德罗约定，既不让艾玛琳去接，朗德罗自己也不能去接。彼得知道诺拉与艾玛琳或朗德罗都相处得不好。而彼得一想到拉罗斯在杂货店跑向他妈妈的情景就会心痛，见到妈妈的拉罗斯欣喜若狂，扔下所有东西扑向她。这也是他让拉罗斯的姐姐或哥哥去接拉罗斯的原因。现在，乔塞特和斯诺在房间里，反锁着门，互相检查对方身上是否有木蜱。斯诺一直在惨叫，有时还会尖叫着乱跳。拉罗斯正和霍利斯在客厅的地板上摔跤，他把霍利斯打倒在地，用拳头对着霍利斯的脸，让霍利斯认输。

霍利斯用胳膊敲打着地板。

酷奇靠在沙发上说："他掌握了你的弱点。"酷奇这会儿嘴里吃着冷燕麦饼。

"别跟他说这种话！"

"想和我较量吗？"拉罗斯吓唬道。

霍利斯笑了："他把我屁股打开花了。"

"别跟他说这种话。"乔塞特说着从卧室走出来。

"抓了多少只木蜱？"

"大概有二十只。斯诺吓坏了，这下她这个澡不知要洗多久了。"

艾玛琳开车回来了，拉罗斯听到汽车的声音，立马冲出屋门，跑过铺满煤渣的院子。艾玛琳从车里出来，刚好接住跳进她怀里的拉罗斯。他还小，仍然可以骑在她胯上，她用胳膊搂住他的腰。拉罗斯贴在妈妈身上，接着身子往后仰，给她讲起紫丁香树丛里的秘密城堡、新的玩偶，还有诺拉送他去的教会幼儿园。除了玛吉，他没有谈到玛吉。他隐约觉得不该把女鬼的事告诉姐姐们。总是有这样不好的事，而他都尽量避免。但有时只有说出来他才明白是什么，就像那个长着獠牙会为死人尖叫的枯瘦女鬼。玛吉在他们秘密的紫丁香丛中告诉他的其他事情，他立马知道不能说出去，因为玛吉说过不许讲。玛吉说，永远不要说是我告诉你的——你爸爸确实拿枪瞄准了我弟弟，你爸爸是个凶手，你爸爸杀了我弟弟。我给你看看那个地方，我弟弟的血渗到地里了，所以虫子在上面爬，秃鹰落在那儿。如果你站在那儿会发疯的，晚上我弟弟的鬼魂会掐死你。现在那儿长不出任何东西，或许以后也不会。然而就在那天下午，拉罗斯看到那儿长满了植物。他松了口气。

※

"你们都进来吧！"

"这是我外孙！"

屋子里挤满了皮斯太太的朋友们，他们看到拉罗斯都很激动，因为大家都喜欢他。

“这孩子喜欢我们，”山姆·伊格尔博伊说，“他喜欢听故事。艾玛琳，你把他养得很好。”

山姆是一个瘦削的男人，他眼角和嘴角好看的皱纹都是上扬的，哪怕严肃时也好像在笑。除了上了年纪，他一切都挺好。他穿着棕色的格子衬衫，系着有玛瑙饰扣的领带，衬衫下摆整齐地塞进牛仔裤，用有裂纹的琥珀色腰带束住，瘦削的脚上穿着跑鞋。山姆在大厅和院子里来来回回走了很久。马尔文·桑瑞特是一个刻薄的小胖脸女人，斜着的左眼总是怒视别人，让人感到她有点生气。她身体靠在助行架上向前倾，脸上涂着眼线和猫女牌口红。

“这么说，你把儿子接回来了，”她对艾玛琳说，她的头发用紫色塑料发卡拢到一边。“天哪，他太瘦了。他们没给他吃好。”

“他是在长身体呢。”艾玛琳笑着回答，她一直都在笑。

皮斯太太分发了纸碟子和餐巾纸，还有油炸面包和樱桃果冻。她还准备了咖啡，为拉罗斯冲了橙子味饮料。所有人都吃了，只有山姆·伊格尔博伊不吃白人的食物。不过，他喝了点咖啡。

“你可以吃点白人的食物，”马尔文劝他，“你都瘦得皮包骨头了。”

“该硬的地方硬着呢。”伊格纳西亚·桑德说道。她漫不经心地推着氧气瓶走来走去。刚说完，她就大笑起来，只好把氧气瓶的出气量调大了些。

“他们这么说的，”马尔文说，“我倒没觉得。”

她一脸诡秘。

“嘿，”伊格纳西亚说，“打开你的床头灯吧。很难说啊。”

“嘿!”艾玛琳边说边冲拉罗斯那边点点头。

马尔文摸了摸发卡，噘起的红唇左右努了努，瞥了伊格纳西亚一眼。她浓密的灰色眉毛往上一挑，她眉毛的颜色和蓝黑色的头发并不配。她吃了几小口面包，喝了点咖啡。山姆正在跟拉罗斯讲奥吉布瓦语，教拉罗斯怎么说盘子和碟子。他讲怎样制作祭祀的食品，讲当人们注意到灵魂时，灵魂会心怀感激。世间万物皆有灵，而且灵魂会跟奥吉布瓦人交谈。他还讲了灵魂如何进入梦里，如何出现在现实世界，以及当拉罗斯遇到它们时该怎样告诉妈妈。他冲着艾玛琳努努嘴。

马尔文故意让下唇朝外突出，盯着山姆，然后摇摇头，转而看着伊格纳西亚。

“哇，他说得挺好，真的，”她说，“山姆应该继续夜游，去敲女人的门。”

“随他去吧，”伊格纳西亚笑着说，“有我们看着，他也干不了坏事。让他跟这孩子讲讲吧。是该教教这孩子，他想学，也想听故事。再说，我们都知道山姆只喜欢你一个人。”

“哈，”马尔文说，“你这么认为?”

※

即使特拉维斯神父在户外健身小径上拼命锻炼身体，也无法耗尽体力。俯卧撑装置是用长杆固定在短木之间做成的，不是很令人满意。他没有把上面的树皮去掉，因为有树皮更容易抓牢。这不是他不满意的地方。让他恼火的是地面不平整，圆木的长短粗细不一样，尽管他事先仔细量过。这样一来，俯卧撑的动作不可能准确。他退而求其次，左右交换两次，这样就能保证两个胳膊得到相同的锻炼。他在木板上整齐地标上了使用说明，但并没有说明解决办法。

他又慢跑了一小段路去做下一项运动。他在厚重的橡胶垫上做了二百个仰卧起坐，这才注意到周围全是用过的避孕套。避孕套要么挂在树叶上，要么皱成一团躺在杂草里，要么被割草机切成了碎片。肯定是那群孩子。他们会把割草机弄坏的！他憋着一团怒火，又做了一百多个仰卧起坐，冷静下来后又觉得挺可笑。不会，避孕套不会把割草机弄坏。他继续往前走到引体向上的横杠那儿。做完引体向上之后，要高抬腿，一直做到双腿开始颤抖。不过，他丝毫不会动摇，继续弓步蹲，一直做到疯狂的跳绳环节。他带了自己的绳子，这样他能原地跳，往上跳，往后跳，往前跳，直到感到肺开始燃烧，越烧越烈。如果他能在这儿挖口井，往下放个老式的井泵该多好！保留地富含硫的地下水含有人体需要的所有矿物质和铁元素，他觉得那水会凉爽甘甜。

他爱这里，爱这里的人。他们是他的子民，不是吗？尽管会被他们逼疯，但他们的慷慨鼓舞着他，而且他们特别爱笑。他在这里懂得了什么叫爱笑。所以，不管是不是因为他的慈悲或者理智，他都想留下。他还做了一个仰卧起坐的装置，做反方向的仰卧起坐，用的也是快要烂掉的橡胶垫，不过里面倒没有避孕套。好吧，这里在灌木丛深处了。孩子们看过恐怖电影后，都害怕树林里的印第安人，活了千年的印第安人。也因为在树林深处，没有人会故意破坏他放在户外的沙包。他恶狠狠地做了一组侧踢，把木蜱从袋子上踢了下来。以前，他强忍着腹股沟的剧痛才让粘连的瘢痕组织分开。不过，他现在可以把腿踢到头顶那么高了。“哈哈，上帝，”他和上帝交流时说道，“你拯救我是有缘故的，就是要让我练成这疯狂的歌舞演员才能做的高抬腿。”

有时在他不知不觉间变故就发生了；他刚从睡袋里出来，接着身体就飞了起来。当时，他所在的海军陆战队驻扎在那栋旧办公楼里，守门的士兵正在等一辆水罐车。然而，一辆黄色的梅赛德斯仓栅式货运卡车疾驰而来，车上装载的炸弹在大厅里爆炸了。整栋楼炸成碎片，冲向空中，和海军陆战队员的身体混在一起落到地面。特拉维斯神父感觉像做梦似地在空中飞，摔到地上，但身体没有撕裂的感觉。那黑色的爆炸能量转变为黑色的死寂。然后有人尖叫起来。他试图靠近别人，这时才意识到身体动弹不了。于是他也开始尖叫。他叫的不是救命，而是别压我，因为他意识到自己就像三明治里的肉一样被夹在钢筋混凝土中间，他能感觉到瓦砾在移动。空气中全是灰尘，吸进的是灰，吐出的又是灰。他尖叫一声把灰尘吐出去，结果又吸了一口。再尖叫。然后听到有人说话的声音。“我们找到一个。把那块石板搬走，他被压在下面。我们需要一辆吊车。”

一个身材瘦小、赤膊文身的海军陆战队员钻到特拉维斯身边，然后举起横梁，接着又推开石板，把他拖出去交给其他人。特拉维斯神父认识这个男人，还和他打过电话。这个男人在营救朋友时瘦小的身体中爆发出了巨大的力量，就像危急时刻救下孩子的母亲那样。之后，他们一直保持联系，也会谈到这件事，但他没和事故中的其他人或死者家属联系。他没去勒琼海军基地①或纪

① 海军训练营，位于美国北卡罗来纳州。

念会议。他害怕那个黑色能量，他害怕变故发生时不能控制自己的呼吸。

特拉维斯神父沿大腿两侧交换了一下跳绳，然后开始甩动绳子。他在亲身体验牛顿第三定律，即每个力都有一个大小相等的反作用力。时间是变量，被炸只要一瞬间，恢复却要用尽余生。或者正好相反？他想到了艾玛琳。

※

原本放在厨房的那把绿椅子已在谷仓里闲置了两个月，还没人注意到。诺拉想好了，如果彼得问起，她就说她正打算放回去。但那不过是一把绿色的木椅，谁在乎呢？然而这把油漆过的椅子很关键，这将是她的脚碰到的最后一件实物。她会踢椅背，把椅子踢倒。不过勒死这个环节并不容易，她还没有准备好。她用手扣住脖子用力勒时心里感到害怕。这种感觉让她窒息，身体变得僵硬、冰冷。她心想，如果把朗德罗杀死也许她就不用自杀了，就能得到渴望中的解脱，这才感觉好点。当然，她可能会蹲大牢，甚至要蹲很长时间。她会认罪，但谁不理解呢？就连玛吉都会理解，甚至支持。彼得也会理解，甚至还会嫉妒她。只有拉罗斯不会理解，他会崩溃。她看见他的脸，满面震惊和悲伤，他的脸似乎叠加在达斯提的脸上，是的，拉罗斯满面的震惊和悲伤。

这方法行不通，她想。

接着她又冒出另一个想法——他们的传统发挥作用了。真是绝妙的一招！那孩子的父亲把孩子送给了她和彼得，他们怎能伤害孩子的父亲呢？她闭上眼睛，回忆起她摇着拉罗斯入睡时那份浓浓的暖意，他的双腿从她腿上垂下去，温暖的呼吸一直传到她心底。

※

罗密欧从没忘记他的初恋，但他一般不喜欢女人，尤其是当她们衰老，变得像丑陋的秃鹰一样。她们尖酸刻薄的嘴皮子功夫可以撕碎一个男人。他总是试图安抚她们，总是给她们送礼物。因为工作上的便利，罗密欧常会留下几袋保留地会议的会务用品，譬如多余的T恤、鼠标垫、带软泡沫把手的握力器、迷你手电筒、钢笔、铅笔、水壶，甚至还有印着首字母缩略词和标记的羊毛织物。他把这些专门收集的东西放在他那个可使用轮椅的超大洗手间里。

今天，他从一个黑色的大号垃圾袋里选出几个礼物，这个袋子是他在一次部落学院会议后清理出来的。有可伸缩的握力器，但他心想，那些女人的爪子已经够强壮了。他把书签、商店赠送的帽子和已磨损裂开的廉价环保袋扔回黑袋子里。会上剩下的衬衫一向都是小号的，而需要安抚的几个女人穿的都是加大码，只有亲爱的皮斯老太太除外。皮斯太太比其他女人都好，身材小巧，也不那么刻薄。他为她拿了一件印有“糖尿病人五公里徒步行”的黄色小号T恤。他找到几条羊毛毯。他仔细看了看几个青蛙形状的拉链，但没有拿，因为太逼真了，没人想要。他卷起一个羊毛毯，来到养老院。

他并不总能进他们的房间，也不是每个人都会让他进。养老院里有人不信任他，比如皮斯太太。她甚至在门上装了链子锁，因为有一次她不想让他进，他还是傻傻地坚持要进去。罗密欧开车去了养老院，走进大厅时，他看到了皮斯太太。她一看见他，就像老鼠一样快速溜走了，还用她那双大眼睛偷偷看了看罗密欧，同时迅速转身拐进房间，毫不犹豫地咔嚓一声锁上了门。

她曾是我最喜欢的老师，罗密欧伤心地想。她是所有学生最喜欢的老师，她还带我回她家，请我在她家吃饭呢。

现在不一样了，她几乎不接受他的礼物。但这儿有斯塔尔，是他的姨妈，或是母亲，又或是继母。他给斯塔尔带来了他获得的战利品，一条在边角处标有“戒酒帕瓦 1999”的紫色羊毛毯。因为会员酒瘾反复发作，这些不错的羊毛毯留在赠品处没送出去。罗密欧敲响了斯塔尔的房门，想起治疗她重度关节炎的处方。她打开门，脸上带着灿烂的微笑。

“来了个浑蛋!”她向其他访客喊道。

“哦，是他啊，”马尔文·桑瑞特对着维比德太太说，“让我们看看他。他很瘦，可衣服里面可说不好。”

“给我的吗?”斯塔尔接过紫色羊毛毯，毛毯摸着很舒服。

几个老太太坐在餐桌旁，热切地看着罗密欧。她们的眼睛明亮有神，视线扫过他全身，然后准确地停在了某一点上，他条件反射般地顺着目光向下看，果然拉链开着。

“二十头牛跑出了谷仓。”① 维比德太太尖叫道。

罗密欧用力拉，结果拉链卡住了。

---

① 美国俚语，意为“某人很长时间没有拉上裤子拉链，这段时间连二十头奶牛都会跑光”。

这些老太太开始大声数数，等数到三十，他才连拽带拉地把拉链拉上。警惕点！小心！一定要小心！

“当心你裤裆里的小鸟。”马尔文咯咯地笑。

“注意，别把它的头捂住！噢，它要偷看我们！”

这几个女人假装要捂住眼睛。

这时传来一阵轻轻的敲门声，他的老师进来了。皮斯太太轻轻地走到另一把椅子旁，和罗密欧还有另外三个女人一起坐在桌边。她的咖啡杯还留在刚才的地方。

“你们怎么不让罗密欧坐？”

“坐下，坐下！”

“你怎么看起来糊里糊涂的？”

“他的脑子压在屁股底下了①，也许他也不想把脑袋挤成糨糊。”

她们发出一阵嬉笑声。

罗密欧走进卫生间，锁上门，打开水龙头，小便，冲水。在水流声中，他轻轻打开药柜，没有他想要的。尽管药瓶上标着“放入直肠”，他还是拿了一瓶。还有一种止痛药压都压不碎，只能吞服。不过这瓶药是满的，而且还有一瓶一样的，少一瓶没人会注意。他用洗过的湿手捋了捋头发，重新系好细细的小辫子，确保裤子拉链拉好，然后走了出去。

“看到你真高兴，我的孩子，”斯塔尔马上说，“你还来看你的老姨妈，真好。请你离开时把门轻轻关上，好吗？”

他赶紧离开，关上门的瞬间，屋内哄堂大笑。这本该让他起

---

① 美国俚语，意为“满脑子糨糊”。

疑心，怀疑这里面有问题，不过她们一向如此。

那晚回到家，他决定把那瓶直肠药换个瓶子卖出去，可他却吃了碾不碎的药片，吃的是规定剂量的三倍。他根据药瓶上的建议，喝了整整一杯水把药片吞下去，然后静静等待，什么反应都没有，于是他又吃了一剂。大概过了半小时，他看了看瓶子上的日期，又把瓶子放在歪斜的水晶灯下，凑近细看，这才发现上面的标签下还牢牢地贴了一层标签。他尝试用最长的指甲、刀片，但都没法把第二个标签刮下来。接着，肚子里一阵绞痛，他这才意识到药物正在那些老太太说的大脑所在之处发生作用。

上帝啊！他疼得想吐。他疼得直不起腰，一路跌跌撞撞，奔到残疾人专用卫生间。那天晚上，他频繁地跑卫生间，一直在冲洗马桶。那种绞痛好像是有钉子深深地钉进下腹部。那几个老太太的肠子里一定有石头，他想。她们怎么受得了？一剂药只要吃一点就够了。他一宿没睡。黎明时，他开始胡言乱语，筋疲力尽，身体脱水，饿得前胸贴后背，五脏六腑都要吐出来了，没法上班。可还没完，其他症状又出现了。他的皮肤开始像火烧一样刺痛，鼻子肿大，脚仿佛不是自己的，嘴里发出异常难闻的恶臭。

整整一天，窗帘都没有拉开，罗密欧躺在他那睡袋堆里，经受着一阵阵呕吐、眩晕，还放着臭屁。电视屏幕上的美国有线电视新闻网画面不稳，闪着亮光。他最喜欢的一个记者安·凯伦正在讲述一个关于大象语言的故事，内容让人安心。安说，当你听到这些叫声，那说明大象要交配了。公象吼叫起来，争斗开始了。他关掉声音，躺在睡袋里一动不动。他不敢乱动，生怕打破下腹部那脆弱的平静。

也许那几个老太太说得对，他的脑子长到屁股上了，现在拉肚子拉得脑子不好使了——因为他发现自己现在思维异常清晰，异常专注。他在想去哪儿卖掉藏匿的这些药，能卖多少钱，甚至能心算出总数是多少，还想好了怎么花这些钱。他想到抚养他长大的姨妈斯塔尔一味轻贱他，尽管她不怀好意地恶作剧，他还是会给她买日用品，把她的住处打扫干净，以免发臭。他回忆着大大小小的事。他该这样生活吗？他扪心自问。他应该忍受养老院里那几个老秃鹰残忍的捉弄吗？他怎样才能出人头地，怎样才能得到尊重？他应该去竞选公职吗？竞选哪个职位呢？如果他在部落委员会任职，他会立即宣布把泻药装在止痛药的瓶子里是违法的。然而，他花了更多的时间去回忆细节，组织语言，想象各种可能。还有消息。思考哪些消息对他有什么用。他从各个方面思考何种谣言能给他带来何种力量。他决心要挖得更深，进行调查，也许可以像《法律和秩序》① 的男主人公伦尼·布里斯科一样做一个公告板，把所有的信息都放在一起。

※

沃尔弗雷德梳理了他们的选项：他们可以逃，但麦金农不仅会亲自追捕他们，还会出钱让麦什齐格先把他们抓起来；他们也可以一直形影不离，这样沃尔弗雷德就能护着她，但这显然是说沃尔弗雷德也知道这事，他俩就失去了出奇制胜的先机。色诺芬曾整夜未眠，思考这个问题：我要等到什么年纪才会清醒？我这个年纪，沃尔弗雷德心想。因为很显然，他们必须杀掉麦金农。

① 美国 1990 年首播的法律与警匪题材的电视剧。

其实，这是沃尔弗雷德首先想到的，也是唯一的办法。但为了让自己好受一些，他把几个选项都考虑了一遍。

怎么做呢？

首先排除枪杀，这样可能会被判刑。要么用斧头、短柄小斧、刀或石头杀死他，或是把他绑起来沉到冰下溺死，但这些方法也有风险。当沃尔弗雷德躺在渐渐消散的黑暗中想象每个场景时，他回忆起他和她是怎样穿过树林。她知道树林里所有能吃的东西，很可能也知道哪些不能吃。她很可能知道哪些是有毒的植物。

第二天，他俩单独待在一起，他看到她用动物的一段筋把衣服缝好。他指指那件衣服，指指麦金农所在的大致方向，然后开始做动作：采摘东西，煮熟，麦金农吃掉东西，捂着肚子，然后倒地死去。她看了，捂着嘴直笑。他告诉她，他不是开玩笑，于是她咬着嘴唇，看看四周，在空中做了个洗手的姿势，仿佛害怕松针都知道他们的计划。然后她示意沃尔弗雷德跟她走。

她在树林里搜寻，最后找到几根锯齿状茎秆，上面垂着枯萎的黑色浆果。她在手上垫了一块布，摘了几个浆果，扎起来，包在布里。然后她在橡树林里找了一番，然后把包着东西的手插进一个几乎全部腐烂裂开的树桩旁的雪里。最终，她从雪下扯出几团深灰色的条状物，这些原本可能是蘑菇。

那天晚上，沃尔弗雷德用六只鹧鸪的胸肉、三只兔子的嫩肉、一个干瘪的土豆和女孩提供的材料做了一份高盐重口味的炖肉。他开了一小桶烈酒，确保麦金农在饭前喝光。炖肉对他似乎没有起作用。他们都走到各自的角落里，麦金农像往常一样继续喝酒，一直喝到火堆熄灭。

半夜，麦金农疼得翻滚、呻吟、尖叫，吵醒了他俩。沃尔弗雷德点亮提灯，发现麦金农的整个脑袋都变成了紫色，肿得奇大，眼睛都被肿起来的肉挤得看不见了。他的舌头像一条斑点鱼，从他变了形的嘴里伸出来。他似乎想摆脱自己的身体，拼命往木墙和壁炉上撞，在成堆的毛皮和毯子上翻滚，震得枪从木钩上咔嗒咔嗒地掉下来，弹药、丝带和驯鹰铃也纷纷从架子上落下来。他的肚子从背心里凸出来，像大圆石一样又圆又硬，手和脚肿得像个气囊。沃尔弗雷德从没见过这么可怕的东西，但他明白不能攻击麦金农，不能招惹这个怪物似的家伙。那个女孩，尽管没笑，似乎挺开心。

麦金农一会儿滚到沃尔弗雷德左边，一会儿滚到他右边，现在又滚到他脚下。沃尔弗雷德努力不去理会这场死亡的惨剧和满地的狼藉，准备离开。他跌跌撞撞地走来走去，抓起雪鞋和两个包。包里放着他的书、两把枪、弹药，还有他事先做好的薄饼。他把两块毯子叠起来，另一块准备裁成裹腿布，他和女孩各带了四把刀。他拿了两支枪、弹药和一大箱火药。他还拿走了盐、烟草、麦金农金贵的咖啡和干肉。他没拿太多硬币，尽管他知道哪个空心圆木里藏着这个商人的小金库：一块金表，还有麦金农很少戴的一只婚戒。

麦金农肿胀的手在衣服上乱抓，衣服上的线都崩开来。当沃尔弗雷德和女孩溜出去时，他们听到他喘着粗气，与毒药抗争。肿胀的舌头让他很难把空气吸进他那紫色的大脑袋，然而他还是虚弱地朝他们喊。

“孩子们！你们为什么要离开我?”

他们从门外能听到他的双腿撞击着坚实的泥地，肥胖的爪子疯狂地拍打着空木桶，想找水喝。

杏仁牛奶巧克力

又是一个九月。这一整天，天气越发闷热，树叶纹丝不动。这是开学的第一天，等放学时，玛吉和拉罗斯都快蔫了。他们坐上校车时树叶开始响动，灼热的沙土在空中飞扬。等他们到站跳下车时豆大的雨点开始往下砸。诺拉牵着狗，撑着一把不结实的红伞来接他们，伞差点被风吹走。他们好不容易钻进屋里，刚关上门，闪电便照亮了院子周围，霎时雷声大作。

到屋里，狗还没来得及抖动身体，诺拉就抓起门边的旧毛巾用力帮它擦干了身子。它兴奋得颤抖，却并不害怕。它机灵地盯着诺拉，然后抱着侥幸心理跳上了沙发。需要立的规矩诺拉几乎都已经立过了：不能要吃的，不能跳到人身上，不能撕咬咀嚼玩具之外的其他东西，只能在院子边上排便，要是忍得住，也不能在室内呕吐或流口水。她还训练它得到她允许后再吃东西。唯有沙发是规矩不一致的地方。诺拉有时命令它跳下去，有时又允许它跳上来，有时甚至允许和她亲密接触。所以它不得不揣测诺拉的心情，以确定能否跳到那个不可随意碰触的用绿色聚酯纤维填充的枕头上去。现在，情况不错。它安静地蜷缩在诺拉和玛吉之间，身体慢慢靠在她们身上。渐渐地，它舒展了眉头，挪动脑袋，一点点靠近诺拉的大腿。

大雨如同帘幕滂沱而下，不停地敲打着屋顶，仿佛有人想闯进来。玛吉害怕这种天气，而拉罗斯并不在意。拉罗斯的亲生父亲早已在汗屋里为他放了鹰羽，向雷神祈祷过。他已把拉罗斯的住处告诉了雷神，所以雷神不会用雷劈拉罗斯或屋里的其他人。

“不会有事的。”拉罗斯对玛吉说，他把手放在她的脸颊上，拉罗斯的抚摸让玛吉停止了颤抖。拉罗斯知道玛吉喜欢他无畏的样子，平时总是扮演无所畏惧的角色，这成了她的负担。因为玛吉指责他父亲谋杀达斯提，所以他没告诉她为什么他俩是安全的。

诺拉给他们做好了三明治，倒好了牛奶，而这时玛吉一直紧紧地靠着拉罗斯。拉罗斯看着雨水的波纹来回荡漾。

诺拉冲沙发点点头说：“我们在这儿吃吧。”

食物离沙发那么近，狗吃惊地抬起头，不过它可不想把吃惊表现出来。

他们拿着食物坐在沙发上，靠着内墙望向窗外。房子偶尔摇晃，吱嘎作响。玛吉又往沙发垫子里缩一点，紧靠在狗身上。当拉罗斯看向诺拉时，诺拉做了一个滑稽的鬼脸，这个让人费解的表情拉罗斯从未见过。诺拉回头看着玻璃门，看着门上雨流如注，她眼里闪着光，窗外那剧烈摇晃的树枝似乎让她着迷。她刚刚对拉罗斯做的表情是一个微笑。

拉罗斯在幼儿园上的是个混龄班，班里有个一年级学生叫道奇·维达尔，年纪稍大，他老欺负班上的孩子，用拳头揉搓他们的脑袋，他把这叫作“荷兰擦”①，还拧他们的耳朵。现在他把矛头转向

① 校园霸凌行为之一，欺凌者一只胳膊夹住对方的头，另一只手的指关节用力摩擦对方头顶。

了拉罗斯，给他使绊子，推搡他，还管他叫“红屁股傻瓜”。

“可以借一下你的铅笔吗？”课上，道奇问拉罗斯。拉罗斯把铅笔递给他，道奇把铅尖折断还回去。拉罗斯重新把铅笔削好。

“可以借一下你的铅笔吗？”拉罗斯刚坐下，道奇问他。

“不行。”拉罗斯回答。

“海波尔老师，海波尔老师！拉罗斯不把他的铅笔借给我！”

“你有自己的铅笔，道奇。”海波尔老师说。

道奇趁着海波尔老师不注意，一把夺过拉罗斯刚削好的铅笔，狠狠地捅进拉罗斯的胳膊里，笔尖折断，留在他的皮肤里。道奇笑了，说他刚给拉罗斯打了一针。那晚，拉罗斯让玛吉看了他的胳膊，铅笔的笔尖刺得很深。

玛吉气得鼓起脸，咬紧嘴唇，金色的眼睛都变黑了。

玛吉六岁时，老师管她叫“小麻烦”。但当她的弟弟死了之后，她这个小麻烦变成了大麻烦。她煽动其他孩子与她喜欢的人做朋友，孤立那些惹她不高兴的，挑拨他们两派互斗，从中渔翁得利。虽然她在学校里不曾顶撞过老师，但她刻意的礼貌中却带着讥讽。

她会说，好的，贝林小姐。同时，她又会用只有其他小朋友能听到的声音说，好的，无聊小姐①。

她会在老师背后翻白眼，不时做个鬼脸。她还不时从牛仔裤口袋里掏出跳跳球，让球在高低不平的地板上滚来滚去，但从未被老师抓到过。这玩意儿会发出尖细的声音，搞得人人心神不宁。玛吉每隔几天就把这东西拿出来，惹得贝林小姐挨个检查每个人

---

① “Boring”与“Behring”谐音，玛吉故意将贝林老师喊成“无聊老师”。

的口袋。但那时玛吉的口袋和其他人的一样什么也没有。她一直这样做。但她没跟任何人说过，所以没人能出卖她。她可是训练有素的“麻烦精”。

玛吉有个黑名单。

道奇·维达尔现在已经在名单上了。

课间休息时间到了。道奇没察觉危险，尽情地四处奔跑。他一头金发，剃着平头，长着一副兔牙。玛吉有个更比她大的朋友，叫塞利娅，动作敏捷，身体强壮。她俩看似无意地堵住道奇，把他跟其他男孩分开。

“要不要一起吃?”

玛吉挥舞着一根午餐剩下的巧克力棒，于是道奇乖乖地跟着她来到操场上的一棵树下。这时，塞利娅走到他后面，把他的胳膊锁在身后；玛吉往后一跃，一条腿狠狠地朝道奇两腿之间踢去，为此她还特意穿了双硬底鞋。道奇疼得弯下腰，玛吉正好用巧克力棒堵住了他的嘴，不让他叫出声来。

“以后别再碰我弟弟了，听到了?”她用特有的吓人又客气的方式说，眼睛因为高兴变成了金色。

塞利娅放开道奇，和玛吉一起慢慢走开，边走边说：“我的意思是，接下来他会怎么做？去举报？两个女孩把我打倒了，踢了我的下体。他会躺在那儿，可能还会呕吐。我不知道。电影里有人被踢了那部位会吐的。我们去看看有没有吐出来的巧克力奶。”

躲进餐厅前，她俩停下脚步，回头看道奇。

玛吉早就知道拉罗斯当时在树的另一边，亲眼看见了发生的一切。但玛吉叮嘱过拉罗斯，从那边跑过时用眼角瞥一眼就行。

他应该马上跑到操场的另一边。拉罗斯跑过时，一切都看在眼里，然后他抓住单杠，坐在顶上，假装在看周围的孩子，但实际上一直在看两个女孩，看着她俩慢慢回到餐厅。

一阵慌乱，几个老师向道奇跑去。有个孩子在惊呼："他脸色发青！他脸色发青！"一个老师用海姆立克急救法[1]举起道奇，另外两个老师抓住道奇的双腿把他倒过来，摇晃他的身体。道奇总算叫出了声，"哇，哇，哇"。老师们抓起操场上的沙子盖住那摊杏仁牛奶巧克力，松了一口气，对道奇冷嘲热讽起来。

玛吉现在睡在达斯提以前的房间，拉罗斯睡的是一张崭新的双层床，双层床是红色金属架构的，下铺是双人床。有其他孩子来过夜时也能睡下，诺拉说道。她这么说的时候拉罗斯把目光移开了，他知道她指的是学校的同学，但他首先想到的却是自己的兄弟姐妹。不管怎样，反正玛吉有些晚上也会过来和拉罗斯一起睡。不过玛吉早上会偷偷溜回去，因为母亲规定他们不可以一起睡。

"道奇以后不会再欺负你了，"玛吉说道，"让我再看看你的胳膊。"

说着，玛吉打开拉罗斯的床头灯，仔细看了看。

"还痛不痛?"她摸着受伤的地方。

"不痛了。"

"不痛了，拉罗斯。你得说不痛了。"

---

① 美国医生海姆立克 1974 年首创，用腹部冲击法救治呼吸道完全阻塞或严重阻塞以及溺水的患者。

拉罗斯没有重复，玛吉从各个角度仔细检查拉罗斯的胳膊。

“我觉得这看起来很酷，”玛吉说道，“像个文身，我也想要一个。”

她走过去，从拉罗斯的书包里拿出笔袋。柜子上就有一把卷笔刀，玛吉小心翼翼地把铅笔削尖。

“好了，像维达尔扎你那样扎我。扎在同样的地方，这样看起来好像我们有个什么约定①似的。”

拉罗斯已经快六岁了。

“我还不到六岁呢。”拉罗斯说道。

“年龄不是问题。”

“我的意思是，我不敢扎你。”

“你的意思是你会哭。”玛吉眼神犀利地望着他。

拉罗斯点点头。

“好吧，你看着。”

玛吉抓起这支尖得像冰锥一样的铅笔。她盯着拉罗斯的伤口，舔了舔嘴唇。她在胳膊上的相同部位做了一个小标记，然后举起手，把铅笔扎进手臂。笔尖断了。她把铅笔扔到房间的另一头，倒在床上，腿蹬脚踢，抓住手臂，咬住枕头，不让声音传出去。

过了一会儿，她坐了起来。手上沾了一些血，但铅笔的石墨尖堵住了大部分血液。

“比我想的要疼，”她睁大眼睛看着拉罗斯说，“现在我很高兴维达尔差点儿丢了小命。”

---

① 原文为“engagement”，有“订婚”之意。

“啊？”

“他被巧克力棒噎住了，我把糖塞进了他的嘴巴，好像呛到气管里去了。他脸色发青，像死了一样。说不定在奥博尔雅克先生抓起他的脚踝帮他晃出呕吐物之前，他确实死过去了。这些你都看到了，对吗？”

拉罗斯点点头。

“所以你现在知道什么是复仇了。”

玛吉会说这样的话，不仅是从母亲丢在一边的哥特式爱情小说里学来的。每次她追问——她现在还会问——达斯提的事时，彼得就很担心。具体来说，她问的是关于达斯提身体的问题。他变成骨头了吗？他变成果冻了吗？变成尘土？还是空气了？她会不会把他吸进肺里？她吃的是他头发上长出来的东西吗？他的分子无处不在吗？为什么你还藏着枪？这些她都问过。“我讨厌枪，你应该扔掉，我是永远不会碰枪的。”这句话至少还是有些道理的。

当玛吉不断从图书馆借《黑暗生物》时，彼得也很担心。直到她不再去借阅，他才长舒一口气。当图书馆工作人员打电话来，告诉他这本书被玛吉损坏时，他又不安起来。他担心玛吉，不知道玛吉是如何从柴堆里抓到蛇、把它缠在手臂上的；不知道她是如何驯服蜘蛛，又随随便便将它们压死的；不知道她是如何敲开邻居家的鸡正在孵的蛋一探究竟的；也不知道她怎么会把一只死鸡带回家埋好，然后每天挖出来观察它的腐烂情况。有时一连几天，家里的狗都不肯理玛吉，甚至从她身边走开，仿佛不再信任她。这些让彼得很担心。

但是，诺拉发现女儿有撕破分隔着两个世界的透明薄膜的冲动后，打消了之前的忧虑。在诺拉看来，同时生活在两个世界是很自然的。当你从一个世界看到另一个世界，比如从死亡世界看到现实世界时，心灵可以得到某种慰藉。诺拉想象自己躺在棺材里时感到放松。她回想起自己中学时期的各种装扮，她会在脑子里给自己搭配最漂亮的衣服。牛仔裤、紧身衬衫、滑稽的袜子、鞋子、心形项链，给头发喷过发胶往上束起，或者让头发松松地垂在肩上。当然，她不能穿那些衣服，当她死的时候，那些衣服早过时了。或者可以……太有趣了！当在想象中完成迈向死亡的所有步骤时，诺拉的焦虑慢慢消失了。另一方面，想象着自己已经死去，而所有人、所有事却仍与之前一样，唯独少了她，这又让她感到悲伤。不过，想象自己死亡，让她深深地自责。她很少允许自己这样做。这就像吃了不新鲜的蛋糕，其中的糖分让她径直昏睡过去。

那天她吃过蛋糕后，一切变得寂静。夜色纯粹而深沉。彼得熄了灯，给她盖上柔软的羊毛毯。黑暗中，诺拉把自己裹得更紧，仿佛身处专属的私人精神病院，整个医院只收她一个病人，把她捆绑、隔离起来，以免她自残。她睡着了，只是耳边一直有个声音喋喋不休地提醒她，天一亮，这一切又得重来。生命仿佛一只蚊子一样，钻进她脑子里嗡嗡叫，于是她用力拍打蚊子，乘着慰藉的波浪潜入大地深处。

※

沃尔弗雷德和女孩穿着用白蜡木和动物蹄筋做的雪鞋，朝南走去，他们很容易被人追上。沃尔弗雷德的计划是前往大波蒂奇贸易站寻求帮助。他们把病恹恹的麦金农留在了物资充足的小屋里。如果他们迷了路，流浪起来，会不知不觉走到更远的南方，那儿很可能就没人认识或在意麦金农是谁了。所以他们白天长途跋涉，尽快赶路，晚上搭帐篷休息。女孩用手和脸检测气流，然后告诉沃尔弗雷德应该在哪儿搭建斜顶棚屋，怎样确保房子避风，如何从树上折枯树枝，在雪地里找到干燥的木柴；如何堆放木柴，方便他们将篝火烧得整晚不灭，让火的热量流向他们。他们睡得很安稳，蜷缩在各自的毛毯里，在山雀冬日的斥责声中醒来。

女孩把火烧旺做饭。他俩吃过早饭，继续南下。就在这时，他们突然听到身后传来麦金农粗重的喘息声。他踉踉跄跄地走来，踩得小树枝噼啪响，嘴里喊着，等等，孩子们，等等，不要丢下我！

他俩吓得赶紧启程，大步跑过雪地。这时，有只狗靠近他们，那是贸易站几只可怜的小野狗中的一只。它跟着他们跑，拼命穿过雪地。起初，他们以为这狗是麦金农派来找他们的，但女孩突然停下来，紧盯着那只狗。小狗冲着女孩委屈地嗷嗷叫了两声。她点了点头，指着穿过树林通向冰河的那条路，走那条路可以加快速度。他们在冰上滑得很快，快得跟做梦似的。女孩从口袋里掏出一块燕麦饼给狗吃，晚上扎营时，她在营地周围设好陷阱。她生起篝火，搭好斜顶小木屋，只留下两棵树之间的狭窄缝隙可以穿过。她在这儿也设下了陷阱。这个圈套容得下一颗人头，哪怕是一颗肿得可怕的人头。他们填饱肚子，喂饱狗，睡觉时拔刀出鞘，将背包和雪鞋放在身边。

拂晓时分，篝火化为灰烬，即将熄灭，沃尔弗雷德醒了。他听到麦金农粗重的呼吸就在近处。狗也在叫。女孩起身，打着手势让沃尔弗雷德先把雪鞋穿好，把背包和毯子都收好。天亮了，他们发现为麦金农准备的用动物的蹄筋做的陷阱收紧了，不断抖动。狗也惶惶不安，撕咬着什么看不见的东西。女孩向沃尔弗雷德示范如何从另一个方向翻过棚顶，示意他检查她设下的陷阱，把抓到的猎物取回来，还提醒他不要忘了把动物的蹄筋带上，这样下次安营时还能再用。

麦金农的呼吸声在火堆四周的空地上再次响起。当沃尔弗雷德离开时，他看到女孩正把松脂和桦树皮绑到一根木棍上，然后把木棍点燃。他看到女孩一次又一次把闪亮的火把刺向空中，周围响起一阵痛苦的呻吟。沃尔弗雷德吓坏了，费了好大劲才找到一部分陷阱。一只兔子掉入陷阱窒息而死，冻僵了。他剪断了那个蹄筋。女孩帮他把活做完，他俩带着狗再次回到河面上滑行前进。身后传来可怕的尖叫声。很快，他们便加速离开了。女孩微笑着往前滑，冷静而自信，这让沃尔弗雷德松了口气。她还是个孩子。

※

贝林小姐听到了声音。

“玛吉，请到教室前面来。”她说道。

玛吉把头伸进桌肚里，用吸管喝了一口苹果汁。她有个小盒子，专门用来应对紧急情况，她把盒子藏在衬衫里面的腰带内侧。玛吉恭恭敬敬、害羞而顺从地走过一排书桌，故意拖着脚慢慢走。

“快点！”

“好的，贝林小姐。”

“你叫的可是无聊小姐?”贝林小姐问道。

“你说什么，贝林小姐?”

“玛吉！到角落里去，脸朝墙站好!”

孩子们兴奋地窃笑起来，玛吉特别听话地微笑着转过身，孩子们停止了骚动。她走到角落，站在饮水机旁，脸对着墙壁。

“现在就让你尝尝什么叫真正的无聊。”老师站在玛吉身后大声说道。

这次孩子们真的笑出了声。玛吉想再次转过身，但贝林小姐还没走开，老师将馅饼般扁平的手放在玛吉脑袋两侧的太阳穴上，按着她的脑袋，玛吉的胃里在翻滚。她跟拉罗斯讲过，如果有人让她胃里难受，那她一定会让他们好看。贝林小姐把手从玛吉头上拿开，开始教分数。玛吉站在那儿，思考了一会儿，然后问。

“贝林小姐，请问我可以去洗手间吗?”

“课间休息时你去过了。”贝林小姐说道，她继续讲 1/8 + 4/8。

玛吉的身子晃来晃去。

“贝林小姐，贝林小姐，我还是得去。”

“不行。”贝林小姐说。

玛吉没再打断老师上课，可她悄悄地从饮水机旁边的一排纸杯中抽出一个杯子。她在等待时机。

“贝林小姐，求您了，”玛吉终于开口了，她的声音很紧张。“我实在忍不住了，只好尿在杯子里了。”

“什么?”

玛吉转过身，拿出一杯苹果汁。

“我可以把尿倒掉吗？”

贝林小姐闭上嘴没说话，可她眼睛就像被困住的苍蝇一样快速转动。她指了指门口，然后坐到讲台上盯着文件看。

玛吉小心翼翼地端着满满的杯子走在过道上，教室里的所有眼睛都盯着她。贝林小姐用双手捂住脑袋。玛吉转过身，确定贝林小姐没看她，冲着同学们微微一笑，然后喝光了整杯苹果汁，摔门而去。她在外面待了一会儿，欣赏着教室里的一锅粥和贝林小姐无济于事的威胁。回到教室后，她若无其事地坐下。贝林小姐没有再让玛吉站到角落去，她好像一直在做笔记，玛吉总想把贝林小姐弄哭。

把人弄哭是玛吉的本事，所以要是老师难受，她会很享受。而玛吉自己的眼泪特别珍贵，她甚至可以把眼泪硬生生地憋回眼眶。她一直在训练自己。

※

周日，诺拉去做弥撒了，彼得突然想去一趟朗德罗家。他带着玛吉一起去了。他倒不是想拉罗斯，而是出于友谊，因为他只有朗德罗这个朋友。可能某一天，他会去拜访佛罗里达州的兄弟，但还是朗德罗和艾玛琳一家和他最亲。

“我们去做什么？”开车过去的路上玛吉问。

“就是去看看。”他回答说。

朗德罗已在门口迎接他俩，他们一起进了屋。

拉罗斯正压在酷奇身上，假装用拳头打他。他惊讶地抬起头看彼得，而彼得则吃惊地低头往下看：拉罗斯在他们家里从不大吵大闹或者假装打人。

“时间到了吗？”拉罗斯问道。

“没有，”彼得说，“我不是来接你的。我和玛吉在家里闲得无聊，所以想来看看你们。”

“嘿！”朗德罗的大嘴咧开来，脸上露出温和的笑容。他握着彼得的手，不安地转来转去，也可能是因为高兴。“我刚煮好咖啡。”

他俩在厨房餐桌旁坐下，玛吉则直奔斯诺和乔塞特的卧室。她闻到了指甲油的气味。

“玛吉！来这儿！”斯诺正给每个指甲涂白色底油，然后再涂上黑色指甲油，交替画上黑色螺旋纹和黑色格子。乔塞特正用廉价的有毒胶水往指甲上粘甲片。她坐在那儿等着胶水变干，戴着入耳式耳机，跟着音乐节奏眨眨眼睛，转转眼珠，只敢做面部动作。

“能帮我也做一下吗？”

“你想要什么样的，玛吉？”

“紫色打底，上面再画个白色骷髅头。”

“天哪，我可画不出骷髅，”斯诺笑着说，“挑简单的。”她从塑料盒里拿出一小瓶紫色指甲油，晃了晃，摇响了瓶里的珠子。玛吉很喜欢这种声音。

“那就画几个点可以吗？”

“这个我会。”

她们渐渐沉浸在错综复杂的底色搭配中，涂上第一层颜色，再上一层透明甲油，再涂第二层颜色，最后是透明的面油。当斯诺帮玛吉磨平指甲，开始涂指甲油时，她们都屏住呼吸，不再言语。等每一层甲油变干时，斯诺和玛吉聊起天来。

“你们怎么来串门了？你们从不串门的。”

“我想可能是我爸爸很孤单，我妈妈去做弥撒了。”

“这很好，你们最好经常来。我们以前经常一起玩！这样看来没什么好奇怪的，对吧？”

“是的，我的意思是，有时我在想……”玛吉皱了皱眉头，随后舒展开来，“我以前认为，两家的恩怨要整套复仇行动才能解决，但我想现在不需要了。”

斯诺吓到了。

“为什么呢……因为我们都喜欢拉罗斯？”

“哈哈哈，我和他，我俩刺伤了自己，现在是姐弟俩了。”

“天哪，你说什么？”

“用铅笔戳的，留了个蓝点。”玛吉说着脱下毛衣。

“我能看看吗？哦，看啊，乔塞特。就在她胳膊上，拉罗斯和玛吉通过文身成了一家人。”

“拉罗斯被学校的一个孩子刺伤，我去‘关照’了一下那孩子，然后我刺了自己一下，这样算是我们有了约定。不过我也不知道约定是什么意思。”

“啊，真恶心，他是你兄弟，所以……”

“手指别动，”斯诺说，“放回报纸上。”

“我喜欢。”玛吉说道，欢喜中又有点害羞。她伸出手，让涂了紫色波点的指甲照到亮光。

“你说你‘关照’了那孩子，什么意思?”乔塞特问玛吉，“你暴揍了那孩子一顿?”

“老师必须把他救活才行。”玛吉很谦虚地说。

“真的?”

“那你有没有惹上麻烦?”

“那次没事。如果真的有麻烦，我也能应付得了。”

乔塞特对斯诺点点头说：“她有这本事，她在照顾我们的小兄弟，是认真的，不是开玩笑。”

“如果我们是一家人，那就更好了，”玛吉说道，“你们就可以到我家来过夜了。”

“不不不，”乔塞特笑着说，“我们年龄太大了。”

“那我们可以文上相同的文身，”玛吉说，“我知道怎么文。”

“哦！别动!”女孩们笑作一团。

“只要把铅笔削得很尖很尖，然后啪地一刺。”她拿钢笔做了一个快速穿刺的动作。

“‘刺’客!”斯诺说道。

这时，酷奇把头伸进门里，做了一个女孩爱做的表情。“你爸说要走了。”

女孩们伸出手臂互相拥抱。

“这边亲亲，那边亲亲，两侧脸都亲一下，我们就像一伙的。”

※

沃尔弗雷德问女孩叫什么名字，但无论是说话还是打手势，她都不回答。每次停下来时，沃尔弗雷德都会问。尽管女孩完全明白他的意思，朝他微笑，但还是不肯说。她朝远方望去。两人都沉沉地睡了一觉，拂晓时分，她跪在篝火边，把即将熄灭的火重新吹燃。突然，她一动不动地盯着树林。她往前伸出下巴，把头发捋到耳后，眯起眼睛。沃尔弗雷德顺着她的目光望去，他也看见了。那是麦金农的脑袋。它在雪地上艰难地翻滚着，头发在燃烧，火焰闪烁，火光熊熊。有时候，脑袋撞到树上，疼得抽泣。有时候，脑袋用舌头、残留的短脖子和耳朵支撑着前进，耳朵滑稽地呼扇着。有时候，脑袋飕飕地往前滚几英尺，然后放弃努力，因为这艰难、无休止的前进而灰心丧气地抽泣起来。

疼痛等级表

皮斯太太指着护士放在她面前的那张表，表上有张大汗淋漓、痛哭流涕的怪脸。那是一张疼痛等级表。

“真的很疼，是吧?”

“我疼得厉害，”皮斯太太说，“疼得厉害。不疼的时候，我很好！我现在都记不清把药贴放哪儿了。我想它们应该就在这儿，在文件下面，我的锡罐里。”

“哪儿疼呢?”那天下午的值班护士问道。

“这儿、这儿，还有这儿。我的脑袋也有点疼。”

“这对你有帮助。”

“打针吗?”

“你的常规针，还要贴上药贴。要记住，你要好好保管这些。我们可以替你锁在前台的保险箱里。”

“那我只留一张，应急。”

“好的，没问题。但记住不要让其他人碰它们、用它们。它们的效果比吗啡强一百倍，知道吗？吗啡。”

“它就是用吗啡做的。”

“你现在应该睡觉了。”

“我情愿待在这儿，躺在躺椅里。她会来看我。”

“谁?”

“我的母亲。”

“哦，我知道了。”

“你在笑，我看见你笑了。可这是真的，她会来的。这么多年过去，他们终于让她来看我了。”

我到处都写上了我们的名字，拉罗斯对他母亲说。拉罗斯，拉罗斯，拉罗斯，会永远流传下去。我对自己的书法很自豪，每一个字母都写得很认真。我把名字写在他们永远不会发现的隐蔽处。我写下我的名字是为了我们所有的人。我把名字写得非常完美，每一个字母都是帕尔默 A + 字体。有一次，我把我的名字刻在了木头上，这样就永远不会磨掉。哪怕他们在这些字母上涂上油漆，你仍然能看出我的名字，拉罗斯。

托顿堡的女生宿舍里有我们的名字，字迹已模糊。在一扇木门顶端，在椅子底部，在因为我顶嘴而被关进去的地下室储藏间的架子上，有我们的名字。我用政府发行的印第安事务管理局二号铅笔，将名字写在一本笔记本上，现在被收藏在堪萨斯城的国家档案馆里。在踢脚板上，在橱柜里，在斯蒂芬的一扇壁橱门的顶上，也有我们的名字。在马蒂的一张书桌和黑板边框上，也有我们的名字。我们的名字涂在瓦佩顿①旧发电站的一块长满野草的砖头上。涂在张伯伦②。涂在弗兰德鲁③。涂在托顿堡，还是在

---

① 美国北达科他州小城。
② 美国南达科他州小城。
③ 美国南达科他州小城。

托顿堡。我们将名字留在那些学校和其他学校，一直回溯到第一所学校，卡莱尔工业学校。因为拉罗斯的过去与这些学校密切相关。是的，除非建筑物本身被拆掉或烧毁，刻在墙上的所有悲伤与努力化为灰烬，烟雾充斥整个房间，否则我们的名字永远不会被人发现。

※

道奇·维达尔有一个哥哥，他哥哥又有许多朋友。他们就读于不同的小学，但初中是同一所，这所初中与高中是连在一起的。泰勒·维达尔、科坦斯·皮斯、布拉德·莫里西，还有杰森·巴奇·韦尔斯特兰德，自称是恶少四人帮。直到最近，这个组合也没成气候，仅仅被当成一个笑话。现在，他们骨瘦如柴，心很软，还没长个子。他们主要的活动是一起打游戏，还带着科坦斯哥哥留给他的吉他瞎胡闹。他们有一本歌曲集，但不知道上面的符号代表什么意思，也不知道怎么调音。他们认为他们制造出的噪声很动听。道奇告诉他哥哥，玛吉企图谋杀他。泰勒又告诉了他的朋友，他们一直在伺机报复。但什么也没有发生，玛吉放学后一向乘校车回家。后来，因为她扮演剧本里一朵会唱歌的蘑菇，放学后要留校排练，所以需要家人来接她。

他们很走运：玛吉的妈妈来晚了。

玛吉怒气冲冲，绕着圈踱步，用脚踢着树叶。学校外面又湿又冷，她不喜欢这种天气。泰勒走了过去，友好地问："你还好吗？"他长大了不少，玛吉没有认出他来。

“不好，”玛吉回答道，“我妈妈迟到了。”

“我们就住在附近，”他指向他们鬼混的车库，“我和我的兄弟们。在你妈妈来之前，你要来玩玩吗？从侧窗可以看到这儿。”

“不知道。”玛吉说。

“我妈妈也在那儿。”

“好吧。”

她跟着他走进车库，泰勒的朋友都在。他们别扭地站在四周，泰勒问她要不要去沙发上坐。就在玛吉坐下的那一刻，她才意识到坏了。他们围在她身边，按住她。泰勒说：“你竟然想杀死道奇。”然后他和其他男孩的手开始落在她身上。他们的手指径直袭向她没发育的胸部，插进她的内裤。他们像狗一样趴在她身上，用肮脏的爪子掐她、戳她、撕扯她。她感到眩晕，仿佛身体虚弱，所有力气都被掏空了。她心头涌起像薄纱一样淡淡的悲哀，脑袋嗡嗡作响。她身上那些手指的动作越发粗鲁，令她心急如焚，大声尖叫。泰勒试图捂住她的嘴巴，她一口咬住他的手指，直到尝到血的味道。巴奇把她推倒在坐垫上，她叫得更加大声，膝盖重重地向他的裤裆撞去，巴奇痛得像小狗一样又吼又叫。科坦斯想按住玛吉，但玛吉伸出两只大拇指戳向他的眼珠。他倒在地上，哭叫着，说眼睛瞎了。玛吉跳起来抓住一把吉他，摔在布拉德脸上，接着推得他撞在墙上。他弯起手臂抱住了头。

巴奇蜷缩在角落里，哭喊着，布拉德喘着粗气，他们都受了伤。

“孩子们？孩子们？你们饿了吗？”泰勒的妈妈在后门外问。

“不饿!”泰勒喊道。

除了巴奇，这些男孩仍蜷缩在地板上，喘着气，围成一圈，面面相觑。

最后，泰勒说：“该死，这太棒了！嘿，玛吉，我们乐队需要一个负责人，我们需要一个女孩，你想加入我们吗?”

“加入你们?”玛吉甩甩头发，后退几步，抚平自己的衣服。她的肾上腺素渐渐下降，在恐惧感的驱使下，她找到了门的位置。

“如果你不加入的话，那就走着瞧吧。”泰勒说道。

她走向门，打开了它。怒火就像燃烧的呼啦圈一样绕着她旋转。

“走着瞧？走着瞧？尽管来吧。你们知道杀了我弟弟的朗德罗吧。哼，他现在是我的第二个父亲。他会抓住你们每一个人，打爆你们的头。再见。”

玛吉跑回本该和她妈妈碰面的角落，车正在停下来。

“亲爱的，对不起我来晚了。你等烦了吧?”

“闭嘴。”玛吉说道。

“闭嘴？闭嘴？你是说……”

“闭嘴！闭嘴！闭嘴!”玛吉尖叫道。

她径直跑进屋，回到她的房间，摔上门。过了一会儿，她偷偷出来，向浴室走去，接着来到走廊上，拉罗斯出现在她身后。

“别跟着我，臭小子。”玛吉说道。

她感觉脑袋有点不舒服，仿佛那些男孩把她的大脑抽了出来。那些碰过她的手让她恶心，好像把愚笨这种细菌也传到她身上了。

她只想一直不停地洗啊洗。

“小浑蛋!”她差点扇拉罗斯一耳光。

她忍不住发脾气。拉罗斯让人拿他没辙，除了不伤害“任何东西”这一点外，他身上没有哪点能让她心软。天黑得很早，玛吉和拉罗斯下楼去找东西吃。他们吃了些冰激凌。

玛吉在狗的水碗里倒了一罐爸爸牌啤酒。它走过去，警觉地嗅了嗅，但气味很香，它将啤酒都舔完了。她给它又倒了一碗，它同样很喜欢。随后它一脸醉态，迎面撞上关着的玻璃门，摔倒在地。拉罗斯拉开门，把狗放了出去。

“真是条笨狗!”玛吉说道。

狗转着圈，从露台上跌了下去。拉罗斯和它一起坐在冰凉的草地上，把它的头放在自己的大腿上。狗呼呼地喘着气，目光呆滞。玛吉坐在露台的椅子上，低头望着他俩，身体瑟瑟发抖。

狗带着醉意呜呜直叫。

“你需要喝点咖啡。”拉罗斯说。狗并没有动，口水直流，呼出的气吹得拉罗斯手脚上都是泡沫。

玛吉看着他们，心里佩服拉罗斯那副任由狗把口水流在他身上的淡定模样，而且他一向如此。他捉蜘蛛，但从不捏死，他会安抚待宰的母鸡，救助蝙蝠，观察蚂蚁洞，但从不用水淹蚂蚁洞，他还会把被击晕的小鸟救活。

诺拉在晚饭前做了天主教的祷告，有个想法萦绕在玛吉的脑海里。她看着研究食物的拉罗斯，他就像那个穿棕色长袍的圣方济各修道士。动物们会来到拉罗斯身边，躺在他脚下。它们被他吸引，知道会得到他的救护。

这个想法被她妈妈的咀嚼动作打断了。事实上，全都是因为她妈妈吃东西的样子。她已经对妈妈迟到大为光火，因为她的迟到给了那些蛆虫侮辱她的机会。玛吉想转过身去，装作妈妈不存在，但她又忍不住要看。诺拉把餐叉戳进一颗青豆，然后举起豆子放进嘴里。诺拉时不时环顾整个餐桌，看有没有人也在吃青豆。在这一刻，只有她一个人在吃青豆。诺拉看到了女儿轻蔑的表情。她吃惊地张开嘴巴，噘起嘴唇，用牙齿咬掉了餐叉上的青豆。

玛吉猛地转过头。她怎么能这样？该死的，怎么会这样？她的牙齿，她的牙齿，刮过餐叉，发出金属碰到釉质的声音。玛吉气不打一处来。她低头盯着餐盘，盯着青豆，努力忘掉心里的憎恶，就像战胜撒旦一样，正如那一次诺拉拽着她去忏悔时结实性感的老特拉维斯神父所建议的那样。

她深吸一口气，用手指捻起一颗青豆。没人注意到。她不过捻了六颗手剥青豆，随口喊了声："嘿，嘿，妈妈！"然后把手指上的青豆大口吃掉，眼里仿佛燃起疯狂的挑衅的火焰，然后咧开嘴，露出瘆人的笑容。这笑容向来惹人恼火。

诺拉挺直身体，半举着餐叉，她浑身散发着怒气。

"玛吉，吃豆子应该这样吃。"她说道。然后她举起餐叉，噘起嘴唇，用牙齿刮掉餐叉上的青豆。

玛吉直勾勾地看着诺拉，用只有诺拉才能看见的嘴型说："你真恶心！"

"怎么了？"彼得喊道，他没有看见嘴型，却感觉到无声的尖叫。

狗在角落里干呕。

拉罗斯拿起碗，把剩下的青豆舀进他的盘子。他迅速吃完豆子，担心地扫了一眼，不过狗悄无声息地昏了过去。

诺拉的脸沉了下去。因为玛吉的“你真恶心”，再加上之前的“闭嘴”，她现在使劲喘着粗气。玛吉得意地把椅子往后斜了斜，起身离开，慢悠悠地上了楼。诺拉的眼睛跟随着女儿，阴沉的目光好像要杀人。她养了一个怪物女儿，她恨之入骨，但同时又在极度的困惑和绝望中深爱着她。静静地，她向后靠在椅子上，尝试着吃掉了餐叉末端的青豆。彼得和拉罗斯好像都没注意。所以不是说她吧？她不恶心吧？一滴眼泪落在了她的餐盘上。

彼得看见另一滴眼泪落了下来。“你还好吗？”

“今天有人告诉我……”拉罗斯说。

彼得伸出胳膊抱住诺拉，搂着她不放。他对此很拿手。

“告诉你什么？”

“他们说，你的妈妈真漂亮。”

诺拉挤出苍白、不知所措的笑容。

拉罗斯开口之前，早已确定玛吉把自己关在房间里。让他尴尬的是，他总是夹在她俩之间左右为难——他把这件事偷偷告诉了乔塞特。她告诉他这的确很尴尬。她还告诉他，首先，玛吉有点哀伤障碍①，很可能就是这一点让她行为异常。“应该让我们家收养她，”斯诺说，“我们爱她，但她心肠太硬，而且她家人之间有沟通障碍。”乔塞特说母女矛盾之类的事在玛吉这样的年纪很正

① 亲人去世引发的病理性哀伤反应。

常。她、斯诺和她们的妈妈很幸运，因为艾玛琳生他们时很年轻，而且跟她们一样，随和亲切，从不装腔作势，也不认为高她们一等。“不管什么方法，只要有用就做，”乔塞特说，“但我替你难过，这太尴尬了。”

那一晚玛吉偷偷溜进了他的房间。她之前一直躺在自己的房间——又洗了一次滚烫的热水澡，正等着身体降温。她独自一人在房间里，开始哭泣。独自一人，哭也没关系。但她还是尽快停止哭泣，让自己坚强起来。她是一匹狼，一匹受伤的狼，她会用牙齿撕开那些男生的喉咙。她再次思考动物怎么会受拉罗斯吸引，那么她也会放心地把爪子交到这小小男子汉的手里。

“移过去点。”她低声说，然后钻进他的被子。

她把热乎乎的脚放在他的小腿上。

“我要问你点事。”她刚才忍不住哭了，现在鼻子还有点堵，脸也有点肿。但他的皮肤让她的脚底变凉。

“拜托了，拉罗斯，别笑。我要问的事很严肃。”

“好吧。”

“如果男孩扑到我身上，到处乱摸，你会怎么做？”

“我会杀了他们。”拉罗斯说。

“你觉得你会吗？”

“我会想办法的。”

“圣人会因为爱杀人吗？”

“圣人有神力。”拉罗斯说。

“你觉得自己是圣人吗？”

“不是。”

“我觉得你是。”玛吉说。

她翻了个身，看着门下昏暗斑驳的光线。这是一个凉爽的夜晚，他的身体温暖了整张床。她皮肤上那层发痒、肮脏、像虱子爬过一样的薄膜消失了，她妈妈吃东西的习惯带来的狂躁感也消失了，所有糟糕的事都被床单里的暖意给驱散了。她开始神思恍惚。

拉罗斯轻抚着玛吉散落在他身侧枕头上的发梢。

“我是一只受伤的动物。”她低声说。

※

快下雪了，这个季节的第一场雪，罗密欧能闻到雪的气息。他总能在下雪前，在电视上的天气预报员炒作下雪的新闻前，闻到那混着砂砾的新鲜气息。他跑到外面，穿过土地上龟裂的小山包，踏上了通往镇上的路。毫无疑问，正当他摇摇晃晃往前走，天上飘起了雪花。或许是服药的缘故，他突然觉得动弹不得，如同身在一个圆球中，僵立于一幕微小场景内的一辆小小的脚踏车上。在这一场景里，小孩手握圆球不断上下翻转，白色纸屑或雪花似的化学物质随之不断缓缓飘落，这个男人正永不停歇地朝死人卡斯特酒吧走去。他太喜欢这个想法，所以必须提醒自己这不是真的。那没有实质性动作的运动令人心醉神迷，还有他的思绪，他的思绪找到了焦点。

朗德罗碰巧开车经过看到这一幕，一如往常地视若无睹。不过雪花在朗德罗车后飘落，把罗密欧的思绪拉回到复仇上，这曾是他最感兴趣的事。朗德罗认为自己在罗密欧的掌控之外，罗密欧也对他不感兴趣。但事实却不是这样，朗德罗错了。朗德罗太过自负，只想着自己，以至于到现在也记不起他们的过去。那时他们都还是小孩，或许并不比拉罗斯现在大。年岁如此之久，回忆如此之深，大多数时候就如同嵌在骨头里的细刺一样看不见，却不时从内心深处浮现，抑或由内而外穿透罗密欧全身，就像那几个秃鹰似的老太太骗他服下的那些可怕的假药一样。

些许雪花在罗密欧薄薄的头发上融化。或许只是运气好，他的名字出现在了医院的替补维修人员名单上。别跳了啊，我的心！处方药瓶这么多，时间这么短。救护车队的成员对他的各种习惯已经视若无睹，因此他偷偷听见一句话便记在便笺上。“永远别碰颈动脉。”他把一盒彩色大头钉藏在手里偷走，用来把便笺纸钉在墙上。找出其间的关系，这可能是揭开那天朗德罗杀死达斯提真相的诸多线索中的第一条。

这疲惫的猎犬似的侦探伦尼·布里斯科，还有他的鼬鼠似的搭档罗密欧，会让真相大白。

朗德罗的车开走后，罗密欧的思路变得清晰，他很喜欢这种感觉，琢磨着了解内幕的人是如何悄悄地用暗语交谈，他正学着解读他们的话。有时他不得不根据自己的知识进行猜测，但他知道他们掌握着关键信息。

要找到真相，我必须成为真相的化身，或者至少显得值得信任，他这样下定决心。

因此，罗密欧把自己收拾干净，申请了医院的全职工作。机会很渺茫，而且写文字材料总是让他紧张。但在医院里，他想他或许能再次找到自己的价值。其他维修人员都是受人敬重的社区成员，有人甚至能开救护车，他们所有人都备受信任。比如说，斯特林·钱斯真的很优秀，作为维修队队长，他冷静而敏锐地看着罗密欧，听他回答面试的问题。

依靠自己，罗密欧这样想着。他敬佩斯特林·钱斯。自从皮斯太太成为他的老师以来，罗密欧第一次有了真正渴望的东西，不再一心寻找获得有助于遗忘的药物的可靠途径。他想得到这份工作，不是一份薪资微薄、断断续续的兼职工作，而是一份全职工作。确实，他的动机不纯：刺激性药物和复仇。不过为什么要与刚刚萌生的职业道德争对错呢？毫无疑问，这份工作会让他以前的药品来源显得不上档次。他再也不必忍受多种药物副作用交叉引起的愤懑。至于消息？如果能从这份工作中获得消息，他将对此保密，直到他确实需要时才会用。这些糟糕的消息。但这些消息不同寻常，令人震惊，或许，你可以用它来敲诈某人一辈子，尤其是你之前想杀却没杀死的那个人。这真是个不错的主意！

※

沃尔弗雷德和女孩击退麦金农，用计战胜他，用火烧退他，甚至留下食物让脑袋吞食，好减缓它的速度，沃尔弗雷德、女孩和她的狗一起上路。他们的雪鞋已经穿坏，女孩把它们修补好了。他们的鹿皮软鞋已破烂不堪，她在鞋底垫了一层动物皮，里面塞上兔毛。每一次他们打算停下休息，那颗脑袋就会出现，夜里不断号叫，黎明时怒气冲冲。所以他们不停地走啊走啊，最后又冷又饿，再也走不动了。

他们花了将近一天才搭好小树皮屋。他俩准备睡觉时，沃尔弗雷德往火里放了一块木柴，接着像被人撞到似地朝后退。这个简单的动作让他头晕目眩，他的力量仿佛从手指流失，流进火里。现在火焰被无形的悬崖遮挡，很快从他的视线中消失了。他开始剧烈地发抖，随后一堵黑墙朝他压下来。他被困在一座庙里，里面有一间又一间殿。那一夜，他沿着没有门的墙，在一道道狭窄的过道中摸索穿行。他压低身子，爬过转角，在梦里是无法站起来的。他在第一缕阳光中睁开眼，看见小屋模糊的圆顶猛烈地旋转，让他眩晕恶心。那天他不敢再睁开眼，只是静静地躺着，仅仅抬起头，闭着眼，去呷女孩用卷着的树皮滴在他唇间的水。

他让她丢下他，她装作听不懂。

她一整天都照顾着他，搬木头，煮汤，给他保暖。那晚，狗朝着门狂吠，沃尔弗雷德恍惚间睁开一只眼，看见一直在重复的画面——女孩用一条毯子裹着手，握住斧柄，然后把斧刃烧得通红。他感觉到她偷偷出了门，随后响起一阵激烈的号叫、咒骂、尖叫，绝望的呻吟和重击声，好像树被砍倒了。有时一阵寂静，随后又响起杂乱刺耳的声音。这些声音响了一整夜。第一缕阳光出现时，他发觉她悄悄走了进来。他感觉到她靠着他的背蜷缩着，散发着温暖，还闻到烧焦的味道，或许是狗毛，或许是她的头发。天亮几小时之后，她醒了，在火焰散发的温暖中，他听到她在为一架鼓调音。他十分震惊，用奥吉布瓦语问她是如何弄到这架鼓的。

“它是飞来找我的，”她告诉他，“这架鼓属于我妈妈。她用这架鼓给人们带来生命。”

一定是他听错了，鼓不可能飞。他还没死，难道他死过吗？

他闭上眼睛看到的世界更加奇怪。他从那座有着好多殿的黑色的庙步入一个由破碎的图案拼成的宇宙。这深奥难解的数理让人无法松口气，图案形成，又重组。边缘清晰的三角形相互连接，然后分裂成无尽的几何图形。如果这是死亡，那么死亡让人视觉疲劳。只有当她开始击鼓时这些图案才渐渐变淡。她用高音走调地哼唱，用鼻音哀号，忽高忽低，平缓地重复着，这些图案慢慢减缓了运动，直到最后这一连串图案变为跳动的色彩。她的鼓修正了他身体内部的某个旋律，他的思绪惬意地放松下来，然后睡着了。

那晚，他又听见了外面的打斗。拂晓时，他又感觉到她蜷缩在身边，闻到狗毛烧焦的味道。她一睡醒又开始调音击鼓，同一首歌将他带到某处。他把手放在头上，她早已剪开自己的毯子，给他缠上一条温暖的羊毛头巾。夜幕降临时，他睁开眼，发现这个世界不再摇晃。他欣喜万分，低声说："我回来了，我好了。"

"你跟我再走一段路。"她说道，笑着，然后开始歌唱。

她的歌声让他感到平静和放松，因此当他飘离自己的身体时，因为抓着她的手，他并不害怕飞离地面。他们飞入辽阔的天空，越过茂密的树林。他们飞得很快，没有寒气能侵袭到他们。他们下方有火焰在燃烧，有个村庄，离他们的小屋只需步行两天。她心满意足，带着沃尔弗雷德往回飞，沃尔弗雷德飘回了身体里，等含辛茹苦地操劳完半个世纪，他才会再次离开这个世界。

两天后，他们从荒野深处进入一个小镇，有一百多栋奥吉布瓦树皮屋，建在一条河流的拐弯处。街道上的雪已被踩平，几栋木屋沿着街道排成齐整的一排，像梦境似的。它们那么像沃尔弗雷德东部家乡的房子，恍惚间，他以为他们穿过五大湖回到了家乡。他走到那栋最大的房子前敲门。有人开了门，但直到他用英语介绍自己，开门的年轻女人才认出他是个白人。

年轻女人和她做传教士的家人把他俩带进温暖的厨房，给他们水和布用来清洗自己，还给他们吃菰米熬成的清淡的粥。这家人让他们盖着毯子睡在木柴炉后面的地板上。狗被关在外面，嗅了嗅传教士的狗，跟着它去了谷仓，它们在身躯庞大的奶牛散发的温暖中交配。第二日清晨，沃尔弗雷德认真地问女孩是否愿意嫁给他。女孩干净的脸庞美得不容亵渎。

“等你长大以后。”他说。

她笑了笑，点点头。

他问她叫什么名字。

她笑了，可她不愿成为他的所有物，于是画了一朵花。

那个传教士正把几个年幼的奥吉布瓦人送到一所刚建好的长老会寄宿学校。这所学校坐落在后来的密歇根州境内，只接收印第安人。如果女孩愿意接受教育的话，她也可以去那儿学习。由于没有家人，她只能同那所学校签约做劳工。尽管她并不明白这意味着什么，但还是同意了。

在学校里，她所有的东西都被拿走，失去妈妈的鼓就像再次失去妈妈一样。夜里，她祈求鼓飞回身边，但从未实现。很快，她开始学着如何让自己入睡。或者说让我身上他们认为讨厌的那一部分睡着，她想。但从未成功。她整个人都是阿尼什纳比的。她是幻象，她是幻影，是不真实的存在，或者是他们现在所称呼的印第安人。正如她说自己的语言时，他们所说的，不要讲印第安语。要把她自身的一部分分离出来并丢弃是很困难的事。夜里，她像以前学会的那样穿过天花板，不断高飞，将自己的一部分藏在树梢。当铃声停止后，她会再取回来。但铃声永远不会停止，这儿有太多的铃。最开始铃声让她的头隐隐作痛。我的思绪乱成一团，她大声对自己说，我脑子乱了。无论如何，她几乎没时间去思考发生了什么。

其他孩子身上的气味就像老人，不过她已经习惯了，她很快也一身老人气味了。她的羊毛衣和紧身胸衣很紧，毛呢内衣痒得要命。她的脚疼痛不已，在硬皮鞋里出汗发臭。她的手冻得皲裂了，她总是感到寒冷，但她已经习惯了。食物通常是咸猪肉和卷心菜，做得很难吃，吃完后放的屁把宿舍弄得臭气熏天，他们被强迫喝下的牛奶结果也一样。但无论这些食物有多生，有多腐臭，有多怪异，她都必须吃下去，所以她已经习惯了。理解老师说的话、用他们的语言说出自己的需求很困难，但她学会了。夜里，一排排床铺上传来的哭声让她睡不着，不过，她很快和其他人一样也哭了，放着屁睡着了。

尽管母亲卖了她，她仍想念母亲。她想念沃尔弗雷德，他是唯一一个关心她的人。她保存着他笔迹漂亮的来信，当她感到虚弱或劳累时，会把这些信全部读一遍。他称她为花朵，这让她感到不自在。女孩子不应被称为花，因为花凋零得太快。女孩子应该以不死之物命名，比如光之影、云之状、星之形，还有那种像地平线上的小岛一样出现又消失的事物。有时学校就像一个不真实的梦，她入睡时希望能在另一个世界醒来。

她从未习惯铃声，但她习惯了其他孩子的生生死死。他们死于麻疹、猩红热、流感、白喉、肺结核，以及其他不知名的怪病。不过，她已经习惯了身边每个人的死亡。有一次，她发烧了，以为自己也会死去。但晚上她淡蓝色的魂灵来了，坐在床上，对她和声和气地说话，将她的灵魂放回身体内，跟她说她一定会活下去。

这里没人喝醉。这里没人拿刀划你妈妈的脸和鼻子来糟蹋她。这里没人拿刀捅你舅舅，你却只能眼睁睁地看着他的手抓着你的脚、嘴里吐着血死去。当其他孩子哭泣时，她想到另外一件值得庆幸的事，那就是来学校的路程既艰难又遥远，远到麦金农的脑袋再也滚不到这儿来干扰她的生活。

※

沃尔弗雷德编了个故事，说麦金农突然生病，他和这个女孩如何去荒野深处寻求帮助，救援的人后来被派过来了。印第安人早已发现麦金农的尸体散落在贸易站外面，说麦金农发着烧去找冰凉的雪，死在雪地里，身体被成群的狗撕碎了。他的头呢？沃尔弗雷德想问，但恐惧堵住了他的嘴。沃尔弗雷德获得任命，取代了麦金农的职位，所以他离开定居点去了北方。他把麦金农的金表、结婚戒指留在了他们藏身的地方。他在贸易站做得很好，尽管早没了做贸易的心思。有时在夜里，他好像能听到麦金农嘶哑的喘息，有时他能闻到以前麦金农脱掉靴子时脚上散发的恶臭。沃尔弗雷德保存着字迹漂亮、记录详尽的账簿。他常常写信给身在密歇根州的女孩：亲爱的拉罗斯，我的鲜花。他受到认识的法国和梅蒂斯商人后代的影响，他们想劝他忘掉她。但无论怎样，他也没有结婚。尽管他随意接受女人的引诱，但没法忘掉她。

他一直在写信，这样她或许会记住她的承诺。他写下了他们共同的经历，因为在他们之前的旅程中，她的本领和经验让他惊叹不已。沃尔弗雷德花了更多时间跟她的同胞一起生活，一起狩猎，一起交谈，一起参加仪典。他们给他药物帮他忘掉麦金农，这似乎起了作用。夜里他不再听见粗重的呼吸声，不再闻到脚臭。他正逐渐变成一个印第安人，而她逐渐变成一个白种女人，可他怎么能预见这些呢？

※

达斯提的忌日。那一天还是来了，已经过去一年了。朗德罗和艾玛琳并不知道拉维奇一家会如何度过。正如彼得预先的安排，拉罗斯和艾恩一家待在一起。前一晚他俩把能做的事做了：他俩把孩子们都聚在一起，在客厅里举行了烟斗仪式，所有人都发了言。他们一个接一个传递那神圣的烟斗，每个人接到烟斗后就将烟斗指向东、南、西、北，他们知道如何使用烟斗。霍利斯说因为拉罗斯去拉维奇家生活，所以拯救了他们。威拉德说他想念拉罗斯。乔塞特说，她两个哥哥说的两件事都是真的，她很高兴拉罗斯拉近了自家人与玛吉的距离。斯诺说拉罗斯挽救了两个家庭。他小小年纪，却是个治愈者。艾玛琳说不出话来。朗德罗什么也没说，但强烈的悲伤不断地在他心里生长蔓延。

忌日那天，朗德罗发现自己起不了床。身体里所有的力气和意志力都被掏空了，一股沉沉的睡意笼罩着他。男孩们来到厨房旁边父母的小卧室门前。“爸爸，”他们喊道，“爸爸？”

他听见他们的脚步在床尾移动，随后女孩们进来了，他们摸摸他的头发和双手，他一直闭着眼。孩子们离开后，眼泪沿着他嘴角的皱纹流了下来，顺着脖子往下淌，最后汇聚在他的锁骨处。他发热的身体烘干了眼泪。他发现自己烧得厉害，他很高兴自己发烧，他真的生病了。岁数较大的几个孩子坐上校车后，艾玛琳坐到他身边。

她想躺在他身边，但某些东西早已离开了她。她盘问着自己的心，却发现它只是在疲惫地计算朗德罗那天的病痛给她带来的麻烦。

“我得去上班了，”她说，“拉罗斯在这儿。一小时后，你能送他去学校吗?”

“当然。阿司匹林快起作用了，”朗德罗说，“我没事。”

艾玛琳坐在他身边，将他额头的头发捋到脑后。拉罗斯在吃混着葡萄干的燕麦片，特意把葡萄干留到最后吃。

“你确定没事?”

“确定。我就安静地躺半小时，然后就起来。”

他听见她跟拉罗斯道别，听见门关上，听见她离开时汽车马达隆隆作响。

无尽的旅程

那头公鹿什么都知道，他想。当然，它知道，去年它就知道。朗德罗一直盯着它，有时用枪瞄准，有时则没有。许多时候，他发现鹿也在看他，感觉到它的视线停在他的后脑勺，他会停下脚步转头看它，往往看到它站着一动不动，眼睛深邃湿润。如果他听懂了，或者理解了，又或是留心他的所知所解，他绝不会猎杀那头鹿。绝对不会。他早该知道这头鹿想告诉他一件至关重要的事。这头鹿不是普通的动物，而是通往另一个世界的桥梁。在那个世界，朗德罗老是看到他朋友彼得那藏在树叶间的儿子，老是无法打消那不合时宜的奇怪念头。

怎么解释他打的那一枪呢？他真宁可自己没有活在世上，也不愿一次次在心里重复那一枪。但活着更艰难却是最好的，也是他唯一的选择。接受这一枪引发的后果，陪伴他的家人。尽管这过错沉重得让他窒息，他也必须承担起来。

有时他害怕自己崩溃，突然说那天他一直在喝酒，尽管那么做不对，那样或许更糟。那时他什么也没有想，他没有等待时机，又或许是他等那头鹿等得太久了，那真实的一刻就像事后追加上去的。但那一刻是犯蠢的一刻，真的，难道不是吗？尽管如此，对朗德罗来说，要命的是，那一刻他注意力不集中，这跟喝醉一样糟。只有达斯提能体会那有多糟。当然，达斯提知道，或者说他的鬼魂知道。达斯提的鬼魂曾在梦里告诉过他。

后来，扎克·皮斯对朗德罗做过酒精测试。在朗德罗被带进警察局后，他按照常规流程做了酒精测试。扎克看了一眼测试结果，转身平静地看着朗德罗。人们总会怀疑为绝症晚期病人服务的人会拿走病人的药，但朗德罗几周以来都是清白的，他是清白的。他已发誓戒掉止痛药。测试结果正常，但朗德罗身上有些方面值得注意，那就是他的反应：有一次，他一会儿咆哮发狂，一会儿又安静下来，笑得直喘气。或许是吸毒后的兴奋？但他体内没有检测出毒品的成分。不管怎样，扎克知道，那件事发生之后所有的事都不再正常。人人都会肾上腺素上升，感到恐惧。扎克是艾玛琳最喜欢的表弟，他从小仰慕朗德罗，扎克在他的报告里加入了这份阴性的测试结果，这有助于为朗德罗洗清嫌疑。但他感到困扰。自那以后，他们再没有提及这事，没说过一个字。

今天，在这一天，朗德罗必须讲出真相。他的头嗡嗡作响，他厌恶隐瞒真相。过去一年，他知道这里没有合适的讲述对象。当然，他可以跟两个人和盘托出，他俩能分担他的重负。但他不想失去特拉维斯神父的尊重，他不愿看到艾玛琳得知真相后的表情，所以他没对任何人讲。扎克知道真相，但不肯告诉他，他必须讲出真相。就在这时，拉罗斯走进了房间。

“爸爸，”拉罗斯坐在床上，“起来了！”

“我今天病了。”

拉罗斯摸了摸朗德罗的额头，就像一个大人一样，这让他爸爸笑了。

“小医生，我发烧了吗?”

“你需要一间汗屋。”拉罗斯说，因为他想自己做好所有准备。

“好吧，”朗德罗说，“我们动手吧。我们会有一间汗屋的，就我们俩来弄。我想，你可以为了一间汗屋一天不上幼儿园，对吧?”

“当然可以。”

“不过，我首先要告诉你一件事。”

拉罗斯等着。

“这是一个秘密，一个大秘密。你要发誓，这是属于我们俩的秘密，好吗?”

拉罗斯变得非常严肃，他们握了四次手。

“好。我相信你。”

拉罗斯睁大眼看着爸爸，眼睛一眨也不眨。

“我，那个，我杀死达斯提那天，脑子不对劲。我不是故意的，不过我不知道，我或许打偏了。重点是，那天我手脚不灵活。”

拉罗斯皱了皱眉，他爸爸的心一阵刺痛。

“你在那儿看到达斯提了吗?”拉罗斯问，“你看到那只狗了吗?”

“什么狗?”朗德罗问。

“达斯提是从树枝上摔下来的，”拉罗斯说，“我看过那个地方。有天晚上，我在梦里看到了整个过程。达斯提跟着那只狗走进了树丛，那只狗看见了你，你去问问那只狗吧。”

朗德罗的脑袋开始作痛。

"以前你总是瞄得很准，我另一个爸爸说过。"

"彼得说的。"

"是的，他说你应该打中那头鹿。"

"是这样，"朗德罗说，"那头鹿还在那儿。我看见它在树林中游荡。"

"达斯提告诉我，你杀死他是个意外。"拉罗斯说。

朗德罗向儿子张开了手臂，拉罗斯靠近朗德罗，贴在他胸口，他们一起呼吸。拉罗斯放松下来，深深地叹了口气，睡着了，但朗德罗仍旧醒着，眼睛盯着天花板。天塌了，就像之前每时每刻一样。罪恶感包围着他。他突然明白最初就应该告诉拉罗斯这件事，因为这个男孩对像他这样一无是处的人来说实在是太好了，是拉罗斯再一次救了他。拉罗斯以前也拯救过他。校车开往寄宿学校的那天，他仅仅比儿子现在大几岁。他的父母不太可能抛弃他，他们没有告诉过他，但他俩去明尼阿波利斯是条活路，也是条死路，他俩死在了那里。

朗德罗的父母将他和他用的东西留在大巴上，开着他祖父的车离开了，那时他才九岁。他上车时，学校的员工拿走了装着他衣服和其他东西的口袋，那也是他最后一次看见那个口袋。父母告诉他，他要去美国政府印第安事务管理局下属的学校上学。他俩都在教会学校读过书，都不喜欢教会学校，他们认为公立学校会好很多。此外，他们也能来看他。如果搬去明尼阿波利斯的话，他们可以搭乘另一种大巴去看他。

朗德罗乘坐的大巴上的绿色座位很硬，也很热，因为那时还是八月，大巴原本一直在停车场里。开往学校的半路上，应该有一顿午餐，结果真的有午餐。他们在一个公园下了车，大点的孩子嬉笑着跑来跑去，每个人都拿到一个蜡纸袋。三明治是软软的白面包，面包上有黄油，夹的奶酪是橙色的。还有一个苹果。朗德罗胃里发热，充满渴望。他又要了个三明治，这个三明治跟之前那个一模一样。他把它吃光了，在一个抽水机那儿喝了带铁锈味的水。

他回到车上。点过名以后，他一屁股坐在地板上，爬到座位底下。大巴摇摇晃晃地开回公路上，朗德罗舒舒服服地躺在座位下面。从大巴车内的金属内壁上，他辨认出一个多次用力刻上去的名字。

拉罗斯。拉罗斯。拉罗斯。

他身后的女孩们开心地小声嘀咕着；有的孩子开始轻声哭泣，打着嗝；一个四岁的孩子虚弱地呕吐；还有几个孩子入迷地看着窗外；几个孩子笑着闲聊，满怀期待；其他孩子渐渐麻木。朗德罗蜷缩在大巴座位底下，盯着那个名字看。每个字母都是用深色铅笔写下，然后描了一遍又一遍。拉罗斯。他肚子饱饱的，打着瞌睡，很快沉沉地入睡了。大巴停下来，其他人都下了车，这时他还没醒。他们给他剃光头以防生虱子，给他找来没有虫子的新衣服，给他洗澡，这时他仍旧没醒。到了晚上，他们把他放在床上，他没醒；第二天清晨他也没醒来。他再也没醒来，依旧睡在那辆大巴上。

全拿走吧
1967—1970

罗密欧与朗德罗

宿舍是一栋红砖建筑，砖块紧密相连，接缝整齐。房子结构简单，方方正正，正门开在中间。当朗德罗推开暗淡的钢制大门时，内部气压发生变化，空气振动，发出粗哑的共鸣。一声低叹，米尔伯特·古德·罗德的鬼魂在叹息。浅色的油毡地板磨得发亮。傍晚的余晖照亮了中间的走廊，走廊一边是低年级男生，另一边是高年级男生，两边都是隔开的宽大宿舍区，像兵营一样。每间两张双层床，四个男生。盥洗室和浴室在走廊的中间；两侧是舍监的办公室，一面是玻璃墙，似乎时刻盯着孩子们。洗衣房在地下室，成排的洗衣机和烘干机突突响个不停。

低年级男生的一翼有个女舍监，圆滚滚的身材，雀斑脸，剪着茶壶盖短发，白发浓密发亮。她向朗德罗说明了处罚制度，他的名字已经写进她办公桌上装订成册的表格里。如果他不洗漱，如果他尿床，如果他睡过头，如果他熄灯后喧哗，或者跟老师顶嘴，或者溜出学校，尤其是从学校逃跑，都会被记过。瑞尔奇克太太解释说，如果犯错太多，他就没有课间休息，也不能去镇上。要是他逃跑，那更糟，她告诉他。那样他的权利可能被剥夺。朗德罗早就听人说过，他们强迫男生穿绿色的耻辱衫，剃光他们的头发，强迫他们擦洗外面的走道。但大巴上有个男孩跟他说不会这样，另一所学校以前这么干过，可现在不这样了。瑞尔奇克太太还在说个不停："逃跑很危险，两年前一个女生就是这么死的。"被大家称为"茶壶盖"的瑞尔奇克太太说，那个女生是被人扔进下水道的。"外面有坏人，所以千万别跑。"她说。她的声音不刻薄，也不和蔼，平平淡淡。她拍拍朗德罗的肩膀，说她看得出，朗德罗是个乖孩子，肯定不会逃跑的。

每次她说到"逃跑"这两个字，朗德罗就觉得她好像是在说"逃犯"，这个词让他的心悬在半空。

他拿着装有衣服和被褥的包裹，一个男舍监站在宿舍里，给男孩们示范怎么铺床叠被。他是个印第安人，模样像个大叔，但长着一双小眼睛，一张麻子脸，不苟言笑。男舍监把他铺好的铺盖撤走，要求所有男生照样整理好自己的床铺，有事就从宿舍里喊他。住同一间宿舍的男生开始动手把床单和毯子理好铺平。

只有一个脸色苍白、弯腰弓背的男生没有照做。他坐在床边，低声咒骂："去你的，匹茨。"他把铺盖踢到地上，拼命踩了几脚。那么，这人就是罗密欧了。他四五岁在保留地的路边流浪时被人发现，而发现他的地方恰好是朗德罗从小长大的地方。没人知道他父母是谁，但他显然是个印第安人。他被人烧伤过，打伤过，挨过饿，人人都以为他脑子不好使。可一把他送进寄宿学校，人们才发现他是个再聪明不过的孩子。他对人恶声恶气，假装是个厉害角色，而实际上虚张声势。他深深地眷恋着皮斯太太，在皮斯太太的课上很用功，希望引起皮斯太太的注意，把他带回家，收养他。那是他的目标，了不起的目标，但不是不可能，是吧？

毕竟，他不再是一个尿床的小屁孩了。

罗密欧睡觉不再尿床，因为他根本不再喝水。一天中他只有早上和中午各喝一杯水。他口渴吗？老天，当然渴。但在忍受着极度干渴的一个月里他不再尿床，很值得。过了午饭时间，他滴水不沾，哪怕他跑得头晕目眩，哪怕他嘴唇干裂，满嘴臭气熏天，只要不尿床就值得。

他听到其他床铺的男生在说话。

“你不能睡上铺，罗密欧，尿会滴下来。”

但朗德罗看着罗密欧，露出真诚友好的微笑，嘴里说：“不会，他看上去很靠谱，我睡他下铺。”

朗德罗把铺盖放在下铺的床上。

一阵强烈的情感涌上罗密欧心头：他先是惊讶，转而喜悦，最后欣喜若狂，如果他知道该怎么形容的话。从没男孩为他挺身而出，从没人冲他笑，从没人跟他像哥们儿一样。他没有亲兄弟，没有堂兄弟，没有家人，只有一个关系说不清的姨妈养过他。这一刻的印象如此强烈，让他接连几天念念不忘。情况也越来越好，朗德罗从没动摇过。因为朗德罗说他可靠，罗密欧真的变得可靠起来。朗德罗的懒散随意和瘦高个儿特有的自信让他一下子显得很酷，而他的一举一动好像在表示跟他在一起的罗密欧向来也很酷。因为朗德罗，罗密欧站得更加挺直，身板更强壮，饭吃得更多，个头也长高了。他开始改成下午喝水，一直没再尿床。朗德罗是个射箭好手，每次都能命中靶心。罗密欧会心算。他俩渐渐出名，成为其他男生崇拜的对象。那年皮斯太太多次把他俩领回家，她小女儿名叫艾玛琳，似乎对他俩同样崇拜。朗德罗对艾玛琳视若无睹，可罗密欧却对她很好。罗密欧跟她坐在地板上，陪她玩积木、洋娃娃、动物，要是艾玛琳把最喜欢的绘本塞到他手里，他就给她讲绘本故事。皮斯太太笑着感谢他，说那本书已经讲了无数次，罗密欧不在乎。小女孩聚精会神地听他念的每一个字。他们渐渐长大，罗密欧对小女孩的爱慕也与日俱增，可女孩已把他忘在脑后了。

皮斯太太家有个后院，院里一棵高高的树上垂着一根打结的绳子，两个男孩轮流抓住末端的绳结，他们互相帮忙旋紧绳子，然后荡出去，任凭绳子转着大圈松开来，一直玩到想吐。等胃里不难受了，他们就吃肉汤、烤面包和玉米圆面包。皮斯太太让他们读《哈迪男孩》[①]，这是她专门从图书馆给他们借的，有时要求他俩大声朗读。罗密欧的阅读比朗德罗强，但他掩饰得很好。他听着朗德罗吃力地朗读，朗读时整个身体歪斜，好像读每个句子都是在爬陡坡。秋去冬来春又到，这对好朋友很知足。他们是最要好的朋友，接连两个夏天形影不离。但到了第三年，朗德罗开始说起自己的父母，他们从没到学校来看过他。秋天，他提到他们，冬天提到他们。到了来年春天，他开始说要去找到他们。

“那是逃跑。”罗密欧说。

“我知道。”朗德罗回答。

就说那个女孩吧？她是爬到校车下面，挂在车底盘上从学校

---

① 1927 年美国作家爱德华·斯特拉特迈耶首创的以弗兰克·哈迪和乔·哈迪兄弟为主角的系列悬疑丛书。

逃走的。等校车开到保留地，她从车底溜出来，跑回了家。她爸爸妈妈把她留在家里了，因为她会钻空子乱跑。他们害怕，要是把她送回学校，还不知道她会干出什么事来。

熄灯后，男孩子们在双层床上你一言我一语，叽叽咕咕，低声说个不停。

“我不知道，”朗德罗说，“你可能会掉下来，被车拖着走。”

“被车碾得跟大笨狼怀尔[①]一样扁。”

“犯不着。”沙罗·圣克莱尔说。

“你个头太大了，最好小个子。”

“我行。”朗德罗说。这是他胃口增加、个头长高之前的事。

“我也行。”罗密欧说。

“不可能。”

“能行。”

“那我们得早点行动，校车一周后回来，别人不会带我们走的。”朗德罗说。

“这儿的夏天还不算差。”罗密欧说。他的心跳得越来越快，要是他回到“家”却没人要怎么办？可要是这儿也没有朗德罗了，那生活简直无法想象。罗密欧清楚，他的命是怎么捡回来的；虽然记不得，但他知道，自己胳膊内侧的伤疤说明他遭受过难以形容的折磨。他不想离开学校，不想吊在校车底盘上逃走。

“想想看，朗德罗。夏天我们去湖边游泳什么的？对吧？很开

---

① 动画片《哔哔鸟和大笨狼》中的滑稽角色，喜欢用华而不实的花招捕猎，永远饥肠辘辘。

心啊。”

“他们老盯着你看。”

“那倒是。”罗密欧说。

“你知道，”朗德罗说，“我讨厌他们盯着我。”

就连罗密欧也知道匹茨看朗德罗不顺眼，会动手打他，所以他说的不仅仅是盯着他看。

“明天操场见。”罗密欧看着朗德罗说道。

“你觉得怎么样？”

朗德罗点点头。

罗密欧看出他眼睛深处的迟钝，这浑浑噩噩的人啊！唉，罗密欧不愿言语刻薄，但多年后特拉维斯神父打量面前垂头丧气的朗德罗时，说的话跟他一字不差。罗密欧只知道，当朗德罗眼里的光亮熄灭时，意味着他灵魂已经沉睡，什么危险的事都干得出。这让朗德罗看上去冷静至极，而罗密欧觉得毛骨悚然。

周末，他们跟“茶壶盖”混得很好；她派他俩把一张破旧的踏脚凳送到木工课教室。校车正好停在那边，他们放下踏脚凳，悄悄溜到偏僻的角落里，然后爬到一辆校车旁边，滚到车底下。他们马上判断出可以挂在车底盘什么地方。

“也许能行，”朗德罗说，“要是你真疯了，也许能撑几分钟，一连几小时肯定不行。”

“不过，要是你知道掉下来会没命，也许能撑更久。”

“这可不是闹着玩的。”罗密欧说。

“难道你不信那个女孩真的逃走了？”朗德罗问。

但朗德罗紧锣密鼓地策划，看样子这事是非干不可了。他一个劲儿想啊，说啊，说他们怎么用皮带或绳子把自己捆在车上，说他们可能会时冷时热，说他们无论如何都需要外套。

※

这一天终于来了。罗密欧和朗德罗慢吞吞地混进回家的队伍，磨磨蹭蹭，排在最后。“茶壶盖”站在打开的车门旁，看着手里的名单。每个排队的学生都拿着一包衣服，罗密欧和朗德罗也带着包裹。挨到最后一刻，他俩躲起来，从车尾悄悄地绕过去，滚到汽车的阴影里，然后钻进汽车底盘下。底盘中央有根一英尺宽的大梁，他们可以吊在上面，大梁两侧有两个油底壳帮他们保持平衡。他俩把包裹放进油底壳，肚皮贴着大梁，双脚向上抬，脚踝绕在铁杠上，面对面，紧握住大梁。

时间好像过去了千万年，校车猛然发动，颠簸着驶过小镇的街道。两个孩子感觉到变速器的咬合、变速和动力传输。当他们开上公路时，校车前后一晃，然后猛地用力，平稳地提到高速挡。

在发动机的一片轰鸣声中，他俩仰着头，视线模糊，耳朵震得生疼。大大小小的石子不时迸射到他俩身上，像被大号铅弹击中一样疼。柏油路的裂缝吓得他俩从骨子里犯怵。肾上腺素飙升，梦魇似的恐惧折磨着他们。两个孩子肚皮贴着车杠，抬起双脚绕在大梁上，面对面，牢牢地钉在栖身处，吓得不敢动弹。

疼痛逐渐侵入罗密欧的耳道，但他清楚地知道，如果伸手去捂耳朵肯定会掉下去送命。疼痛越来越强烈，接着脑子里似乎有什么东西轻轻炸开，噪声减弱了。两个孩子忍住不看身下的公路，可平滑刺眼的道路一片模糊，没有尽头，唯一能看的只有彼此的眼睛。

朗德罗闭上眼睛，黑暗袭来，令他眩晕，他不得不睁开眼看着罗密欧，可罗密欧不喜欢人家看他，从不跟别人对视，除非老师用手固定住他的脑袋逼他那样做。朗德罗的家人之间不会互相盯着看，他们的朋友也不会这么做，这一点让白人老师抓狂。以前，印第安人很少直视别人。就算现在，这么做也让人难堪，显得不坦诚，而且咄咄逼人。但校车下面没别处可看，只能盯着彼此的眼睛。即使当两个孩子年老时回忆起整个过程，这种被迫的对视也许是其中最难受的一幕。

罗密欧的鼠棕色短发贴在头上，瞳孔因为恐惧显得浑浊不清。朗德罗帅气的脸被风压得扁平，一头浓密的头发被吹到脑后。他的眼睛像猫眼似地眯成一条狭长的缝，但他看得清罗密欧风车似的虹膜上那淡棕色的斑点。是的，他能看清。他看了一英里又一英里，随着时间一分一秒地过去，无数分钟累积成一小时，漫长的一小时。他开始琢磨，罗密欧的眼睛大概是他在世上看到的最后一道风景吧，因为他俩的力气开始流失，抓不住大梁了。胳膊、双肩、腹部、大腿、小腿，虽然扣得很紧，但渐渐开始松弛无力，好像噪声正把他俩从栖身之处震下来。要不是他俩强壮，身体灵活，肌肉结实，能爬旗杆，翻栅栏，可以一只手臂抓着树枝吊在树上荡来荡去翻过栅栏，他俩早就没命了。要不是校车就在那时减速，开进休息站停下，他俩就没命了。

他俩疼得说不了话。朗德罗好不容易吐出几个字，但两个人却发现耳朵听不到声音，眼睁睁地看着对方的嘴巴一张一合。

当肌肉恢复供血时，他们大叫着从大梁上滑下来，从车底往外看，他们看到“茶壶盖”那粗壮的奶油色大腿和司机的灰色长裤，还有其他孩子纤细的脚踝和移动的双脚。他俩趴在停车场的柏油路面上，等所有人去完洗手间回到车上。车门关上，司机发动校车，这时他俩马上从车下滚出来，躲到一个大垃圾箱后面。校车一开走，他俩就一瘸一拐地走进休息站外茂密的蓝叶云杉林。足足半小时，他俩疼得嘴里咬着小木棍，在树下不停地打滚。疼痛慢慢减轻，刚喘过气来，他俩就觉得又饥又渴，这才想起包裹还塞在校车底盘里，尤其心疼他们一点点攒起来藏在衣服里的面包。

休息站里一个人影也没有，所以他俩离开灌木丛走了进去。他俩靠近水龙头喝过水，又撒了尿，想看看洗手间里有没有地方可以过夜，但里面无处可藏。罗密欧在垃圾里翻来翻去，找到一小块糖，上面的巧克力刚开始融化。他俩走出洗手间，注意到有辆车从公路上开下来。他俩从洗手间后面悄悄溜回灌木丛，重重地倒在树底下。小汽车里下来一家四口，白人，手里拿着两个棕色纸袋，两个孩子把纸袋放在野餐桌上，然后一家四口走进了洗手间。

他们一消失，朗德罗就扑上去拿纸袋。罗密欧跑去看车里有没有别的食物，发现车钥匙还插在点火开关上。他冲朗德罗打了个手势，朗德罗轻快地走过来，滑进驾驶座，转动钥匙，发动汽车，好像他这一辈子都在干这种勾当。

罗密欧和朗德罗离开公路，开到一条县公路上，大路很快变成了石子路，朗德罗一直向前开。他们吃掉三明治和魔鬼蛋，只剩下两个苹果，收好柠檬水瓶子、帽子和夹克，把车停到灌木丛间的小路上，又快步回到他们走过的火车轨道附近。他们开始踩着枕木向西走。天黑时分，他们找到一处防风林，穿上夹克，拿帽子当枕头。两个人把苹果吃了，柠檬水喝了三分之一。夜里驶过三趟火车，速度太快，他们没跳上去。早上他们继续往西走。

"有件事我没搞懂，"罗密欧说，"而且希望永远不懂。"

"唔。"朗德罗回应道。

"'茶壶盖'的发型是怎么理成那样的，是用跟她脑袋一样大的碗扣在上面理出来的，还是怎么弄的呢？"

"她的头发是一天之内从棕色变成白色的。"朗德罗说。

"她的头发浓密发亮，真是难得。"

罗密欧不相信一日白头的故事，但他还是问朗德罗怎么回事。

"我听人说，她从餐厅后面出去，看到了在学校郊游时淹死的米尔伯特·古德·罗德。罗德还是他淹死时的模样，当时罗德质问她，为什么看到他沉到水里却没赶紧救他，水都没不过她的小腹。人人都说，她是被寄生了①"。

"吓呆了。"罗密欧小声纠正。

"她尖叫，喊来了杰林斯奇先生，杰林斯奇先生跳进水里。艾敏也跳进水里，淌水过去，所有水性好的孩子都跳进水里，其余的大人也纷纷跳了进去。可直到后来他们才找到罗德，他们都说是水蝮蛇搞的鬼。"

罗密欧什么也没说，但他有时对朗德罗感到奇怪。有些孩子听路易斯安那州来的老师说过水蝮蛇有致命的剧毒。有个孩子瞎

---

① 原文为"parasite"，根据上下文应当是"paralyze"，是朗德罗的口误。

编，说那是条由水凝成的蝮蛇，会缠在你的脚上，把你往水下拉。罗密欧知道，那是一条普通的蛇，而米尔伯特是因为不会游泳才淹死的。朗德罗确实很冷静，但说什么寄生生物？水蝮蛇？这些口误让罗密欧觉得难受。不只难受，而且让他伤脑筋。

“火车不可能无缘无故地一直跑下去，永远不停啊，”罗密欧抱怨着，“附近一定有个火车停靠的大谷仓。”

他们发现好几英里外有个农场。地平线上看得到方方正正的绿色树篱，周围是毫无遮挡的平坦土地。太阳低低地挂在天边，他们的柠檬水快喝光了，小心地你看我，我看你。但朗德罗还是把最后一口留给罗密欧，不情愿地说，喝掉吧，转头看向别处。除了吃铁轨旁高高的野草那多汁的嫩茎，他们几小时没吃过东西了。

“也许我们天黑时能走到那儿。”罗密欧说。

“那儿肯定有看门狗。”朗德罗回答。

但他们还是去了。

他们躲在由常绿植物和老丁香树组成的一排高大的防护林后面，注视着那栋房子。那房子有两层，漆成白色，一楼四周的木头装饰着扇形边，四根朴实无华的立柱撑起庄重简朴的前廊。后面的房间里亮着灯。纱门咯吱作响，开了一条缝，又啪的一声自动关上。一条黑色老狗的口鼻处的毛因为年老已发白，动作僵硬，蹒跚着走进院子，它后面跟着一个高瘦的老太太。她身穿泛白的裙子和松垮垮的黑色男式毛衣，脚穿羊皮拖鞋。两个孩子注意到老太太穿着羊皮拖鞋，因为她当时正好从修剪好的草坪边缘走过，经过他们身边。那条狗落在后面，停在他俩面前，鼻子嗅着，眼睛蒙着一层白翳，浑浊不清。

“佩奇乖宝，到这儿来。”老太太喊。

那条狗在他们面前又逗留了一会儿，似乎觉得他们不会伤人，机械地迈着步子，艰难地朝主人走去。老太太和狗继续绕着院子散步，他们转了十圈，一次比一次走得慢，所以在头晕目眩的朗德罗看来，老太太和狗好像在捕捉树叶间漏下的斜阳，带在身上保存，与一波又一波的黑暗搏斗。终于，天黑透了，老太太和狗几乎看不到了。他们每次经过时，那条狗都会停下来打量两个孩子，然后再追上老太太。最后一圈时，两个孩子听到老太太和狗拖着脚步走到他们跟前。这次，那条狗停下不走了，老太太黑色的身影赫然立在他们面前。

“你们饿了吧?”她问，“我准备了晚饭。”

他们没敢接话。

她走开了。过了一会儿，两个孩子窸窸窣窣地从草丛里钻出来，跟着她来到门前。老太太走进门，他们站在门口没动。

“进来吧。”她喊道，她的声音很特别，带着一丝犹豫，好像不相信真的看到了两个孩子。

他们走进厨房，看到灯光下的老太太，吓得不禁后退。她让人一见难忘：身材瘦长，高得出奇，被太阳晒得厉害，脸上好像合上的折扇似的，布满竖纹，一团浓密的白发像座小山头似地斜立在额前，两侧的头发用发夹固定在耳后，耳朵就露了出来，薄饼似的耳朵下垂，好像烤了一辈子，又薄又脆。她老得不成人样，死气沉沉。可怕的是，她那泛着奶白色的蓝色瞳仁变浅，跟眼白融为一色，像刚从坟墓里钻出来的死人一样庄严肃穆。这老太太不只是长相奇特，她家厨房里还有部电话。她是多久之前给警长打的电话呢？两个孩子紧张不安，吓得拔腿就要跑。

“嗨，你们穿着新衣服啊！”老太太忽然微笑着说，她微笑时露出牙齿，说话声音温和，好像跟他们认识似的。

两个孩子低头看看自己身上又脏又旧的衣服。

她转身去看那开着门的冰箱，把包着锡纸的盘子碟子拿出来，转身递给走上前的两个孩子。

“放到烤箱里去。”她说。

朗德罗打开干净的烤瓷烤箱，他和罗密欧把盘子一个个放进烤盘，烤箱里还是冷冰冰的。朗德罗仔细看了看烤箱上的旋钮，转动旋钮，让烤箱开始工作。旋钮上的最高温度是华氏五百度，他选择了华氏四百二十五度。

“好了，”老太太搓着双手说，“还有什么吃的呢？”

她打开橱柜，拿出一盒苏打饼干和一罐沙丁鱼罐头，放在餐桌上。桌上早已放着一个盛有冰茶的大水壶，冰凉的外壁上凝结着水珠。

“拿几个玻璃杯。”

她朝碗碟沥干架挥挥手，坐在椅子上。那条狗从角落的织毯上站起来，走过来，在她脚边躺下。两个孩子大口喝茶时，她拉起沙丁鱼罐头的拉环，往里一压，然后往上推到一半的位置。

“餐叉呢？”她冲水槽左边的抽屉点点头，朗德罗把餐叉拿到餐桌上，罗密欧找对了橱柜，从里面拿来三个边缘画有长裙贵妇和高帽绅士的黄色大盘子。老太太从罐头盒里叉起一片沙丁鱼，压碎，涂到饼干上。她朝两个孩子点点头，示意他们照着做。刚开始，食物卡在嗓子眼，吞不下去，可他俩的手好像不由自主地去抓饼干，一块接一块。他们把所有的沙丁鱼都填进肚子，只留了一块给老太太。她一直在微笑地注视着他们，露出没有光泽的碎牙。

“你们吃吧，我吃够了。”她说。两个孩子把最后一块平分了。

“我先生不在了，”她告诉他俩，“因为心脏问题走的。我的心脏很好，不过就算它罢工，我也不在乎。你的爸爸妈妈好吗？”她问朗德罗。“他们挖好地窖了吗？”

朗德罗看着罗密欧，眉毛往上一挑。

“他们挖地窖？”罗密欧问。

老太太点点头。

“对，你们冬天的食物就是这么保存的，我们教他们的。冬天对印第安人很残酷。我先生说，他们一个接一个都快死绝了。每天都有人死去。所以见到你们我很高兴，很高兴你们一路撑到这儿。你们的家人是印第安人中的好人。我先生总说，他们讲义气时，就是你最好的朋友。坏印第安人会偷光你的东西，印第安人喝醉酒就变坏。你俩一向都是乖孩子，好孩子。”

电话响了，把他们三个吓了一跳。老太太舔舔嘴唇，站起身接电话。那是部黑色的挂壁式电话，拨号盘的数字都磨得看不清了。她紧握着听筒，放到她的大耳朵边。

“我很好。”她说。她盯着方方正正的电话，好像打电话的人躲在电话里。

“还没吃饭。”她说，脸上犹豫不决，似乎对方问的问题很刁钻。“是的，烤箱的火关了，”她顺从地回答，“我会把它拿出来的。好，好。我饿了。”

她脸上掠过一丝狡黠，转过身朝两个孩子眨了眨眼。“比哪一次都饿。”

“好的，晚安。”

她挂了电话，发出一声嗯哼。各种食物加热后的味道渐渐充满厨房，但她没觉察。她又在餐桌旁坐下来，皱着眉头看着空中。

“要把食物拿出来吗?”罗密欧问。

老太太的嘴巴无声地嚅动了一下，接着她惊醒过来。

“孩子们，把饭菜拿出来好吗？我们开吃了。”

土豆泥，肉汁，奶油玉米，奶油菠菜，青豆胡萝卜鸡肉饼，用玉米味调料烤了，味道倒不错。两个孩子把一块汤汁浓稠的猪排分着吃了。玉米面包、软软的黄油胡萝卜、奶酪通心粉、鲜肉通心粉、金枪鱼通心粉、一块厚厚的蘑菇烤牛排，还有更多的肉汁，统统吃光了。有些东西吃起来味道奇特，但热乎乎的，口感还不错。厨房台面上有个圆鼓鼓的苹果派，盖着餐巾，渗出了黏稠的甜苹果汁，还没切开。

老太太放松下来，靠在椅子上，惊奇地注视着两个孩子吃啊吃啊吃个不停。

“你们真是好胃口，一向都这么能吃。”她自言自语。

他们把东西吃光，向后靠在椅背上，撑得犯困。这时她说：“我们只要把盘子和餐叉洗一下就行。”塞尔说把这些浸在水里，反正他还要重洗。“那么，我说，孩子们，你们得回去找你们的家人了。你们可以把剩下的东西，把这些都带走，你们的兄弟姐妹说不定喜欢呢。我不需要这些。你们的妈妈总是忙着给一大家子做饭。那么，你们是要走了吧？”

“我俩……我俩不能回家，”罗密欧说，“我们今晚能留在这儿吗？跟您一起住？”

老太太看看这个孩子，又看看那个。

“你们以前从没这么干过。”

“天有点黑。”朗德罗鼓起勇气说。

老太太笑出了声。“你们的爸爸说印第安人夜里也能看见东西，不过也许你们还没学会，当然可以。帮我一个忙，上楼到那个有绿色床罩的大房间去睡吧，尽管把床弄乱点儿，早上起来不用整理。我喜欢夜里在这儿开着收音机听音乐，我喜欢在沙发上听着音乐打盹。这个沙发很舒服，可塞尔老是检查我有没有到床上睡，说我背疼。不听他的。去吧，去吧！”她笑嘻嘻地发出嘘声，把他俩赶到楼上。

“这下够塞尔跑一阵了。”她说。她打开收音机，转动旋钮，找到类似华尔兹的舒缓音乐。她关上灯，在沙发垫上躺下。

两个孩子一路劳顿，吃饱喝足后一觉睡到早晨，听到楼下的说话声才醒来，是一个年轻男子刺耳又暴躁的声音。他脚上厚重的鞋子踢踏作响，他们听到他的脚步四处走动，说话声越来越小，但一直没停。老太太的声音不高，带着安抚的意味，跟她昨天晚上接电话时的语气一样。他们听不清老太太在说什么。

他们听到年轻男子一会儿进厨房，一会儿从厨房出来，同样的话翻来覆去说个不停。“你一个人吃不了那么多！我过来清理你冰箱里的存货，你吃不了那么多！”

年轻人一定是翻检过垃圾了。

“你没把吃的扔在垃圾桶里，除非你扔到树林里了。”

老太太回答了一句。

“好，好！你不会那么干！妈妈，你又在沙发上过夜了？哎，是不是？是不是啊？我跟你说过别在这儿睡，是吧？你想背疼得动不了，逼我拖你去看脊椎指压治疗师吗？我很忙。你别装作没听到，别转过头不理我。”

她肯定承认在沙发上睡了一宿，因为那个年轻人——她的儿子——数落她数落得更凶了，两个孩子听得目瞪口呆。虽然他俩听过大人吵架，但老太太的儿子对着她连讽带刺，完全颠覆了母子间的辈分和礼数。

“那好，”儿子语气尖酸刻薄，“好，那我还得感谢你这么坦白。好，那我也不用上楼整理房间了。”

这说明老太太记得他俩在卧室里。

她又说了几句，最后肯定让儿子相信了。

“也许我记错了，我想的比实际的多。唔。那我把这一袋食物都留给你，别一下子全吃光了，嗯？这是你这个星期的食物，冰箱里原来还有剩下的。嗨，可这个苹果派。妈妈，别跟我撒谎了！千万千万别再跟我撒谎了！你做得了这一堆乱七八糟的派，可你从来吃不了那么多！”

他们听到她提高嗓门说道：“是我亲手把苹果从我自己的树上摘下来的！是我自己炖好，冰冻好的，难道我做个苹果派都不行吗？”

然后是儿子的质疑：“苹果派怎么只剩下两块！到底怎么回事？你有客人？”

老太太肯定是编了个老狗吃苹果派的故事，因为她儿子接着说："它吐了？吐在房子里了？"

塞尔迈着沉重的步子四处查看，寻找狗的呕吐物。不过，黑狗显然老得爬不动楼梯了，因为塞尔没有上楼看。他很快就离开了，他是开着一辆闪亮的大型白色皮卡走的。两个孩子从窗台上探出头，偷偷往外看，注视着老太太的儿子驶过整片农场，留下一片尘土。

他们来到楼下。老太太站在窗边，注视着儿子消失的地方。她转过身，孩子们明白她脸上挂着愤怒和屈辱：她不得不对好心的儿子感恩戴德，因为他掌握着她的命运。她儿子指着她的鼻子说那样做都是为了她好。他俩说不清那种感觉，但有生之年那对他俩的影响不可小觑。他们了解老太太，就像她觉得认识他俩一样。他们三个人站在客厅里，你看我，我看你。最后，老太太好像有点撑不住了，她颤抖着把一只手放在胸口。

"很高兴看到你们两个孩子。"她说，突然泪水盈眶。她大笑，很开心。他们俩看得出她很害怕，害怕儿子发现她跟这个世界格格不入。

"你们又饿了吧？"她咧着嘴一笑，露出了牙齿。

"哦，远处那片地很好。我们的地从魔鬼湖算起，土质适合种庄稼。草地上的斜坡不陡，地势平坦，随便翻翻就能种东西。十五英尺以下就有地下水，我们挖了口井，水很纯净。我先生是1912年直接从你们的爸爸妈妈手里买的这片地，那时他们该交土地税了，可手里没钱。那年，所有的白人农民用低价把印第安人手里的地全买走了。你们都搬到你们的祖父那儿去了，可是那儿的农场很贫瘠。你们也许记得，你们的妈妈那时候都很漂亮，编着印第安发辫，她不知道怎么来到我家，讨要一点食物，就像你们俩一样，我总会给她点东西，旧外套、裙子、毯子、用来缝被子的旧衣物，连针线我也送给她。我爱你们的族人。他们打到什么猎物也会给我送点来。他们死得那么突然，一下子消失了，灾难接二连三，他们都病倒了。"

"孩子，你们俩要去哪儿呢？"她挺直身体，眯着眼睛，吃力而专注地看着他俩。"你们要去哪儿呢？"

两个孩子顿了顿，吸了口气，她焦急地盯着他俩。

"我们去寄宿学校。"他们说。

"哦，是啊，"她说，"你们当然得上学，是托顿堡寄宿学校吧。他们能让你们吃饱吗？"

托顿堡寄宿学校很多年前已经关闭了。

虽然再多他们也吃得下，但学校的食物够填饱肚子，这是罗密欧喜欢学校的一个原因。不，食物不是朗德罗逃离学校的原因；他逃走，更多是因为那儿陌生的规矩让他窒息，因为深爱朗德罗的祖父母可能已离开人世，还因为朗德罗不愿改变自己，这一点他也在老太太脸上看到了。朗德罗想起，每当他做出印第安人特有的举动时，"茶壶盖"总会微笑，好像在说"我就知道你会这样"。朗德罗对事情的另一面也深有同感，比如老太太的儿子如何对待她，老太太对选择哪种现实有多无奈。

"您给我们吃得很好。"朗德罗说。

老太太望着他俩，严肃的面孔满是皱纹，双眼就像死人的眼睛。

“你们想要什么吗？拿走吧。”她挥着手四处乱指，“趁他还没动手，不论什么全拿走吧。他想把这儿卖了，把土地、房子和养活我们的一切都卖了。你们两个孩子一向这么乖巧，这么安静，见人就低头躲开，就像你们现在这样。”她先后对罗密欧和朗德罗说：“你们拿走，全都拿走吧。”

※

几罐水、钱、几包食物。罗密欧和朗德罗步行回到铁轨附近，继续往西走。四十年来，铁路一直在运送一英里长的装满液压油的铁罐车厢，而这些车厢不会中途停车，除非爆炸，或者到达港口。不过，在两个孩子逃跑的途中，偶尔有运货的火车到小镇谷仓来拉装有谷物的车厢。他俩沿铁轨走着，经过成百上千亩刚抽穗的小麦和玉米地时才意识到，初夏时节货车不会到谷仓来装货。

他们在一棵看上去挺顺眼的棉白杨树旁停下脚步，坐在地上，往肚子里塞满煮鸡蛋、三明治、奶酪和腌菜。老太太还从藏着成卷纸币的袜子里拿钱送给他俩。她还想把她丈夫的手表、镶着白色宝石的戒指、用黄色宝石做的手镯和她提到的古董钟送给他俩。朗德罗本来想收下，但罗密欧礼貌地谢绝了。

“伙计，你刚才脑子没毛病吧？”他们吃东西时，罗密欧对朗德罗说，“要是警察查到我们带着那个老太太的东西，肯定会把我们送进大牢。”

朗德罗耸耸肩：“我们把钱数一数吧。”

纸币卷最外面是十元的纸币，里面是二十元的，还有几张百元大钞，这让他俩吃了一惊。

“哦，不，不，不，”罗密欧说，“我打赌，塞尔知道这些钱。他肯定会让警察追我们的。”

朗德罗看呆了，他数了好几遍。一千多美元哪。

两个孩子小心翼翼地把钱分成两份。他们抠起鞋子的内垫，把面值二十和一百的大钞放在里面。两人分别留了七十美元在外面，放在口袋里，然后继续走啊走，压平了鞋底塞着的钱。他们一直走到一个小镇。小镇规模不小，有个本杰明·富兰克林廉价商店。他们走进店里，女店员一直跟着他们转来转去；他们已经习惯了。这个举动对朗德罗没有影响，但罗密欧拿出一张十元的纸币冲她傲慢地挥了挥。朗德罗买了黑色欧亚甘草棒①，罗密欧则买了红车轮糖果。他们付过钱，沿着人行道一直走到小镇尽头，又折回来，朗德罗拿着甘草棒假装吸烟。到了小镇的西面，他们经过一家小咖啡馆，上面有“大巴”的标记。朗德罗不敢去买车票。另外，他俩还在争论去哪儿好。回家吧？不回家。

“我们该去明尼阿波利斯找份工作。”朗德罗说，因为他听别人这么说过。

罗密欧瞪着朗德罗。

“没人会雇我们，”他说，“我们这个年纪本该上学。要是给警察看到，还会把我们抓起来。”

朗德罗一点人情世故都不懂，是怎么混到现在的？他搞不懂。但朗德罗喋喋不休，翻来覆去地讲明尼阿波利斯和工作的事，逼得罗密欧不得不同意。他们买了车票，票价高得离谱，这让罗密

---

① 一种糖果，外形酷似香烟。

欧百分之百肯定他们做的这一切简直愚蠢到家。他们登上大巴时，罗密欧问道："我们到底要干什么？先前为了不上大巴差点把命丢了。"

可大巴轰鸣着离开车站，这下他们必须待在车上了。至少座位很舒服，还能向后倾斜。他们的肚子也是饱饱的。他俩迷迷糊糊地睡着了，睡得昏天黑地。途中休息吃午饭时，他俩醒过来，买了汤，一口气喝了个精光。朗德罗看罗密欧没几口就把汤灌进肚里，心想，罗密欧真像黄鼠狼，楔形长脸，两只眼紧靠在一起，还有那贪婪的下巴颏儿。这念头已在他脑子里转了不知多少遍。

北达科他州一望无垠，接着是绵延起伏的明尼苏达州农场。他们安静下来，美丽的土地和整洁的砖石建筑的小镇把他们迷住了。接着，朗德罗在空荡荡的公路上看到了她。他拽着罗密欧，拉着他凑到车窗边。一个女人从应急车道朝他们走过来，朗德罗远远就看到了她，那时她还是个小点，但有点熟悉。等她走得近了，他意识到，那人是"茶壶盖"，一头白色短发也同样醒目。他们弯下腰，等大巴从她身边疾驶而过。朗德罗爬到车后部，想看看她有没有认出他俩。他头上顶着车后座的坐垫，踉踉跄跄，撞到两个大人。"茶壶盖"在远处，可她在奔跑。朗德罗认为，她肯定是在追他俩。他知道她跑不快，他亲眼见"茶壶盖"追过一个叫阿尔坦的男生。虽然她跑得慢，可跑得很稳，而且从来不停。阿尔坦围着她绕着圈子跑，可最后还是被她逮住了。因为她比阿尔坦的耐力好，决不放弃，决不退缩。

他和罗密欧坐回原位时，他浑身都在颤抖。当朗德罗把刚才的一幕告诉罗密欧时，罗密欧将手放在朗德罗的胳膊上，说那不是“茶壶盖”。

“长得像‘茶壶盖’的白种女人有很多很多，难道你没注意到?”

朗德罗平静下来，但他还是控制不住那个奇怪的念头：“茶壶盖”是一个幽灵、一种力量，或者一种自然元素，是寄宿学校释放出来追捕他们的，永不停歇。

汽车把他们带到了明尼阿波利斯。

他们上车时，司机问他俩谁在明尼阿波利斯接他们，他俩一下子不知道说什么好。“爸爸妈妈？还是亲戚?”他问。他俩点点头，松了口气。眼下，他俩正要从司机身边走过，却被他拦住了。

“在这儿等一会儿。”他说，“我陪你们去找家里人吧。好吗，孩子们?”

他俩再次点点头。当司机走下踏板去开行李厢的门时，他俩悄悄地溜下大巴，进入车站。他俩混进一群人里，随着人群打量着另一群人；那群人被一根绳子拦在走道一边。两个孩子弯腰从绳子底下钻过去，冲过玻璃门，接着来到外面的大街上。

噪声从四面八方涌来，催着他俩一路向前走。罗密欧仔细观察金属标示牌，沿着第一大道往前走，他俩一辈子只见过几次红绿灯。现在到处都是。他俩模仿其他人，在公共饮水处喝了水，看看橱窗里的东西或饭店外面镶着边框的菜单。他俩一路走着，似乎很清楚要去哪儿。在街角的一家小店里，他俩买了汽水和奶油爆米花。冷不防地，他们来到城市中心大道的尽头，那儿耸立着一栋玫红色的砖头建筑，上面挂的牌子上写着伯曼巴克斯金大厦。铺着碎石的停车场，链条围栏，斑驳的墙壁。停车场另一侧是一丛杂草、灌木和纤细的树木。

他俩走进草丛，一条斜路通向低处一条宽阔的河流，他俩沿着河岸，走到支撑大桥的混凝土桥墩处。在那儿的灌木丛里，他俩看到有人露宿后留下的痕迹：几块浮木围着熄灭的灰烬摆成一圈，还有熏黑的石头和塞在木板下面的毯子、两个凹陷的大纸箱和装着空瓶空罐的袋子，污迹斑斑的地垫铺在平整的地面上。他俩喝了橘子味的苏打水，吃了爆米花，又把瓶子放到空瓶堆里，把硬纸板箱撕成碎片往河里扔，然后注视着纸片打着旋儿向东漂流。天渐渐黑了。

"我们上去吧。"朗德罗说。

他俩仰起头，打量着上面的铁架子，水泥桩饱受侵蚀，里面的钢筋已锈迹斑斑，突出部分挺长，足够做把手和脚踏。朗德罗从木板底下抽出一条毯子搭在肩上，往上爬，毯子散发着腐臭和小便的味道。罗密欧也抖开一条，但那股强烈的刺激性气味让他喘不过气来，所以他扔下没拿。混凝土排桩顶部的空间容得下他俩，但顶部一侧垂直向下延伸到河边。架起木栈桥和铁轨的铁梁与他俩的脑袋之间有四英尺的距离。火车会从他俩一侧经过，声音很响，但那时他们已领教过校车发动机震耳欲聋的轰鸣声。

火车经过时，他俩同时醒来，不安地扭动身体。随后，他俩一时睡不着，就竖起耳朵倾听。没有车辆的噪声，没有城市的喧嚣，一切都归于沉寂。四周悄无声息，他俩听见河水不停地翻滚，奔到一处急滩、大坝或者瀑布。他俩再次沉沉入睡。黎明前的一刻，晨曦刚刚露头，罗密欧听到下面有人说话。他小心翼翼地用指头戳戳朗德罗，因为朗德罗睡醒时会翻身滚动。他俩从睡觉的小窝边上探出头，想听清下面的人在说什么。

"大满贯。"一个男人说。

“还真是。”

“八块钱，伙计。九块。”

“这酒看上去不错，不错。”

“哼，可不像你嘴里灌的臭气。”一个女人说。

“像红湖印第安人的神药。”

“像奥吉布瓦臭鼬油膏。”那女人又说。

“你喜欢得要命。”

“我不喜欢，可说不定打个滚，滚得全身都是油膏。”

“哦哦哦哦，冷静，女人。”

下面的人开始放声大笑，笑个不停，喘着粗气，直到喘不过气来。肯定是那个女人不知道干了什么事。接下来的一周，他俩搞清楚了：只有黎明前这特别的一小时，他们能听清宿营的人说话。城市还在沉睡，空中一片沉闷。水汽蒸发形成薄雾，把下面的声音送到他俩耳边。其他时候只听到忽高忽低的交谈声，还夹杂着肆无忌惮的大笑。还有一次，有一阵尖叫和大喊，听起来好像是一场斗殴，最终无果而终。因为那群人一直是五个，有时六个，他们把毯子或者箱子当床，睡在上面，藏在草丛里。大多是印第安人。

罗密欧和朗德罗的习惯恰好与营地里那群邋里邋遢的人相反。天大亮后一小时，那群流浪汉还睡得人事不知，他俩就爬了下去，从篝火旁沉睡的人身边绕过去，有时顺手拿点食物，偷走装面包的袋子。还有一次，他俩偷了一罐已经打开的烘豆子。他俩沿着河边狭窄的小道，一直走到另一个营地附近，可能是他俩所在的营地的死对头，也许那次争斗就是因为这个营地。两个孩子在靠近这个营地之前就拐到河岸上，他俩从河岸走到大街上，扶着低矮的栏杆走过那座快要拆除的老桥。桥的另一侧是个居民区，有人送牛奶到这儿，他俩时不时能顺手拿走一瓶。商店开门时，他俩就买一条面包和一磅香肠，到公园里、小巷或破旧教堂能晒到太阳的台阶上把面包和香肠分成两份，吃得一干二净。这种早餐他俩永远吃不腻。

附近有三家电影院，走路就能到。每天下午他俩都要看一场电影，散场后把没吃完的爆米花收集到一块儿，储存在座位旁边，留着看下一场电影时吃。有时，电影特别好看，他俩就藏在出口处的帘子后面，等夜场上映。他俩看过《大脚兽》《猫儿历险记》《失陷猩球》《国际机场》《议院阴影》《大力神在纽约》《擒贼擒王》《铁血战士》（看了六场，深受触动）、《小巨人》（看了八场，深受触动）和《蓝衣士兵》（深受触动，但被要求中途离场。这部电影儿童不宜，因为其中有个镜头是一个女人面对一个印第安人的断肢失声痛哭，那不堪入目的场景让他俩挥之不去）。

因为他俩心痒得非要看这部电影不可，就溜进《蓝衣士兵》的放映现场。他们等着看那个出现残臂的镜头时，一个迟到的女人走进来，在他们前几排的一个位子坐下，她浅色的头发蓬松地绕着脑袋一圈。他俩一下瘫坐在椅子上，从前排座椅后背的缝隙偷偷朝前看。她突然转过身，牙齿在黑暗中闪闪放光。她的茶壶盖脑袋发出淡淡的光，向上升起，似乎与身体脱离了。她的手举高。他俩猜她要从座位上朝他俩爬过来。但另一个人走过来，坐在她身旁，她转回身面对着屏幕，她没看到两个孩子，他俩一路爬出放映室。罗密欧的裤子尿湿了一点，而朗德罗情况更糟，想要吐。

“看到了吧。”朗德罗说。

“我知道，”罗密欧说，“不过，你还是打起精神来。那个人看上去像‘茶壶盖’，但绝对不可能是她本人，兄弟，绝对不可能。”

可他俩还是很茫然，无精打采地一路溜达，回到河边，不小心走进了营地，恰好闯到那群常住户中间。他俩偷这群人的东西，躲他们躲了快两个星期了，这下还是没躲开。

一个男人夹住朗德罗的脑袋，这男人浑身气味难闻，朗德罗真吐了，所以那个男人把他放开了。

一个长着乱蓬蓬的长头发的女人抓住罗密欧的脚踝，把他拉倒在地。

一个戴着太阳镜的男人发话了。

“坐。”他说道。

他拿靠在肩上的白色长竹竿敲敲地面，指了指熄灭的火堆四周被踩踏过的草地。

有人踢了朗德罗一脚，他瘫坐在地。

罗密欧挣脱那个女人，也坐下来。

“谜案破了，”太阳眼镜说，他放声笑起来。“你们两个兔崽子不懂行吧？不知道不该来偷祖师爷的东西吧？我们可都是神偷，瞎了眼都能手到擒来？懂不懂，瞎了眼都行！”

其他人也放声大笑，笑起来就像已经听过这笑话。两个孩子从没见过拿着白色竹竿的瞎子，所以没听懂这个笑话。

“现在招吧，”太阳眼镜命令道，“说，你们是来干吗的？”

“我们是来看亲戚的。”罗密欧说道。

这话让那个臭气熏天的家伙觉得超级搞笑。他大声笑时，两个孩子看到他嘴巴里有一前一后两套牙齿，他满嘴牙齿，好像很难张嘴说话。他小心翼翼地合上嘴巴。虽然又紧张又害怕，朗德罗忍不住盯着他的嘴巴，期待他什么时候再张开嘴。

“你们是偷偷溜出来的吧?”太阳眼镜一语道破。

“是的。”朗德罗承认。

“你们到这儿有段时间了。我们知道东西丢了，可我们还以为是那一伙白人流浪汉干的。你们是从寄宿学校跑出来的?”

“是的。”

太阳眼镜点点头，然后摘下眼镜，揉揉像蓝色牵牛花一般的蓝眼睛，然后又戴上眼镜。他身上其他部位都像印第安人，所以那双眼睛令人惊异，特别漂亮。他瘦得像根竹竿，是个蓝眼睛印第安人，有一副功夫好汉的小胡子。

“好，酷毙了!”他说道。

“你们住下吧。”那个臭气熏天的镶牙男人说道，刚才就是他把朗德罗夹住的。他用野草点着火，然后加入小树枝，接着放上大树枝，火立刻熊熊燃烧，发出令人惬意的噼啪声。他把一圈石头推过去围住火堆，然后放上木块，不厌其烦地调整木头的位置。这时，那个头发乱蓬蓬的女人用一把短柄螺丝刀，费力地撬一听摩尔牌十号牛肉罐头。她使劲往罐头盖上捅，一遍又一遍，打算把捅的小孔连起来，再把罐头盖撬开。等那个女人把罐头撬开一半，两个孩子给太阳镜讲完他们的经历，柴火已烧成灰烬。另一个女人怀里抱着两个袋子，悄无声息地走进营地。她个头矮小，像只鸟，一副苦相，脸上长满了痤疮。还有个孔武有力的印第安人，身穿沾满油渍的牛仔服，一直一言不发，脸好像是被人揍扁的。

这个男人突然开口说话了，声音像锉刀刮过一样粗哑难听，他亮出一把寒光闪闪的长刃猎刀。

“是你们两个小浑蛋偷了我的毛毯？”

罗密欧和朗德罗一下坐到地上，他俩吓了一跳，像牵线木偶似地瘫在那里。朗德罗抽抽搭搭，而罗密欧则无助地轻轻发出烦人的声音。

那个男人用刀修着手指甲说：“非把他俩宰了不可。”

其他人都笑出声来，但没有恶意。

“闭嘴吧，你这家伙，”那个头发蓬乱的女人说，“他俩还是孩子。他们睡在那儿。”她朝上面的铁路桥努努嘴。“那儿不安全，”她唠叨着，“应该有人照看才行。”

那个脸像被踩扁的壮汉收起猎刀。“小兔崽子，对不起，吓坏了吧？”他问道，“明天我给你们弄个结实的纸箱，你俩睡这儿。”

那个头发乱蓬蓬的女人一直在用树枝搅拌炖牛肉，这会儿把树枝扔进草丛，从衬衫里取出几个小家伙什儿，把牛肉浓汤舀到几个放过派还留着硬屑的旧锡盘里，递给两个孩子。

“吃完马上把勺子还给我，听到没？”

两个孩子点点头，埋头吃起来，眼泪滴进牛肉汤里。

那天晚上他们爬上去，到桥桩那儿睡觉。也许是因为牛肉汤，也许是因为那个人的蓝眼睛，或者电影里的断臂，朗德罗夜里拼命踢打号叫，半夜里惊醒了罗密欧。朗德罗从桥桩上往下滚时人还没醒，罗密欧一把抓住他的两只胳膊，朗德罗这才突然醒过来。天上挂着一轮月亮，他们凝视着彼此的眼睛，就像当初藏在校车底盘下一样。

“我抓着你呢。”罗密欧说。

朗德罗发出一声绝望的大叫。

“绝对不用怕。”罗密欧说着，身体又向桥柱边缘滑下去一点。

他觉得内心平静而强大，充满爱的力量，那一刻将留在他的记忆深处，那是他这辈子最后一次做英雄。罗密欧用力把脚踩进混凝土的缝隙里，凭借意志力让胳膊不再颤抖。但朗德罗比罗密欧重，每当朗德罗甩腿寻找落脚点，罗密欧就朝边缘靠近一点。最后，朗德罗拼命一甩，身体恢复了平衡。可这么做的同时他把罗密欧甩过头顶，甩到空中。朗德罗拼命想抓住什么，但身体却往后倒下去。他们本来有可能重重地落水，淌着水上岸或淹死，或者撞到桥柱底部送命，结果摔在杂草丛生的地上。罗密欧止住了朗德罗下落的势头，痛得尖叫起来，朗德罗却当即昏了过去。早上苏醒时，朗德罗头很疼，他从一片帆布里爬出来找他的朋友罗密欧。罗密欧裹在一个袋子里，躺在熄灭的火堆旁，像死了一样。头发乱蓬蓬的女人从草丛里走过来，往罗密欧嘴里灌了点威士忌，又碾碎一个药片，把药末加到一点肉汤里，笨拙地喂罗密欧吃下去。罗密欧立刻安静下来，看上去又像死人一样。

“他怎么了？”朗德罗轻轻地碰了碰那个扎紧的袋子，开口问道。

“我们找到他时就这样了。”

那女人喝得醉醺醺的，她想拍拍罗密欧长满头发的脑袋，却老是拍不准。

我们不知道怎么办，就用袋子把他裹起来了，他老念叨他的胳膊和腿。朗德罗小心翼翼地把袋子从罗密欧的腿上往下拉，没有血，但哪怕穿着裤子，他的腿看上去还是很不对劲儿。他的胳膊也扭曲变形了，鞋子也不在脚上。

“我们带他去看医生吧。”朗德罗说，他坐立不安。

可罗密欧猛地一抬头，尖叫着“不要，不要，不要，不要！”，吓得朗德罗像只螃蟹似地爬着往后退。

“你说得对，她来了！”

罗密欧紧咬着牙，眼里闪着神秘的光芒。

“她在追我们，我已经看到她了。”

“谁？”

“‘茶壶盖’，伙计！”罗密欧低声吼道。

“看到了吧？”头发乱蓬蓬的那个女人也后退了一步，一副心有余悸的样子。“我们能怎么办呢？”她晃着手里的威士忌酒瓶。

“桑尼知道哪儿能弄到这玩意儿，我们就把他留在这儿，喝点酒止痛就行，嗯？等他慢慢好吧，我们不想把警察引来。”

朗德罗爬到罗密欧身旁，摸摸他苍白的脸。罗密欧的皮肤冰冷、潮湿，硬得跟石头一样。朗德罗等待着，眼睁睁看着罗密欧吸了一口气，接着又一口。朗德罗双眼刺痛，他心里一清二楚，罗密欧是为了救他才变成这样的。朋友因为他身受重伤，朗德罗突然深感内疚，一时无法承受。

“我要想办法把你拉到医院去，你在这儿等着。”他说完跑开了，满心想的都是朋友的痛苦。

朗德罗冲上河堤，在两人坠落的地方停下来，从草丛里一把抓起罗密欧的鞋子，然后慌慌张张地飞奔过桥。接着，他放慢脚步，把钱从罗密欧鞋底的最里层抠出来，放进自己的鞋子，在两人熟悉的几个小区里漫无目的地闲逛。他走了几小时，四处找警察，疲惫不堪，连警车停在他面前都没发觉，也没发觉随之出现的警察，直到他走近一个男人，被对方一把抓住。朗德罗能感觉到对方擅长抓捕，这下他逃不掉了，反倒放松下来。他张口滔滔不绝地说起来，把罗密欧和流浪者营地的事一五一十地告诉警察，说他需要帮助，他的朋友好像死过去了。

警察小心地安排朗德罗坐进警车后座，后排的硬塑料座位周围装着厚重的网状防护栏，这种防护网后来换成了有机玻璃防护栏，这个变化朗德罗有朝一日也会知道。警车上配有一套带手持麦克风的无线电通信设备，警察打开无线电，问了几个问题，把消息传递出去。然后他们开车往回走，来到河堤上，一辆救护车已停在那儿，接着又来了一辆警车。朗德罗坐在巡逻警车里，其他人沿着河堤一路下去。过了一会儿，警察都回来了。

“他们跑了。”一个警官说。

朗德罗手忙脚乱地从车里爬出来，跑到树林里，穿过松垮的栅栏，东躲西藏地穿过一条小巷，穿过一条大街。跑过一个停车场时，他被一个警官拦住，警官试图让朗德罗安静。

“你们得找到他！”

朗德罗大喊大叫，又哭又闹，低声呻吟，最后安静下来。他们开车把他带到辖区总部，给了他一杯水和一份三明治，让他坐在椅子上。他在那儿坐了一天，接着又过了半天。虽然等得不耐烦，可他见到“茶壶盖”本人走进警察局时，还是爬了起来，脖子后面的汗毛吓得竖了起来，胃里的三明治像要吐出来似的。他知道自己想得没错，“茶壶盖”远远不像表面看上去那么简单，她甚至有超能力。

那次之后很久，朗德罗再次发现自己想得没错："茶壶盖"是寄宿学校的幽灵。她用意很好，目的是帮助他做个好孩子，可要做的是白种人的小孩。

朗德罗恳求警察可怜可怜他时，她说从学校逃出来的孩子都这副模样。她在几份文件上签了字。一个警察陪他走到车旁，他发现匹茨坐在副驾驶的位子上。警察把朗德罗安顿在后座上，说一切都会好的。朗德罗呆呆地坐着，连"茶壶盖"从餐馆给他买的午饭都吃不下，哪怕她催着他吃，说他瘦了。

他们回程的路走了快一半，匹茨说了句什么，"茶壶盖"把车停到路边。匹茨打开后门，把朗德罗拽下车，推着他走下那条沟，又从沟的另一侧往上爬进一片树林。

"快去。"他说。

朗德罗不敢动，他听到匹茨拉开裤子拉链，过了一会儿，一股热乎乎的小便喷到朗德罗背后的裤腿上。

"这是惩罚你，因为你把罗密欧弄丢了，他是个好孩子。"匹茨说。

朗德罗飞快地跑下那条沟，回到车上。他们走了一会儿，匹茨低声对"茶壶盖"说了几句。"茶壶盖"摇摇长满蓬松白发的头，说那样不好，说他不该说那种话。

切！朗德罗尿裤子了！

亨内平县医疗中心的急诊医生认为罗密欧的胳膊能接好，但腿得切掉。他使罗密欧的病情稳定下来，把他送进手术室，那儿的外科医生迈瑞尔·布尔曾研究过传染性疾病，治疗腿部感染时更加保守。他发现，罗密欧是美国土著人，他知道罗密欧的祖先属于有特殊能力的美国十大印第安部落之一，具有超自然的免疫力、自愈能力，在上千种瘟疫中得以幸存。

“我相信这孩子，”布尔医生果断地说，“虽然我还没见过哪个孩子比他更瘦，闻起来更臭，也许他还是最丑的，而且他的情况糟糕透顶，可他的祖先在瘟疫中都活下来了，他也有耗子的那股韧劲儿。”

这话不是侮辱罗密欧。迈瑞尔了解耗子，对医用耗子和野生耗子都很了解。战争刚结束时，年幼的他从波兰坐船一路来投奔美国的亲戚。他崇拜耗子，欣赏它们的狡诈和坚韧。

“这场手术要花很长时间，”他在护士们帮着做术前准备时说道，“我要挽救那条可怜的腿。”

布尔医生长着一双洞悉一切的棕色眼睛，眼神极其和善。连续两个月，每隔一天，罗密欧早上都会等他来。布尔医生会走进房间，停下脚步，带着轻微的口音问：“今天那条可怜的腿怎样了？”医生用那双完美的手体贴地解开绷带，检查一下罗密欧露在石膏外面的腿和胳膊，甚至会凑上去闻一闻。

“等拆下石膏，你身体的一侧会跟婴儿一样虚弱无力。”布尔医生提醒说。

“我浑身疼，疼得厉害，”罗密欧说，“我的鞋在哪儿？”

“别担心你的鞋了。”布尔说，这是他第一百次用极其和蔼的口气跟他说这句话。

他给罗密欧开的药片药效不是最强的，直到多年后，罗密欧才尝到头发蓬松的女人曾经喂给他的那种药。当他吃到那种药时，他似乎再次感觉到别人对他的善意，仅有的一次善意。

沃尔弗雷
德与拉罗斯

祖先：第一代拉罗斯

那是古老的结核菌，最初从滚烫的土地里升腾而起。它原本在尘土中休眠，酣睡不醒；现在，它随着薄雾袅袅升起，一路飞奔，与温暖的生命结合。它占据每个新世界，不放过每一处旧世界。起初，它青睐各种动物，接着也爱上了活人。有时，它降临在人体组织形成的牢房里，被叶子似的健康营养组织筑起的高墙隔离起来。有时，它东奔西跑，四处乱窜，在骨头里打造通道，或者精雕细琢，把左右两肺打磨成漂亮的镂空蕾丝网。有时，它能随心所欲，想去哪就去哪儿。有时，它一无所获。有时，它在某户人家安营扎寨，或者来学校，在挨着睡觉的孩子们中肆意横行。

一天晚上，名叫花儿的第一代拉罗斯在教会学校做过晚祷后，与一排排女孩睡在一起，房间里冰冷彻骨，只有她们微弱的呼吸是温暖的。这时，结核菌突然从一个瘦女孩张开的唇间逃了出来。窗框咯吱作响，扭曲变形，刺骨的寒风从窗缝钻进房间，结核菌也跟着从爱丽丝·爱娜奎德上方飘过，在她妹妹玛丽头顶上盘旋，接着突然下降，打着转飘向盖着羊毛毯的拉罗斯那微微隆起的身体，可一阵风突然把它往下冲。原先的结核菌从拉罗斯床头的铁栏杆上消失了。随后，新变异的结核菌混在爱丽丝咳出的痰里，猛地向前翻滚，跳过拉罗斯床上的栏杆。拉罗斯一吸气，病菌晕倒在她的嘴里。

※

马车把她带到圣安东尼。她下车时，沃尔弗雷德正等着接她。六年前，她穿着一件直筒连衣裙，披着一条毯子，离开教会福利院到教会学校上学。

现在，瞧瞧她！

一件紧身的棕色毛呢旅行夹克，一双小巧的牛皮手套，一条沙沙作响的裙子，裙子下面穿着长筒袜、她自己钩的蕾丝镶边的马裤、骨制的紧身胸衣、马甲。她几年的辛苦换来的就是这些旧衣服。她戴着一顶挺有型的呢帽，也是棕色的，上面装饰着紫色蝴蝶结和蓝鸦鸟闪亮的浅蓝色翅膀。她脚上的鞋子在脚踝处弯成时髦的曲线，当初东家太太穿着它差点跛了脚。

正如她所希望的，沃尔弗雷德一时没认出她。他赞赏地瞥了她一眼，然后低下头，显得很失望。接着，他把目光慢慢转回到她身上，过了一会儿明白了，带着吃惊和疑问，走上前去。

“是我。”她回答。

他们俩局促不安地冲彼此微笑。他谦卑地看着他，他眼里的她圣洁而美丽。她摘下一只手套，把手伸给他，他像捉住一只活泼的小鸟一样握住她的手。他提起皮箱，放到一只肩上。他俩从土路边上走过去。沃尔弗雷德把牛车指给她看，那是辆红河牌两轮运货车，套着一头花斑公牛。整个牛车都是用木头做的，巧妙地连接在一起。沃尔弗雷德把箱子放在车后部，把她扶到长木凳上，坐在他身旁。他啪地朝小公牛的右耳上方挥了一鞭，小牛拉着车上路了，车后留下条条车辙。车轮发出刺耳的声音，像地狱里数不清的鬼魂在尖叫。

小道通往大平原的贸易中心彭比纳，继续往前，一直通到沃尔弗雷德决定尝试改行种地的地方。车轮的噪声让他俩无法交谈，在这让人恍惚的噪声中，她不禁心旌摇曳。她先解开帽子上的别针，取下紫色蝴蝶结，小心地放在大腿上。她的皮肤因为缺少阳光照射变得枯黄。现在，阳光照在她的肩头，晒着她喉咙附近的皮肤。她闭上双眼，眼帘下，温暖的血液在跳动，一片模糊的赤金色。她一只手搭在沃尔弗雷德的胳膊上以保持身体平衡。教会学校的教师们认为，要根除印第安人身上的野蛮性，应该教会印第安女人严谨持家和管束孩子，应该断绝印第安母亲和女儿之间的联系，新式教育要根除所有落后的教导。可他们不了解阳光照在女人颌下会产生多么强大的力量。

温暖的阳光唤回了拉罗斯心中的美好时光，那时她母亲还活着。她端详着沃尔弗雷德。他好像已经变成了印第安人，真的。老师肯定会剪掉他的长发，脱光他的衣服：红棉布印花衬衫，流苏镶边的鹿皮软裤，宽檐儿帽，装饰着珠花和彩线的鹿皮软鞋。沃尔弗雷德的皮肤晒成了深栗色。他已点起烟袋吸烟，烟草散发着芳香，因为里面掺有鼠尾草和红柳皮。察觉到拉罗斯侧眼打量他，他眨了眨眼。她想纵声大笑，但胸衣收得太紧。为什么不能笑？她把手伸进连衣裙里面，松开了紧身胸衣，没有丝毫犹豫。她蹬掉鞋子，扯下发夹。紧身胸衣和鞋子是最可恶的，胸衣让她不能深呼吸，鞋子一走路脚就针扎般的疼。现在谁还会盯着她？哪怕她穿鹿皮软鞋，烧掉紧身胸衣，用她裙子背后的五十粒扣子去赌一把，谁管得着呢？她要吃新鲜的肉，再也不吃萝卜了。沃尔弗雷德笑得露出闪亮的牙齿。说起来，他等她都等了多久了。不管怎么说，那种做作的女人他一个都没娶。对她来说他现在算不算野蛮人？他兴奋地琢磨着。他让小牛放慢速度，停下车，风在呼啸，可大地一片寂静。

沃尔弗雷德转头看她，双手轻轻地捧起她的脸庞。

“你真美[①]！”他说道。

她突然清醒地发现，两人一丝不挂地来到阳光下的岩石上，吃着浆果，直到果汁染红了他们的舌头和嘴唇，顺着下巴流到她的锁骨。她看到了他俩的生活，看到生活变为现实。她把沃尔弗雷德用力拉近。他抱起她，穿过高高的草丛，两人在无人看到的地方躺下来，赤身裸体。他们在浆果丛里翻滚，把果实碾成血红的汁液，像刚出生的婴儿一般。一切都有可能变成现实，他们将会结为夫妇，像芸芸众生一样尽情生活。

她给沃尔弗雷德看过她们为学校募捐用的一张照片后，向他提出要求：我想要一件这样的结婚礼服。照片上面有她的一个朋友，她们所有的衣服都是借来的，但朋友的头发是真的。是拉罗斯给她梳好头发，让长发像瀑布一样披散在她肩头，然后向上挽成新娘发髻。

“我想她是因为肺结核死的，”她说，“像我认识的所有人一样，她回家后我再没听到过她的消息。”

她胸膛里憋着一股气，想要咳嗽，但她平静地呼吸着，轻轻

---

① 原文为奥吉布瓦语。

地捶着胸部，直到这阵胸闷过去。她渐渐好转，感到身体有了力量，把那阵虚弱感驱散了。

沃尔弗雷德最初建的小木屋最终成为整座房子的核心，供后人在其中生活。小木屋是用劈好的橡木建成的，糊缝隙用的是棕黄色黏土。木屋里有一个木柴炉，一只铸铁锅，油纸糊的窗户和结实的木头地板。沃尔弗雷德编了张绳床，拉罗斯用橡树叶填好一张床垫，用香蒲绒毛做成枕头。冬天，炉子烧得通红，他们盖着水牛皮做的毯子做爱。

后来，拉罗斯借着月光用冰冷的水清洗身体。她在银色的月光下张开双臂，身体已准备好肆意地云雨一番。她爬回床上，沃尔弗雷德的身体散发着让她惬意的温暖。她半睡半醒，感觉自己的灵魂正在升起。当她睁开眼往下看时，她已穿过屋顶。她的双手像翅膀一样拍打，在空中上升，打量着小木屋四周的区域，寻找魂灵之光。远处，星星嗞嗞作响。一颗星星抛下一丝火焰。火焰闪烁、摇摆，然后径直射进拉罗斯的身体。她往下一跃，躺回沃尔弗雷德身旁。

就这样，他们把一个生命带到了这世上。

她把那些漂亮衣服剪成碎布，做成婴儿被褥。她拆开紧身胸衣，仔细研究那奇特柔韧的骨头，沃尔弗雷德把紧身胸衣里的骨头做成婴儿背篮的顶部护罩。她用鞋子跟一个白人定居者的妻子换种子，把长筒袜和帽子送给巫师，请巫师举行催眠通灵仪式，给孩子取了名字。

接下来的三个孩子都是在雷雨交加的天气出生的。电闪雷鸣时，拉罗斯号叫着，积聚起力量，孩子生得更轻松。每个孩子生下来都很健壮，体型尤其匀称，他们的名字分别叫作帕特里斯、卡斯伯特、克里奥费利和拉罗斯。显然，他们都继承了母亲的力量、机智和决心，继承了父亲的沉稳、能干和好奇心，以及不同程度地吸收了父母的特点而产生的差异。

她擦洗房屋地面的木板，自己缝棉窗帘。她的孩子们跟她学会了用英语阅读和写作，学会讲英语和奥吉布瓦语。她指出他们使用这两种语言所犯的语法错误。英语的每一样物品都对应一个单词，而奥吉布瓦语的每一个动作对应一个单词。英语里，个人情感更微妙，而奥吉布瓦语里，家庭关系区分得更细致。她在石灰刷过的木板上画了一幅世界地图，是凭记忆画出来的。每个孩子跟着抄写父亲教的数字，会分解因式。他们都会缝补，会串珠，尤其是冬雪来临他们与外界隔绝时。孩子们劈好木头，往炉子里添好柴火。沃尔弗雷德教他们发面团的秘诀，教他们捕捉四处游荡、肉眼看不见的酵母菌，让面包变得松软，教他们体验在灰烬里和炉子上烘烤面包的乐趣。窗子上的油毡纸换成了玻璃。土地变成了保留地，但沃尔弗雷德已在这儿成家立业，所以保留地的官员和神父也没有来打扰他们。

拉罗斯最小的儿子一岁时，她的急性咳嗽突然发作，咳得受不了，疼痛穿透了骨头。沃尔弗雷德喂她喝下牛奶最上层的牛乳脂，让她休息，小心翼翼地把她裹起来，在床上放上烧热的石头。她情况好转，力气逐渐恢复。此后多年，她一直很正常。接着，一个春日，她再次昏倒，拎着的一桶冷水溅出来，她浑身湿淋淋地躺在冰冷的草丛里，嘴里吐着鲜红的动脉血，筋疲力尽，心犹不甘。但她身体再次恢复，变得健康有力。她骗过了这古老的病菌，从它手里又夺来十年的好日子。

最后，结核菌终于存活，欣喜若狂，控制住她，把滚烫的铁匕首插进她的骨髓，把她的两个肺撕成了情人节卡片。沃尔弗雷德凡是抓到猎物，就用勺子把猎物温暖的油脂喂给她吃，还像以前一样让她休息，每个夜晚给她细心地裹好被子，在她脚边放上滚热的湖石。她每晚睡前跟家人道别，想在黎明前死去，每次又失望地醒来。他把捣碎的荨麻煮成糊糊，摊在两片帆布之间，放在她胸口。她情况好转，又有了力气，可才好了一个月。暮夏凉爽的一天，虫儿在牧草田里高唱，鸟儿在桦树的枝叶间争鸣，她又在草丛里蜷缩成一团。她瞪着眼睛，仰面看着明亮的天空旋转不停，发现了一只不祥的鸟儿。沃尔弗雷德用被子裹住拉罗斯，把她放在车里用芦苇铺成的床上。孩子们把床垫得又高又厚，他们先在车厢底部的木板上铺了两个厚厚的马鞍垫，接着又铺上被子。拉罗斯看到给她铺的床，用手抚摸他们的脸。

“把你们的毯子拿回去。”她说，声音里透着恐惧。病菌已吞噬了她，她害怕把病菌传染给孩子们。

“把毯子放在外面吹吹风，”她大声说，“让房子透透气。你们先在谷仓里睡一段时间吧。”

他们摸摸她，想让她冷静下来。

“我很暖和。”她笑着说，尽管实际上根本不是。

沃尔弗雷德听人说，新建的圣保罗市有个医生，有办法治这种病。他驾着马车带拉罗斯从陆路赶过去，两个星期的奔波让拉罗斯奄奄一息，终于在那儿见到了哈尼弗特·埃姆斯医生。

在一间纤尘不染的检查室里，脸色苍白、性情温和的医生冷静地用手指测测她的脉搏，听听她的呼吸，解释了他从约翰·克罗根医生（一个南方人）那儿学来的方法。在肯塔基的大岩洞里，克罗根医生首次使用洞穴疗法，用来治疗肺痨，也就是肺结核这种病。洞穴中的空气纯净，含有健康的矿物质，具有疗效。哈尼弗特·埃姆斯医生把圣保罗的瓦巴肖岩洞挖空，建了四个小石屋，安排病人住在里面，给他们提供健康的饮食，确保他们的住处干净，对身体有益。医生见到拉罗斯时，起初不肯收治她。因为拉罗斯是印第安人，他知道肯定治不好，但沃尔弗雷德异常坚决。他们等了八天，恰好一个病人死了，沃尔弗雷德把所有的积蓄都给了医生，她被收治了。她那间刷过白石灰的石屋狭小逼仄，只能放一张床铺和一个脸盆架。前面是开阔的岩壁，她可以躺着，天天欣赏汹涌澎湃的密西西比河急流。当沃尔弗雷德把拉罗斯放到柔软清爽的床垫上时，她笑了。她躺在床上就能从河对岸一直望到天际，看到东方那大朵粉色云团急速汇聚的地方。

高烧使她大脑亢奋，兴奋不已，异常清醒。她要来纸、鹅毛笔和墨水。沃尔弗雷德蜷缩在她的床脚边，盖着毛毯睡了两个晚上。所有的病人都睡在像门廊似的狭长而突出的石壁里，因为埃姆斯医生认为夜间的空气还能增强肺部功能。拉罗斯不停地写啊写。当沃尔弗雷德回家时，他把那些纸带回去了，上面是她写的故事、箴言和给孩子们的信。

只要有骑马送信的人来，他们就会收到她的消息。她在吃东西，她在休养。哈尼弗特·埃姆斯医生正用最新的科学理论指导对她进行治疗。他对鸦片酊的使用很谨慎，正在考虑手术治疗。医生有一个姐妹和一个兄弟死于肺结核。虽然他是和他俩一起病倒的，但他现在康复了。要是他把自己解剖开来能发现到底是什么让他活下来的，他肯定毫不犹豫。当他发觉东部的医生过于保守时，他把整个实验室搬到西部。在西部，他会获得自由，可以寻找肺结核的疗法。他会查出到底是什么救了他的命，却让他深爱的家人丧命。据他所知，他身上没有特别的地方。他的身体不强壮，他唯一进行的锻炼是不论天气如何都会出门散步，让自己安静下来。他的饮食也不讲究，有什么吃什么，他酷爱糖果，甚至还吸烟。是的，表面看，他身上没什么特别的。他身上的一切都很平常，没什么突出的，一定是体内有什么东西没测出来。他兄弟是个登山客，肌肉发达、身材修长。他这个妹妹长得很漂亮，在好望角的大西洋里游过泳，骑过烈马。他妹妹对自己有着莫名的信心，不敢相信自己也会患肺结核死去。哈尼弗特也觉得难以置信，因为他已经认命，觉得自己肯定会死。而现在他还活着，这让他深感意外。

他见到拉罗斯时，遇到了将对他生活产生极大影响的另一个难题。疾病在她的族人中肆虐，几乎每种疾病都是致命的。他相信科学，不信报纸一直宣扬的天命论。抢夺印第安人土地的白人基督教信徒声称，如此有效地毁灭阻碍进步的印第安人，上帝的意志功不可没。他对此感到不安。

“滑稽的是，把钱放到人的口袋里，究竟有多少次是上帝的意志?”埃姆斯医生调侃说。

有些人觉得他讨人嫌，他不在乎。他有能力，他还活着，这两点他得好好利用。

因为患过这种病的印第安人从来没治好过，他怀疑拉罗斯也活不下去。随着对拉罗斯的进一步了解，她让他想起自家妹妹，所以他决定不管怎样都要治好她，一心投入对她的救治。

拉罗斯的床在那块向外突出的岩壁上，她从床上注视着天气变化。埃姆斯医生患肺结核时吃过浇奶油沙司的鱼，拉罗斯也吃浇奶油沙司的鱼。他那时散过步，所以拉罗斯也散步，虽然她只能沿着山洞短短的石头走廊走上一个来回。沃尔弗雷德离开时她的情况已经好转。埃姆斯医生来信说，她对单肺衰竭实验疗法反应良好，他还是有信心的。拉罗斯的信让沃尔弗雷德认为，她身体变好了：她现在获准一天散步两次，还在吃浇奶油沙司的鱼。接着，她来了一封信，告诉沃尔弗雷德，她看到麦金农了。

沃尔弗雷德心急火燎地匆匆给孩子们准备好食物，就翻身上马了。

黎明时分，麦金农的头出现在大河对岸，像个小黑点，一整天都在原地轻轻翻滚，似乎在谋划什么。日复一日，每天日出时，她醒来都会看到那颗头颅四周冒着蒸汽，贪婪地等待着。一天下午，那颗头摇晃着沉到水里。有时它一连几天消失不见，但总会再次浮现。那残缺的耳朵像船桨一样，拖着麦金农吃力地逆流而上，因为那诡谲的波浪里时有旋涡和急流。当大河使头颅倒立或把头颅吸进漩涡时，她就为之一振。但那头颅总会打着旋儿回来。她的眼神变得锐利，隔着很远就看得一清二楚。

麦金农的头颅打着旋儿上下沉浮，鼻子抽动，嗅着味道，直到闻到她的味道才停下来。要是她睡着了，头颅就会靠近，所以她努力保持清醒。但睡意总是不可避免地袭来。每次醒来，那头颅就会靠近一点。很快，她就看清，那头颅的状况这些年来一直在恶化，一只眼睛是白色的，已经瞎了，皮肤烧得疤痕累累，皱巴巴的，满是麻点的鼻子也烧黑了。船桨似的耳朵上和吸尘器一般的鼻孔里茸毛密布。随着夜色来临，茸毛像稻草一样燃烧起来。波浪上闪烁着紫色的光。她嗅到了它的气味，不是腐败的味道，而是浓盐水的味道。麦金农很早以前就把脑袋浸泡在盐和酒精里，是杀不死的。

护士过来，用床单把拉罗斯裹起来，给她盖上用砖头热过的厚毯子，给她系好带子，让她安然入睡。她像水一样柔弱，像不朽的尘土一般顽强，熬了很长时间才最终死去，这种努力让她变得顽强。她已做好赴死的准备。那颗脑袋爬出水面，哼哼唧唧，一路爬上石崖。她无法离开床铺，但她用母亲的教导，挣扎着离开自己的躯壳，让灵魂摆脱羁绊。麦金农的脑袋用牙齿啃咬着岩壁上的石头，来回晃动。它急切地咯咯叫着，咬紧牙关翻过石壁边缘，向她扑过来。可它来得太迟了。麦金农那猪牙一样的巨齿刺进她心脏时她已摆脱了肉体，在空气的激流中盘旋上升。

那天，沃尔弗雷德稍晚时才赶到。赶来的一路上，他感觉到她就坐在马上，从后面抱着他，趴在他背上。他跟她说着话，告诉她留在身体里等他。但佛手柑的香气和他脖子后面温暖的呼吸一直没有消散：这种种迹象让他绝望。有人把他带到一间小候诊室，一个脸色红润的胖护士把消息告诉了他。让人难过的是，他妻子确实已经离开人世。那护士没时间告诉他细节，拍拍他的手，留下他独自承受这个噩耗。

沃尔弗雷德脑海里早已闪过一幕幕如何应对的画面，做好了接受这个消息的心理准备。他会把她的身体紧紧包好，带她跨上他的大马。他要把她放在身前的马鞍上，一只手握着缰绳骑马回家。她的头靠在他胸口，她的头发会吸收顺着他喉头流下的眼泪。他忘不了麦金农的头颅。但现在，她终于平安了，谁也抓不到她了。她的孩子们再也不用受她曾受过的苦，他要用生命来照顾他们。他在脑海里告诉她这一切，他的话的余音还在空中飘荡，寻找着她的灵魂。

他仿佛看到自己转头踏上回家的路。他会放慢速度，慢慢地走，那条路却好像怎么也走不到尽头。他害怕告诉孩子们这个消息，虽然他心里知道，孩子们可能早已得到消息，因为她已到梦里看望过他们。他决定下马，从马鞍上横着把妻子抱下来，让她在大地上安息。

然后，他会带孩子们来跟她讲话。他离家的前一夜下过雨，地上有些地方还是湿的。他闭上眼，似乎看到自己用手指和了一点泥。他摸摸她的脸，往她两腮上涂好泥巴，沿着她的鼻子向下涂，涂在额头上，还有她那不算尖的下巴上。要是有一枚青铜盾牌，他会插在她坟前的地里。将她掩埋后，他要到丛林里流浪，喝下野蜂巢里那苦涩的蜂蜜，那蜂蜜曾让色诺芬的士兵发狂。

“拉罗斯”，他在闷热的候诊室里喊着她的名字。

那个护士到哪儿去了？

他不想让深爱的人来生受到男人的伤害，就像她这辈子一样。随后，他要把她所有的东西焚烧了给她送去。

“走到边上来，等着我，”他朝着空中喊，“戴着你那顶有羽毛的帽子。”

可那个护士去哪儿了？

沃尔弗雷德跌跌撞撞地从路上奔回来，麻木呆滞。孩子们向他跑过来，他们一直在守候。发现一向理智的父亲心神大乱，他们感到疑惑。他们马上缠着父亲，大声询问，吵闹不休。沃尔弗雷德滚下马，一只手捂着脸，孩子们没问母亲是不是还活着，而是问她在哪儿。直到走进木屋，坐在炉边的椅子上，直到炉子里生起火，刷洗过马，过了很久，沃尔弗雷德才开口说话。他的沉默吓得孩子们不敢再说一句话。终于，他的声音在寂静中响起。

“你们的母亲死了，她已经入土了，埋在很远的地方。”

他拥抱他们，爱抚他们，让他们靠在他的马甲上、胳膊上尽情地哭，直到哭得筋疲力尽，伤心地爬到床上睡觉。只有最小的拉罗斯，那个跟妈妈同名的孩子，还蜷缩着靠在他身边。有那么一会儿，她的父亲盯着炉里的炭火，身子晃了晃。拉罗斯听到他暗哑的低语。

“有人偷走了她，你们的母亲被人偷走了。”

※

长大成人以前，第二代拉罗斯有时幻想虽然她的母亲是被人偷走的，也许是上帝偷走的，但她肯定还活在某个地方。当然，她知道这不是真的，可这种想法一直困扰着她。当她终于向父亲问起这个问题时，他变得心烦意乱，从橱柜的顶层取下威士忌酒瓶。沃尔弗雷德时不时地会喝上一口，但从来没喝醉过，所以当他喝威士忌时，仅仅是说，他正在做心理准备，要讲的话不好说出口。

“你是唯一一个问起这事的孩子。”他说。

“你跟我说过，有人偷走了她。”拉罗斯回答。

“是吗?”

虽然有女人向他投怀送抱，但沃尔弗雷德没再结婚。多年来，他不时讲起几个孩子的母亲，她在孩子们心中好像还活着。眼下，他已有一年没提起她了。这个女儿，这个叫拉罗斯的孩子，已经被一个名叫理查德·赫伯特·普拉特的人招收入学。这个男人行经曼丹人、希多萨特人、阿里卡人的保留地，穿越了北达科他州和南达科他州，在宾夕法尼亚州的卡莱尔市开了一家寄宿学校。她想去，因为她知道，母亲也上过寄宿学校。这是一条与母亲相似的路，而母亲曾那么急切地坚持把她懂的东西生动形象地教给女儿。

第二代拉罗斯所知所晓

第一代拉罗斯去世前，她已教会女儿每到一处怎么找守护神，怎么用歌谣和植物治愈人们的病，饥饿难耐时吃什么根茎，怎么设陷阱、叉鱼、结网，怎么用树枝和弯弯的桦树皮生火。怎么缝缝补补，怎么用滚烫的石头煮食物，怎么编芦苇垫，怎么做桦皮罐子。她教会她用植物把鱼毒晕，怎么做弓箭，怎么用来复枪，打猎时怎么利用风，怎么制作挖掘用的木棍，怎么挖某些植物根茎，怎么雕刻和吹奏长笛，怎么用珠子编制子弹袋。她教会她怎么根据鸟儿的叫声判断进入树林的是什么动物，什么样的天气即将来临；判断你是不是要死了，或者是不是有敌人跟在身后。她学会了怎么安抚新生的婴儿不哭，怎么逗大一点的孩子开心，给每个年龄段的孩子吃什么，怎么抓住老鹰拔取它的羽毛，怎么把树上的鹧鸪打下来。怎么雕刻制作烟袋锅，怎么把漆树枝的中心烧空做成烟袋柄，怎么制作烟叶，怎么制作干肉饼①，怎么收获菰米，怎么簸米，怎么迎风扬去谷壳，怎么烘干、储存，怎么制作烟袋需要的烟丝。怎么刻制树杯，怎么取枫树汁，收集树液，怎么制作枫糖浆和糖，怎么浸泡兽皮，怎么刮除兽皮上的毛，怎

---

① 北美印第安人的一种主要食品。

么用动物的脑髓涂抹滋润兽皮，怎么让兽皮变得柔软光滑，怎么熏制兽皮，用兽皮制作什么物品。她教会她制作手套、裹腿、鹿皮靴、裙子、大鼓和上衣，怎么用麋鹿、驯鹿和森林野牛的胃囊制作手拎皮袋。她教会她怎么在半睡半醒间或沉睡时让身体留在原地，飞到各处了解大地上正在发生的事。她教会她怎么做梦，怎么从梦里返回，怎么改变梦境，怎么待在梦里保住性命。

※

宾夕法尼亚州卡莱尔市的卡莱尔印第安工业学校由理查德·普拉特负责管理。他是第十骑兵营曾经的上尉，身材高大，长着小斧头似的鹰钩鼻。他曾成功改造过伊利诺伊州马里恩监狱①的犯人，曾在汉普顿学院②与苏族青年男女共同学习，曾挫败与弗兰克·鲍姆③思想相近的那些人，曾把他的学生推荐给同情印第安人的改革派，为他们工作，也曾撰文表示："印第安民族的希望和救赎在于让印第安人浸淫于我们的文明，当我们将他们按在文明的水中，把他们留在那儿，直到由里到外浸得通透。"

第二代拉罗斯由里到外浸淫其中。她脑子聪明，适应令人痛苦的紧身胸衣后，她自己学会了拉紧胸衣，戴上手套，因为她母亲在特殊场合也戴过手套。她在卡莱尔学校的校外教育项目中学会了给白人打扫屋子，用小刀把角落里的污垢挖出来，她会把灰

---

① 美国戒备森严的联邦监狱，以严苛的管理著称。

② 历史上以招收黑人学生为主的美国大学，该学院在 1878 年至 1923 年间设有专门的印第安人教育项目。

③ 美国儿童文学作家，《绿野仙踪》的作者，对印第安人持强硬的敌视态度。

色条纹的大理石地砖擦亮，她能让木制品光亮如新，她可以把铜壶擦得闪闪发亮。她还会书写可爱的字体，把数字分解成上千个因子。她知道全世界的河流和希腊人、罗马人、美国人打过的仗，美国打败英国，接着又打败野蛮人。她背诵过各民族的名字，各个种族的列表一向把白人放在最高的位置，接着是黄种人、黑人，排在最后的是野蛮人。根据课程所讲，她的族人就排在最后。

那又怎么样？她也戴帽子，也系鞋扣。她会背《独立宣言》，普拉特上校跟她讲过内战，讲过发动内战的原因。她表演过诗朗诵，内容是关于厨房天使①的。她学过算术，记得地球仪上各个国家的形状。她了解美国历史以及从古至今不同程度的文明，这一文明在理查德·普拉特上校这样的人物身上发展到巅峰。她先学会了如何靠面包和水活命，接着是咖啡、肉汁和面包。她学到的大都是怎么做粗活：怎么用轧布机，给衣服上浆，怎么用熨斗，她天天在华氏120度的高温下工作10小时。她学会了使用缝纫机，因为讲奥吉布瓦语，她会想象怎么把自己的嘴巴缝起来。她学会了怎么忍受打板子的体罚，怎么用餐叉、餐勺吃东西，怎么用餐刀正确地涂抹猪油，怎么种蔬菜，怎么偷蔬菜，怎么做肥皂，怎么擦地板、墙壁和陶罐，怎么擦洗身体和用力擦头，怎么把地板、便桶刮干净，怎么把餐具间一层层的隔板擦干净，学会认识老鼠，学会怎么杀死它们，怎么从附近的农场偷东西或找坚果和橡子，藏在胸口的衣服里好填饱肚

---

① 源自桑德拉·吉尔伯特（Sandra M. Gilbert）和苏珊·古芭（Susan Gubar）的女性主义文学批评经典《阁楼上的疯女人》，该书首次使用“屋子里的天使”和“阁楼上的疯女人”隐喻现代已婚女性矛盾统一的两面。

子。最初几年，卡莱尔学校把农场出产的东西都卖了，一天三顿给学生吃的除了燕麦片，还是燕麦片。

她学会了正确的站立方式，学会了跟人紧紧握手，学会戴上手套，学会逐个手指地摘下手套。学会了怎么像白种女人一样穿着硬皮鞋走路。学会了怎么使用和清洗难闻的月经带，而奥吉布瓦的女人身上从来没有经血的味道，因为她们用的是苔藓和香蒲茸毛，一天沐浴两次。她学会了忍受身上发臭发痒，忍受一周用开水煮一次内衣预防生虱子，忍受一周洗一次澡，接着是两周洗一次，然后是三周。她学会睡在冰冷的地板上，学会忍受白人的气味，学会了正确摆放餐具。她学会了眼睁睁看着朋友或患上麻疹很快死去，或因为肺炎窒息而死，或因为脑膜炎痛苦地尖叫不停。她学会了怎么唱送葬的挽歌，她为一个名叫阿莫斯·拉弗洛姆博伊西的苏族男孩唱过，为一个名叫亚伯·林肯的夏延族男孩唱过，为赫伯特·利特尔霍克、厄内斯特·怀特·桑德尔、凯特·斯迈利和一个自杀的孩子唱过；这个自杀孩子的名字被她小心地从脑袋里抹去了。她学会了怎么忍受饥饿、怎么靠吃树皮填饱肚子，树皮吃的是桦树皮最里面的几层。她学会了像母亲一样掩饰自己已患上肺结核。

普拉特还说过：一位伟大的将军说过，唯一的好印第安人是死去的印第安人，高层默许灭绝印第安人，这是促成屠杀印第安人的重要因素。在某种意义上，我同意这一观点，但仅限于此：即印第安民族中的所有印第安特质应该灭亡。要消灭其身上的印第安人特质，拯救其人。

然而，对拉罗斯而言，他们消灭印第安特质的行动为时已晚。她会唱《共和国战歌》，可她母亲已经教会她如何使用奇妙的奥吉布瓦烈性毒药。她知道怎么抓住看到的动物，怎么给它剥皮。她母亲用陷阱抓住过一个白人恶棍的头颅，烧掉了他的眼睛。她母亲召唤过外祖母的鼓，用它来治愈过一个徘徊在黑暗和眩晕中的男人。她母亲为女儿制作过一面新鼓，她把鼓托付给父亲保管，没人能拿走它。现在，这一代拉罗斯已见过海洋，现在她到东部来的使命已完成。她母亲教过她如何在必要的情况下珍藏好自己的灵魂。她从树梢召回自己的多个灵魂，收入体内。她已经完整了，可以离开了。她清洗瓶瓶罐罐一个月，赚到了一顶过时的帽子，算是工资。头上的帽羽颤动着，她姿态端庄地沿火车站台走着，手拿着皮夹，皮夹里装着回家的车票。

回到家，她什么都想改变，她小修小补了几件物品。她跟父亲沃尔弗雷德住在一起，她嫁给了一个表兄弟。她是个老师，她的女儿也是老师。与她同名的女儿成了皮斯太太的母亲。她们都会两种语言，会四个等级的数学①，都了解植物的用途，会在大地上飞翔。

※

她的父亲呷着威士忌，他仍然没有开口说话，但那只没拿酒杯的手底下放着一叠文件。

“至少，告诉我她埋在什么地方吧?”拉罗斯问。

---

① 指算术、代数、几何和三角学。

“这一点我没法告诉你。”沃尔弗雷德回答。

“为什么?”她走近来，一只手搭在他肩膀上。

“因为我不知道。”

尽管拉罗斯的想法充满矛盾，但她一直努力让自己现实一点。她的想象中有座坟墓，坟前竖着石碑，碑上刻着母亲的名字，她终有一天能去看一看。父亲的话怎么也说不通。

“不可能。”她说。

“是真的。”他回答。然后，他把话重复了一遍，这话她从小到大曾多次忘记，又多次记起。

“有人把她偷走了。”

他用手拍拍那叠文件，眼睛正视着她。

“女儿啊，东西都在这儿。”

历尽劫难
2002—2003

书信

皮斯太太坐在闪亮的铬合金餐桌旁。油漆过的桌面上堆满了串珠用的托盘、装着珠子的香烟盒和一摞摞文件。斯诺和乔塞特把一封封年份久远的信小心地放进文件保护夹。沃尔弗雷德·罗伯茨的笔记从十九世纪六十年代一直记录到十九世纪七十年代，用的大多数纸张厚实柔软。有些比较脆，上面印有网格线，是从分类账上撕下来的。

“以前的纸做得真好。”皮斯太太说。现在的纸没几年就变成碎屑。

“是酸的作用，”斯诺说，“现在，大多数纸里都有酸性物质。”

为找回被偷走的妻子，沃尔弗雷德·罗伯茨把信寄出去，又誊抄好保存下来，他锲而不舍的追寻历程足够建个档案馆了。他写的信上标明了日期，还有一份文件记录信件寄出的日期；如果收到回复，收到的日期也记在上面。

“是最早的备份方案。”乔塞特说。

“他做毛皮书记员时接受过的训练派上了用场。”皮斯太太说。他每笔交易都会做好记录。我姨妈告诉我，他把这些信保存在一个金属盒子里，还上了锁。他去世时姨妈还小，可她记得那把小钥匙。钥匙保存在一个旧糖罐里，罐子上的手柄都断了。他担心孩子把文件弄乱。这是他能保存下来的关于她的所有材料，是寻找她的证据。

皮斯太太把一页页的塑料保护夹放进带孔眼的活页夹里，扣上锁扣。刚开始的几封信是写给哈尼弗特・埃姆斯医生的。沃尔弗雷德亲自写的每一封信，以及后来由律师代写的每一封信，都要求归还拉罗斯・罗伯茨的遗骸。她有颗门牙缺了一块，头盖骨曾开裂又愈合，身上有邪恶的毛皮交易商一脚狠踢留下的创伤，她遗骨里还留有肺结核症状：这些让她与众不同。他通过写信寻找她，后来信一直写了下去。沃尔弗雷德的女儿，就是第二代拉罗斯，将写信的使命传递下来。她留下来的信有几封是在卡莱尔上学时写的。后来，写信这件事又传给了她女儿，接着传给了皮斯太太。一个多世纪以来，这些信寻觅着名叫米拉奇又叫花儿的第一代拉罗斯的遗骨。

首先，拉罗斯对哈尼弗特・埃姆斯医生的研究颇有用处。埃姆斯医生在信里委婉地拒绝了沃尔弗雷德的要求，这证明她身体具有所谓的科学价值。她的遗骨证明印第安人特别容易感染这种疾病，也显示她与病魔斗争之久。她的身体一次又一次将这种疾病隔离并控制起来。埃姆斯医生断定，她的身体是了不起的人类标本。有一段时间，拉罗斯的遗骸作为肺结核患者的样本供好奇者参观。埃姆斯在马里兰度过晚年，在遗嘱中把他拥有的遗骨送给了埃莫斯县历史学会。拉罗斯的遗骸曾在那儿展览。

沃尔弗雷德给历史协会写过信之后，拉罗斯的骸骨被保存到一个柜子里，安放在其他印第安人的骸骨旁。这些印第安人的遗骨有的是从埋葬死人的高台上取下来的，有的是从墓地里挖出来的，有的是耕地、修公路时翻出来的，有的是给房子、银行、医院、宾馆或游泳池打地基及建造时挖出来的。历史协会多年来一直拒绝归还拉罗斯的遗骸，因为协会会长在信里说，沃尔弗雷德妻子的遗骨是埃莫斯县历史重要的组成部分。

拉罗斯的遗骸再次展出，但在一次至今未查明的入室盗窃案后突然在展览期间消失。第一代拉罗斯深谙植物的各种秘密，到哪儿都能找到食物，曾与一个滚动的头颅斗智斗勇，能背诵《圣经》的章节；这一代拉罗斯曾以聪慧出名，每年都获得表彰，也曾被教会学校的两位老师断定为无可救药；这一代拉罗斯曾扔掉紧身胸衣，脱下高跟鞋，再次穿上鹿皮软鞋，放声大笑；这一代拉罗斯诞下儿女时，曾有雷神和淡蓝色的魂灵赶来照顾；这一代拉罗斯最爱的是沃尔弗雷德微笑时嘴角那道细细的疤痕。让历史协会会长甚为遗憾的是，拉罗斯留在这世上的遗骸莫名其妙地丢失了。

※

八月的阳光在树木之间洒下长长的影子。木蜱已经死亡。草叶在水沟中摇曳，拉罗斯有个念头，怎么也打消不了。他非要到那地方睡一觉不可，因为他取代的那个男孩就死在那儿。拉罗斯内心的呼唤非常强烈，为了实现这个愿望，他竟然生平第一次撒了谎。他告诉艾玛琳，说他周末要去彼得和诺拉家。因为他们不认识普路托镇的孩子，所以他捏造了一个学校的朋友，说他要开生日派对，讲得煞有其事。他感到有点惊奇，他撒谎竟然张口就来，而且立马就被信以为真。他撒谎说，彼得会在艾玛琳上班时来接他。艾玛琳很失望。她周末常带拉罗斯去上班，让他在办公室和教室里帮忙。中午，他们一起到怀蒂炸货店，从乔塞特那儿买份马苏里拉奶酪棒或发硬的鱼肉三明治。

“不行，”艾玛琳起初说，“不行，你不能去。”

拉罗斯看着艾玛琳的眼睛说道：“求求你了？”那种表情一向能让他如愿，他正在学习使用。这还是玛吉教他的。

艾玛琳深吸一口气，然后呼出来。她皱着眉头，不过还是让步了。拉罗斯抱着母亲，亲吻她的脸颊，跟她道别。这样还得过多久啊，艾玛琳心想，把他落下来的头发拨到脑后。黑色的睫毛遮住了他的眼睛。

“下周见，妈妈。”他又抱了她一次，特别温暖的拥抱。这个拥抱有点不寻常，她往后退了一步，离他有一臂的距离，上下打量着他。

“你还好吧？”

他点点头。已经露馅了。

“我不过是感觉有好也有坏。”他回答。这算不了什么，不过也是真话，所以他的语气很肯定。她还在犹豫，但她要开紧急事务的例会，快迟到了。母亲离开后，拉罗斯回到卧室，从收纳柜里拿了条毛毯。他把毛毯卷起来，夹在腋下。他拉开装满人偶玩具的背包的拉链，又放进一瓶喷雾式驱蚊液，来到厨房打开水龙头，用一个罐头瓶接了一瓶水。

做这些时拉罗斯的动作小心而准确。他正在成长为能干的男子汉。他从出生的家里学会了怎么设陷阱捉兔子，怎么炖汤，怎么涂指甲油，怎么贴墙纸，怎么主持仪式，怎么在野外的瓢泼大雨中生火，怎么用缝纫机缝补，怎么把缝被子用的布剪成方块儿，怎么玩《光环》[①]，怎么收集、晒干和烹煮各种药茶。他从上一辈的老人那儿学会了怎么在看得见的世界和看不见的世界之间走动。彼得教会他怎么用斧子，怎么用电锯，怎么安全使用.22口径的枪，怎么开割草机，怎么开拖拉机甚至汽车。诺拉教会他怎么刷墙，怎么养动物，怎么种植物，怎么煎肉，怎么烘焙糕点。玛吉教会他怎么隐藏恐惧，假装疼痛；出拳时怎么让关节突出攻击对方；怎么打对方的眼睛；怎么从背后用手指钩住对方的鼻子，威胁对方要把他的鼻子从脸上扯下来。这些他还没做过，玛吉也没做过，但她一直在寻找机会。

到达目的地后，他把毛毯铺在烟草袋、雪松、树叶、树枝和正腐烂分解的东西旁边。天很热，很安静，只有高处的树梢有微风吹过。这些蚊子不是酷暑时第一批孵出的，不会成团出现、嗜血如命。他一喷上驱蚊液，这些蚊子会围着他嗡嗡叫，但不会往他身上落。起初只有蚊子的嗡鸣声。那种寂静，那种异常的寂静，让他浑身不自在。但后来，鸟鸣声响起，迎接他进入它们的领地。他在毛毯上坐下来，意识到什么祭品都没带——你应该带着祭品来的。你要是进林子肯定得带着。你得向神灵献祭。他带了一背包人偶玩具、驱蚊液、毯子、一首歌和那罐水。歌是从父亲那儿学来的四方神灵之歌。这个仪式他见母亲做过，他模仿着把水罐向上举起，

---

① 微软制作并于2001年11月发行的射击游戏，讲述未来人类与其他外星种族联盟之间的战争。

向每个方向祭拜一遍。他边吟唱边把水洒在地上。他小心翼翼地把空罐子的盖子盖上。然后，他躺回毯子上，抬头望着晃动的树梢和片片天空。树木几乎遮住了整片天空，但他仍能看到蓝天，炙热的蓝天，下面的空气虽然热烘烘，但不算酷热。要不是蚊子在耳边嗡嗡作响，或落到鼻子上，不时穿过驱蚊剂的防护咬他一口，他肯定很惬意。

鸟儿啾啾，昆虫低鸣。他躺着，听着肚子的咕噜声，等着看会有什么事发生。临近黄昏，他的肚子不再叫，有风扫过地面，虫子更不容易停留在身上，他睡着了。他醒来时天特别黑。他口渴了，真希望带着手电筒或火柴。但如果用手电筒或火柴，父母会看到光亮，他安慰自己。他现在所做的是正确的。他心神不宁，真想回家。可那样，他们就会发现他在撒谎，再也不会相信他了。他再也得不到这样的机会了。所以他还是躺在毯子上，倾听小动物经过时摩擦树叶发出的声音，感受耳内传来的心脏剧烈的跳动。夏末的蟋蟀摩擦翅膀鸣叫起来，几只青蛙放声歌唱，还有猫头鹰的叫声。他的父母谈起过神灵，那些存在于万事万物尤其是树林中的神灵。

只有我。他低声与那些嘈杂的声音交谈。嘈杂声发生了本质的变化，汇聚成了和声般的低语，表示愿意接纳他。他终于睡着了。他睡得如此酣甜，早晨鸟儿欢叫着唤醒他时，他根本不记得曾做过梦。现在他更加口渴，而且饥肠辘辘，虽然身体虚弱，感觉却很好。他压根儿不想动。他的身体需要食物，因为身体在生长。大家都说他在长身体。一大早出现在诺拉家，说他是被送过去的，这样做并不难。就在那一夜，他该做的已完成。但他决定留下来，因为他感觉特别自在。他的嗓子干得发痒，一吞口水就疼，但他不在乎。白昼的热气铺天盖地压下来，蒸得他酷热难当。

过了一会儿，拉罗斯听到，或者说感觉有人走近，但天太热，他懒洋洋的，一动也不想动。他不害怕，来的很可能是他父亲朗德罗，朗德罗也喜欢在林子里溜达。但来的不是他——事实上，也不是一个人，而是一群人。一半是印第安人，一半像印第安人，有些身影很淡，透过他们的身体能看到光亮。他们走过来，自在地围坐在他周围。他们年龄大小不一，少说有二十人。谁也没有跟他打招呼或看他一眼；他们聊天时他意识到他们根本不知道他也在场。他意识到这一点，是因为他们聊的就是他，说起话来就像父母聊天时不知道你在场一样。他立马意识到他们谈论的话题是他，因为有个人说："他们当作达斯提养的那个孩子。"另一个人问："他还在玩塞克和别的人偶吗?"当然玩，可他不想让人知道。突然，有个人用手指了指。

"他就在那儿呢!"

他们迅速地看了他一眼，就像亲戚们突然注意到你一样。

"啊，天哪，他现在这么大了!"

说这话的那个女人身穿棕色的紧身夹克和波浪裙，装饰着鸟儿尾羽的帽子歪向一侧。跟她一起的另一个女人握着她的手，跟她长得很像。她指着拉罗斯，她俩一起谈论着。年纪大的那个讲的是奥吉布瓦语，话音里透着赞许，但她身上流露着坚决、果断和任性。她弯下身靠近，热切地盯着拉罗斯，上下打量着他。

"你会像我一样飞翔的，她说。"

有几个印第安人看上去像历史人物，穿着简单的旧式服装，讲着奥吉布瓦语，拉罗斯听得出来，但听不太懂。他们好像在讨论关于他的什么事，因为他们边说边冲他点点头，或瞥他一眼。他们在某个问题上看法一致，那个懂英语的女人跟他聊起来。她语气和蔼，眼睛慈爱地停留在他身上。当拉罗斯仔细端详她轮廓分明的五官时，他看到了母亲的影子，突然感到无比放松。

“我们到时会教你的。”她说。

在其中一个人身上，他看到了那个四岁孩子的影子，这孩子的照片有时会在诺拉的手里看到。那就是达斯提，跟他现在一般大。

“你好吗？”拉罗斯问那孩子。

达斯提耸耸肩。“不好，”他说，“不太好。”

“你能回来吗？还记得以前我们经常一起玩吗？”

达斯提点点头。

“我带了一些英雄人偶什么的。”

“嗯？”

拉罗斯拉开背包，拿出人偶玩具，达斯提认真看了一遍。他们开始玩起来；玩的时候很安静，因为大人就在旁边。

“要是你回来，可以当塞克。”

达斯提脸上露出笑容，歪歪头。

没过一会儿，所有人都起身离开，朝不同方向散去，低声交谈着，笑着。拉罗斯坐起身，凝视着那个戴帽子的女人离去的背影。他把毯子对折，然后又卷起来。他把背包甩到肩上，毯子夹在腋下，开始步行。他感觉很不错。他沿着通向玛吉家的小路走着，从后门进了屋，连诺拉都不知道他已经回家了。他走进洗手间，嘴巴凑到水龙头下，任凭冰凉的自来水灌进嘴里。

“是拉罗斯吗?”

“是我，从后面进来的。”他朝楼下喊。

“我没听到有人开车过来。”

“他们在路边就让我下车了。”

他在床上躺下。他突然感到很舒服，立刻沉沉入睡，连梦也没做一个。

※

罗密欧小时候最喜欢的老师和其他女老师都出卖过他。从此以后，他再也没在任何人身上浪费过同样的信任。她们的背叛改变了他的人生道路。他这辈子做事太随性，偷奸耍滑，小偷小摸，可这都不是天生的。得到先前申请的工作，他不确定这会让情况恶化还是好转。这可是实实在在的工作，他打败其他人赢得了这份工作。刚开始，意外的惊喜让他干起活来勤勤恳恳。接着，他对周围发生的各种趣事产生了兴趣。他加班，因为上班时就像生活在实时转播的电视剧里。为了溜进不同的病房，探听到新的消息，他做的可不只是握着扫帚做样子。他不停地倒垃圾，尤其是有员工会议时。他用大型电动地板清洁器清扫地板，因为人们都喜欢擦得锃亮的地板。他把地板擦亮后，人们更加信任他了。他按照正确的操作流程打扫、擦洗并清除呕吐物和血渍。他开始喜欢遵守规定了！他喜欢戴橡胶手套！人们渐渐认为他不再酗酒，他也任由他们这么想。他还去山上参加特拉维斯神父的酗酒者互诫会，去得还更频繁了。那儿的每个人都混得很潦倒。现在，他可是个成功人士了。

后来有一天，有个人说，医院的员工要进行药物检测，连垃圾清洁工也不例外。之后某一天检测，不是现在，但也快了。罗密欧气急败坏地大叫，扔下扫帚，一路走到镇上。那份工作还可以将就，也是因为他在吃止痛药。不过，他的陈年旧伤距离上次接受正式治疗已很长时间了。也许，他能对系统动点手脚，弄到更新、效果更好的合法处方药。他心情好起来了。他走着走着，走到了死人卡斯特酒吧。虽然有了现在的工作，他还是不愿意到酒吧花钱买酒喝。也许，里面有他认识的人，手里有现金，也许正在喝酒取乐，急着拉个伙伴一块喝。

等眼睛适应了酒吧内部昏暗的光线，罗密欧搜寻着神父的影子。他想跟特拉维斯神父聊聊，不说药物检测的事，只是聊聊最近的新闻。但神父不在。他吃惊地发现儿子坐在酒吧一头。

他在霍利斯身旁坐下。

“怎么回事?”他问道。

“今天是我的生日。我是八月出生的，记得吧?”

“当然，当然记得。”罗密欧惊喜地喊道。

霍利斯上学晚，因为在他小时候他俩一直像在执行任务，经常要睡在汽车后座，住吸毒者的派对屋，吃麦当劳的开心乐园餐。头几年，罗密欧忘记送他去上学。霍利斯现在十八岁，高三还没毕业。他从皮夹里取出驾驶证给那位名叫帕非的酒吧服务生看。

“我正在点我人生中第一杯啤酒!”

“也算我一个，儿子。”

“换你买单怎么样?”霍利斯说，“今天是我生日。”

“我很乐意满足你的愿望，可我穷得一个子儿都没有。”罗密欧趴在吧台上。

霍利斯点了两杯啤酒。

“儿子是干吗用的？”霍利斯有点厌烦地问，“不过，爸爸，你可别想忽悠我。”

“没，没，我绝对没忽悠你。”

“好。”

要不是因为我这只胳膊。罗密欧眨眨眼，转了转肩膀。

你的胳膊和腿。霍利斯低头看看罗密欧那条腿。上次他见到父亲时，那条腿上裹着黑色的人造皮革。因为那份体面的工作，现在上面套着结实的棕色涤纶制服裤。

“你知道我怎么会变成这样的吗？你知道朗德罗干的好事吧？”

“嗯，你跟我说过很多次了。”

从那天起，就是一条可怜的老伤腿了。罗密欧情不自禁地笑起来，跟儿子坐在一起喝啤酒真好，让他深受触动。他儿子没有撇下他扬长而去。罗密欧低下脑袋，点点头，看着啤酒微笑。

“儿子，跟你一起坐坐真好。”

“我今年毕业，你知道的。”

“哇！”罗密欧说。

“我打算加入国民警卫队，已经约好面谈了。”

罗密欧没说话，招手示意帕非快点上酒。

“自从他们撞了双子塔，”霍利斯说，“我一直在想这事。我的国家对我一直不赖。”

“什么？”罗密欧愤愤难平，“你是印第安人！”

“当然，我知道他们差点把我们灭族。可我们还有自由和权利，对吧？我们有学校、医院和赌场。现在要是我们过得一塌糊涂，那也是我们自己搞的。”

“你疯了吧！我的孩子，那叫作代际创伤。他们压制我们，这不是我们的错；他们疯狂破坏我们的文化、家庭结构，最重要的是，我们得把我们的土地要回来。”

霍利斯举起他的第一杯合法啤酒喝了一口。

“哦，是的，确实是这样。但我老是想着遇到洪灾怎么救人。驾着平底小船把人们转移出去，他们的小孩身穿救生衣，他们的狗在最后一刻跳进船里。我老是想到这些。我是说，国民警卫队。我可能不会离开本州。”

“希望你不会。”罗密欧勉强说出口。做父亲就得接受这些吧，他猜测，比他想象中要困难多了。他起了嫉妒的念头。

“朗德罗呢？是他叫你加入国民警卫队的？因为他参加过沙漠风暴那些军事行动？”

“不全是，”霍利斯回答，“他是后勤供应那边的，做医疗救助，从没亲身体验过死亡，只负责给士兵准备医疗物资、发放救生设备之类的。不过，我做出这个决定，考虑的不止这些。我要学会焊接、修桥，也许学开卡车。学习操作重型设备。我想攒点钱，还考虑到那些福利，以后去上北卡罗来纳大学，也许到大峡谷，甚至有可能到佛罗里达去看看。不管怎么说，离开本州，出去走走。

罗密欧点点头，浑身冒汗。

“我不是个好父亲，”他小声嘀咕，“哪有资格说什么呢？”

“没关系，爸爸。我知道你上过寄宿学校。人人都说是学校毁了你，所以……”

罗密欧头往后仰。

“有人说？人人都这么说？他们不懂。是离开学校这事毁了我。我爱我的老师，他们都说我是上大学的料。”

对了，霍利斯心想。他不恨自己的父亲——他知道还有更糟糕的父亲。主要是他会生气，所以不得不离罗密欧远点。他也没法跟母亲吵架，他只想知道母亲是谁，她可能在哪儿。他跟艾恩一家相处得很好，也许好得过头了，因为他发现自己老在想要是乔塞特喜欢他，也许有一天能嫁给他，那该多好。

“你有女朋友吗?”

罗密欧讨好地小声问，害怕儿子会讥讽他。霍利斯没回答，罗密欧觉得可能得罪儿子了。

“我知道我算不上个好爸爸，”罗密欧接着说，“不过，现在你可以信任我了。”

霍利斯看看爸爸，爸爸那么消瘦孱弱，那么急切地希望得到他的爱，霍利斯低头往下看，尴尬不已。

“你也可以信任我，爸爸。”他说道。

罗密欧看着剩下的啤酒锁起眉头，眨眨眼睛，止住泪水。

“这话就像书上说的。”他说。他惺惺相惜地伸出一只手握住儿子的手，霍利斯又为他俩各点了一杯啤酒，才借机挣脱被他紧握的手。霍利斯叫帕非把酒吧的电视频道换到美国有线新闻网，因为他知道爸爸喜欢。有人抱怨说不想看新闻频道，但帕非叫那人安静点。果然，罗密欧坐直身体，聚精会神地盯着屏幕。

“我觉得，拉米正在爆料，”罗密欧说道，“拉米希望记者去抢新闻素材。不过，捷克的情报？”

罗密欧捋着颌下功夫侠似的胡子，像智者一样若有所思。

罗密欧对这个或那个公众人物或政客的动机大加揣度时，霍利斯也在神游。他没听出父亲声音里对他的紧张和担忧。霍利斯小口喝着啤酒，不想离开，因为一回家就得去找暑假的必读书《美丽新世界》。他根本不记得有没有这本书。乔塞特和斯诺有好几摞平装书，很可能有这本。他要到她俩的书架上找出来，快速读完。也许乔塞特会帮他写论文。霍利斯仿佛看到自己盯着电脑屏幕，乔塞特靠在他肩头，皱着眉头，评头论足，他耳朵里仿佛听见她的呼吸。“生日快乐。”她用跟拉罗斯说话时那种甜美的声音说。

别想了，猪脑子！霍利斯用力扯了扯自己的头发，把思绪拉回来。他正跟亲生父亲在一起庆祝他真实的生日。霍利斯想起来，也许他可以再问问母亲的事，虽然父亲总是那一套陈词滥调，说自己的记忆出了问题，借着喝醉装糊涂。最近，他问到这个问题，无非是想听听父亲那套颇具创意、左右支绌的说辞。

“嗨，今天是我十八岁生日。那么，爸爸，我妈妈，她长什么样子呢？她叫什么名字？”

“她的名字？是圣诞夫人吧？是她送你来的，是吧？说真的，儿子，我不记得了。那些日子过得稀里糊涂，孩子。不过再说一次，认真的，你妈妈漂亮得要命。她每到一个地方，所有的脑袋都会扭过去看她。那一双双眼睛就像饿狼扑食一样盯着她。真是一群发情的狗！她允许别人接近，这让我很吃惊。因为这个人是我。”

罗密欧摇摇头，手指在空中晃了晃。“哈，可你知道，是毒品的问题，毒品影响了她的判断力。我希望她现在还活着，儿子，但是她吸毒成瘾，让人很怀疑她到底还在不在。别跟吸毒或什么的沾上边儿，因为……”

“等等，爸爸。”霍利斯又点了杯啤酒，然后也给父亲来了一杯。“等等，可按照你刚刚说的，要是我妈妈的判断力没有受毒品影响的话，我也就不存在了。”

“所以啊，我思考……”罗密欧笑了，他牙齿相撞，呵呵笑着一直没停，又竖起一根手指晃了晃。“我存在。”

“到底什么跟什么啊？”

“我来到人世。”

“她吸毒，所以我才来到这世上。”

“生活难道不是很奇怪吗？不过，还是那句话，请远离毒品。”

“好的，爸爸。”霍利斯说，没有一丝讥讽。“所以我生日这天，你也不会告诉我她的名字，对吧？”

霍利斯感到心里的喜悦一点点溜走，他决定放弃剩下的啤酒，悄悄离开酒吧，免得最后生气。避免生气是霍利斯的人生哲学。

他把钱付给帕非，把他的啤酒推给罗密欧。

“尽兴地喝吧。”

霍利斯走出酒吧门口，罗密欧注视着他离开，觉得深受伤害。眼下，他成了被儿子抛弃的慈父；让他感到安慰的是啤酒不错，而且不用自己花钱。但门关上的那一瞬间，罗密欧在脑海里想象着亲生儿子朝艾恩家走去，去孝顺朗德罗。朗德罗才是罪魁祸首，要对自己受过重伤的胳膊负责，要对自己那条疼痛的伤腿负责，何况那条腿还时不时让自己疼得发抖。想着这些，罗密欧不禁一口气灌下两杯啤酒。酗酒的毛病有复发的苗头！下次戒酒会上他可以讲讲这次的故事。他起身离开酒吧的凳子，努力保持平衡，在阵阵温和的嗡嗡声和疼痛的侵扰中起身回家。等他回到家，从他收藏的宝贝里翻出轻度止痛药时，差点因为充满矛盾的欢喜而哭泣：让他欢喜的是他跟儿子庆祝了十八岁生日，但他意识到儿子喜欢朗德罗一家人和朗德罗的家胜过亲生爸爸和他的公寓，那儿一年到头摆着一棵圣诞树。

无数的背叛。无数的谎言。虽然罗密欧记不清有没有邀请霍利斯跟他一起住。

怨恨就等于自杀！戒酒会的小组口号通常会让他暂时不再胡思乱想。

罗密欧在他的小货车将军椅里来回摇晃，欣赏着搜罗来的东西。那是一道灯光闪烁的风景，那棵人造圣诞树一年到头摆着，安慰着一个父亲孤独的心。他还是太消沉。赶紧振作起来！罗密欧瞪眼看着墙壁，墙上钉着几件特别的东西。那漂亮而神圣的毛线，像毛茸茸的小鸡一样的捕梦网①！他对着闪烁不定的电视画面自言自语。

“我不是可以随便糊弄的，老伙计，朗德罗·艾恩。我们逃离

① 源于18世纪印第安人的古老传说，形状为圆形，代表每日运行的太阳和月亮，寄托了印第安人留住美梦和祝福的心愿。捕梦网最初主要由藤枝、鹿筋和羽毛等材料制成，现在通常使用人造羽毛和毛线或纱线制作。

学校时经历的大事小事，我都记得清清楚楚，”罗密欧对着彩线编织的天蓝色捕梦网自言自语，“我每天都要给可怜的老伤腿涂上冰热镇痛膏，你朗德罗逃脱不了责任，这些你压根儿都没提过！”

强效镇痛药渗透进去，他的腿立马觉得温暖舒适。疼痛逐渐消退，似乎转移到豪华座椅里了。但想到朗德罗总是回避他俩那段共同的经历，他心里还是不好受。

杧果味的发光树上灯光闪烁，电视没有声音，他迷迷糊糊睡了一阵，现在也不因为心头强行压制着怨恨而感到难受了。朗德罗不该一副高高在上的架势，来跟我争夺我儿子霍利斯的感情，甚至引导霍利斯去参军！是他拽着我参加他的逃跑计划，不该一直假装什么都不记得。朗德罗应该分享，应该把他能弄到的东西平分。朗德罗不该幻想着别人记性不好，或迟早会忘记。因为凡是人记性都很好，而且附近的人怎么会不八卦呢。罗密欧听过闲言碎语，很清楚这点。朗德罗不该幻想，事情已经过去，一了百了：因为人都长着耳朵，遇到人窃窃私语时，结实服帖的小耳朵会竖起来。人都长着脑子，会破解专业人士之间谨慎的谈话。人的心，像颗皱巴巴的葡萄干，像颗孤独的西梅，像煮开口的蛤蜊，它懂得如果失去爱后果会怎样。他居然输给了一个撒谎成性的骗子。罗密欧敢肯定，自己这颗愤怒的满是恶意的心能撑爆朗德罗那膨大的心包膜。一定得弄到搞垮朗德罗的铁证！

绿椅子

夏末的烦闷像渴望和迷恋缠着玛吉。她十三岁了，却寄居在一副小女孩的躯壳里，胸部没有发育，没来例假；她年纪不小了，言行举止不再像小孩，可发育不足，感觉又不像少女，她胡思乱想着。她往包里装了一份三明治和一罐汽水，然后出发了。林间有旧时的小径，是很早以前人们还用双腿走路时踩出来的，是人们互相串门或者步行到镇上、教堂和学校常走的。还有新的小径，是孩子们骑着越野摩托或开着全地形车压出来的。要是没有路，玛吉就从杂乱的灌木丛里钻进钻出，溜到或安静或喧闹的地方。她离开小径时，任何情况都有可能发生，但从没发生过不好的事。没人注意到她。拉罗斯有时待在他另外一个家，彼得在上班。

什么时候妈妈才能不把她当小孩看待？不再检查她的东西？不再偷偷监视她？

玛吉坐在一棵树上，望着那所她认定为毒品买卖屋的房子，房子的门廊上拴着几条彪悍的黑狗。她观察了一周了，想看看有没有瘾君子进出。终于开来一辆汽车。她认识的一个女人从车里出来。是她的幼儿园老师，她唯一喜欢过的老师。只有上幼儿园那年，她在学校表现良好。那几条狗翻身躺在地上，等着斯威特太太来挠它们的肚子。她进门时，那几条狗就像孩子一样跟在她身后。玛吉热切地希望能跟它们进去，但她必须转身离开，她知道斯威特太太这会儿正在房子里给那几条狗喝牛奶、吃饼干呢。她给它们讲故事听，在它们的陪伴下用卡纸剪灯笼。玛吉回家了。

第二天，她看到一头熊在沼泽边挖出某种植物根茎。还有一次，一只狐狸在草丛里高高地弓着背，追着一只老鼠，飞快地跑开了。鹿离开藏身处之前先停下，抽动耳朵，嗅嗅空气中的各种气味，动用所有感官后才开始活动。她注视着挖巢穴的獾身后尘土飞扬。白脚老鼠长着可爱的眼睛，蓝色燕子从空中划过，老鹰不可思议地滑翔而过，乌鸦像立在隐形平衡木上一样乘着强劲气流降落。她渐渐觉得野外比家里要自在得多。

有一天，她坐在高高的树上，把身上的一只木蜱弹开。一个庞然大物像鬼影一样悄无声息地朝她飞过来。她身子紧贴在树干上。坚持住。她感觉有爪子擦着头皮掠过。那庞然大物朝上疾飞，好像被什么无声无息地吸入林间。她不会轻易害怕，但这会儿喘不过气来。她从树上往下滑到一半，靠在树干上一动不动。那家伙又冲她来了，她能感觉到它。一只长着金色大眼睛的猫头鹰落在她面前的树枝上，它的喙啪嗒作响，盯着她，眼神中带着强烈的渴望。她眼睛直视它，就在那一瞬间，她敞开心房，任由那只猫头鹰进入她体内。接着，猫头鹰一跃而起。她举起双臂，猫头鹰在她两只手的手腕背部留下伤痕，如同剃刀划过。不过，她的尖叫声也让它不敢轻视。玛吉从树干的半中间向下爬时它一直没有靠近。当她飞快地钻进灌木丛，它再次向她俯冲过来，吓得她头发都竖了起来。

快到家时，她放慢脚步走着。她从树林里出来时，母亲的车停在车道上。她穿过房子，但家里没人。她发现自家的狗警惕地坐在后院的谷仓外，盯着谷仓的门。狗察觉到她的目光，转过头，向她跑来，低声哀叫着，然后跑回去，再次焦急地盯着谷仓的门口。

玛吉没有张嘴叫母亲的名字，没有发出任何声音，猫头鹰现在就寄居在她身体里呢。玛吉沿着一条人迹罕见、不知通向安静还是骚乱的小路，向谷仓走去。她一声不响，这样才有可能挽救危局。她开启所有感官，拉开谷仓小小的侧门，迈步进去。一束光线射在母亲身上。诺拉脖子上套着一根尼龙绳，站在那把绿色的旧椅子上。

诺拉穿着她那条紫色的针织连衣裙，系着带搭扣的银色腰带，脚穿绛紫色的浅口鞋，腿上穿着有精致图案的长筒袜。她脖颈上缠着几条项链，手指上戴满戒指，手腕上满是手镯。她把自己所有的首饰都戴上了，这样她的首饰以后就没人会戴了。最近几周还是几年来，这种事诺拉大概每隔一段时间就做一次。今天，她也许在那儿已经站了一个上午了，好鼓起那点可怜的勇气把椅子踢开。

她还有机会吊死自己。玛吉没那么大的力气把她举高，速度也不够快，没法把绳子剪断。诺拉还有机会在她面前上吊死去。跑也没用。玛吉没有移动，但愤怒让她喘不过气来。

“天哪，妈妈!”她发出粗哑刺耳的声音，这让她更加愤怒。“你真要用那么廉价的绳子吗？我是说，那根绳子可是我们捆圣诞树的。”

诺拉朝后踢了一脚，椅子晃了一下。

“闭嘴！”

诺拉低头从杂物堆的另一侧瞪着女儿。

在玛吉看来，母亲认识到了猫头鹰的力量。在诺拉看来，玛吉认识到了自身且只有自身才有的力量。

诺拉再次抬起脚。那条狗在玛吉身旁颤抖，专注地看着。

“好了，”玛吉说，“请下来吧。”

诺拉踌躇不定。

“我不会说出去的。”玛吉保证。

诺拉的犹疑转变成停顿。

“妈咪”，玛吉的眼睛模糊了。“妈咪”这个词，这声呼唤，都让玛吉羞愧不已。

“要是你下来，我什么都不会说的。”

诺拉的脚又缩了回去，一动不动。空气就像她们之间的秘密一样刺眼、炽热，让人窒息。母女达成共识，诺拉取下脖子上的绳子，走下椅子。密闭空间带来的恐惧使玛吉忍不住呕吐。

她吐了两天。每当看到母亲，每当再次走进那间藏着她们的秘密、像密封的金属盒子似的谷仓时她就想吐。诺拉拿着玻璃碗，用白色的湿巾擦干净女儿的脸。她收起毛巾和碗，泪水盈眶。母亲和女儿，她俩像吓坏的野兽一样投入彼此的怀抱，像恐怖地窖里的孩子一样依偎在一起。

※

国民警卫队的军械库有些年头了，看上去很顺眼，但他们正在镇外修建新的军械库。装备都是用过的，甚至有些破旧，但他们很快就会收到一批新装备，都是高科技军械。办公的地方堆满东西，文件夹也塞得满满的，不过，很快就有新的文件柜、电脑、办公桌和复印设备。霍利斯和麦克面对面坐在一张布满划痕的桌子前，麦克对待他就像对待失散多年的亲兄弟。麦克身体结实，脑袋方正，长着一双炯炯有神的蓝色小眼睛、粉色的薄嘴唇和一头金色短发，不过不是海军战士那种浓密挺直的短发。霍利斯原本准备放弃自己乱蓬蓬的细长头发，直接参加基本的训练，但麦克告诉他，他还有很多选择，并为他一项项列出来。国民警卫队希望霍利斯完成学业，会在每个阶段协助他。仔细考虑关系他未来的这些事，做出抉择，制订计划，签署文件，最终与人握手表示同意，这让他觉得像个成年人，自己说了算。

在签字、握手、被介绍给军械库的其他人之后，霍利斯应邀参加了下午的青年论坛。麦克把霍利斯当作叔叔介绍给他三岁的儿子，并把妻子杰茜介绍给霍利斯；杰茜跟麦克很有夫妻相。大家按照家庭组成小组，每个小组要用棉花糖和没煮过的意大利面搭建一座塔。结果证明，这是霍利斯的拿手好戏。他像玩万能工匠①脆弱的拼插零件一样，用面条和棉花糖打造了一个精致的基座。趁着孩子吃燕麦圈、吵着要棉花糖，麦克和杰茜按霍利斯的要求，小心地把面条截成他需要的长短。霍利斯把五根细脆的意大利面摆在一起，当作横梁彼此加固。那个夏天，他在温克建筑公司打工，干的就是捆扎钢筋的活儿。他们搭的塔是最高的，一

① 美国儿童玩具品牌，包含多种积木拼插零件。

点都不晃。他们的棉花糖高塔被弗奇·安德森中士选为最佳作品，最后还展示给其他家庭小组。安德森中士指出了其中的双层架构、加固策略、微调和精准度。麦克把霍利斯介绍给大家，称赞他的搭建技术极为高明，大家为他鼓掌。安德森中士说，霍利斯具有成为工程兵的潜质——如果他选择这一兵种的话——他也可以做任何他想做的事业，他的国家需要他，他的加入为北达科他州国民警卫队这个大家庭增光添彩。这个家庭成员正在共同努力，保卫美国同胞的安全。

霍利斯开车往家走，身上带着训练计划、薪酬清单、领取工作服和学习材料的清单，以及成为国民警卫队成员的程序。他开着车想起了朗德罗。朗德罗曾告诉他，军队生活很容易适应，上过寄宿学校后这一切都很自然。他想起跟朗德罗一起打猎的时光，想起那起不幸事故发生前，朗德罗曾多么用心地教导他。朗德罗曾告诉他，当初进行基础训练时，他的教官让来自怀俄明州、蒙大拿州和南北达科他州的西部男兵出列，对他们进行一对一的训练，因为他们是最好的射手。朗德罗说，他的祖父在他很小时就教他打猎，一切就那么自然而然地回忆起来了。朗德罗参加“沙漠风暴”时没有开枪射过任何人——他远在后勤供给部门，填写士兵的医疗表格，做各种常规的健康检查，护理各种浅表伤口，改善整个部队的健康状况。霍利斯非常肯定自己永远也没有必要开枪杀人。他要做的事恰恰相反。他要救人。霍利斯要懂得在危急时怎么做，成为他人信赖的对象。他隐约懂得，如果真遇到险情，救人也同样危险。

他迈步进屋时，闻到洋葱和培根烤兔肉的味道。他闻到烧鼠尾草的味道，斯诺和乔塞特正因为某个神秘的特殊原因正在熏鼠尾草的烟。艾玛琳伸出纤细的双臂拥抱他。酷奇用拳头捶他，因为他没反应，捶得更加使劲。霍利斯心中洋溢着满满的爱，所以假装勒住酷奇的脖子。拉罗斯大声喊叫着。

"你们到外面去烧！我正在建造泥顶木屋。"

他正往鞋盒上粘美工纸板，为艾玛琳的办公室制作印第安民居的立体模型。

乔塞特停下，不再往身上扇鼠尾草的烟。她从拉罗斯背后越过他的肩膀看着模型，点点头。

"模型里别忘了放棵仙人掌。"

"别，"斯诺说，"放只羊。再加一栋联邦应急管理局①的拖车式活动房。"

"加一个排球，"乔塞特说，"那些纳瓦霍女孩个个都是打球的好手。"

"还有迪内族②女孩，"斯诺说，"我想，她们实际上住在郊区超级漂亮的新房子里。加上小巷子和自动喷洒系统。"

"自动喷洒系统？"

乔塞特看起来有点不安。

"喏，没错。她们不会浪费水的。"

"太对了！菲尼克斯市在偷他们的水源③！我看过新闻！菲尼

① 美国国家安全部的直属部门，整合军队、警察、消防、医疗等各部门资源，形成一体化指挥与调度体系，遇到重大灾害可迅速动员一切资源，第一时间展开救援。

② 这个部落被白人称为纳瓦霍部落，而这个部落自称为迪内部落。

③ 20 世纪 70 年代，亚利桑那州启动了大型调水工程，新的设计规划对菲尼克斯市各地的供水产生过短暂的不利影响。

克斯市安上粗管子吸走了迪内人的水！拉罗斯，你还是用吸管喝水吧！”

拉罗斯抬头看着霍利斯，开口说：“哥哥，麻烦你把她们赶出去吧？”

※

拉罗斯在拉维奇家，躲在郁金香花丛形成的树洞里。玛吉挤进他俩隐蔽的绿色藏身处，和他坐在一起。他们用干草铺了一圈，弄得像个窝一样。

“我有事告诉你。”玛吉说。

拉罗斯带了棒棒冰出来吃。这种棒棒冰可以分开，变成两截，他分给玛吉一半，不过玛吉不喜欢香蕉味的。

“怎么剩下的总是这种口味的？”

“因为你不喜欢啊。”

“嗯，真难吃。”玛吉说。

她舔着人造调味剂，注视着拉罗斯。他的眼睫毛那么长，那么厚，在他双颊上投下阴影。但他不算可爱，肉嘟嘟的，嘴巴像鸟喙。

“我真想要你的睫毛。”

“乔塞特和斯诺说过啦，她们也想要我的睫毛。你们干脆把我的睫毛拔下来，粘到你们的眼睛上好了。我又不在乎。”

“嗯，好吧，”玛吉说，“不过，你知道，妈妈想自杀。”

拉罗斯径直咬了一大口香蕉棒冰，冰冷伴着刺痛从双眼之间往上钻。玛吉一只手放在他的鞋子上，对着他的脸说。

“妈妈站在谷仓的椅子上，脖子上缠着一根绳子。她想上吊。”

拉罗斯看着自己的跑鞋，眉头紧锁，咬了一口，这一口略小，然后吃掉剩下的。眉头间的疼痛越来越剧烈，他闭上眼。他把木棍放到摆得整整齐齐的一堆木棍上，打算存着为人偶玩具搭建一个堡垒。玛吉也把自己的放到木棍堆里。

“能帮帮我吗?”玛吉的双眼瞬间盈满泪水，但她眨眨眼，把眼泪挤出去。她蜷缩起双腿，抱着膝盖，脑袋低垂，蓬乱的头发盖住了脸。

“我知道怎么做。”他说。其实他根本不知道。

玛吉把一只手放在地上，张开手掌朝他的手靠近。过了一会儿，拉罗斯把手伸进口袋，掏出一块光滑的灰色小石头。他把石头放到她的手掌心。

“这是什么?”

“就是一块小石头。”

“你老是捡石头。比如说，这块石头有什么用?”她把石头扔到地上。

“我们要看着她。我们得阻止她!”

“我知道，”拉罗斯说。他掰开她的手掌，把石头放回去。“这是一块守护石。轮到我守护她，你就把石头交给我。轮到你守护，我就把石头交给你。”

玛吉张开手。现在，这块冰凉的石头卸掉了她身上一半的重负。玛吉曾哭到想吐，开始吐的是清水，吐到后来只剩下黄水。这曾是获得母亲关注的唯一方法。玛吉已厌倦了这些。现在拉罗斯似乎心里有底，他似乎知道怎么办。

“可你不过是个孩子，”玛吉说，“让我怎么相信你呢？”

“我不是一般的孩子。”拉罗斯说。他等着，思考着，然后他决定信任玛吉，在她耳边低声说。

“我有神灵帮助。”

“嗯，没错。”他任由她笑得打嗝。她仰起头，把脸上的头发甩下来。她那么漂亮，五官精致，牙齿整齐。

“你保证能帮上忙？”

“会好起来的，”拉罗斯说，“我知道怎么办。”

他语气坚定，虽然除了看好诺拉之外，他还不知道具体怎么做。山姆·伊格尔博伊教导过他，遇到问题要静静地坐着，敞开胸怀去思考。那天晚上玛吉走后，拉罗斯打算一个人去他们的小窝。他要专心思考这个问题。要是见不到神灵，他就向树林中见过的那些人寻求帮助。他会弄清楚该怎么应对这种情况。

两天后的一个夜晚，拉罗斯突然惊醒。他悄悄溜进卫生间，打开灯，冲洗马桶。趁着冲水的工夫，他轻轻打开药品柜，里面放着各种药片，装在琥珀色的塑料瓶里。拉罗斯不知道诺拉会吃哪些药，不过他明天会记下来，让玛吉查清楚哪些是有副作用的。彼得通常用电动剃须刀刮胡子，但特殊情况下，他会用双面安全剃刀。腋下除臭剂后面叠放着两包鲨鱼牌双面刀片。拉罗斯拿走刀片，带到自己的房间，藏在他的漫画书下面。第二天，拉罗斯把两包刀片装进口袋出了门。他找到一个旧咖啡罐，走到树林里，把刀片放进罐子里埋起来。

趁诺拉待在院子里时，他走进厨房拿走了切菜刀。第二天夜里，他下楼清理了彼得的工具箱，拿走了那些极其锋利的薄刃刀。

“我的菜刀呢?”第二天诺拉问。

没人知道，可拉罗斯心知肚明。他只许诺拉用不锋利的水果刀。他用诺拉的小园艺铲挖了个坑，用帆布把菜刀包起来，埋在咖啡罐旁边。他脑子里要处理的物品清单还在变长。

家里没人时拉罗斯把铝合金的折叠步梯搬进屋，打开梯子，搭在放枪的柜子旁。他爬上梯子，在柜顶摸索着，靠着手感找到彼得放钥匙的地方。他从一块装饰板后面扯下粘在上面的钥匙，然后爬下来，打开枪柜门。彼得早已小心翼翼地把上好子弹的枪全部放进凹陷的格子里固定好。

拉罗斯一丝不苟地按照彼得教的来做。他拎起那支.22口径的雷明顿枪，左手握住枪管，右手握住枪托，把枪栓向后下拉，右手弯起，接住每颗滚出来的子弹。里面有三发子弹，向来是三发，这是彼得的规矩。如果三颗子弹杀不死目标，你就不该再开枪。拉罗斯把子弹轻轻地放在枕头上。他来回几次拉动枪栓，眯着眼细看枪膛里面，确定枪膛是空的，然后把这支雷明顿枪原样放回。拉罗斯用同样的方法处理好剩下的每一支枪，他处理彼得最喜欢的那支枪时加倍小心。拉罗斯锁好柜子，爬上梯子，重新粘好钥匙。他把所有的子弹放进一个玻璃罐头瓶，瓶子是防水的，以备将来还要把弹丸、独头弹①、子弹挖出来用。他检查好，确保已完全按照原来的顺序把枪放好，保证没有在玻璃上留下指纹。他出门把玻璃罐埋在一个坑里；这样的坑他挖的可不少。这下他心满意足了。

---

① 较大的金属弹丸，可提升有效射程，适合近距离射击。

他扔掉杀虫剂和老鼠药，用外形相似的维生素片换掉了一些药，因为玛吉说这些药诺拉吃得太多。他拿走了绳子。彼得为世界末日储备的绳子太多了，家里到处都是。拉罗斯用海富迪牌垃圾袋装起来，扔进皮卡后车厢，因为他知道彼得准备开车去垃圾场。他忙活这些时，顺便把彼得买给玛吉以后穿的鞋也扔了，因为玛吉讨厌这几双笨重的鞋子。

一个星期后的夜里，他又醒了，想到了烤箱。烤箱是用天然气还是用电呢？把头放进去怎么就会杀死人呢？那种危险也许很小。可还有漂白剂！还有毒药，对吧？他怎么没早点想到这些呢？

拉罗斯悄悄溜下床，蹑手蹑脚地走到洗衣间。他把标着头骨和十字形骨头的瓶子里的液体倒进多功能水槽的下水道，把空瓶子放进车库。他悄悄溜回床上睡觉，睡得很香。

睡不好觉的是玛吉。梦中，空旷的校园里有数不清的教室，道路不断分叉，城镇不断延伸穿过不同的世界，她想找到母亲。她会惊醒，意识到母亲就困在上锁的木板门后面，迷失在一条消失不见的路上，在没有灯光的城市里游荡。一天夜里，玛吉一连几小时都在啃指甲，指甲油都被啃掉了。第二天早上，她脸上沾满淡绿色的斑点。她下楼吃早饭时，母亲摸到她脸上的一片绿色硬片，眼瞅着硬片问她。

“这是什么?”

她转身离开，没有回答，因为母亲竟敢摸着她的脸问她话。玛吉只说了一个词：“指甲油。”

这种正常的不含讥讽的回答在诺拉听来很欣慰。现在，她用她那颗破碎的心的全部残片爱着玛吉。诺拉转身面对切菜板，开始用牛排刀一点点地切土豆。家里的东西正在消失。她时不时丢东西，东西用着用着就没了，忘记买东西了，记性不好。但这些事不像别人认为的那么重要，都不是什么大事，根本不要紧。

※

每天灰色或蓝色的黎明过后，霍利斯睡眼惺忪地迈着重重的脚步走出门，来到那辆布满灰尘的霉绿色马自达旁。马自达的挡泥板往里塌陷，门也压坏了。他花六百美元买了这辆车，每周带斯诺、乔塞特和酷奇上学，周末去参加国民警卫队的第一轮训练。他和麦克决定选择延期入队计划，推迟实战训练。全年每月有一个周末进行训练。高中毕业后进行基本的实战训练和个人高级训练。然后，他就可以履行警卫队员的职责了，也许做个工程兵。他还不太肯定。他估计，自己得攒钱搬家了，虽然他还不想搬出去。他在充气床垫上睡得很开心。虽然睡到半夜屁股就会碰到地板，但他对自己睡觉的角落依然情有独钟。毕业后，他还想跟艾恩一家住在一起，也许永远住在一起。别的不说，霍利斯这个年龄容易饿。艾玛琳和两个女儿烧的肉汤分量足，肉也多，还有玉米土豆浓汤和燕麦饼。还有，很久前他对乔塞特时断时续的爱慕之火已经燃烧起来。她真的帮他完成暑假阅读作业，连他的文章大部分也是她写的，他就站在她背后看她自信地打字。现在，这种爱慕已发展成稳定的热情，甚至不止热情，真的。有时是灼热的火焰。

上学的第一天，霍利斯穿好衣服，懒洋洋地走进厨房，他想今天或许是个表白的好日子。也许，他可以对光彩照人得无可救药的乔塞特表达无可救药的爱。

每次他一走进厨房，她就开始倒麦片。

“你好。”

“你好。”

她健美有力，会一手致命的高抛式跳发球，弧线球力量十足。她会在早晨的问候里加入上千种不同的语调，霍利斯也会。她的一声“你好”里隐约在说：“我喜欢你!”他俩之间说的话从来没超过“你好”和“你好”。可一天天慢慢过去，“你好”的表达方式一直留在两人心里。他们之间的“你好”就像引火的火种，如果乔塞特眼睛离开不断落进碗里的燕麦片，这火种肯定燃烧起来。

霍利斯曾想过，如果乔塞特抬头看，他无法忍受那种动物本能似的紧张，肯定会低下头，不敢跟乔塞特对视。但也许不该这样，他被好心人收留，却想着偷走人家的女儿。何况她还比他小。所以他拿起盛燕麦片的碗回到男孩们的房间，等她们准备上学时喊他。

同一天上午，艾玛琳醒来，心绷得紧紧的，几乎喘不过气来。什么时候是个头呢？她问床上星星图案的被子，然后自问自答，就现在吧。拉罗斯本该回拉维奇家了，可当艾玛琳伸手抚摸他浓密的棕色头发时，她下定了决心。这事终究得有个尽头。她关上卧室门，打通拉维奇家的电话。彼得接起电话。

“我再也受不了了。”她说。

彼得感觉自己的心像沉重的熨斗似的突地一跳。他等待着，但心像错卡在胸膛另一侧，不再跳动。

“啊，天哪，求你了。”艾玛琳说。

“我再也坚持不下去了。怎么也该有个头吧，你说是吧？”她的声音开始发抖。她振作起来，挺直身体，把头发抿到耳后。

“听着，”彼得说，他往旁边走了几步，看着窗外。“就要开学了。事情会好起来的。”

“我打算让他在这儿上学，跟其他印第安孩子一起。”

诺拉已经起床。她正在院子里修理旧鸡舍，给鸡舍上漆。她纤细的胳膊来回挥动。

“拜托，我们再坚持一段时间吧。”彼得没再说了。他竟然要为拉罗斯去求艾玛琳，这会让他愤怒。一旦被逼到这个地步，他心里会充满憎恨。

“诺拉已经好多了，”他说道，“她肯定能熬过达斯提这个坎儿。她，怎么说呢，在恢复。她正给鸡舍上漆呢。”

这个细节刺痛了艾玛琳。给鸡舍上漆？那算什么好转？

“都快三年了，她连话都不跟我讲，”艾玛琳说，“我们是姐妹。她那个样子好像是说有一半血缘的姐妹不是真正的姐妹。她是我姐姐，可她不跟我讲话。可这还不算，真不算什么。我要让拉罗斯在这儿，在居留地的学校上学，他的家人都在这儿上学。他现在跟我们一起，不走了。”

“哦，艾玛琳。”彼得说，语气中毫无提防之意，这让艾玛琳回过神来，因为她挺喜欢彼得。彼得为人可靠，从没伤害过任何人。她相信彼得的善良，确信以前是他不紧不慢地带着他的朋友朗德罗走一条彼得式的纯洁朴实的生活之路，不至于突然失控。

“我理解，”彼得小心翼翼地说。他得稳住。他深知，不能操之过急，不能意气用事。“就让他跟你多待几天吧？我会跟诺拉解释的。”

“她不会理解。”艾玛琳说。

“不会这样。”

“不管她怎么样，我要让拉罗斯回家，”艾玛琳说，“是时候了。”

她走出卧室，孩子们都快准备好了。她告诉他们，她要送拉罗斯到他们的学校上学。

“你要跟姐姐们一起上学了，”她开心地跟拉罗斯说，“没想到吧。”

拉罗斯看看斯诺，又看看乔塞特，她俩睁大眼睛，眼神似乎在悄悄地说“是妈妈说的”。他回到男孩的房间穿衣服。他们现在都在厨房里大声聊天，老是这样。虽然拉罗斯已经习惯去他该去的地方，做该做的事，可他们有时还是让他措手不及。

“怎么不早点告诉我啊？好像就一会儿工夫的事。”他低声说。

他穿上清爽的牛仔裤和干净的衬衫，闻闻昨天穿过的袜子，扔下，然后从一摞袜子里拿了一双酷奇的穿上。

彼得一动不动地站着，手里的电话机嗡嗡作响。他凝视着那个谜一样的女人，她正在用剩下的白色乳胶漆给外面的鸡舍上漆。虽然她不肯跟艾玛琳说话，但她确实好多了，他心想。也许吧。也许只要女人肯让男人碰，我们就会觉得女人病情好转了，更何况他们的夫妻生活很正常。几天前的夜里，她双手放在他身上，轻轻摩挲着，一句莫名其妙的话也没说，他们极其平静地过完了夫妻生活。他的灵魂回归身体，没有她，他无法留在躯壳内。他长着一副斯拉夫人的粗糙外表，可里面有颗牛奶一般柔软的心。在诺拉面前，他小心地守护着这颗心。除了这个女人，他再没其他心爱的人了。他可能有时恨她，但他愿意为了她下地狱，愿意救下她做的蛋糕。

两天后，他试着跟诺拉谈起这事。

“我就是不喜欢她，彼得，我不喜欢她，因为她是个自以为是的贱人。”

“为什么这么说？”

彼得读过杂志上的一篇文章。文章里有提供建议，如果你想转移他人的思路，或者想往后拖一拖，该问什么问题。

“为什么？”他又问了一遍，然后大胆补充。“她是你妹妹，你可以试试。”

“好，那我告诉你为什么我不能试。首先，她爱摆那副项目主管的谱。比如说，我就是艾玛琳。嗯嗯嗯，我会听你说。我双手交叉，歪着头听你说。你知道吗？艾玛琳戴着倾听者的面具，可在面具后面，她会对你评头论足。”

他们在院子里，在院子的边上。诺拉扯了一根草，把草尖放到嘴里。她眯着眼，盯着远处的天际，就是玉米地尽头的那条线，夹在树林掩映的大片山谷间。

为了表示强调，她朝两侧点点头，朝右点点头，朝左点点头。“对我评头论足。”

她扔掉草茎。

“噢，我想我可以试试，跟她聊聊看。要是她肯把拉罗斯还给我。”

彼得朝地上瞥了一眼，不让她看出自己心怀希望。

“已经超过四天了。我明白了，”诺拉说，“我真的明白了。”

“我从来没说过。”

“但我明白了。”

彼得点点头，鼓励她继续说。

“我的意思是，这样做不对，不过我明白了。她扣押拉罗斯当人质，因为她想引起我的注意。她想让我跟她一样。‘啊，艾玛琳，你好吗，你的项目进展顺利吗，你的那个单子怎么样了，你的这个，你的那个，你家女儿们好吗？玛吉那么喜欢她们！’‘艾玛琳，你真是慷慨，你真是个伟大的传统守护者啊，可你姐姐那么卑鄙，疯疯癫癫，那么像她那个养蛇的母亲马恩。你把儿子送给一个白种男人和这样一个近乎白种人的姐姐，真是慷慨伟大啊！’这儿的人记性都很好，什么都不会忘，这件事他们也忘不了。艾玛琳·艾恩会成为他们嘴里，怎么说来着，那个坚强善良的女人，也就是奥吉布瓦语里说的善良高贵的女性。这个女人永远坚定地支持朗德罗那个大块头，甚至会扶持他走正路，让他能，让他能……我是说我想替你杀了他。我看过你劈柴时脸上什么表情。如果不是因为拉罗斯，我真想替你杀了他。他们那该死的不可思议的计划真是创造了奇迹，因为我确实好多了。”

彼得现在对这一点心存疑虑，但什么也没说。

“没人去杀那个傻大个，他长得太高了。”

“他才六英尺三英寸高，”彼得嘟囔着，“我六英尺两英寸。”

“我希望我们的儿子不会长那么高，我不希望拉罗斯长得像个大块头的杀人犯。”

“时间已经过去很久了。”彼得说。

“是啊，都好几年了，对吧?”诺拉回答。她上唇向上翘，挤出一丝疯狂的讥笑，有时这让彼得心中掠过阵阵欲望。

“过来。”他说。

“为什么?”她又扯断一根草茎，含在双唇之间。玛吉跟往常一样，在艾恩家那边，只有彼得和诺拉两个人。

彼得抽出她嘴里的草茎，用那根草轻轻摩挲着她的脸颊。她一动不动。他搜索着她脸上的每一寸，亲吻着她，直到她回应。她朝房子的方向点点头，他一把抱起她，朝谷仓走去。

“别去那儿。”她请求。

他还是把她带到谷仓。他们经过挂在钩子上的旧缰绳、旧冰箱、绿椅子和空荡荡的马厩。他在最后一个马厩里铺上干草捆，再垫上一方防水帆布。这个老马厩味道好闻，有动物进食、排便、呼吸的味道，是个阳光充足、干净整洁、堆满干草的老马厩。他解开她的鞋带，替她脱下那双沾着油漆的旧跑鞋，把她的紧身牛仔裤退到脚踝处，把她的脚从皱成一团的裤子里拿出来。他跪在干草捆前，把她放在上面，让她双腿弯曲。

她望着他身后，那里只有黑橡木的横梁。绳子已经没了，不见了。诺拉双臂举到头上方，胸部向上挺起。

他把她的双脚放在胸口两侧，双手托起她的臀部，拉着她靠近自己，挺进她的身体。然后他们同时向后退，一直后退，回到最初时，那时没有烦恼，没有厄运，没有孩子带给他们悲伤，没有失落，没有危险，只有几只大黄蜂来回盘旋，但最终也没飞到彼得的臀部上，太阳长长的光束照亮了正在落下、不断落下的尘埃。

为什么她怎么都看不见其中的祥和与美好？为什么她总是想起所有的死者，好好的日子却总想着身处死者中间，在明亮的空中不断下坠？她不会上吊了，绳子不见了！怎么没的？别问了。不，不，当然不会上吊了。现在不会了。拉罗斯说过，他多么需要她。玛吉在守护她，她感觉得到。她有新的生活了，可她还是不时想死，有点想死，这没问题吧？只是活人的身体搅动起温暖柔软的气流，让她不断跌倒，又不断爬起来。听任自己昏迷过去，融化，屈从于虚空。这没什么不对劲吧。跟自己的丈夫彼得志趣相异，与尘土反而更亲近。这没什么不对劲吧？

“我想我打电话来，”诺拉在电话里说，“就是因为天下雨了，就是担心拉罗斯好不好……”

接着，她听到远处拉罗斯的笑声。刚刚可能是哪个女孩接的电话，不是艾玛琳。诺拉嗓子里发不出声音。她放下电话，一只手捂住眼睛。

“你没事吧？”

玛吉走进厨房。“妈妈，你一直盯着电话看。刚才有人打电话吗？”

玛吉还保存着拉罗斯离开时塞到她手里的守护石，石头就在床头柜上，她不想让它出现在那儿或任何地方。她必须独自承担看护诺拉的全部责任，她累了。

“没有电话。”

诺拉张开双臂拥抱玛吉。她抱得太紧了，她自己心里清楚。

“甜心，”她说，“拉罗斯被人强行留下，回不来了。”

玛吉只是更加用力地抱紧诺拉。“我是说，让我说什么好呢？”

“啊呀，”诺拉说，“你力气越来越大了。”

玛吉笑得很迷人。“嗯，你也是。你快把我挤扁了！”

“他们不让他回到我身边，他是我唯一的儿子，我是不是疯了，玛吉？我是不是哪儿不正常？是因为这个原因吗？我那么爱他，我这辈子没别的指望了。”

“你没别的指望了？好吧。”玛吉从妈妈的拥抱中挣脱出来，冷静而认真地说。

“爸爸爱你，我爱你，妈妈。你还有我们。”

诺拉眯起眼睛，凝视着前方，好像玛吉是站在一条长长的通道的另一头。也许站在那儿的是拉罗斯或者其他人，因为她一时之间没认出自己的女儿。她伸出手温柔地抚摸着玛吉的脸，玛吉感到毛骨悚然，但她没有移动。她控制着自己。

“你知道你需要什么吗？”玛吉压低声音，保持正常语气。“今天下雨，有点冷，你需要喝点热巧克力。”

“我需要跟艾玛琳谈谈。”

“先喝一杯热巧克力，加上发泡奶油。”

诺拉沉思着点点头：“我们没有奶油了。”

“那么，就放棉花糖吧。”

“拉罗斯喜欢棉花糖。”诺拉说。

“我也喜欢。”玛吉回答。

“好。”诺拉说。

玛吉把热好的可可牛奶浇到棉花糖上，听到母亲按下电话上的数字键，然后又挂掉。诺拉走进厨房，跟玛吉坐在一起。

“太烫了，别……”

可诺拉已经咽下一大口，滚烫的可可奶经过她口腔上壁，一直往下流，热得能烫出水泡，烫得诺拉睁大了眼睛。玛吉跳起来，倒了一杯冷牛奶。诺拉喝了一口冷牛奶，叹了口气，然后闭上眼，一只手捂着嘴。

玛吉咬紧牙，把话吞回肚子里。她没说对不起，但她真的很难过。因为老是做错事而难过，因为做不好母亲需要她做的事而难过，因为没法治好诺拉的病而难过。有时因为看到母亲在谷仓里上吊而难过，因为救了她而难过，因为生出这样的念头而难过，自己这么恶毒，居然不为母亲还活着而时刻感恩。她难过，因为母亲最爱的孩子是拉罗斯，虽然他也是玛吉最爱的人。她难过，因为心怀难过的念头而难过，又因为浪费时间而难过。跟母亲共同经历那件事之前，玛吉不曾难过。她多希望回到当初。

玛吉去找斯诺和乔塞特，她俩放学回来了，玛吉周一开始上学。至少，她能来回串门，看到她俩，还有拉罗斯。两个女孩在院子里，她俩说，拉罗斯陪艾玛琳到镇上去了。玛吉应该来帮她们做完手头的事。杂草，或院子里的草根，要拔掉或挖出来。地面已经踩得很硬，两个女孩已经拉起一张破旧的排球网，玛吉帮她们在硬土和压平的杂草上喷上边界线，球场就这样建好了。她们边聊天，边来回传球。玛吉只在体育馆里打过排球，乔塞特教她怎么颠球，给她示范怎么调整打过来的球。斯诺扣球，她们练习发球。

“低手发球肯定不行，”乔塞特说，“看着。”

乔塞特左脚脚尖向前，右臂屈肘后引，就像要射出一支箭。她把那个脏兮兮、球面光滑紧绷的排球拿在手里转了四次，然后向上抛起，高过头顶。球下落时，她向上跳起，用手掌根部用力击球。球擦着球网又低又快地画出一道曲线，落在意料不到的地方。

发球直接得分！

“这是她的拿手好戏。”斯诺说。

“我想学。”

玛吉尽力发过球之后，乔塞特说了声：“天哪！”

玛吉接连六次都没碰到球，当她最终击到球时，球有气无力地落下，连球网都没碰到。

“要想有力气，你得练习俯卧撑。”

“趴下，来十个。”斯诺大声喊道。

玛吉只做了四个。

“这姑娘得好好锻炼。”斯诺说道。

“是的，你上身得有力量。”乔塞特不满意地摸了摸玛吉的胳膊。

酷奇来到院子里。

“现在是女孩时间吗?”他嘲笑三个女孩，假装发了个坏球往后退。他转身离开时，斯诺对准他后脑勺发了个拿分的好球。球肯定砸疼了他，可他还是继续往前走。他正在锻炼颈部肌肉，准备打橄榄球。

“两分。”斯诺说。

乔塞特用脚尖把球挑起来，夹在腋下。

“击中酷奇的头部得两分，”她对玛吉说，“击中其他部位一分。”

“我想打中头部，”玛吉说，“那个发球动作再做一遍给我看看。”

回到家里，玛吉去查看正在小憩的母亲。她在卧室门缝附近等着，直到发觉里面有轻微的动静。然后，她走到外面的车库旁。大门敞开，风吹得几张纸在地上乱飞。他父亲把皮卡的前舱盖撑起来，正在换机油和空气滤清器，清除油垢。

“嗨，你好，”玛吉说，“我能换个学校吗？”

“不行。”父亲回答。不过，成年人总是先回答不可以，然后才问为什么。

“为什么？”他问，“因为拉罗斯吗？”

“我总得跟弟弟上一个学校，对吧？还有别的原因，我学校的同学都讨厌我。”

“笑话。”彼得说，虽然他知道这事是真的。

“其中有个叫贝拉依琳的女生，比我大一岁，还有她弟弟，以前跟拉罗斯同班，还有她哥哥杰森，年龄更大。他们全家都讨厌我，还有他们的朋友。”

“你以前从来没说过。”

玛吉耸耸肩：“我自己应付得了，所以没说。但是我宁愿换个学校。”

“这么说，你想去保留地的中学？”他笑了。那儿更不好混。

“爸爸，现在他们的课外活动更多。普路托镇没有发展前途，我们州没钱支持它。你知道，它也许会跟别的学校合并，我们还得多坐一小时的校车。”

她说的话很可能是真的，可除非彼得真的那么认为，否则他不愿意那么想。

“保留地有联邦政府的拨款，还有赌场赚的钱。”

彼得用一块红色的旧抹布擦了擦手，合上前舱盖。他低头看着玛吉，她像惠比特犬①一样健美，正专注地盯着他。

“你从哪儿听到的?”

“我听你说过，爸爸。”

“我说过我们州政府没钱？我不会这么说。还有，他们的赌场在亏本呢。”

“你说过，我们州这片的农民没有钱。你说过，最近保留地更有钱。你说过……”

“好吧，这不是真的。你知道，我当时，甜心，我当时心情不好。”

“成年人发火时老是这么说。”

“现在你可算是成年人研究专家了。”

玛吉知道该换别的办法了。

“我去那儿是因为妈妈，印第安人的后代可以继承父母的各项权利。你知道，我想跟乔塞特和斯诺一起上中学，想参加她们的排球队。”

“可你讨厌运动啊。”

“我不讨厌了，我喜欢排球。”

---

① 运动型猎犬，四肢修长，肌肉发达，身体呈流线型，时速可达60公里。

“那不算什么运动项目。”

大人有时就是搞不懂这些。他们还记得排球是后院烧烤时一项悠闲的消遣，是体育馆必备项目。他们不知道，排球已经变成一项多么激烈而炫酷的运动，已经成为女生的天下。玛吉决定再次换个办法跟爸爸讲理。

“我看艾玛琳不会一直留着拉罗斯不放。”

“真的?”

“要是他跟他们上一个学校，那就不一样了，就得妥协。如果真是这样，不该把我排除在外，我应该去那儿上学，他所有的家人都应该上同一所学校。”

“那个学校有的孩子很粗暴，有的酗酒，还有的吸毒吧?”

“到处有人吸毒。还有，记得吗？我在学校是个异类，人人讨厌。”

彼得笑出了声。玛吉懒得装可怜，没有哭哭啼啼。她知道，爸爸为她骄傲。

“啊，爸爸，同意吧。斯诺和乔塞特相信传统价值观，成绩都是优。她们会帮我，还有他们的大哥霍利斯，还有酷奇，我是说威拉德。爸爸，我们应该在一起。这肯定对拉罗斯有好处。”

彼得一直不停地擦手。他手掌上开裂的伤口和关节周围的褶皱把油吸收了，他的双手就像古老的手掌蚀刻版画。他疲惫的蓝眼睛欣慰地注视着玛吉。他了解女儿。这么多年的家长会，他都记得，是老师搞错了。她没被击垮，仍然大胆泼辣，就是这样。他们夫妻俩认为女孩平平常常就好，倒是玛吉太泼辣了。那么，情况还会更糟吗？也许她是对的。留下拉罗斯，是艾玛琳的绝望之举。也许，允许两家的孩子上同一所学校，可以帮艾玛琳走出死胡同，两家会皆大欢喜。无论如何，斯诺和乔塞特就像玛吉的亲姐妹一样。她们是有一半血缘关系的表姐妹。下一代是表姐妹，上一代是亲姐妹。他突然意识到，这是达斯提死后玛吉第一次真正想要什么东西，来求他帮忙。所以他说好的。是的，他会尝试跟诺拉谈谈。

※

“老家伙拉米，他又在透露线索了。看到没?”

特拉维斯神父注视着电视上拉米那苍白的皮肤、灰白的大脑袋，他们在死人卡斯特酒吧坐了一个上午。这个九月天热得出奇。

“不该这么热。”罗密欧抱怨。

“天就这样。”帕非说。

罗密欧生气地嘶声叫道。人人都说“天就这样”，好像这话是什么至理名言。手一抬，嘴一张就来了。怕麻烦时这么说，人太懒干不完活儿时这么说，看新闻时也经常这么说。

“情况不像表面看到的那样。”罗密欧说。

特拉维斯神父没留意这番评论。他手拿帕非特制的冰茶，神色淡然隐忍。昨夜，他陷入了那让人眩晕的能量、黑色的光圈和沉寂中。还没来得及尖叫，他发现自己突然跟艾玛琳在一起，赤身裸体，两人身体在运动，在滑翔，身上的汗珠闪闪发亮。特拉维斯神父拿着冰凉的玻璃杯在额头上滚动。

罗密欧眯起眼看着电视，不时点点头。

化学武器，那就是线索。他们展示了几张图，卫星上拍的模糊的灰色侦察照片。

他们正把案子的线索拼凑起来，他自言自语。

特拉维斯神父歪着脑袋，斜眼看着屏幕上的画面。9·11事件那天，他亲眼看着双子塔轰然倒塌，心想，他们得到教训了。之后，他一次次在梦里和其他人一起往下坠落，身体被加速运动的建筑物碎块打得遍体鳞伤。他看着新闻，不断切换频道。军营的爆炸似乎从未发生过，没人把这两件事联系起来。到底有什么关联呢？想想就让人心痛。他觉得自己正在崩溃。那个九月的一天晚上，他开始破戒饮酒了。他喝光了海军老战友送他的一瓶单麦芽苏格兰威士忌，第二天早上连床都下不了——那是他做神父后第一次生病。那时他就想大病一场。

“嗨，神父，”罗密欧说，“能请教您一个问题吗？”

“不行。”

“您怎么不再努力让我皈依了？”

这正好给特拉维斯神父一个借口，可以骂罗密欧几句难听的。两人可以假装在说笑话，但彼此都是当真的。

“我不想给你施洗。”特拉维斯神父说。

“为什么？”

“我还得帮助你，答应站在你和魔鬼之间，阻止它。可你和魔鬼之间根本没有空间，没有可站的地方。”

“哈哈！”罗密欧得意扬扬，“没有可站的地方！我和魔鬼之间没有一点空间了！”

特拉维斯神父知道这句话肯定会传播开来，罗密欧肯定会在医院走廊里逢人就说。因为了解这一点，特拉维斯神父跟罗密欧说话时通常会留点神。可现在他碰到麻烦了，不论在哪儿，他都坐不住。他得离开死人卡斯特酒吧。他哪儿都不能长待，他得甩掉这副躯壳。

"我得走了。"

"因为我说的话吗？"罗密欧开着玩笑，每次都是因为他说错话。他抓住神父的胳膊不放。"等等，要是有个孩子想参加国民警卫队，你得跟他说什么才好呢？"

"哪个孩子？"特拉维斯神父勉强坐下来。

"霍利斯，我的孩子，朗德罗和艾玛琳家收养的那个，这您知道。"

"要我说，他会学到一套实用的本领，暂时离开道奇城……"

"……离开道奇城，什么意思？"

"他会去格拉夫顿基地，或俾斯麦训练营、詹姆士训练营，要看他想做什么工作。"

"这么说，跟打仗不一样？"

特拉维斯神父有点吃惊，他立刻集中起注意力。

"我认为，国家从没要求国民警卫队参战。虽然林登·贝恩斯·约翰逊[①]差点号召警卫队参加越南战争，对吧？但他确实制定过草案，考验过人民的意志。我相信，五角大楼已经吸取教训了，"特拉维斯神父说，他若有所思。"要是布什把国民警卫队填进……"特拉维斯神父停下来不说了。这个总统是他投票选的，因为总统的父亲老布什是个正直谨慎的总统。老布什深知，就像

① 美国第三十六任总统。

摆脱一场婚姻，从战争的泥潭中脱身要比投入进去难得多。

罗密欧一口喝光养生冰茶，特拉维斯神父拍拍他的肩，起身离开。

※

几乎所有小镇和保留地都有跆拳道学校，即使当地没有韩国人居住或者暂住。法戈市的武阳任大师已让跆拳道训练在三州交界地区生根发芽。特拉维斯神父跟金奉英大师在得克萨斯州学过跆拳道，上神学院之前成为黑带三段。工作适应后，过了几年，他获得跆拳道老师们的允许，在教会学校的体育馆开了一个跆拳道培训班。他已经体会到只有做老师培训学员才能保持良好的状态。他与几个财力宽裕的训练学校约好，让它们把不合身的旧制服送给他，并赠送他各色的段位腰带。他的培训班取代了周六通常的教理问答课，现在他只发放教堂教义宣传册。教学生跆拳道的品势①，进行常规训练，迅猛出拳时高喊韩语数字，做这些更有成就感。

上课时，艾玛琳坐在一把有沙漏形咖啡污渍的橙色椅子上等拉罗斯。她总是带着工作，打开笔记本电脑工作，或者翻看一摞文件。她有时会把一切放下，盯着训练班的孩子们，神游似地微笑，然后又猛地回过神来。下课后，特拉维斯神父总要跟她说说拉罗斯。比如说，拉罗斯正在进步。

艾玛琳脑袋向旁边一歪，眉毛往上一挑。

“他身体变强壮了。”特拉维斯神父说。

---

① 跆拳道的动作套路称为“品势”，包含攻击和防御的技法。

“他挺不错，是吧？”

“你很坚强。”

拉罗斯握着她的一只手，艾玛琳凝视着特拉维斯神父。

“这次我留下他，不让他回去了。”

特拉维斯神父点点头，尽量不去想诺拉。

“你还好吧？”艾玛琳出人意料地问。

通常没人问神父这个问题，即使问，也不会用她这种方式。他抬起眉毛，笑出了声，笑得特别开心，也许有点吓人。

“别问了。”他突然说道。

“为什么不让问？”

“因为……”

他的心脏突然惊醒，恢复了活力，在胸腔里滑稽地怦怦直跳。他一只手放在胸口，想让它平静下来。

“你有心事。”艾玛琳说。

“没有，我很好。”

“真的吗？因为你看上去心神不宁，”艾玛琳说，“原谅我这么说。”

“没有，真的。对不起，我很好。”

他的理由很牵强，他说出来就后悔了。

艾玛琳转身离开，她和拉罗斯手拉着手走了。她的思绪放慢了。她刚才为什么要问那个问题？为什么在他转移话题给出一个狗屁不通的答案时转身离开呢？他做的是神父该做的，湮没个性，忠于职守，毫无怨言地忍受上帝赐予的一切。神父怎么会不好呢？谁知道呢？

特拉维斯神父注视着他们离开。他思考过自己对艾玛琳的感情，这跟他的誓言无关，事关她的家庭，事关她和朗德罗，因为他曾给他俩做过咨询，曾主持过他俩的婚礼，曾为他俩的孩子施洗。他们相信他无所不能，单单忘了他也是个人。“向什么样的人，我就作什么样的人，无论如何总要救些人。”

感谢你，圣保罗。最好还是结婚，结婚就不用再受煎熬了。这真让人煎熬：可我只想要她，她却已嫁给别人。所以，你就忍受煎熬吧！傻瓜，你就忍受着吧，他告诫自己。

她问他好不好，说他看上去心神不宁。一句普普通通的问候，一句简单的评论，就让他心跳不已，真是可怜又可笑。

特拉维斯神父关掉体育馆的灯。这次圣餐礼由他主持。他锁上门上的挂锁，步行到教堂，走进侧面的地下室。他穿过没开灯的餐厅，向亮着微弱灯光的楼梯井走去。卜派·班克斯坐在长凳上打盹儿，特拉维斯神父撞到他的肩膀，把他吓了一跳。他打着哈欠，脚步踉跄地朝外走，在门口戴上帽子，大声跟神父说再见。特拉维斯神父在一个舒服的记忆枕上坐下，这些枕头是他奖励给那些一向准时参加圣餐礼的教众的全勤奖。接着只剩那昏暗沉寂、那拱形穹顶、那排明灭不定的蜡烛，还有他的思绪。不过，还是先看看他的双手吧，它们在发抖。他的胸口堵得厉害，呼吸微弱。他把一只手放在胸前，合上双眼。

“打开吧。”他说。

他一向无法轻易打开心房，今天又卡住了。这是一个用铁箍锁起来的木头心房，里面放着一个军用野营包，拉链也生了锈。厨柜像抹了胶水一样关得紧紧的，里面放着帐篷、桌子。他得把门撬开，掀起门帘。他总是失望地发现里面单调乏味、阴森险恶。

让心房成为一个舒适的地方，要干的活儿实在是太多了。有时候这儿需要清扫，重新布置。他得扫扫灰尘，扔掉陈年旧物好腾出地方来。这活儿乏味至极，但他一直不停地干，直到把艾玛琳全家人都安放在里面，让艾玛琳牢牢占据最中心的位置，并离他远远的、安安稳稳的，这才啪一下关上心门。可他却累得筋疲力尽。

艾玛琳和拉罗斯坐进汽车，往回家的路上开去。孩子喜欢在大人开车时说说心里话。

“你为什么要给我换学校?”

“你喜欢希尔太太吗?”

“哦，当然喜欢，可我怎么还跟你在一起呢?”

“你是说为什么还没回彼得家?”

“也是诺拉和玛吉的家。为什么?”

“因为，”艾玛琳字斟句酌，“因为我想让你跟自家人在一起，跟我们在一起。我想你想得难受。”她飞快地瞥了拉罗斯一眼。

“你爸爸，你的兄弟姐妹，他们也想你。他们知道我要留下你不走了。”

他盯着挡风玻璃，嘴巴微张，呆住了。

“孩子，这样可以吗?”

他停顿了一下，他在考虑怎么说才合适。

“你们就是把我送过来送过去，”他说，“这点我没意见，可这样做很久了。问题是，诺拉，她会心碎。她心碎时可能会寻死，玛吉告诉过我。还有我和玛吉，我们俩就像这样彼此支撑。”他像乔塞特一样举起两根手指。“遇到玛吉的妈妈没法下床这样的情形，我们能支撑她活下去。”

拉罗斯说的这一切让艾玛琳感到震惊。他是个小小的男子汉了，她想，他长大了。“妈妈，我得回去。我喜欢希尔老师，她不会吹毛求疵。可我需要回达斯提家。”

“你记得他，记得达斯提?”

“他现在还是我的朋友，妈妈。我也得照顾他的家人。那么，我可以回他家了吗?”

“我的孩子，真的要回去吗?”

她想，她最好还是停下车去吐一下。还有，她突然感到头疼，因为她的儿子还记得达斯提，说起他那么干脆，还感觉自己责任重大。他还是个孩子，不该背负这么多，可他却担起了这份责任。

“是的，妈妈，现在反悔已经太晚了。”

她真的停下车，可只是双手捂着脸，难过得哭不出来。无论如何，她从来没哭过。哭是朗德罗的家常便饭，他替他俩把眼泪都哭干了。艾玛琳想哭，想发泄一下，让自己好受点。可她是艾玛琳啊!

拉罗斯用手轻轻拍拍她的胳膊和脖颈。

“没事，你肯定会好起来的，”他说，“只要忙起来，就感觉好多了，一步一步来，一天一天坚持。”

拉罗斯已经见惯了两个母亲的绝望，刚才那番话彼得跟诺拉说过。

※

朗德罗开车把儿子送到拉维奇家。他觉察到，改变在两家轮流住的规矩让拉罗斯变得焦虑不安，恢复老规矩会是正确的决定。可朗德罗还是不愿让拉罗斯离开。拉罗斯背着双肩包准备侧身下车，朗德罗拥抱过他，才放他走。

一切都好，朗德罗喃喃自语。

他远非一切都好，永远也不会如此。可总是存在一丝“一切都好”的可能性。

朗德罗目送拉罗斯跑上台阶，玛吉在门口雀跃，拉罗斯蹦蹦跳跳，径直进屋。不论玛吉还是诺拉，从来没向朗德罗挥手致意或承认他的存在。在她俩面前，他必须做个隐形人，可他不能这样对儿子。在分别的最后一刹那，拉罗斯从门口探出头，向他挥手告别。

让人感动的都是小事，朗德罗哽咽地笑了。

“他会好起来的。”朗德罗喃喃自语，他启动引擎，驾车离开。每当出问题时，他就像念咒语似地翻来覆去地说这句话。这句话会让他感觉好一些，而且再过一段时间这话就应验了。

玛吉膝盖上摞着新学校发的笔记本。她坐在副驾驶座上，拉罗斯坐在后面，诺拉开车送他俩去学校，因为校车不经过他们家。要是去年，他们可以越过保留地的边界线走到艾恩家，跟他们一起乘校车。但他家的霍利斯今年开车上学，校车也不在他家停了。玛吉真希望霍利斯买的那辆车再大点，能让她和拉罗斯搭顺风车。她忐忑不安，坐在把车开到时速六十五英里的母亲身边，她尽量不去深呼吸。每次有车从旁边飞驰而过，玛吉都会屏住呼吸，等危险过去，再吸一口气。自从在谷仓发现母亲企图自杀之后，玛吉就养成了这种强迫症：要是有汽车迎面驶来，她屏住呼吸，母亲就不会突然急转弯，让他们几个人送命。或者，要是玛吉屏住呼吸的时间再长一点，即使诺拉会急转弯，可她和拉罗斯能在车祸中奇迹般地活下来。现在，他们买好了新的尖头马克笔、几套笔记本活页纸和便签，连贴在储物柜门内壁的磁吸小镜子也买了，所有的学习用品都放在车里，诺拉兴高采烈，玛吉觉得母亲自杀加他杀的危险很小，可她还是习惯性地屏住呼吸。

等到他们的车停在校门口时玛吉有点头晕。校门唰的一声打开，里面传来孩子们的说话声。拉罗斯朝一边走，玛吉朝另一边走。乔塞特和斯诺已经掷硬币决定好谁做玛吉入学日的小导师，只有平均成绩最高的孩子才能获得这项荣誉。小导师会自动获得所在班级的迟到许可，因为小导师要带新生熟悉校园，要到每个班确认新生已找到教室。

斯诺赢了。她身穿亮粉色的坎肩，里面套着紫色的紧身T恤，手拿班级课表和玛吉储物箱的锁，个子高挑，安静地站在校门口等玛吉。

别紧张，玛吉默默地说。玛吉以为自己看上去很紧张，她摇了摇头，露出灿烂的笑容。

“嗨，奇克斯，来见见我家小妹。”斯诺对一个打扮夸张的男孩说。那个男孩戴着耳环，文着文身。

“嗨，肖恩，”斯诺对另一个男孩说，“这是我家妹妹。肖恩，穿那件T恤，当心老师把你赶出去啊。”肖恩身上穿着宽松的长裤、松松垮垮的夹克和不合时宜、野性十足的猫头鹰T恤。

“我知道。”肖恩说。

“嗨，韦伦，”斯诺对一个长得挺吓人的大块头男孩说，“来见见我家小妹，你们俩一个班。”这个男孩眼睫毛很浓密，嘴唇上方长着细细的绒毛，像个橄榄球后卫。

他伸出手跟玛吉郑重其事地握手。

“非常高兴见到你。”他说。

他身后的一个女孩笑着说“离她远点，韦伦!”，她跟斯诺一样高，涂着亮蓝色的睫毛膏，头发垂到腰间，穿着宽松的衬衫和紧身牛仔裤。

女孩名叫黛蒙德。三个女孩一起去找玛吉的教室，第一堂课是霍塞尔先生教的自然科学课。霍塞尔先生是个瘦骨嶙峋的年轻人，满是疤痕的双手红通通的。

“我们认为他大概是在一场化学事故中自己把自己炸了，”黛蒙德小声说，“谁也不知道怎么回事。”

“他浑身都是谜。”斯诺说。

她们安顿好玛吉回去上课了，玛吉走进教室坐下。同学们的眼睛都盯着她，她能感觉到那些眼睛，而且这种感觉很好。这儿没人认识她，没人讨厌她。轻松，她一身轻松，摆脱了那痛苦不堪的责任，一整天都不用照看诺拉。她无能为力，没法阻止母亲自杀，没法知道会发生什么。拉罗斯安然无恙地待在教室里，他也不会发现诺拉死去，留下一辈子的阴影。玛吉微笑着告诉全班同学她的名字，他们窃窃私语，她还是微笑；他们的私语没有恶意，只是互通信息而已。老师向她介绍自己时她在微笑，全班同学活动腿脚时她在微笑。老师讲解当天的作业，提醒全班在他课上不许化妆，两个女生放下睫毛膏，她低头看着新笔记本微笑。霍塞尔先生告诉玛吉上课需要带什么东西，她做梦似地朝老师微笑。霍塞尔先生看到她傻笑，吓了一跳，以为她可能有点古怪。可全班开始窃窃私语，他不得不继续努力激发学生们对运动定律的兴趣。

较量

排球队选拔赛在那个周六举行。

“快点!”乔塞特坐在皮卡上喊。斯诺开车，玛吉坐在斯诺背后的弹跳座椅上。她们把皮卡开到学校，停在体育馆门口。体育馆很大，其中三个球场的铁制网杆的球网卷了起来：这样一来，几种不同的比赛可以在体育馆同时进行。

参加选拔的有十八个女生，脑后正中间扎着高高的马尾辫，头戴五颜六色、松紧可调的宽发带。有的长得像印第安人，有的也许是印第安人，有的像白人。黛蒙德朝玛吉微笑。六英尺高的黛蒙德化着浓妆，蹦蹦跳跳，兴高采烈，嘴里噼啪吐着口香糖。另一个女生把马尾辫扎得很高，可发辫还是几乎垂到腰间，像帕瓦仪式上受长辈重视的公主，她名叫雷吉娜·塞勒。斯诺身高五英尺十英寸，头发也很长，垂到后背一半的地方。玛吉决定也留长发。黛蒙德的肌肉结实有力，“帕瓦公主”双腿的弹跳力特别好，可以乌鸦跳。玛吉决定加强锻炼。教练是个圆滚滚的小个子，笑眯眯的，也许是个带白人血统的印第安人。他脖子上戴着一串珠链，灰白、稀疏的长发贴着头皮，扎成一个马尾。他就是杜克先生。

杜克先生让女孩们进行热身练习。乔塞特与玛吉搭档，斯诺与黛蒙德搭档。“帕瓦公主”有着可爱的颧骨，梳着精致的麻花辫，引人注目，她一脸冷淡和轻蔑地瞅着玛吉，问那是谁。

“她是我妹妹，”乔塞特回答，“她是个接球高手。等着瞧好吧。”

教练让她们一二一二地报数，进行分组比赛。乔塞特和斯诺都是双数。玛吉想站在双数的位置，可偏偏卡在单数上。她与黛蒙德和“帕瓦公主”一组。她们似乎很清楚自己擅长的位置，已经就位。黛蒙德把球传给玛吉，说了一句：“发球!”

玛吉嗓子发干。她把球用力往地上一掷，可球不像在艾恩家后院一样，没有歪着弹回来，而是直接回到她手中，好像很喜欢她。她把球高高抛起。

等等。

教练没有吹哨。

没事，他轻快地说。

玛吉再次抛高球，却把球打到了网上。但其他人只是拍拍手，就各就各位。她脸颊发烫，不过好像没人注意。下一轮发球。“帕瓦公主”把球打过来。乔塞特接球调整，斯诺击球，就像她们后院练习时一样，跳向半空，球飞向玛吉左侧。玛吉来不及冲到球下方，迅速出拳，把球猛地高高垫起，人在地上一滚。黛蒙德把玛吉的传球打到对手后方，但乔塞特和一个弹跳力极强的金发女孩已在那儿等着；乔塞特再次把球传给斯诺，斯诺又把球砸向玛吉。

“拉维奇!”她厉声喊道。

玛吉再次用她的神风自杀式俯冲将球救起。

“神——奇——”“帕瓦公主”尖叫。另一个女孩把球调整好，“帕瓦公主”一个大力扣球，球越过斯诺高举的双臂，砸在场地无人能及的最佳落点。

扣杀得分！

玛吉不会发球或跳杀，一点也不会接球。她动作不优美，但不论球到哪儿，她都能抢到球的落点，把球垫起来。她有时猛扑，有时蛙跳，有时像鹿一样跃起，把球顶过头，向后挑，但凡队友似乎要把球猛击出界，她就会出手。她的球感很好。她的救球简直不可思议，队友能接住。她忘记了一切，忘记了所有的烦恼、所有的肠胃不适、所有的恐惧，一连几小时全神贯注，逗得教练大笑，也用她有趣的救球方式鼓舞了队友。

当她们发现她已入选校队时，乔塞特说："好吧，刚开始你可能常坐冷板凳。别担心。你可能在资历比较浅的校队打得比较多，但我们需要你。"

"你在球场上像自杀似的！"

斯诺大笑。她们开车回家。她和乔塞特谁都没有注意到，玛吉听到"自杀"这个词时脸一下变得僵硬，她俩也没注意到，玛吉的眼睛不再聚焦。她突然回到谷仓里，发现妈妈高高地站在夕阳的斜晖中。嗖的一声！她的思绪迅速跳回车内。她害怕自己太开心、太幸福，反而让妈妈觉得难受。当斯诺姐妹叽叽喳喳说个不停时，她凝视着路面，满心焦急。斯诺开得够快了，可她还是需要再快一点，快点赶回家。

※

南达科他州是烟斗石之乡，兰德尔的一个朋友继承了南达科他州采石场的烟斗石开采许可权。这位朋友把烟斗石免费送给兰德尔，兰德尔又送给朗德罗，让朗德罗为他制作烟斗。但这个烟斗是朗德罗给自家人做的。他们每次进汗屋祈祷时都会带上烟斗。他们对待孩子的烟斗就像对待活生生的人一样。所有孩子很早就会收到属于自己的烟斗，但直到成年才用它来吸烟。家里的孩子就剩下拉罗斯没有烟斗，所以朗德罗要给他做一个。他先用电锯，再用扁锉刀在红色石头上雕出大致的轮廓。接着，用粗锉刀、更细的锉刀和圆锉刀琢磨出烟袋锅的弧线。他会用一级级更加精细的砂纸来打磨。最后，他会先用布，再用手掌和手指细细摩挲好几个星期，手上的油脂会加深石头的颜色。这是个朴实无华的烟斗。朗德罗不赞成把烟斗雕成鹰头、水獭、熊、鹰爪、雪羊、乌龟、蜗牛或者马的形状。烟斗本是谦卑地祈祷时所用的朴素的器物。

朗德罗觉得，制作烟斗也是一种祈祷，但这种祈祷可以和其他事情同时做。客户按照流程进行检查，等待化验结果，在医院大厅或者病人家里看电视时他经常一边陪客户坐着，一边打磨烟袋锅。

今天，他来奥蒂·普卢姆和巴普·普卢姆家，也带着烟斗准备打磨。他先帮奥蒂做好个人卫生，给奥蒂洗了澡，小心护着他还在愈合的瘘管，以免沾上水，因为瘘管通着胸部的大动脉。朗德罗还给巴普的狗洗了个澡，纯粹是为了让它开心。巴普去法戈市看望女儿了。奥蒂推着轮椅靠近电视机，用电量不足的遥控器指着电视机，随意切换频道；朗德罗给自己和奥蒂做了三明治，是没有汤汁的那种。奥蒂有时说，他真想吃橙子，馋得都想哭。他只能吃低流体食物。奥蒂找到他喜欢的美食秀节目，他俩一边欣赏着电视上闪亮的厨刀、打面糊的特写镜头、炸得嗞嗞响的食物和吹毛求疵的试吃场面，一边吃三明治。但奥蒂前天刚做过透析，身体很虚弱，一个三明治都吃不完，对美食秀也很快没了兴趣。可他还想聊天。他关上电视，问朗德罗过得怎么样，声音像细线一样虚弱无力。

“我想，得这么说，现在大体上挺安稳，可该死的……”朗德罗对奥蒂说。奥蒂睁着昏暗的双眼，朝他微笑。朗德罗手里拿着烟袋锅，但怎么也平静不下来。

“做烟斗时不该说脏话，”他说，“兰德尔说会亵渎它。对它应该像对待祖父或者祖母一样恭敬。”

“你敬过头了，都敬成这样了。烟斗祖宗不会生气，”奥蒂说，“做祖父的心怀怜悯哪。再说，现在还不算圣物，还得为它祈福才行。”

“确实。”朗德罗说。

“尽管骂吧。”奥蒂说。

“对不起，”朗德罗对奥蒂说，“有时候那件事弄得我又难受一场。”

奥蒂知道，朗德罗会喝得酩酊大醉。

“嘿，我想知道……”

奥蒂琢磨着换个话题。

“你和艾玛琳第一次见面是什么时候？”

他自己也吃了一惊。也许一个男人问另一个男人这样一个问题，有点出格了吧。他们在他身上插满透析用的管子，像个抽水马桶一样。慢慢死去真是件无聊的事。

那是？

“在一个葬礼上，”朗德罗回答，“她叔叔艾迪波伊的葬礼。守灵时，艾迪波伊容光焕发地躺在那儿，艾玛琳站起来发言。她记得很多事：比如，艾迪波伊驯服过的那只浣熊，像顶帽子一样趴在他头顶上；他把孩子们当成哑铃，用两只胳膊举上举下。他那双绿色的塑料鞋，你记得吗？这些事让人觉得他还活着。”

“我记得艾迪波伊。”

“人们听着艾玛琳讲的点头微笑，就像你这样，”朗德罗说，“艾迪波伊每天早上喝施利茨，其他时候从不喝酒。他常穿那些夏威夷风格的衬衫。他讲过笑话经常像《摩登原始人》[1] 里的弗雷德一样笑，呀吧嗒吧嘟，我注视着艾玛琳，心想，在这么悲伤的时候，她却能唤起人们心中的这些画面，让人忍不住笑，这样的人是个好人。还有，她很漂亮。”

“没错，”奥蒂说，“我觉得，艾迪波伊的葬礼宴会肯定差不了。”

“土豆沙拉，意大利通心粉。美味佳肴。当然，我们一起吃过饭，然后我就离开了。我在大福克斯上夜班。我打听到她的地址，每天晚上用抬头为六号汽车旅馆[2]的信笺给她写信。我写的信她都保存着。

“我也给巴普写过信！你信里写了什么？”

---

① 20世纪60年代风靡美国的动画片，以幽默风趣的手法描述了一个原始人居住的小镇，镇上的居民具有鲜明的现代意识。

② 全球连锁酒店。

朗德罗露出微笑。

"我会为她死，为她吃苦受难，为她穿越滚烫的沙漠，就这一类的话。也许说过我愿意喝下她浴缸里的水，希望没有吧。"

奥蒂仍满怀期待地等着，所以朗德罗继续往下讲。

"哎，你知道。我认为，我们是在考验彼此。不，更像我们融入对方身体里生活了一段时间，从俗世里消失了一段时间。老实说，我们有一段时间酗酒，还吸毒。后来才清醒过来。我们想要个孩子，接着斯诺出生了，她出生时很小，我们互相扶持，想尽办法让我们的孩子活下去。艾玛琳在学校工作。我们渡过了那个难关。这段时间刚开始时，我们还收养了霍利斯。接着，乔塞特出生了，八磅重！我们回到这儿，恢复传统的生活方式，开始是为了摆脱酗酒的习惯，后来是为了家庭幸福。我们更加尊重传统习俗，在孩子们面前按照传统风俗举行了婚礼，再后来特拉维斯神父又为我们主持了基督教婚礼。酷奇出生了，然后是拉罗斯。好事一件接着一件，良性循环，直到……"

"接着说啊，"奥蒂说，"你跟艾玛琳的好运气用光了，不过，也许不只是运气问题。你也是个好人啊。"

朗德罗讲故事时，奥蒂又兴奋起来，但一阵强烈的疲倦像波浪一样向他袭来。他立刻睡着了，双唇间响起呼吸声。朗德罗往奥蒂的脖子上套了一个旅行枕，让他在椅子上睡得舒服些。过去的事情在朗德罗的心里翻腾。他已经很久没想过他和艾玛琳最初的生活。眼下，哪怕是回忆，也让他既痛苦又开心。

遇到艾玛琳以前，他一直活在睡梦里，边走边睡，也不知道做了多少事。后来，她猛地唤醒了他，当他敢于正视她时，他发现两个人都醒着。她开始进入他的身体和灵魂，他感觉自己承受不了，脑子胡思乱想。要是她离开他，他会变成瞎子、聋子，忘记怎么说话，忘记怎么呼吸。当他们争吵时，他会变成空气。他身体的原子、分子——无论他由什么构成——这些原子和分子就开始四散漂移。他感觉自己不再是个稳定的实体。她是怎么做到这点的？有时，她夜里下床，他在半睡半醒间，却怎么也动不了，心里的恐惧不断加重，只有当他重新感觉到她在身边翻身时，恐慌、焦虑、让人窒息的痛苦才会减轻。如果艾玛琳不再始终如一地爱他，他会因为陷入爱河死去。他就像在山洞里出生，被当作狼孩或小猴养大，把吊在电线上的奶瓶当成妈妈。情感本身就让人不堪重负。

朗德罗想起放在盥洗室抽屉深处的芬太尼贴剂，那是为奥蒂无法痊愈的残肢预备的。

“坐着别动。”朗德罗心里暗想。

他紧紧抓着烟袋锅，看着手指关节泛白，等待那股冲动，那股冲动，那股冲动缓和下来。这一刻是最危险的，他以为自己已控制住冲动这个魔鬼，但那个狡诈的朗德罗却无视他的决心。欲望、耻辱、让他无法呼吸的恐惧，慢慢消停下来。他已染上情感的病毒，他的身体压制着感情，就像抑制活跃的病毒一样。但他把情感的阀门关闭，再次陷入沉睡，他在自觉自愿的遗忘中获得了安全感。他把烟斗石贴在额头上，直到觉得安全才拿走。他深吸一口气。内心那反复无常的冲动已归于平静。他又劝说了一会儿。

现在，你就待在那儿吧，别来打扰我了，他告诉它。

朗德罗充满深情地摩挲着烟斗石。那红色是祖先的血液，有了祖先，艾玛琳和孩子们才会来到这诡谲的世界。

※

十月的一个周末，玛吉陪着拉罗斯步行回家找他的兄弟姐妹。前一夜，色彩斑斓的树叶骤然凋落，粘在他们鞋底。玛吉待在艾恩家，要跟斯诺两姐妹一起做功课，还因为斯诺姐妹邀请她一起美容。乔塞特和斯诺打算把厨房变成皮肤保养和头发护理的休闲天地。

护理材料可以从食品柜和冰箱里找。白糖面膜、咸盐脚部去死皮、肉桂蜂蜜唇部去角质、蛋清紧致面膜、黄瓜眼膜、冰冻茶包眼部面膜、柠檬水洗发液、蛋黄酱美发滋润护理。她们决定先做最后这个。

斯诺把一罐蛋黄酱和一卷保鲜膜放在餐桌上，倒了四分之一碗食用油。玛吉肩上搭着一条毛巾，坐在餐椅上，斯诺把蛋黄酱和菜籽油涂抹在玛吉头顶的发丝上，然后往下涂在每一缕头发上。玛吉想笑出声来。味道很难闻，但斯诺的按摩很舒服，让她心里雀跃不已。她合上眼，闭起嘴巴。这时发笑不合适。斯诺用保鲜膜绕着玛吉的头缠了几圈，把末端拉紧，然后在保鲜膜上紧紧地裹上一条毛巾，像个包头巾。

现在，你坐到爸爸的躺椅上去，乔塞特会给你的眼睛敷上冰冻茶包，用盐给你的脚去角质。你做完以后，乔塞特会给我的头发做蛋黄酱护理，然后我们一起去敷蛋清面膜。

艾玛琳看到三个女孩先往她们的脸上又往拉罗斯脸上涂蛋清，

她跟她们说，我也想做。他们躺在沙发上，或地板的毛巾上，听着收音机，等待蛋清风干。蛋清变干时，开始拉紧皮肤。

“你能感觉到吗？”

“能。”玛吉说，她闭着眼睛，眼睛上敷着正在融化的立顿茶包。

“有点疼。”过了一会儿乔塞特说道。

“因为它正在刺激你的胶原蛋白。”

艾玛琳坐了起来：“现在能拿下来了吗？”

玛吉取下眼睛上的茶包：“我的干了。”

“哇！别笑。”乔塞特说，可她忍不住笑出声来。斯诺脸上的干蛋清裂成一道道纹，像细线织成的蛛网。

“快弄掉！”

他们洗掉蛋清，欣赏着彼此光洁的皮肤。等他们解开头巾、冲洗头发时，蛋黄酱怎么也洗不干净。玛吉看着镜子里的自己，发现茶渍把眼睛变成了浣熊眼。茶渍圈里的双眼闪闪发亮，好像发高烧一样，她看上去像得了神秘的怪病。她审视着像陶瓷一样光滑的双颊。

“哇，”艾玛琳说，“我的脸干了，感觉皮肤像要掉下来似的。”

“我也是。”拉罗斯说。

她盯着镜子里的自己，开始往额头擦玉兰油。

“现在做美甲！”乔塞特拿出一托盘指甲油。

“我要到镇上接酷奇，你们做作业吧。”艾玛琳对三个女孩说，“这是蛋清面膜？我觉得简直让我老了十岁。”她的皮肤仍然紧绷着，感觉很奇怪。

“我跟你一起去。”拉罗斯说。

“你是古时候的人吧，”乔塞特突然说道，俯身去拥抱拉罗斯，“你真像我们的老祖宗。”

“都是那个蛋清搞的鬼。”拉罗斯说。

“知道他说什么了吗？你们俩，知道他说什么了吗？他说，古代的故事就跟我们现在的电视一样。”

“行了。”艾玛琳说。

“不，真的，是他说的！”

“我的意思是，快点，我们出发了。”

玛吉和斯诺跳进车里，一路坐到镇上。她们想买唇部护理用的肉桂，还得买洗发液。

“我们身上都是难闻的三明治味儿。”斯诺说。

“用蛋黄酱护理头发，是谁的主意？”

“我的。”

“真的？”

“实际上，是乔塞特的主意，可她人很敏感，你知道吧？”

玛吉没想到是乔塞特比较敏感。

“我妈妈也很敏感。”玛吉说，可她真希望没说这话。不管怎么样，她俩坐在后座，艾玛琳听不到她们说的话。斯诺没吭声，但玛吉看得出，她在想该说什么好。过了一会儿，斯诺开口了。

“你妈妈，她挺好。我的意思是，想想发生的事，她做得挺不错的，你不觉得吗？”

“跟妈妈打交道可不容易。”玛吉说。她克制着，没有去抠新涂的指甲油。淡淡的天蓝色指甲油。

斯诺没有告诉她，头几年，她和乔塞特一直躲着巫婆似的诺拉。她说，乔塞特喜欢诺拉种花的方式。

“她喜欢种花。”玛吉说。

斯诺称赞玛吉母亲的拿手本领，这对玛吉产生了奇怪的影响。她的胃好像在身体里漂浮游荡，可脑子里却有一丝嫉妒。她望着斯诺，看着她优雅地顶着满头蛋黄酱味儿的头发，看着她那优雅的肩部曲线和整理得毫无瑕疵的T恤。她需要斯诺的理解。

“其实我母亲不喜欢我，你知道，”玛吉说，“她爱拉罗斯。”

斯诺的眉毛拧在一起，嘴唇张开；她瞪大眼睛望着玛吉的脸。玛吉正准备乱说一气，撂句狠话，她发誓无论如何也不想看到斯诺眼里露出怜悯。这时，斯诺伸出一只胳膊，搂着玛吉的脖子说道：“去他的，亲爱的，我们得拧成一股绳才行。你看。”

她扭过头冲着车前座，用面部表情暗示，让她看拉罗斯和艾玛琳。

“他现在都不用抢副驾驶座了，”斯诺说，“猜猜，每次妈妈有空跟拉罗斯在一起，后座上坐的都是谁?”

玛吉结结巴巴说不出话，就像有人往她手里塞了件意想不到的礼物。

“我从来不知道。”

“这就是现实，”斯诺说道，“我们一直叫她别这样。她听不进去。霍利斯和酷奇，他们关系很铁。我们也有彼此，我，乔塞特。还有，嗨。”

她滑稽地晃着玛吉，拉她靠近自己。

“你还有我们呢。”

他们离开后，乔塞特开始在门前台阶旁使劲挖那粉末似的硬土。院子其他地方都很湿润，可这块地方因为在突出的屋檐下，一直很干燥。因此，这儿也许不是种花草的好地方，可她有个心愿要实现。她父母对园艺和家庭美化装饰不感兴趣。他们关注跟人有关的事务，诸如医疗、社会、人道主义这类的事。但在过去的一年里，无论乔塞特什么时候去接拉罗斯，差不多每周都能看到诺拉新种的花开放，还不是普通的花，连乔塞特都不知道名字。从整个夏天一直到秋天，总有一种花接着另一种花相继开放。在这些不寻常的花中间，还有常年都有的金盏菊和矮牵牛，这两种是她认识的。诺拉在后院里还种着蔬菜，攀爬的藤蔓缠在鸡舍的铁丝网上。小径上铺着稻草，把成排的植物隔开，小鸡在小径上啄食。在乔塞特眼里，她的家就像杂志里的漂亮房子。当然，诺拉有份兼职的工作，跟她母亲很不一样；艾玛琳的工作没完没了，花花草草的事得乔塞特来打理。

昨天，她从杂货店带了些种子和萎蔫的小金盏菊回家；那些种子和花原本放在一个标有“免费”字样的桶里。她的心愿是，家门旁有多姿多彩的鲜花盛开，而不是堆放着废旧的自行车和生锈的滑板，而且小孩根本无法在石子路上滑那个滑板。她把这些旧东西都拖到后面的树林里了。

可这土不像玛吉家的土，里面都是小石子，颜色灰扑扑的，浇上水就变成泥汤。

土毕竟是土，对吧？

乔塞特跪坐在腿上。

她把种子放进洞里，小心地把金盏菊从分栽的塑料花盆里拉出来，轻轻地把每一株小苗摆放在一个洞里，把屋檐下的灰色土撒在根部。然后，她给所有的种子和花苗浇水，可差点把苗冲走，后来她掌握了窍门，让桶里的水像细流一样浇在上面。她又跪好。

长吧，小花苗，长吧。

她爱闻金盏花的味道，浓烈而温暖。她老远就听到霍利斯的车吃力地往家开，汽车发动机低声轰鸣，但依然耐心地爬着缓坡。不久，他在车道上停下车，从车上下来。

“你好。”他说。

“你好。”她回应。

“在忙什么呢?”

“哦，就是弄个小花圃，”乔塞特说，“想把这儿弄漂亮点。”

他从各个角度欣赏了一遍，称赞那些金盏菊不错。他没有告诉她，第一场霜就会冻死金盏菊，而它们来年也活不过来；也没告诉她，秋天撒下种子根本是徒劳。但他纳闷，这些她怎么都不知道呢。为什么她连这些生活常识都没学会呢？空气很温暖，但这些纤弱的花苗的叶子已开始泛黄，注定会死。

所以当她抖落尘土、站起身看他时，他问。

“那家里有吃的吗？还有剩下的汤吗?”

他们走进屋里，在冰箱里翻找，掀起炉子上汤锅的盖子，找到了藏着的饼干和剩下的燕麦饼，乔塞特身上散发着某种味道，让霍利斯更加饥饿。他想做个三明治，可没蛋黄酱了。乔塞特用铁支架烤了些燕麦饼，他俩坐下来吃。

霍利斯往饼上撒了一勺糖，乔塞特想闲聊几句。

“这个旧糖罐的故事，你知道吗？它很久前就在这栋房子里了。很久以前，我的曾曾曾祖父曾经用它来保存一把钥匙。”

虽然霍利斯早已了解这个没有手柄的糖罐的故事，但他什么也没说。乔塞特接着往下讲。

“这是第一代拉罗斯的东西。她就住在这儿，那时这儿还是一个小木屋。这个小小的糖碗是我们仅有的她的遗物，我猜，除了那些由外婆保管的信件和资料。”

“你的家庭可以回溯到很久以前。嗯？”

乔塞特看着霍利斯。他说这话时的声调和温柔的语气，看她时眼神中那种特别的认真和关切，让她想起斯诺说过的话：霍利斯喜欢她。这真让人坐立不安，她突然强烈地意识到这种奇怪的可能性。她再开口说话时声音嘶哑，吓了霍利斯一跳。

“每个人的家庭都可以回溯到很久以前！真不错。回到未来[①]吧，伙计。”

乔塞特笑了，发出她认为的危险而性感的低吼。霍利斯惊奇地望着她。

---

① 1985 年罗伯特·泽米吉斯执导的科幻电影，高中生马蒂·麦克弗莱驾驶时光机器意外回到 1955 年，无意中干预了父母的约会，导致未来的自己可能消失，因此开始拯救未来的行动。此处，乔塞特在开玩笑。

传说（一）

几个老太太有的坐在折叠椅上，有的坐着轮椅，在房间里安顿下来。拉罗斯的同名外婆，也就是第四代拉罗斯，正在炸面包。她把每个枕头形状的金黄色面团从油里捞出来，放在纸巾搭成的小巢里。艾玛琳把方方的炸面包放在碟子上，端给每位老人。小男孩拉罗斯送来黄油和稠李果酱。他接着摆好咖啡杯，有部落学院纪念杯、刻有“史特小溪[①]无桨逆流行[②]”字样的纪念杯、带有划痕的赌场咖啡杯和崭新的赌场咖啡杯，新杯子上绘有水果老虎机那款游戏里面的水果。咖啡机里的咖啡还在往玻璃壶里滴，拉罗斯照看着咖啡机。这孩子还没等往高里长一英寸，就先往横里长一点。他一有动作，马尔文·桑瑞特就冲他挤挤眼，点点头。

“啊，这孩子，啊，这孩子，”她低声说，“是个好苗子。也许，你家艾玛琳终究还是背叛了朗德罗。”

“闭嘴，你个可恶的老太婆。”皮斯太太说。

最近几年，马尔文跟山姆·伊格尔博伊的日子过得很舒心，可这也没能让马尔文收敛她的刻薄德行。马尔文注视着皮斯太太把炸面包捞出来，一直憋着，没对她的手艺评头论足，可别的话

---

① 非真实地名，指无人愿置身其中的困难处境。

② 出自美国作家约翰·多斯·帕索斯的《一个年轻人的冒险》，强调处境艰难。

不由自主地从嘴里蹦出来。

“果酱是你做的还是你女儿做的?”

“我们一起做的。”艾玛琳说。

“你怎么不跟你母亲一起住?是朗德罗不让吗?你母亲怎么不住在自己的房子里呢?”

“这话你问过一百遍了,”皮斯太太说,“我跟你说过,我喜欢按自己的习惯过日子,喜欢住在这儿,喜欢一个人住,就是不喜欢你和你那张刻薄的嘴。”

伊格纳西亚带着她的氧气瓶转着轮椅来了。

“上帝保佑女王陛下。”马尔文说。

“击掌。”伊格纳西亚说,举起瘦得跟爪子似的手,装作要跟拉罗斯击掌。

伊格纳西亚每次微笑,会像年轻人一样脸颊绯红。

“我有个好故事讲给你听,”她对拉罗斯说,“半夜里,我把所有的片段都想起来了。这个故事是我祖母讲过的,那时我大概跟你一般大。很久之前的事了。这故事,直到前不久的一天晚上我才想起来。”

“那就讲给我们听听吧。”马尔文说。她噘着嘴,满心嫉妒。

“不行。”伊格纳西亚傲慢地轻轻一挥手,拒绝了。

“为什么不行?”马尔文靠过去,紧盯着她。

伊格纳西亚挺直身体,收起下巴,准备讲古训。

“地上没有雪,地上没腿的那些家伙还没睡觉。”

“哦……哦,这话说得像个旧时的印第安人,你这老太婆!”马尔文说。她眼里闪着恶毒的光芒,最糟糕的事就是听另一个老家伙讲神圣的印第安传统了。

“你知道的，我们确实该等到地上的积雪变厚才行。”维比德太太说。

“这个我确实知道。”马尔文说，现在可是火冒三丈了。当初还是我想起那条戒律的，伊格纳西亚还想破坏它。那些家伙会把我们的故事带到地下最深处，带给水下的狮子、巨蟒和其他邪恶的生物，要等它们在地里冻僵了、沉睡了才行。

“还有一片炸面包。”艾玛琳说。

“给她，给那个说话不看场合的老婆子。”伊格纳西亚说，她气鼓鼓地冲马尔文撇撇嘴。

“绝对不行，”马尔文回答，“给那个偷走我家汉子的婆娘，她一个接一个，接连偷了六个。她对着他们秀自己的胸脯，搔首弄姿，想抢走我孩子们的父亲！真不要脸！”

“他们看的是自己想看的东西，”伊格纳西亚哽咽着大吼，“你个恶毒的婆娘，把他们吓得阳痿。他们受不了你，才一窝蜂地来追我。”

“你个骗子！”

“你敢叫我骗子，你的裤子才着火冒烟呢①！”

艾玛琳把炸面包一切两半，涂上厚厚的黄油和果酱，往两个老太太一人手里塞一片。两个死对头一点点地咬着面包，嘴角流着油，怒视着对方。有那么一会儿，两人态度似乎缓和下来了。接着，马尔文不假思索地开口了。

① 美国俚语：“骗子，骗子，裤子着火！”

“你个骗子！你！你的内裤烧起来了吧！你个浪婊子，都多大年纪了。不要脸！”

伊格纳西亚把手里的黄油面包冲马尔文扔过去，面包黏在她胸口，正巧落在乳头上。她低下头看，鼻子呼呼直喷气。

“来，亲爱的，我来帮你。”山姆·伊格尔博伊说。他拿走那一小块面包，然后往手帕上吐了口唾沫，用力地擦着她胸口的衣服。马尔文假装要打他的手，让他把手拿开。

山姆下意识地把炸面包扔进自己嘴里。

“山姆吃白人的食物了！”维比德太太兴奋地朝马尔文探过身，“他一定爱你爱得不行了吧？”

“男人要是连这都愿意，还有什么不肯的，”伊格纳西亚说，“我就知道。”她脸皱成一团，眨了眨眼。

※

“上夜班？没问题，我相……我确定。我会的。很高兴这个时间上班，”罗密欧说，兴奋得张口结舌。

斯特林·钱斯一张圆脸苍老而威严，双手静静地放在桌上的几摞文件之间。

“罗密欧，你做得很好，像你这样的人不多见。我们不只是负责清扫修理，你知道，我们要发挥榜样的作用。如果我们不把工作做好，没人能给人治病，对吧？”

到目前为止，罗密欧已修好了一个应急发电机，让它发动起来。他用电线短路的方法发动过救护车。他还轻手轻脚地撬开过文件柜，甚至在护士没带钥匙时破门而入一间办公室。他在停电时为一个患哮喘的孩子挤压过呼吸泵。他想办法打开卡死的窗户，巧妙地修好感应灯，疏通马桶，清理掉淋浴区的毛发团。他做所有这些事时，除了在脑子里，从没让别人听他说过一个脏字。

“你很有教养，”斯特林·钱斯郑重地说，“这点也很重要。”

罗密欧从维修处办公室走出来发现自己可以大展身手了。

他夜里不但不用孤孤单单地一个人待在家里——这早已令人厌烦——而且医院的监控人员夜里肯定只会昏昏欲睡，管理肯定会松懈。上班第一个星期，他就发现自己想得没错。在这一切颠倒的时段里，罗密欧周围都是窃窃私语。夜班充斥着闲言碎语。不像部落养老院刻薄的流言蜚语，而是有价值的时事新闻。你得聊天以保持清醒。你也得四处走动以保持清醒，所以罗密欧可以做点事。他继续表现得勤勤恳恳，好接近人偷听各种谈话，因为任何一场闲聊都可能有用。他故意让人们看到他趴在地上给地板抛光。

“我跟你说，我们有地板抛光机可以用。”有人告诉他。

“谢谢，不过我有我的标准。”他回答。

急救队的车库外面放着一张小的野餐桌。当然，他们脑子里想着生死大事，可真的，他们这些人真是疏忽大意啊！罗密欧得把他们揉皱的纸片捡起来，当然还得捡烟蒂，捡从他们的午餐里吹走的糖纸和三明治的包装纸。甚至太阳落山后，他也会来捡纸片；这时急救人员都坐在泛光灯下。接着，他要慢慢地、慢慢地处理这些东西。他要把每片垃圾纸抚平摆好，然后毕恭毕敬地放进垃圾桶。罗密欧靠近急救队，在急救室附近徘徊，留在任何能接近值班的急救医生或护士的地方，因为他们可能会透漏一点信息。他穿着矿物色的工作服，跟医院的家具浑然一色，里面套着棕褐色的高领衫，可以遮住喉咙附近的蓝黑色头颅文身。他灰色的弹力牛仔裤的颜色像拖地的脏水，而且很可能是女式牛仔裤。他不在乎。他不跟人讲自己的事，只是怂恿别人说。他不想惹人注意。他穿着黑色橡胶运动鞋，鞋是在公路上捡到的。早上下班回家的路上，罗密欧脑子忙得转不过来，他进入自己的残疾人公寓，把口袋里的纸片倒出来，里面有匆忙地写在便利贴上的笔记、垃圾里拣出来的纸片，甚至有几份夜里丢弃的文件。他把自己的笔记分成几摞。他早就偷偷装了一口袋彩色图钉回家，不断把相关的潦草记录钉在房间里那发霉变软的石膏板墙面上。

从这些零星的谈话中，罗密欧了解到有种病看上去像喝醉酒一样，其实不过是你的身体在制造酒精。帕非·希尔兹从锋利的刀刃上舔东西吃，结果别人得替他打电话叫救护车。有个小孩一生下来浑身都是毛，还有个小孩出生时手里攥着妈妈吞下去的一分钱硬币。老头培伍兹有个儿子服用兴奋剂；那个不孝子偷过老人的钱，他吸毒神志不清时，拿胡萝卜插进屁眼，被送到医院急救中心。有个女人——名字他想听却没听清——用小小的圆鹅卵石锻炼阴部。有个部落成员，是个盖屋顶的工人，肺里吸进几颗钉子，却不肯让医生取出来。任何东西，包括空气中，都含有太多盐分。一个小女孩差点冻死，因为她进不了屋，而屋里的妈妈醉得不省人事。医生当场宣布小女孩死亡，可有个医生用心肺复苏术对她进行抢救，让她的血液回暖，把她从冥界拉了回来。现在，小女孩像拉罗斯那孩子一样什么都懂。一个十几岁的孩子在他爸爸家的阳台下面睡着，结果冻死了。他们满怀希望地试图抢救，但没救醒他。一个老妇人出门倒垃圾时迷了路，但没受冻，因为她把自己埋在雪里了。

不过，等等。罗密欧拖着地，一路拖到调度员办公室门口，救护车上的工作人员都在这儿办手续或者聊天。他听到了朗德罗的名字。他竖起耳朵，俯身靠近，屏住呼吸，努力听清每个字。

"不是那条股动脉。"有个人说。

"确定?"

"也不是那条。"

"哪天?"

"是个周三？还是周二?"

"差点被你糊弄过去。"

接着，他们又开始讲胡萝卜的事。

罗密欧强打起精神，让疲惫的脑袋保持清醒，拼命往脑子里记东西。他必须继续往前拖地，就把听到的话迅速记在从候诊室杂志里撕下来的一张纸上。他把所有的发现都放进从垃圾里抢救出来的一个文件夹里。里面保存着各种可能性，各种富有创意的可能性。他对自己整理个人信息的方法颇为得意。

※

玛吉悄悄溜进拉罗斯的房间，蜷缩在床尾。

"我觉得事情会好起来的，我觉得她开心多了。"玛吉说。

"我也觉得，她不做蛋糕了。"

"她可能会跟爸爸到西内克斯上班，我听他俩说的。"

"你要对她好点。"

“你是说……”玛吉的声音很低，“……你是说她想上吊是因为我很坏吗？”

“当然不是这个意思，不过你对她很坏。”

“我以前是个坏女孩，现在也是个坏女孩。像我这样的女孩，他们都叫坏女孩。现在的学校里还没人这么叫，这个学校还有比我更坏的贱女孩。但肯定会有人这么叫我的。”

拉罗斯一下子坐起来。“不，你这是强悍。你不得不这样。”

“让你瞧瞧什么叫强悍！”

她跳着站起来，在床上弹跳，用枕头砸拉罗斯。拉罗斯向她扑过去，他俩扭打着从床上掉下来，滚到地上。两个人的身体重重地落在地上，他们不再笑了。诺拉在楼下问怎么回事。玛吉溜回自己的房间，动作像影子一样敏捷。

拉维奇夫妻俩的房门咯吱作响，诺拉的声音从楼下的客厅里飘上来。

“书掉到地上了，”拉罗斯在床上回答，“没事了，妈妈。你们睡吧，我会保持安静。”

“玛吉？”

“什么……么？妈妈？”她在房间里回应，假装睡得昏昏沉沉，一肚子不耐烦。一切安静下来。入睡时，玛吉想着拉罗斯。她每天晚上都会想他。他能让她平静下来，他是她专属的，是她的宝贝，可她又不清楚他到底是什么，反正是她珍爱的宝贝。

突然，他出现在她床边，手指按在她嘴唇上。他以前从未这么做过。

“我想问你点事。”他说。

“问吧。”

“你说，另一个学校的那些男生都有谁？不管什么时候。就是那些欺负过你的家伙，都有谁？”

她眼睛扫过拉罗斯那小男生特有的细胳膊，上面浓密的毛发不服帖，老往上翘。他问的问题让她难受。她以为自己已忘掉那件事了，可实际上身体里像淤积着一摊黏液，现在又从毛孔里往外渗，形成一层薄膜。她眼里有泪吗？她抹抹脸。她还没摆脱那件事的影响。那些家伙记得，他们还记得。去年，巴奇说她假装清纯：“喂，拉维奇，你还想要吧？你还像从前一样想要吧？”还有一次，巴奇手按在他的裤裆中间，从大厅里朝她走过来。至少，当她飞脚去踢时，他退缩了。

她数着名字：“泰勒·维达尔、科坦斯·皮斯、布拉德·莫里西、疯杰森·韦尔斯特兰德。”

“我想我见过这几个家伙。”拉罗斯说。

“还有韦尔斯特兰德的妹妹贝拉依琳，她就比我高一级。她很恶毒，假装是个辣妹，妆化得有一尺厚。她还把眉毛修成半圆形。我讨厌她。真高兴我们换了个学校！她以前老给我白眼，冲我竖中指。无缘无故的！我知道，巴奇跟她说过什么，他跟贝拉依琳说那都是我的错。”

“我忘不了你那天晚上说过的话。”拉罗斯说。

“你忘不了？”她身上那鼻涕似的黏液变干，从她身上脱落了。他们那该死的窥探似的手指离开了她的身体。“你还记得？我说过什么？”

“圣人会杀人吗？”

“圣人？”

“你说的是我吧，虽然我不是圣人。”

“拉罗斯，天哪。我不是让你去杀他们。”

“别担心。我不会真的杀死他们，不过，看，我现在强壮多了。”

“不，你还不行，”她说，“别去！”

泰勒现在是高中的摔跤手。科坦斯笨拙，不敏捷，可他是个大块头。布拉德·莫里西是橄榄球队的。巴奇冷静、残忍又精明。

“事情已经过去了。过去了！影响不到我了。还有，他们挺残忍的，都是恶毒的浑蛋。答应我，别招惹他们。”

“别担心。”拉罗斯压低声音，一本正经，“你知道的，我在跟特拉维斯神父练跆拳道，已经是绿带了。”

“哦，天哪，你可别干傻事！”

“嘘嘘……”

他走了。

时间为媒

彼得把诺拉带到他上班的西内克斯，诺拉开始每周陪他上几天班。她负责收银，往货架和冰箱的冷藏室里上货，把洗手间打扫得一尘不染。没有一件货品乱放，所有标签清晰可见。咖啡台像祭坛一样光洁发亮。工作时，诺拉每天的悲伤会分散给成千上万的小物件：放奶精的杯子、包装好的吸管、挂糖果袋的可调节挂钩、制冰沙的机器和放甜甜圈的展示柜。有时，她长时间地盯着热狗烤架，看着有害健康的法兰克福香肠不停翻转，烤得油脂金珠似的闪闪发光。有时，她阅读并思索着那轻薄的零食包装袋上的成分说明。她数着刮冰器摆动的次数，补上被人顺手牵羊拿走的轮胎压力计，或研究杂志的摆放。整理生活中的这些小事时，她似乎也掌握了自己的生活，也许是在分子这个层面上吧，因为她不就是由这些垃圾似的物质组成的吗？她坐车回家的路上嘴里嚼的牛肉条，每天喝的浮着奶油泡沫的法式香草味拿铁。她每天早上从自动售货机里拿化学合成的杯子接一杯超大杯拿铁，慢慢喝一整天，拿铁的味道会变得越来越浓烈，一种干巴巴的、酸涩的味道啮噬着她。

接着，彼得也开始喝加油站便利店的拿铁。他俩一起嘲笑自己喝拿铁上瘾。笑声从诺拉喉咙里飞出来，粗哑刺耳，落在彼得胸口的那一瞬间便消散了。诺拉看出来了。那天晚上，她把头放在彼得的胸口，合上眼睛。

※

一阵冰冷的雨水吹来。这雨还没变成雨夹雪，更不是雪。一天下午，诺拉回家时，硕大的雨滴砸在她脸上。拉罗斯待在楼上，房门半掩。诺拉经过他的房门口时听到他在说话，或者说在跟人聊天。当拉罗斯沉浸在游戏世界里时，他常自言自语。他用乐高、积木、磁铁、旧的建筑组装模型、万能工匠的零件、废弃的螺钉、金属材质的小零件，甚至奶油桶和饼干盒建造的一个复杂的堡垒。而他玩的众多塑料人偶中，有些是从达斯提的玩具桶里找到的，也有别人送的；这些玩偶作为联盟军成员，在他手下不断变换和组建队列，时而攻击，时而保卫这个神奇的大堡垒。参加的有泰特拉赫尔勒蒙、冯特罗、绿色威胁、闪电、马德尔、塞克、麦克斯米林斯、沃萨格、斯米特隆、克索尔、托尔、黑崎和大师。

他玩游戏心有顾忌，从不在人前玩，玩时经常关紧房门，有时会低声说话。但今天，拉罗斯沉浸在他编造的游戏里，没听见诺拉走过来，也没感觉到她在听。

“在恐龙上方进行拳头和火箭的对接!”

“你别推我!”

“我重复：进行对接。”

“等离子船掩护。我们安全了。”

“救出克索尔！快！他越来越虚弱了!”

“三角龙咬到他的下颌了!”

“妙招，黑崎。大师很赞赏。”

“别用那个，达斯提。”

“他昨天失去了能量，正在疗养室内恢复。”

“绿色威胁会制止它们的泛滥！”

“循环已经开始，我们必须将宇宙建成。”

“麦克斯米林斯，带上麦克斯米林斯。”

“啊，你是塞克。按住检查按钮。”

然后是嘴巴发出的爆炸声。吧哧哧哧哧哧！噗噗呜呜呜呜嗞嗞嗞！还有塑料模型的碰撞声。

诺拉一句话也没说，靠着房门旁的墙坐下。她神情平静，双眼低垂，嘴唇微微颤动，好像在重复一个名字或者祷词。

她什么都听到了。光明与黑暗之间史诗般恢宏的大战。人影绰绰，穿过作为媒介的时间。有人颠覆宇宙。群雄首次聚首，分开后又再次聚首。形态未知的亡魂与已知的生者深度融合。不同的世界交汇，不同的维度崩溃。两个男孩在游戏。

第二天，诺拉把烂木头、放了十年的缴税记录和银行账单收起来，放进火坑，泼上汽油。天气温暖宜人，阳光灿烂，没有风。她扔进一团燃烧的纸，传来一声闷响。等火烧得灼热滚烫，她把绿椅子推了进去。

都过去了，她大声宣布。

每当诺拉独自一个人，她的眼里总是噙满泪水。起初，什么药都不管用，甚至拉罗斯也无法给她慰藉。可昨天听过他跟达斯提玩的游戏之后，她今早醒来，不知不觉地下了床。床也与平常不同，不再像泥泞一样痛苦地攫住她不放。今天早上晚些时候，原先那个正常的诺拉开始躁动不安。内心某种未知的东西已自行恢复。她感觉自己不再是孤零零一个人。内心世界和外部世界，如同借助那些玩偶的行动，已精准地对接好了。因为对她来说生死两个世界之间不仅是可渗透的多孔结构。这条通道真的存在。拉罗斯也去过了。她没发疯，也许是太敏感了，就像拉罗斯一样，人人都说他敏感，说他不同寻常。拉罗斯陪她另一个世界的儿子一起玩游戏，替她做了件好事。

她的计划接连不断地冒出来。她要养更漂亮的小鸡，不只是她一直养的那种可靠的品种。她要养芦花鸡、怀恩多特鸡、奥尔平顿松鸡，养几只看上去野性十足、长着羽毛头冠的波兰鸡。她要把园子弄得更大，更漂亮。他们已经有那条不肯离开她的丑陋的狗。那就养匹温驯的老马吧。种花，栽灌木，养蝙蝠，反正蝙蝠吉利，还有蜜蜂，反正蜜蜂有用。要放野鸟喂食器。要设个陷阱抓野猫，可抓到后怎么办呢？算了，还是让它们捉老鼠去吧，保证谷仓没鼠患。养一只奶牛，也许两只，没别的，就是为了挤牛奶。她讨厌绵羊。不要绵羊，不要山羊。不过可以养兔子，放兔笼里养；她觉得，彼得肯定会不时杀一只做晚餐。皮也得让他剥，让他切成块。她要油炸兔肉，肯定的，别，等等，想想它们的眼睛！温柔的大眼睛！受不了，受不了。她心急了。要是你敢吃兔子肉，肯定也敢吃猫肉。要是敢吃猫肉，你也敢吃狗肉了。要是这么一直往下推理的话。不行，她眼睛盯着火焰，心想，还是先养鸡吧。鸡的死亡是她唯一能承受的。慢点来，她劝自己。你现在有大把的时间好好生活。她环顾四周，扭头看看身后，望望树林。

“看到了吗？”她低声说，“我烧了那把椅子。”

许愿井

许愿井许愿，井许愿，井喂呀嗨喂呀嗨。

奥吉布瓦人对万事万物都用歌来吟唱，这是罗密欧的撬锁歌。他一边用拉直的曲别针撬着医院文件柜的锁，一边在心里唱着。

他心想，这么重要的信息竟然放心用这么一把锁芯乱晃的劣质锁来保护，真不错。要是他愿意，就能找到这把锁的钥匙，或者把锁锯断。可他有时间，也乐意慢慢撬，这样做神不知鬼不觉。

十分钟静悄悄的，罗密欧拨弄着锁芯，哼着曲儿，低声吟唱他的撬锁歌，直到锁簧收缩进去，锁自动打开。

他那秘书般的手指熟练地在文件柜里翻找，找出了那份原本很难弄到的文件；原始文件可能放在印第安部落的警察局总部，除非被警察逮捕，否则那地方他也进不去。居然人人都相信他这个正在戒酒的酒鬼，真是搞笑。他想，人人都喜欢改邪归正这套陈词滥调；他边想边把他需要的几张纸取出来，把文件放回原处，以防有人想起来找它。不过一般不会，因为这个案子被认定为一起简单明了的事故，一个意外的悲剧。

他把文件放进黑色的薄布口袋，这是他从部落安全工作会议的清扫服务中收获的赠品；在会议上，他亲眼看见印第安部落的警官们利用国土安全部的拨款，在地板上练习用手铐反铐对方。他的布口袋里还有十包密封的过期方便面，这种面条配有味道浓烈的小包调味料。他还从医院的员工冰箱里弄到三盒蓝莓味酸奶。罗密欧朝天主教走读学校走去，看那儿还有什么剩下的午餐，他在那儿的运气一向不错。要是能找到含蛋白质的食材，正好补充面条缺乏的营养，也许再来一两根干瘪的胡萝卜，他就可以做一锅美味的汤。有洋葱就更好了！

罗密欧弄到一根发软的黄瓜、一些烹调过的鸡肉——像干柴似的，肉都要成小薄片脱落了；不过，要是在汤里煮一下，鸡肉会煮软的，煮黄瓜也不难吃。回到家，他打开电视和电热炉。他正想做点家务，就在盥洗室的水池里把釉面锡制汤锅冲洗干净，打开三盒面条，加上水和调料泡起来，又用大拇指移动黄瓜，削成小块。他身后的有线电视新闻网正卡在鸡蛋糕①的新闻上。

鸡蛋糕，他哼着。

喂哟嘿哟　喂哟嘿哈

鸡蛋糕

鸡蛋糕

让我的龋齿疼得受不了。

接着，罗密欧想起了葬礼后的宴会上吃过的鸡蛋糕，上面总是点缀着小漩涡似的巧克力糖霜，这鸡蛋糕让他想起过去。在电视机前坐下后，他的思绪回到很久以前。那时他到皮斯太太家做客，小艾玛琳亲手拿方形蛋糕给他吃。等他们一成年，他就向艾玛琳表达他的爱慕之情，会有用吗？艾玛琳会放弃朗德罗跟他约会吗？年复一年，她跟罗密欧的差距越拉越大，跟他不是同一个层次的人了。说到女人，他已不在乎自己属于哪个层次了。他心想，我就是个光棍了。大声笑吧。他上班时学会了大笑。很久以

① 核反应燃料重铀酸铵或重铀酸钠的俗称。

前，他曾经有机会。那时人人都说他聪明。那时她亲手用印花小碟子把蛋糕送到他手里，他现在还能尝到那滋味，香草味的香精融化，渗进那块香甜的蛋糕，就像她的美好渗透到他那松软多孔的心里。他现在没吃药，只是重温那段记忆罢了。

盯着那面整理线索用的侦探墙，他突然想到，他不只要整垮朗德罗，还要做更多。也许要动点真格的。我不是个只会搜罗残羹剩饭的穷鬼，这一点应该让人知道。

方便面吱吱响，声音越来越大，从锅里溢了出来。罗密欧急忙去抢救自己的晚餐。他已准备好吃面的餐勺，是一把从公立学校弄来的沉甸甸的金属材质的旧烹饪勺。他用抹布隔热，把汤锅端过来，放到地板上，搁在椅子边一块叠好的毛巾上。等汤变凉的工夫，罗密欧专心看起电视新闻。

罗密欧点点头，像吸尘器一样把面条一扫而光，连同那些话也扫进耳朵里。麦凯恩受过苦，活下来了。麦凯恩知道自己在说什么。罗密欧喜欢念这个名字，真像西部牛仔。麦凯恩绝不会无缘无故地让美国的年轻人受到伤害。罗密欧举起变凉的汤锅，喝掉剩下的残渣。

他千方百计偷来的文件还放在从部落安全会议上弄来的布口袋里。快要进入药物引发的梦幻状态时，罗密欧突然想起那份文件。他把布口袋拉到床垫上，打开歪歪斜斜的台灯，抽出文件，扫了两眼验尸官的事故报告。事情发生在三年前的保留地，离边界线几十码。他的目光在鼻尖处交汇，基本没看文件上的字母。反正他知道里面的内容，他把偷听到的谈话内容在布告板上拼好了，对发生的事一清二楚。要是他愿意，也能用脑子想出来。但他不愿意。谁会愿意呢？他把文件、黑布口袋和承担的责任统统撇开不理，对国家叫嚣着要开战的事实也置之不理。快要进入梦乡时他突然想明白了。

他们不敢说清楚。与其说这是股动脉的小问题，不如说是颈动脉的大问题，比这些试管和糕饼的问题要严重得多。在站不住脚的虚假真相背后一定藏着真正的真相，耸人听闻，会引起股市崩盘。可万一这个真相也像泡沫一样呢？万一这个真相背后不过是傲慢、金钱，或纯粹是物资问题呢？

罗密欧见过商品快变质引起的混乱。各种商品都要快点用完：餐厅给的芹菜多得出奇，西米露溢到杯外；诊所给药也很大方，因为药物过了某个月份虽有效，可效果就打折扣了。万一呢。

万一是因为一堆战争物资快到保质期才会开战呢？

命运多舛

特拉维斯神父躺在单人床上，头枕一只用聚酯纤维填充的硬枕头，想要入睡。他身上盖着彭得顿毛毯；这是一条华丽的青绿色约瑟夫酋长牌羊毛毯，是他为朗德罗·艾恩和艾玛琳·艾恩夫妇主持婚礼时收到的礼物。可他睡不着。他索性不再睡，睁开眼睛，凝视着黑暗的房间。黑暗仿佛在室内起起伏伏，发出轻微的沙沙声。

虽然没有资格穿教会领袖的法衣，没有专门的热线电话跟上帝交流，他仍然努力祈祷。他曾体验过的上帝有诸多面孔，必须上下滚动时间的卷轴，找一位合适的上帝祈祷才行。最初是那位慈爱的上帝，热切地保护着他的童年。接下来有一段空白期，他没想起过上帝，只是一味地锻炼身体，报效国家。继而，上帝作为严酷的不可知力量回到他的生活，任由炸弹夺走战友们的生命，却将力量赐予一个瘦小的小伙子，让他救了特拉维斯。后来，一天夜里，他的上帝讲起残缺的仁慈，生存的水域，光的斜面①。他应邀参加神灵的一次聚会，会上魂灵跟他说话，给他的胳膊绑上彩色缎带。猩红色和蓝色的丝带嗞嗞作响，黄色丝带四分五裂，瑰丽的光彩充满整个房间。那是他在西德遭受的痛苦。可他的灵

---

① 此处指特拉维神父所在的海军陆战队驻扎在黎巴嫩时遭受的恐怖袭击。

魂脱离了身体，注视着白色床单上那熟悉的身体。“啊，你本来应该做个神父的。”他相信自己曾在医院听上帝讲过这句话，但后来，他意识到这可能是母亲在他身边祈祷时说的，当时他还没苏醒，还不用忍受那日复一日、愈加单调的痛苦。

有波兰的上帝吗？喜欢香肠和波兰饺子的上帝。神秘、精明、世俗的上帝，遇事老想不开。还有他父母的上帝；他的父母在他领受神职后不久，就把他俩的上帝留给了他。他猜想，父母亲眼看见他的生活恢复正常，觉得这时就算走了也无牵无挂，因为他俩一个死于中风，一个死于致命的疾病，突然一个接一个离开人世。

你不该继续编造不同的上帝了，像普通人一样想象一位上帝吧，他再次告诫自己。向那虚无的存在祈祷，向那没有形象、抽象而冷漠的力量、那永远如此仁慈的更高力量祈祷吧。向那不可知的力量祈祷。那不可言喻的造物者。特拉维斯神父头脑里想象着所有的树木、飞鸟、山峦、河流、海洋、爱与善，所有随风飘落的苹果花，接着是世上旋转而起又飘落的尘埃、万物诞生前寂静的水面。

特拉维斯神父突然坐起，又重重躺下，双手捧着脑袋。

现在，一切都结束了，他心想。

第二天早上，最受尊敬的主教大人弗洛里安·索雷诺，主教阁下，索雷诺主教，将会致电特拉维斯神父，把他早已知晓的消息正式通知他。

※

恶少四人帮还常见面，不过现在他们是货真价实的恶名在外了。他们在泰勒家的车库鬼混，又弄了把电吉他，跟原先的吉他竟相吼叫，制造出的噪声更加刺耳。他们还吸大麻、喝啤酒，一起抽烟、聊天。他们都有女朋友，可只有巴奇的女朋友肯让他为所欲为。他把两人干的事对朋友和盘托出，其他三个家伙也默默记在脑子里。他们还没忘掉玛吉，但现在对她的感觉已经不一样了。她竟敢打他们！当时他们挺佩服她。现在每次想起那事，他们就想制伏她，给她点颜色瞧瞧。他们长成大个子了，她还是跟以前一样纤细。这就是现实啊。可当时她动作敏捷，出人意料。她的胯下一击现在已成为趣谈。当时，巴奇不得不做门诊手术，他父母想把医生的账单寄给彼得和诺拉·拉维奇。可巴奇不想弄得人尽皆知。再说，现在，玛吉家跟保留地的艾恩家那些人有来往，有乔塞特和斯诺这两个不好惹的印第安姐妹。恶少四人帮心里一清二楚。是的，那几个女孩在另一所学校上学，但她们也能带一伙人过来伏击他们，这一点毫无疑问。她们还有两个哥哥，就是酷奇和那个在建筑公司干活的霍利斯——两个肌肉发达的家伙。虽然丢人，但他们都清楚玛吉不好招惹，除非他们四个里有人长得身材高大，超乎常人。他们几乎不再谈论玛吉，只是偶尔低声说两句，心里纳闷，不知道她有没有把他们干的坏事告诉别人。

“不管怎么说，我们不算太过分。”

“我们确实没来真的。你们清楚，我们从来没越过那条界线。”

“肯定没有。我们没越界，是吧？”

“兄弟，我们摸都没摸到她，她无缘无故地发飙。”

“你们几个别说了！过去很久了，没人记得了，没人在意。”

“不管怎么样，”巴奇说，“她那时就想让人摸，现在还想要。”

其他三个孩子没说话，琢磨着这个思路。他们都点点头，只有布拉德盯着空中，好像根本没听到他们说话。虽然他肯定听到了，他是基督徒，那么说听上去不符合教义。

格挡。出拳。侧踢。手刀。格挡。出拳出拳。下劈。格挡。格挡。可怜的孩子，艾玛琳心想，拉罗斯的鼻子跟朗德罗的一模一样，长在大人的脸上正好，可长在小男孩脸上就显得大了。但他是个帅气的男孩；那眼睫毛也跟朗德罗的一样，长在男孩脸上真可惜，还有那传神的眉毛。他两个姐姐不该给他化妆，可她们还是化了。再长大一岁，他就不肯了。也许，艾玛琳现在就应该阻止两个女儿。

特拉维斯神父站在她身旁，她从椅子上起身。

他不打算谈论那件事，简单宣布一下就够了。下周的弥撒，还有下下周的弥撒。可是……

“我要调走了。”要离开了。是真的。

她目光紧紧盯着他：“什么时候走?”

“我帮新来的神父几个月，然后就走。”

“去哪儿?”

“我也不清楚。”

他不自在地笑了笑，含含糊糊地说他要改行干别的了。

艾玛琳转过脸去，等她转过来，特拉维斯神父不安地发现她可能在哭。很难说，因为她一直在说话，而说话的同时眼泪也在往外涌，可还没等流出来却又不见了。特拉维斯神父知道，艾玛琳很少哭。那个不堪回首的日子，她在他的办公室哭过，那是撕心裂肺的安静的宣泄，无法跟朗德罗的号啕大哭相提并论。她想说话，但语无伦次，这让他不知如何是好。即使激动的时候，艾玛琳也一向是理智的。艾玛琳摇摇头，甩掉挡在脸上的头发，皱起眉毛，咬着嘴唇，不让快到嘴边的话说出来，接着随意敷衍了几句。特拉维斯神父认真倾听，想听明白，可她的情绪外露让他吃惊不小。她不肯再说。

“我都哭了！接受不了。你一直在这儿，为我们做了那么多。神父们都是像风似的来了又走了，只有你留了下来。这儿的人爱戴你……”

她低头看着手里揉成球的餐巾纸，不知道这一团纸是怎么从皮夹里来到她手里的。她很吃惊，这一连串的话是怎么从她嘴里说出来的，她到底说了些什么？

“我说了些什么？”

“我不知道，但是，我爱上你了。”特拉维斯神父说。

她重重地跌坐在塑料椅上。

在他俩身后，拉罗斯还在练习品势，出拳越来越猛，所以他什么也没听到。其他人都走了，所以没人看到神父跪在艾玛琳面前，向她递上外出时应急用的白色大手帕。艾玛琳把那方手帕放到脸上，按在太阳穴上，捂着手帕痛哭。毫无疑问，她现在真的捂着手帕在哭。特拉维斯神父等着信号，他当兵时就开始这么做了。自从成为神父之后他就一直在这么做：跪下，等待信号。他做起来自然而然，连他自己也没察觉。他没有急着收回说过的话，没有忙着道歉。他把决定权交给了艾玛琳。

“不公平。”捂着手帕的艾玛琳说道。

拉罗斯还在跟无形的对手搏斗，用力踢打训练用的人偶，打得它东倒西歪。这一拳是给泰勒的，接着是科坦斯·皮斯，接下来的后踢腿留给布拉德。拉罗斯一个转身，用拳猛击巴奇。在他的进攻下，他们被逼得向后飞，落地时目瞪口呆，在地垫上翻滚，跌跌撞撞地想逃走。还有个家伙从背后偷袭。拉罗斯仿佛能看到自己的背后！砰！哐！对方失去意识。

※

一个八岁的孩子怎么找到高中生鬼混的地方呢？还是白人高中生？到保留地旁边的小镇上找？保留地和小镇之间隔着一条公路，就像隔着一条鸿沟，无路可走。他问酷奇，可哥哥根本不知道他们是谁。他问乔塞特，但姐姐根本不想回答他。或者，她眉毛往上挑是有原因的？斯诺也一样。她俩眉毛同时往上挑，像被冰冻的人一样古怪地瞪着他，直到他退出房间。

他去问霍利斯。

“你找那几个浑蛋？为什么？”

拉罗斯给不出答案。

“他们谁伤害你了？”

“没有。”

“听起来像是有事。”

“没有。”

“没关系，告诉我好了。”

“没事。”

“那你为什么问起他们？”

“我就是好奇。”

“好，就当没事吧。那你也不需要认识那些浑蛋，只要避开他们就行。”

“没问题。”

“我是认真的。”霍利斯紧盯着拉罗斯，看着他走出他们共用的卧室。奇怪，一个小男孩竟然会问起科坦斯，那个变态的浑蛋，居然想调戏斯诺，问她想不想坐他那辆生锈的改装旅行车去兜风。还有巴奇，他憎恨印第安人，是个蠢货。他们在比赛中痛扁了普路托橄榄球队之后，巴奇走近韦伦，大骂韦伦蠢货。韦伦哈哈大笑，用擒拿手法扭住巴奇，巴奇疼得朝朋友们尖叫，说他要削我头皮！这个印第安土老帽加浑蛋要削我的头皮！因为担心杀死巴奇要坐牢，韦伦用力把他甩开，坐进了自己的汽车。

还没完呢。泰勒，还是巴奇，管乔塞特叫印第安婆娘，所以乔塞特决心要杀了他，或者两个都杀，杀死哪一个都行，但霍利斯打算抢先一步动手。

※

“拦截对方的球或在任何地方击球都需要跳起来，如果你个子不高，这一点至关重要。”

这是杜克教练告诉玛吉的。

彼得用粉笔在谷仓马厩的一根柱子上标好了高度。起初，玛吉跳跃时伸直胳膊摸到的高度只比想象中的球网高几英寸。但每个星期，玛吉都能跳得高那么一点。杜克教练注意到了。

“嗨，拉维奇，你过来，”训练结束后他问她，“你又跳高了几英寸。一直在练习吗？”

玛吉把家里用粉笔标好高度的马厩柱子告诉了教练，教练又训练她练习弹跳。

他给她示范深蹲、蹲跳、台阶跳和他最喜欢的四角四星方格弹跳训练。杜克教练的心激动得直跳，备受鼓舞。孩子们努力提高自己时，教练也会受到鼓舞。玛吉自己定好了个人目标，通过提高弹跳力来弥补身高不足的缺陷。这让杜克教授异常欣喜，当天晚上就给玛吉的父母打电话。

彼得接了电话。当教练说明身份时，彼得胃里发紧，心想肯定是玛吉被球队开除了。不过，不是开除，是报喜。这是玛吉父母接到的关于玛吉的第一个报喜电话。

现在，玛吉得到父母的许可，每晚放学后不用帮忙摆餐桌。她只要到谷仓里进行训练，练习弹跳，摆餐具的事由彼得和拉罗斯做。家里的那条狗蹲在门口，专注地看她练习原地跳跃。刚开始，连跳五分钟都很艰难，接着是十分钟，然后是十五分钟，二十分钟。天黑得早，她打开谷仓的灯，给两条腿按摩。天渐渐变冷，她穿着派克大衣和运动长裤保持双腿温暖，这样腿不会抽筋。她的肌肉已变得像结实的弹簧。她练习发球，跑动发球，跳跃发球，跳到最高点时击球，球朝家里的狗飞去，而狗彬彬有礼地让到一边，从来没被打中过。

有一次，她朝那条狗跳过去时，心想，要是她手里有一把足够锋利的刀，凭现在跳的高度，她能跳起来割断那根绳子。母亲从上面掉下来，嘴里呕吐着，玛吉绝望地用脚踢她。玛吉似乎目睹了这一切的发生。接着，她听到母亲喊她吃饭。

关上谷仓的灯，快点来。玛吉，快点，该吃饭了，你的饭要凉了。

传说（二）

“很久很久以前，很久很久以前，”伊格纳西亚说，“就在第一场小雪把活着的人与死去的人安全隔离开来时。很久以前。那是有记载的历史开始之前。那时，万物都会说话，人们拥有神奇的法力。那时，有个男人和妻子以及两个年幼的儿子住在树林里。他们靠着不多的东西活得挺好，日子过得不赖。可后来，这个男人注意到，每当他准备出去打猎时，妻子就穿上她异常洁白的鹿皮衣，戴上羽毛和骨头耳环，以及她所有漂亮的饰物。第一次，丈夫认为妻子是准备向他奉献自己。可当他拉着雪橇上的肉回到家时，却发现妻子已换回原来的旧衣服。他心生嫉妒。第二次，男人准备出去打猎时，妻子也像上次一样穿戴好漂亮的衣服和饰物。但男人半路折回家，藏了起来。等妻子把儿子留在家里，穿着漂亮衣服走进树林时，他偷偷在后面跟着。男人的妻子爬上一棵树，男人注视着妻子。妻子拍了三下树，从树里爬出来一条蛇，一条大蛇。是的，一条大蛇。那男人的妻子和那条蛇在树上互相爱抚。男人眼睁睁看着自己的妻子和蛇纠缠在一起，啊，天哪，她爱那条蛇胜过丈夫！”

“别胡说八道！”

“哦，闭嘴，马尔文。”

那两个女人皱着眉头，你瞪我，我瞪你，最后，马尔文转过头看着拉罗斯，用唇语示意，你看伊格纳西亚在胡扯。

“你瞧，拉罗斯，那条蛇想和那个女人握手，可蛇没有手。他们想互相亲吻，可蛇没有嘴唇。他们只是互相纠缠在一起。”

伊格纳西亚挥舞着胳膊，演示给拉罗斯，给他看是怎么一回事。

“这算什么故事？”拉罗斯问。

“神圣故事。”伊格纳西亚说。

“好……吧……”拉罗斯从情景喜剧里那些什么都懂的八岁孩子那儿，懂得了这个年龄的孩子心里怀疑可嘴里还说好。

“我知道这个故事，”马尔文说，“很吓人，不适合讲给小孩听。”

“也许吧，”伊格纳西亚说，“可这是个关于生存的故事。这孩子能听懂，他胆子够大。”

她继续往下讲。

“那个男人嫉妒那条蛇。所以，第二天，他出去打猎。他回来后，跟妻子说，他杀了头熊，叫她把熊肉拿回来。等她离开，他穿上裙子，来到那条蛇栖息的大树下。他敲了三下树，那条蛇出现了。接着，他用长矛刺穿蛇的身体，把它杀死。他把那条蛇带回木屋，切成块，煮成蛇羹。”

“蛇羹？”

“是的，孩子。”

“很久以前的人吃蛇羹？”

几个老太婆皱着眉头彼此看了一眼。

伊格纳西亚说："很久以前的孩子没电视看，他们闭着嘴巴听故事，不会乱插嘴。"

马尔文说他的问题问得好，马尔文会回答的。

"他们只吃过这一次蛇羹。"她说。

"好吧，"拉罗斯说，"我的意思是，不问不行，这事太奇怪。"

"那我接着讲故事，"伊格纳西亚说，"当那女人最后回到家时，她说，丈夫所说的那地方没有死熊，没有熊肉。她找过了，可什么也没找到。丈夫叫她别担心，说他已经做好肉羹了。"

"等等，"拉罗斯插话，"用她……的那条蛇做的肉羹？"

"她爱的那条蛇，没错。"伊格纳西亚说。

"那就像……"

"是这故事的寓意。"马尔文说。

"她吃了吗？"拉罗斯盯着几个老太太，一脸不忍心。

伊格纳西亚点点头。

"啊，"拉罗斯叫道，"越来越糟了。"

※

"这哪算生活，"奥蒂坐在车里说，"不过总算是活着吧。"

"做这种透析让人发疯，"朗德罗说，"不过你真是坚强啊！"

"要不是因为巴普，我早就死了。"

"她爱你。"

朗德罗发现，患慢性病的人要么反应迟钝，只知道看电视，要么语出惊人，一针见血。反应迟钝的病人更容易相处。但奥蒂一直在问这样的问题，而且态度和蔼，又体谅人，他差点忍不住说实话。

“我们现在仍然相爱，美好的感情一直存在，”朗德罗说，“对我来说是这样。”

“我明白了。”奥蒂说。

“我跟你一样，奥蒂。没有她，我大概早就完蛋了。可这种感觉不是相互的。”他笑了，不过，是那种心力交瘁的笑。

即使他放弃生命，艾玛琳也不会放弃，她肯定会坚持活下去，为了孩子，为了她自己。美好的东西是靠不住的。朗德罗认为，艾玛琳已在他们之间竖起一堵墙。他甚至想象得出：是砖墙，可至少留着空隙，也许还有窗户。她有时会把双手伸过来，没有握拳，墙另一侧孤单的朗德罗会急匆匆地抓住她的手。他明白，她竖起那堵墙是因为发生的事而责备他。她说他浑浑噩噩，好像沉睡不醒，这让他不明白。他睁着眼睛。他开着车，把车停到奥蒂家的车道上。

朗德罗把奥蒂送进屋，安顿在窗边，巴普在窗边放了一个野鸟喂食器。朗德罗走出去，给空空的喂鸟器加满食物和水。他在山雀越发尖厉的斥责声里听出了冬天已经到来。他坐进车里，想起口袋里的两片氧可酮[①]，这是从他给奥蒂拿的一个新处方药里偷偷藏起来的。只有两片。他想扔掉，但没扔。他开车往家走。今晚他还要开车接送病人去什么地方吗？不用了。他抠出那片药，吞下肚。只有一片，没什么用。这一片还不能让他放松下来。

---

① 一种用于治疗中度到重度疼痛的处方药，服用时最常见的不良反应有嗜睡、瘙痒和口干。

你抵抗，抵抗，抵抗，最终斗志消磨殆尽。虽然他已多年滴酒不沾，但最近，哦，就这个夏天，他的病人情况恶化，而且他只能无助地等待艾玛琳的亲近，这让他更加脆弱。这是个借口吧，他应该坚强一些。去年春天他制作了耶稣苦路十四站①，一直想不明白为什么把耶稣的受苦称作他的激情。耶稣受苦时没有服用镇痛药，他亲眼看见艾玛琳分娩时没用镇痛药。她想要镇痛药，但只有生乔塞特时运气好，用上了。有两次，那位可靠能干的麻醉师不在印第安健康服务医院值班。艾玛琳不想用脊髓麻醉法，也不想用持续时间长的硬膜外麻醉，也不想因此患上头痛症。她说，没有可靠的麻醉师，她痛得死去活来。后来她去卫生院产房看望朋友，被那里的气味刺激得血压飙升，双手颤抖。她头晕目眩，必须坐下才行，是身体的反应吧。但像所有女性一样，她说，她觉得值。

或许耶稣也是这么认为的，朗德罗一边往家走一边想。又或者，看看耶稣拯救的那些狗屁不是的可怜虫，就像朗德罗一样，他们也忍受不了痛苦，还问为什么。

朗德罗决心把另一粒药扔进马桶，冲下去。他听到屋里传来喊叫声。走进门，他发现斯诺和乔塞特正在打架，两人用手边挡

① “苦路”是传说中耶稣被宣判死刑后背负十字架押往山坡上遇害的路线，当今几乎所有的基督教堂都有与苦路有关的耶稣画像。1731 年，罗马教皇克莱门特十二世确定耶路撒冷的十四个地方为苦路的纪念地点。第 264 任教皇约翰 · 保罗二世重编了苦路十四站的内容：一、耶稣被判死刑，二、耶稣背十字架，三、耶稣第一次跌倒，四、耶稣途中遇母亲，五、西曼帮耶稣背十字架，六、圣母为耶稣拭面，七、耶稣第二次跌倒，八、耶稣劝告耶路撒冷的妇女，九、耶稣第三次跌倒，十、耶稣被人剥去衣服，十一、耶稣被钉在十字架上，十二、耶稣死在十字架上，十三、耶稣尸体从十字架卸下，十四、耶稣葬于坟墓。

边打。至少，她俩没用拳头，没有撕扯对方的头发。他踢掉靴子，站到她们之间，把她俩分开。

他两只手各抓住一个女孩的一只手腕，可她俩绕过他，还要伸手去打对方。最后，她俩终于停下来，阴沉着脸挣脱了朗德罗，同意各自到房间对面的角落里，隔着距离谈一谈。乔塞特噘着下唇，砰地坐下，双臂交叉，一只脚轻轻抖动；斯诺则双膝并拢坐下，眼睛看着染成亮橙色的指甲。

“怎么了？”朗德罗问。

斯诺说我喜欢霍利斯。

“可他喜欢你。”斯诺说。

“所以？”

“他是我哥哥，变态！”

乔塞特收回一只胳膊，攥成拳头。她的拳头上画了一张脸，大拇指与弯曲的食指交叉处正好是嘴唇，还有一只鼻子和一双眼睛。斯诺抬起胳膊，手攥成拳头，拳头上也画着脸。她紧咬牙关，嘴唇几乎没动。

“你俩的基因不一样。看着你起床后蓬头垢面，闻过你的口臭，在脏衣服堆里看过你灰扑扑的旧内裤。这样一起长大，他还喜欢你，真是奇迹。”

“我从来没让别人看过我的内裤，”乔塞特郑重地说，“我的内裤不是灰色的。”

“别吵了，”朗德罗恳求她俩，他的脑袋嗡嗡作响。

乔塞特让自己冷静下来。

“我想，我们可以像成熟的大人一样谈谈这件事吧？”她问。

"这房间里只有一个大人。"朗德罗说。

"首先，"乔塞特说，"我知道霍利斯很喜欢我。这无关紧要。"

"我要疯了。"朗德罗说。

"因为我不喜欢他，"乔塞特说，"谁知道呢，说不定我是个同性恋。"

"好像你什么都明白。"斯诺说。

朗德罗在心底喃喃自语，同性恋？

"你们都不了解我。"乔塞特说。

"好吧，"斯诺说，"没人了解你，你那么神秘。"

"你了解我，"乔塞特对攥成拳的手说，"我什么都可以告诉你！"

"我爱你本来的样子。"她对着画得脏兮兮的拳头说。

"你们俩出去。"朗德罗说，"都要把我弄疯了。我想给自己泡杯咖啡，看看报纸。"

"你老是这样！"乔塞特和斯诺又变成了队友，跳起来向他跑过去。"每次都是老一套！就不能破一次例吗？喝喝茶？看看漫画吧！来吧，爸爸，有点创意行不行！"

她俩知道，这会让他大笑。趁他笑的时候，她们向他发动进攻，跳到他身上，假装把他摔在地板上。他也装作摔倒在地，蜷缩成一团，双手滑稽地举在空中，表示"求饶"。

求饶！他求饶了！不能饶了他，斯诺低声吼着，假装用拳头砸朗德罗，而朗德罗则假装被打得踉跄后退，却捂着肚子笑个不停，笑得两个女孩任由他躺在地上，不再理他。

"好了，爸爸，冷静点，去逛逛散散心。要么给你报纸，看看分类广告，或无聊的新闻。别把三州交界地带每条无聊的新闻都讲给我们听就行。我们去煮点你喜欢的淡咖啡，随你喝。我们俩也会做饭，已经准备好做肉丸的肉了。煮点面条，炖个蘑菇汤。你肯定喜欢。”

朗德罗起身坐在椅子上。扶起奥蒂，帮他翻身、洗澡，又扶他坐好，累得背部酸痛。不过，背部后来就不疼了，疼痛消失了。他的心跳慢下来。现在，他什么都不在乎了。他好久都没像今天这样放松，任凭两个女孩把他摔倒。他觉得轻快多了，几乎算是幸福，不需要另外一片药了。但斯诺给他端来咖啡之后，他感觉自己的手指在口袋里把玩那片药，接着药片从指缝滑落，掉到地上。一个比他克制的人会用脚后跟把它踩碎。可他的脚后跟上裹着袜子，而药片有一层坚硬的糖衣，一直踩不碎，直到朗德罗走到进门的地方，拿起靴子，才把那玩意儿碾成粉。即使这样，乙烯基的瓷釉上还有一团完好无损的白色粉末，要是他用瑜伽的蹲伏动作，鼻子贴着地面，还能吸到嘴里。不过，要是让两个女儿看到他屁股翘在空中，那像什么样子？他又坐下，用脚踩着那团白粉旋转碾压，直到踩进地里。就算那个绝望的家伙不要脸，不把鼻子凑近穿袜子的前脚掌下面的那团白粉，用力吸也吸不到。他可以放心了，是的，可以放心了，因为即使对朗德罗这家伙而言，这一整套程序分解得够彻底了。

※

一天，拉罗斯行动了。他已经把恶少四人帮成员的姓都写下来，根据电话本缩小了他们可能的活动范围。他又撒了一次谎，让彼得开车送他到普路托镇去看一个朋友，而他一小时后就把朋友甩了。普路托是个小镇，几个街区倒塌的房子已被推土机清理干净，显得空空荡荡。那几栋房子不难找到。不过，他寻找的是那栋带车库的房子，玛吉曾给他描述过。当他看到维达尔家的车库，又从窗户朝里面看过后，他确定，这儿就是玛吉说过的地方。他从侧门走进去，里面一个人也没有，所以他决定等待。他在破沙发上睡着了。等他睁开眼，发觉是泰勒摇醒了他。

拉罗斯飞出去一拳——他一直在梦想挥出这一拳。

"啊!"泰勒往后退了几步，揉着下巴，被打蒙了。"你为什么打我?"

拉罗斯从沙发上跳起来。他们都到齐了！他脑子里回想着玛吉式的爪形手动作，耳边回响着特拉维斯神父跆拳道课上的喊声，响亮的"吧财"，响亮的"吧财"，会让对手害怕。

拉罗斯发出嘶哑的喊杀声。"吧财!"接着第二声，更加自信。准备式！他的心跳到嗓子眼了，脉搏有力地跳动。

"你为什么打我?"泰勒转身看着其他人说，"他狠狠打了我一拳。"

"我替玛吉打的!"

巴奇打开一罐啤酒。玛吉！憎恨使他的脸变得扭曲。他是四个人里面最恶毒的。布拉德·莫里西块头最大，但除了打橄榄球时布拉德一点也不凶。因为他信奉耶稣，喜欢橄榄球，有自己的行为准则。他只有打球时才会击杀对手。科坦斯一脸不解。

"你叫什么名字，小家伙?"

拉罗斯朝科坦斯的后背扑过去，拽着他的衬衫爬到他身上，反手扣住他的脖子。

“把他弄下去!”

巴奇看似无意，实则故意地用力扇了拉罗斯一巴掌。拉罗斯很快从科坦斯身上掉下来，仰面躺在地上。拉罗斯重重地落地时，他的灵魂跃出了躯壳。他的肺部挤压得喘不过气来。他的灵魂悬在空中，惊奇地俯视着自己的身体。

布拉德弯下腰看着拉罗斯，一脸担忧。“巴奇，你为什么那么用力？他，好像，没气了。”

拉罗斯在空中徘徊，注视着自己，看自己是不是还在呼吸。自由，喜悦，平静。啊，是的，趁布拉德还没有嘴对嘴给他做人工呼吸，先吸进那口气吧。拉罗斯的肺一吸满空气，灵魂就被呲呲地吸回身体。他一动不动地躺着，确定身体完好之后，才站起身，掸掉裤子上的灰尘，拾起背包，转身离开。他打算走回家，但布拉德·莫里西坚持送他一程。一路上他俩一句话也没说，直到停在拉维奇家的车道上。

“你保护你姐姐的样子真了不起。”布拉德说。

拉罗斯转过身，一个剪刀手打中布拉德的鼻子，打得布拉德鼻子出血，然后转身下车。

布拉德开车离去时边擦脸上的血边喊道：“哪天你来打橄榄球吧。”拉罗斯走进家门，爬上楼梯回到自己的房间。他需要一个人静静，似乎有什么不一样了。

※

拉罗斯一共有五代。第一代拉罗斯毒死了麦金农，上过教会学校，嫁给沃尔弗雷德，教会孩子们认识世界，她的遗骸走遍了全世界。第二代拉罗斯是她的女儿，去卡莱尔上学。与自己的母亲一样，这一代拉罗斯感染了肺结核，与母亲一样，她与肺结核反复抗争，活到做了第三代拉罗斯的母亲。第三代拉罗斯上的是托顿堡寄宿学校，生下第四代拉罗斯。第四代拉罗斯最终成为艾玛琳的母亲，是罗密欧和朗德罗的老师。第四代拉罗斯也成了最后一代拉罗斯的外婆。最后一代拉罗斯被父母送给拉维奇家，作为对意外杀死他们的儿子达斯提的补偿。

所有的拉罗斯都有在大地上飞翔的能力。如果有人用鼓敲出合适的歌谣而且有吟唱来辅助，他们能在空中连续飞几小时。那些歌谣如今静静等候在枝叶间，大半已湮灭，可水鼓①的敲击声永不会湮灭。飞翔的本领要追溯到第一代拉罗斯，而第一代拉罗斯的母亲在第一代拉罗斯还叫米拉奇时就教过她，第一代拉罗斯还从她父亲那儿学会了这项本领；第一代拉罗斯的父亲是懂法术的巫师，他在 1798 年时就驱使灵魂周游世界，然后回来告诉惊奇不已的鼓手同伴们，说他们的反抗是徒劳的，白人已像虱子一样遍布大地。

---

① 北美印第安人常用的乐器之一，多用在祭祀和传统交谊舞中。

传说（三）

“什么东西这么好吃？”那男人的老婆问。

“你那蛇丈夫的血肉，我把他炖成羹了。”男人回答。

那女人怒不可遏，跑到蛇丈夫住的那棵树那儿。她敲了三下树，但蛇没有出现，她知道那条蛇真的死了。她离开时，她丈夫趁机把两个儿子藏到地里，想护他们平安。

“听起来不稳妥啊！”拉罗斯说。

这次，伊格纳西亚没回答，只是继续往下讲。

“当那女人跑回来时，她丈夫砍下她的头，然后他升到空中，逃到了天上。”

“他是怎么做到的呢？”拉罗斯问。

“在远古那些日子，”伊格纳西亚说，“记住，在天地存在之前，那些人拥有各种各样的力量。他们能跟万物交谈，还能得到回应。”

“我是问他怎么能砍下他老婆的头呢？”拉罗斯说。

但伊格纳西亚已决定对所有的问题置之不理。

“过了一会儿，”伊格纳西亚说，“那女人的头睁开了眼睛。”

“真恐怖！”拉罗斯说，语气中充满敬畏。

那颗头颅问那道肉羹，她的孩子在哪儿。她问起木屋里所有的物品，但它们不肯说。最后，一块石头告诉她，她丈夫把孩子们藏进地里，现在孩子们正在偷偷逃亡。那块石头说，她丈夫交给两个孩子四件东西，分别是制造河流的力量、制造火焰的力量、制造大山的力量和制造荆棘密布的森林的力量。

所以，那颗头颅开始追赶两个孩子，它喊着，我的孩子，等等我！你们离开我，我会哭泣的！

伊格纳西亚发出邪恶的哄骗声。拉罗斯似乎吓呆了，可身体越发靠近伊格纳西亚。

“真可怕！”他说，“请继续讲吧。”

“小男孩骑在兄长的背上，哥哥不停地告诉弟弟，那颗脑袋不是他们的母亲。‘是，是母亲！是的，就是母亲啊！’弟弟说。”

“‘我的孩子们，我亲爱的孩子们，不要丢下我，’那颗头颅喊着，‘妈妈求你们了！’”

“弟弟想回到母亲身边，但哥哥拿出一块引火用的干燥朽木，抛到身后，高喊，火烧起来吧！远远地，一大片火烧起来。可那颗头颅不断地滚动，穿过火堆，快要追上他们了。”

“哥哥扔下一株荆棘，它立刻蓬勃生长，成为一片荆棘林。这次，那颗滚动的头颅真的被挡住了。但那颗头颅唤来了那条蛇的兄弟，就是蛇王；蛇王一路啃咬那些荆棘，咬出一条通道。所以，那颗头颅又追上了他们。哥哥扔下一块石头，石头立刻变成一座大山。可那颗滚动的头颅找来一只牙齿锋利的海狸，咬碎大山吃了下去，头颅继续追赶孩子们。”

“这时，两兄弟累得筋疲力尽，洒下一皮袋水制造了一条河。可放错了地方，水没落在他们身后，而是落到了他们面前。这下，他们陷入了困境。”

拉罗斯点点头，沉浸在故事中。

"但蛇王可怜兄弟俩，让他们坐在它背上过了河。滚动的头颅赶到河边，乞求蛇王带她过河。蛇王允许头颅待在它背上，可走到河中间时把头颅甩了下去。"

"'你以后的名字叫鲟。'蛇王说。头颅变成了第一条鲟鱼。"

"鲟鱼是什么？"拉罗斯问。

"鲟鱼是一种丑陋的鱼，"伊格纳西亚回答，"它曾经像水牛一样是我们族人的生活来源，现在还有人在北方的大湖大江里养鲟鱼。"

"知道了，"拉罗斯说，"那故事就这么结束了？"

"没有。那两个孩子四处流浪，弟弟不小心被丢下，他独自一人。'现在我得变成一只狼。'小男孩说。"

"有意思。"拉罗斯说，"要变成一只狼啊。"

"哥哥后来找到了他，他俩继续结伴同行。哥哥变成了一个多才多艺的人：有些地方叫他维西柯查克，有些地方叫他纳纳波宙，他还有别的名字。他有点傻气，也很聪明，他变成狼的弟弟，一直陪在他身边。他创造了第一个民族，阿尼什纳比，他们是第一批人。"

"唔，"拉罗斯说，"那这个故事的寓意是什么？"

"寓意？我们的故事不讲究这个。"伊格纳西亚恼怒地鼓起腮帮子。

"他们把这叫作起源故事。"马尔文说，她很恼火，但话说得很准确。

"就像，啊，就像创世纪，"伊格纳西亚说，"但发生的事情不止这些，其中有故事说大地是一只小麝鼠创造的。"

"我们的纳纳波宙，就像他们的耶稣一样。"马尔文说。

"有点像耶稣，"伊格纳西亚说，"但他老爱放屁。"

"那么，那个滚着跑的脑袋就像耶稣的妈妈马利亚？这个故事就像《圣经》里的第一个故事创世纪？"

"可以这么说。"

"那么我们的马利亚就是一颗滚着跑的脑袋。"

"一颗滚着跑的邪恶的脑袋。"伊格纳西亚说。

"我们可真酷，"拉罗斯说，"不过，还被追成那样子。也许会被抓住，也许被摔到地上，连气都喘不过来。"

"故事是关于迫害的，"伊格纳西亚说，深深吸了一口氧气，"我们受人迫害，过成现在这样。天主教徒认为是魔鬼，是原罪在背后迫害我们。眼下是白人的所作所为在迫害我们。"

"那叫精神创伤。"马尔文说。

"真是感谢你啊，"伊格纳西亚说，"我们因自己对他人的伤害遭受迫害，到头来又被他人的迫害伤害。我们一直在扭头看背后，或担心接下来有什么灾难。我们一辈子，这么一眨眼就过去了。哎哟，没了！"

"什么没了？"

"现在啊。哎哟，又没了。"

伊格纳西亚和马尔文大声笑起来，笑得伊格纳西亚喘不过气来。"哎哟！哎哟！一溜烟没了！"

"什么没了？"

"现在啊。"

"哎哟，"拉罗斯笑着说，"溜走了！"

接着，伊格纳西亚就这样离开了人世。她容光焕发地看了他们一眼，两腿一蹬走了。她头向后仰，下巴一松。马尔文探过身，护士般娴熟地用手按住伊格纳西亚脖子上的动脉。马尔文往旁边瞅瞅，皱着眉，等着，最后把手从伊格纳西亚喉咙处移开，合上她的下巴和眼皮，然后握住伊格纳西亚的一只手。

"你握住她另一只手，"马尔文说，"现在她要上路了。拉罗斯，记住我今天说的每个字。以后，这就是你的责任了。"

马尔文跟伊格纳西亚说着话，告诉她方向，告诉她怎么迈出第一步，怎么向西凝望，怎么找到路，别自找麻烦带别人一起走。她说，每个人，包括马尔文自己，都非常爱她，虽然马尔文从没说过。他们久久地握着伊格纳西亚的手，静静地等着，直到她的双手不再温暖。可拉罗斯觉得，她还在房间里没走。

"她会在这儿待一段时间，"马尔文说，"我去把她的朋友们找来，让他们也跟她道个别。现在，你回家吧。"

拉罗斯把伊格纳西亚的一只手放在椅子的扶手上。他穿上外套，走出门，来到门厅。他穿过气闸门，然后走出作为前门的双层门，呼吸着外面因为霜冻反射着海军蓝光晕的空气。他应该在学校等妈妈，所以他沿着石子路，穿过崎岖不平的人行道和压塌的路牙。清冷的空气萦绕着他，沿着夹克的领口往下蹿。他耳朵冻得生疼，但他不肯把风帽戴上。他活动着手指，把手插到口袋里取暖。体内的种种感觉纷至沓来，一时之间他无法一一体验；每次体验到一种感觉，转瞬间又消逝，成为过去。

※

罗密欧贴在墙上的图表慢慢有了明显的进展，零碎的信息或凸显出来，或消退隐去。罗密欧的电视机没声音，不过没关系。他只要看人的唇语，看屏幕底端配的字幕就可以。这样更好，否则，他们的声音、他们对某些词语的强调会扭曲他的思考。他仍然喜欢“鸡蛋糕”这个词，喜欢它那不可知的产地，尼日尔！不过，他们已过了对鸡蛋糕的狂热劲儿了。明媚的十月渐渐过渡到黑暗冰冷的十一月，叶子都落光了，大规模杀伤性武器的言论也日渐耸人听闻。

哦，别这样！北达科他州每个人都与大规模杀伤性武器为邻。沿着路往前走，民兵导弹存放在地下发射井里，地面上只有一方石块和链状栅栏作为标记。你经过时，会好奇是谁孤零零地在那深深的地下，肯定是个疯子；这疯子抬头盯着屏幕，就像罗密欧一样。

罗密欧从口袋里把当晚的收获倒出来，放到自助餐托盘上。他仔仔细细地翻拣了一遍，把蓝色小药片、白色大药片、圆形的绿色药片和椭圆形的粉色药片挑出来，放到一边。他相信，那晚的新闻里隐藏着另一个线索，虽然新闻里只是说一个人因为浅表性伤口流血至死。这消息跟他的发现大致吻合。一枚图钉。一次定位。一条线把这个词组与它的含义连接起来。他同时服用多种药，然后又吃下一种药。他的发现真是绝妙，就像一件大型艺术作品，他现在所做的就像一件艺术品。

※

玛吉软磨硬泡，求母亲教她开车上学，诺拉立马就进入了状态。每天早上，父亲走后，玛吉就出门发动家里的吉普车。诺拉穿着睡袍，外披一件宽松的长外套，光着脚，睡眼惺忪地把脚塞进彼得那双毛毡垫的冰熊牌鞋里。她手里拿着一个装有咖啡的保温旅行杯，惬意地坐在副驾驶座上，拉罗斯坐在后排。在半小时的驾驶过程中，诺拉不断地发出各种表示鼓励的声音，调着收音机电台，找到耶稣十四处苦路频道。里面传来语速极快的长篇大论、欢快的流行音乐和不带感情的农场新闻。广播唤醒了诺拉，把她从苯二氮类镇静药物织成的严密罗网里解救出来。广播里熟悉的喧闹打开了玛吉心中的快乐开关。因为她确定，母亲系着安全带，安然无恙地坐在她身边，拉罗斯也安全地坐在后排；因为一切在她掌控之中，所以她很放心，很轻松。她嘴里哼着曲子，手指在方向盘上打着拍子。穿过积雪，开过黑乎乎的冰面，穿越滑腻冰冷的雨幕，玛吉是个绝对自信而又谨慎的司机。

到学校的下车区时，母亲神情恍惚地亲吻了玛吉，然后绕过去坐在方向盘前面，开车回家。玛吉送走母亲，送走拉罗斯，走过中学部的走廊，甩甩头发，跟一群女生打过招呼。有时，她会去学校办公室往家里打电话，就是想听听母亲的声音。一方面，现在的玛吉是个稳重、有爱心、对母亲有过度保护倾向的女儿了。母亲自我伤害，她很担心，但正慢慢适应。另一方面，她仍旧是个问题女孩。

一个极其自律的问题女孩。

她像刚出道的超模雪浓·提格丝一样可爱，不过她是一头黑发，眼睛时而金色，时而黑色，斜视时，眼神里透着强烈的不屑。她特意研究过男生，研究他们的头脑、心灵和身体是怎么运转的。她不想要男朋友，可她觉得自己能掌控任何男生。也许能掌控所谓的恶少四人帮中随便哪一个，抓到他们，刺穿他们的心脏，拿他们当午餐。不过，她正打算改吃素食，因为素食对皮肤好。她自我要求很严格。

不管怎么说，大个子韦伦不在这些男生之列。他守在玛吉的储物柜旁边，看着她换好成套的书，把早上的课本换成下午的。

“你还好吧？有人骚扰你吗？”

韦伦竟然问的是这个问题，她觉得很意外。更让她意外的是，她回答说很好，没人骚扰她了。

韦伦生动鲜明的五官在玛吉的眼里变得清晰。他长着猫王埃尔维斯一样的脸；玛吉知道猫王长什么样，还是因为斯诺真心喜欢那种老音乐。韦伦身躯宽厚结实，打橄榄球练出了结实的肌肉，皮肤柔滑。他的双手没干过粗活，善于表达，简直就像老师的手。他夏天因为橄榄球训练剃了平头，现在头发柔软浓密，像动物毛发做成的帽子。他比乔塞特个头高，但没有斯诺高。玛吉专注地盯着他的头发，然后确认，自己的确喜欢他的头发，非常喜欢。

韦伦的眼神变得清醒。

“是谁？”他终于问道。

“什么？”

“谁骚扰过你？”

“不是这儿的男生，”玛吉说，“我原来学校的。”

他郑重地点点头，不再说话。他改用表情说话，垂下眼睛，向她表示，他在等她继续说。玛吉也很喜欢这一点。

“是几个男生，他们自称恶少四人帮？”

韦伦下巴往一侧歪，露出醒目的牙齿，上齿咬住下唇。他脑袋一歪，眯起似睡非睡的眼睛。

“哦哦，耶耶耶，”他拖着调子，“我知道那几个家伙。”

“那些家伙对我的骚扰太过分，”玛吉说，脸上带着让人舒服而明亮的微笑。“尤其是巴奇。想陪我去上课吗?”

韦伦边走边晃，好像他沉重的身体每走一步都要挺直一下。有那么漂亮而有头脑的玛吉在他身边，人人都朝他俩看，羞涩和喜悦烧得韦伦脸颊泛红。

每次诺拉和彼得去参加玛吉在普路托镇学校的家长会，老师的反馈总是千篇一律：作业不认真，上课捣乱，多嘴多舌，也许厕所里骂女生的脏话就是她写的。不过，考试分数一向没说的。这说明她很聪明，只要她愿意，完全可以改正自己的行为。很明显，她都是故意的，玛吉的老师们都说。彼得总是拼命克制自己，呼哧呼哧喘着粗气逃离教室。诺拉一言不发，紧抓着他的胳膊，嘴唇颤抖。他俩脚步不稳地离开学校大厅。不过，自从拉罗斯开始到普路托上学后，拉罗斯的老师们就不再理会玛吉那让人忧心的评价了。

啊，拉罗斯！也许不是优等生，可真是个踏实的孩子，安静又善良，恭敬有礼、脾气随和、态度和善，有点害羞。那一双睫毛，多可爱的孩子！他有时像在做梦似的，多才多艺，想画什么就能画什么！他唱起歌来虽然走调，但充满感情；穿上黑色正装，唱起约翰尼·卡什①的歌，简直是才艺表演的最佳人选。拉罗斯

---

① 美国乡村音乐创作歌手，歌声低沉，多次获格莱美奖。其黑色装束和特立独行的作风为他赢得了“黑衣人”的绰号。

人见人爱，老师们对他赞不绝口，有他什么都值了。他俩知道，老师们的意思是就算玛吉麻烦点也值了，只要拉罗斯能升到他们班，为挽救玛吉的灵魂付出的努力就是值得的。

也许玛吉上九年级，情况就不一样了。她现在更自由了。另一个家里所有的孩子，包括霍利斯、斯诺、乔塞特、威拉德和拉罗斯，也在她的新学校上学。

大厅里摆着装有饼干的盘子，彼得和诺拉各拿了一块饼干不知滋味地吃着，呷了一口带煳味的咖啡，等着第一位老师结束与前一位家长的谈话。终于轮到他俩走进教室了。

“如果她想强迫班里的同学跟她相处，这个选择可不对。”英语老师杰曼·米勒说。

“我竭尽全力不让她不及格，因为我看得出她很聪明。”社会学老师说。

“要是她认真做作业就好了！”数学老师卡尔·多弗曼看着她的数学成绩直摇头。

诺拉解释说玛吉每天晚上都做数学作业。彼得说他以前还检查过，但玛吉现在很独立，不再让他检查。他们三人沮丧地面面相觑。老师叹了口气，说玛吉不交作业很可能是因为缺乏组织能力。从现在起他每天都会停课，等她完成数学作业。情况就是这样。

物理课是个例外。当他们自我介绍时霍塞尔先生露出苍白的微笑，可他已滔滔不绝，说他们的女儿多用功，推理能力强，擅长逻辑思维，自觉上交家庭作业，小组项目完成得非常出色，他们一定感到非常骄傲。比方说，她好像挺痴迷牛顿的运动定律，擅长计算运动速度。

诺拉目瞪口呆，彼得脸颊泛红。霍塞尔先生越说越激动。

“她对电磁频谱的描述非常精彩。”他大声说。

“我们是玛吉·拉维奇的父母。”他们提醒霍塞尔先生。

这位物理老师挠挠双手，推推鼻梁上的眼镜，继续往下讲。

“我希望更多学生能像玛吉一样积极参与课堂活动。让我印象深刻的是，玛吉勇敢无畏，对犯错误满不在乎。这在年轻人身上难能可贵——他们受不了同学的嘲笑——这个年龄的孩子你们了解！但玛吉会反复琢磨一个想法，提出问题引发大家的讨论。什么时候惯性会转变成动能呢？我们能计算出那一刻吗？她的话直指问题的核心。”霍塞尔先生思索着，吸了一口气说道。

他又重复了一遍那几个珍贵的字眼：“你们一定感到非常骄傲。”

然后给他们看了玛吉的成绩：优异。

彼得和诺拉满面春风地走出霍塞尔先生的教室。他们手牵着手穿过停车场，因为其他老师的负面评价而彼此靠近。

“终于有老师欣赏她了。”彼得说。

“他说的真是……”诺拉迟疑地说，“他说的真是玛吉，对吧？”

“也许在学校里，她只肯向他表现真实的自己，”彼得回答说，“她就像相信我们一样相信霍塞尔。我知道玛吉具备那些品质，她那股勇气，你知道吗？那种自律。霍塞尔老师为玛吉打开了一扇门。我不明白怎么回事，可宝贝，有这种体验，玛吉的前途不可限量啊！她一向这样，不是吗？向来这样。”

“我们没搞错。”

诺拉抓着他的手握得更紧了。他们坐进车里，一路开回家，没再说话，诺拉一直紧抓着彼得的膝盖。

当他们在车道上停下时，玛吉打开门，朝他们挥着手，脸上带着幸福的微笑。通常，开完家长会后，她会开心地招呼父亲，努力减轻带给父亲的痛苦。她知道父亲很难过。前些年，她不在乎诺拉是否难过。可现在，她真的在乎。她尽量不让母亲难过，不想让母亲旧病复发。他们不在家时，玛吉做好了牛尾蔬菜汤，还有小小的油炸面包，乔塞特教过她。玛吉喜欢做汤和油炸面包，至少假装喜欢。等油炸面包变凉的工夫，拉罗斯开心地来偷吃，把烫手的、油乎乎的炸面团从一只手换到另一只手。玛吉在厨房这片小天地里追着他跑。诺拉看到这情景大笑不止，笑得发晕。彼得本来也该笑晕，但这场景中有什么东西让他不安，好像两个孩子正演戏给诺拉看，让她瞧瞧姐弟之间正常的吵闹是多么温馨。他们不时瞥一眼母亲，急切地想确定妈妈是真的很开心。

那个周末，为了庆祝玛吉的物理课得优，诺拉想烤个蛋糕，写上女儿的名字。玛吉跟她说，她吃蛋糕拉肚子。

“可你喜欢吃蛋糕啊。”诺拉说。

“妈妈，我以前想哄你高兴才说喜欢。别准备蛋糕了。”

玛吉在图书馆的杂志上读过讨论强迫症的文章，早就决定不让母亲患上强迫症，而且她确实对蛋糕深恶痛绝，因为达斯提死后，拉罗斯来到他们家，诺拉做过不计其数的蛋糕。蛋糕唤起的是坏心情，尤其是写有名字的蛋糕。她不想在家里看到蛋糕。

“我们看个老电影，比如八十年代的电影，吃点爆米花，好不好？”

因为西内克斯便利店打折促销，他们买到几部没看过的电影录像带。像《春天不是读书天》① 《十六只蜡烛》② 和《早餐俱乐部》③ 这样让人放松的老电影。这些电影拍摄的时间和地点让人难以置信，在这些电影中只有汽车里才有移动电话，有鞋盒那么大，但玛吉跟诺拉聊天，说这些电影仍然能让她这样的青少年感同身受。没错，她们在聊天。或者说，一个不同的玛吉在说话，好像她就是那个莫莉·林沃德④，终于学会应对错综复杂的生活。诺拉跟玛吉聊着，好像一个反应慢半拍的妈妈终于学会了关心孩子。彼得回到家，看到她俩懒洋洋地蜷缩在靠垫上，一个睡得正香，一个对着空中微笑。

他在微笑的诺拉身边坐下，轻声问。

“怎么了？”

“什么意思？”

她一直在微笑，没看他。奇怪。

“你在看什么？”

彼得指指屏幕上的电影。

---

① 美国1986年上映的青春喜剧片，以幽默讽刺的手法讲述了三个学生逃学出游、被校长和教导主任围追堵截的故事。

② 约翰·休斯于1984年执导的青春喜剧片，讲述了女孩萨曼莎十六岁那天因为姐姐结婚、生日被家人遗忘引发的故事。

③ 1985年上映的中学生喜剧电影，讲述了五名个性反叛的男生和女生被罚假期留校预习功课以及由此引发的故事。

④ 《十六只蜡烛》中出演女主角的演员，演艺生涯初期主要出演高中女生，角色比较单一。

诺拉张张嘴，摇摇头，仍沉浸在两个少年的对话里。她歪着脑袋靠在彼得肩头，玛吉在靠垫上移动了一下，靠垫被推过去，靠在诺拉身上，三个人恰好连在一起，像平凡的一家三口那样坐在一起。

也许问题就在这儿，彼得思忖着。我觉得古怪，因为这一幕太正常了。我成了她俩之外多余的人，只有我不知道我们会好起来。

“你刚才说什么？”屏幕上的电影一结束，诺拉问彼得。

“没什么，”彼得说，“随口一说。”

风波迭起

普路托镇的男排队员已经叫作行星，所以普路托的女排队员自然都成了女行星。她们的队服是紫色和白色，吉祥物是一颗圆圆的行星，有胳膊有腿，还有一张眉飞色舞的脸。保留地的男排叫勇士队，可女孩们不叫女勇士，也干脆唤作勇士队。她们的队服是蓝色和金色。因为不想把自己变成吉祥物，所以她们选了配有两根羽毛的古时战盾印到队服上。排球服是尼龙材质的紧身长袖 T 恤，用小臂打球时不会留下淤青；不过，她们身上经常是青一块紫一块。她们穿着紧身短裤，戴着护膝。杜克教练要求女孩们都扎束发带和马尾辫，因为女孩们无论多么自律，难免会摸摸头发，分散注意力。球队的女孩们崇拜杜克教练和他的小马尾辫。除了跟普路托行星队的第一场比赛，勇士队本赛季没输过一场。晚上，一天天变冷，越来越冷，她们的积分不知不觉变成八胜一负；女孩们很不甘心。今晚，她们要跟普路托队再战一场。女孩们下定决心，非赢不可。

“我觉得他们管得分叫绝杀不好，”诺拉说，“哪有什么东西该死呢。”

彼得握住诺拉的一只手。

“什么都没死，”彼得说，“不过是个说法。”

他们被人推着挤进看台，后排家长的膝盖顶着前排家长的背，前排家长的背抵住后排家长的膝盖。诺拉事先把三明治放在一个有衬垫的小保温盒里，把冰袋塞在一侧，保持周围的苏打汽水冰凉可口。她还买了绿葡萄，这个时节的葡萄贵得离谱。彼得帮她脱下外套，或者说是把外套拉低一些。因为没地方放，她把袖子打结，系在腰间。体育馆里很闷热，因为只有一个看台，两个球队的家长只好坐在一起。家长们想按自己支持的球队分开坐，可无意间还是混坐在一起。

两支球队做准备活动，先伸展四肢，然后进行快速传接球练习：传球、调整、扣球，传球、调整、扣球。接下来，队员一个接一个跃起，把教练抛来的球扣下去。最后，两支球队各自利用场上时间练习发球。勇士队的战略是向普路托队示弱。她们甚至准备假装相互之间争执不下。

“拉维奇，”乔塞特生气地叫道，“你没睡着吧?”

偷偷一个眨眼。玛吉故意嘟起嘴，不停地扣球。彼此之间没有一丝微笑。然后，女孩们集合列队。

“她个子那么小。”诺拉低声说，她总是无法忽略玛吉与队友间的差异。

“行星队的队员……”但彼得克制着没说下去。

他本来想说像巨人，像行星一样。她们的队员块头大，身体结实，很难对付。玛吉要他们注意贝拉依琳。

“我看到她了，”诺拉大声说，“眼线画得很重的那个!”

彼得伸出胳膊搂住她，在她耳边低声说：“记得吗？还有别的家长。他有段时间没见到贝拉依琳的父母了，但百分之百肯定，他们就在他俩身后。

啊！诺拉给自己的嘴巴拉上了拉链。

朗德罗和艾玛琳走进来，找到坐的地方，挤在一群勇士队的家长中间。勇士队先向家长致敬，再向教练致敬，最后经过球网，虚碰对方球员的手，祝对方好运。祝你好运，祝你好运，祝你好运。“你想要的。”贝拉依琳对玛吉说道，脸上的笑容好像是贴上去的。她迅速走过去，眼睛看着前面。

“你听到了吗？”

斯诺就在玛吉身后。

“什么？”

你才想要，玛吉心想。巴奇跟他姐姐说过了。忘掉吧。玛吉有一套小动作，晃动身体，这是一种几乎看不出的全身晃动，忘记坏心情或击球不中的沮丧。不过，乔塞特知道。队员们围成一个圆圈，两只手臂分别拥抱身旁的队友。杜克教练一只手拿着写字夹板站在旁边，另一只手每说一句话就在空中挥一下。杜克教练告诫她们，排球只是一项比赛，可眼下已不仅仅是比赛。他提醒她们既要放松，又要紧张，要专注，动作要大胆。瞅准时机，调整好准备扣球。他叮嘱她们，既要放松，又要专注。她们是一家人，是姐妹，是勇士，一定会打败对方，把荣誉夺回来。他说，什么都不要想，只想着此时此地。用上你们的嗓子，谁要接球就吼出来，用手拍打地板，保持信心。

黛蒙德是队长。她朝队友一一看过去，她们一声不响地站起来，每个人竖起三根手指。别人都认为她们指的是圣三一，可这是她们的特殊手势，代表勇士的英文首字母 W。然后她们高喊

"勇士、勇士、勇士"，跃到空中互相击掌。

乔塞特第一个发球。她喜欢这一刻，因为队友们都褪去女孩特有的虚伪和迷糊，成为一台配合无间的机器。

"宝贝，给她们点颜色瞧瞧！"艾玛琳的话音淹没在其他家长的喊声里。

乔塞特飞身而起，大力发球。但行星队凶悍的红头发双胞胎之一格温娜用前臂接住球。球打偏了，但二传手接球调整，贝拉依琳用力扣球，球贴着球网落下去。斯诺冷静地将球挑高，黛蒙德一个精准的指尖传球将球传给雷吉娜，这下十拿九稳了。雷吉娜能用球打中十分硬币，实打实的十分硬币。有一次因为好玩，她们给她放了二十枚十分硬币在落点上。雷吉娜一次击中一枚，赚了整整两块钱。

中等个头的金发女孩克里斯特尔，人长得很漂亮，一个转身把乔塞特的第二个发球打回来，球打偏了。比赛进行着。乔塞特六次发球得分，赢得继续发球权，行星队叫了暂停。

"她们会拼命轰炸我们，"杜克教练说，"玛吉，现在你就是我们的秘密武器。她们不了解你，你做好准备。乔塞特，她们一定在你下一轮发球时疯狂拦截，所以你得让她们尝尝苦头。雷吉娜，要是有机会，你……"

进行二次进攻。"别说出来，教练。"黛蒙德说。

"就这么定了，是用你出人意料的左手进攻吗？所有人，记住，助攻跟击球得分一样有效。"

玛吉可不这么认为。每次比赛之后，她把自己的得分加起来，写在贴在卧室墙上的一张纸上。记分员也会把分数加起来，达到一千分的女孩能得到一座一英尺高的金色奖杯。玛吉想要一个。报纸头条新闻：女球员扣球得分满一千分。她已经跳得跟芭蕾舞演员一样高，并完善了移动中吊球的技巧。轻轻一碰，不要推，球飞行的抛物线会出现偏移，这一变化瞬间发生，非常奇妙。她连球怎么飞向她的都不记得，却能得分；有时她能隐约感觉到球，觉察到球像影子一样离开她的手，落到对方的场内。当她轮转到前排主攻手的位置时，对方球队想教训教训这小个子女孩。可玛吉凭借她飘忽诡异的高跳拦网和吊球，反而把她们教训了。

正像行星队教练预想的一样，乔塞特的一波发球因为暂停被打乱，玛吉感到球场上的气场发生了变化。勇士队队员蹲下身，互相打气、传话，说要“喊出来”，要“喊出来”，记得运用自己的嗓子震慑对方。贝拉依琳发球。她长着宽阔的双肩、胖乎乎的下巴，双眼描着浓重的眼线。她没看玛吉，好像也没把她当目标瞄准，但玛吉做好了准备。贝拉依琳避开玛吉，直接发球得分。玛吉可以对天发誓，那个球曾犹豫过，又改变了方向，她没碰到球。不过，一旦知道贝拉依琳的诡计，她就能对付她了。这一次她眼看着球离开贝拉依琳的掌根，看出球的落点，在那儿等着，可球却没落在那儿。对方得分，两分。连续发球得分。行星队的家长们兴奋地高喊。玛吉的父母身体僵硬，一言不发。玛吉全身像在跳希米舞①，努力将心思拉回到比赛上。

她眼睛盯着贝拉依琳的发球动作，从地上勉强救起一个球；这种球乔塞特只能跪地调整，再传给黛蒙德。但行星队把球打了

---

① 一种美国爵士舞，摇摆肩和臀部。

回来，一轮漫长、激烈、艰难而疯狂的接发球开始了；间或有奇迹般的救球和不可思议的扣球，比赛演变成旋转过网的轻吊球，让家长们急得抓狂。他们不禁倒吸气，喊叫着，从座位上跳起来，不过，这时的混乱是善意和友好的。等雷吉娜终于赢下与克里斯特尔的一轮较量时大家心情都不错，只有克里斯特尔例外。她像只奇怪的花斑猫，冲雷吉娜发出咝咝声。雷吉娜嘴里骂着变态，转过身不理会。勇士队队员们跳起来，组成阵形，虽然勇士队继续领先五六分，但她们为此打得很辛苦。千钧一发之际，运气总是偏向勇士队，惹得行星队的几个家长嘟嘟囔囔。勇士队拿下头两局。接着，行星队全力以赴，获得了好运气的青睐。接下来的两局也是行星队走运。打破僵持的第五局比赛开始了。

大多数比赛虽然是竞技性的，但气氛友好，每个人发扬良好的体育精神。杜克教练事先把行为守则寄到每家每户，要求家长和队员必须签字。但第四局球打得很凶，可人们的表情更凶，有几声吼叫中夹杂着讥笑，己方球队得分时会得意地击掌庆祝。到第五局比赛时，整个体育馆弥漫着危险的紧张气氛。诺拉知道哪个家长是哪一边的。这时已没人低声宽慰，说打得不错；而对方球队得分时也没人友好地打趣。当对方球队失误时诺拉拼命高喊，但克制着，没有幸灾乐祸。她尽量不去质疑边线球，尽量不乱喊干扰比赛，即使她认为自己比运动员更清楚球的落点，她也控制着不喊出声。像教练恳求的那样，她努力做到不亵渎排球比赛。

诺拉偷偷吃了颗葡萄。真是让人失望，葡萄皮很厚，没滋没味，果肉像掺水的化学纸浆。她又吃了一颗。玛吉不是一直在发球，但教练也没让她下场。她还在球场上打比赛，轮到主攻手位置了。勇士队已丢了两分，这次发球要遏制行星队进攻的气势。多大的压力啊！为什么是玛吉？彼得高喊着鼓励的话语，可诺拉没说话。她使劲盯着女儿，想借助爱的力量把好运传递给她。

玛吉发球触网。她母亲很难过，双手啪地落在膝盖上，像扔下一副空手套。

行星队的两个家长，就是韦尔斯特兰德夫妇，他们的膝关节抵在拉维奇夫妇俩的背上，高兴地嘎嘎笑。彼得在诺拉转身时抓住她，伸出一只胳膊抱着她。

“不要，亲爱的。”他说，呼气吹在她头发上。

勇士队很放松，专注于下一次发球。杜克教练已指导她们深呼吸，集中注意力，每次进攻即使失分也要击掌。他的基本理念是培养团队意识，每个队员脑子里都清楚地知道队友在场上的确切位置，每个队员心里都流淌着整个球队的力量。可诺拉只看到玛吉陷入了困境，而且正值球队危急关头。焦急的啜泣声卡在诺拉嗓子眼，但一股黄油般温暖的热流传入诺拉双肩。

玛吉身材纤细，双腿瘦长，看上去瘦瘦小小，弱不禁风。其实她可以一个人毫无惧色地站在球场上。她伸出双臂下蹲。克里斯特尔发的球直冲她飞来，玛吉传给雷吉娜，雷吉娜出其不意，左手进攻。得分。下一球，斯诺发球，红发双胞胎中的另一个把球砸到玛吉左侧，但玛吉从下方将球轻轻一托，用力垫高。乔塞特为黛蒙德助攻，黛蒙德迅速完成扣球。又得一分。再得一分。平局。贝拉依琳迈步上前，眼里闪着凶悍的光，像个泼妇一样。玛吉的胃里翻腾起来。贝拉依琳板着脸，异常愤怒地两次将球砸在地板上。她稍稍用力，想要个花招骗过玛吉。球本该恰好掠过玛吉的脑袋，落在她身后，可玛吉看穿了贝拉依琳手臂的动作。玛吉纵身一跃，双脚高高跳起，一个转身扣球，打在对方防守的缺口。绝杀。

诺拉一直在站着看。有个家长推推彼得，彼得想拉诺拉坐下。

绝杀！一片寂静中，诺拉尖声叫喊着。绝杀！绝杀！绝杀！

玛吉听到诺拉的喊声，黄油般的温暖在心里旋啊转啊，落到心底深处。彼得的胳膊牢牢搂着诺拉的肩，在她耳边低语，但她的心已游荡到别处。奇怪的是，这却让他觉得安心。因为这不是假装的，不是虚幻的，也没藏着别的意思。这是他熟悉的诺拉，不是那个脸上挂着假笑的诺拉。这才是家人之间正常的互动，不是刻意营造的那个幸福家庭，虽然那个家庭里没有懊恼，没有愤怒，不允许高声讲话，不允许痛苦的存在，可他觉得孤单。

他现在一点也不孤单，因为诺拉这会儿蛮不讲理。

“你快坐下！”她身后的女人喊道。

听到这话时诺拉嘴里正含着一颗葡萄。她转过身，张开嘴，准备郑重地表达看法，可葡萄像一坨绿鼻涕一样从嘴里飞出来，落到贝拉依琳母亲的粉红色大鼻子上。一片震惊，一切停顿。贝拉依琳的父亲站起身。他双肩下陷，身材方正结实，壮得像头熊，长着海象一样的胡子，戴着一顶卡车司机常用的帽子，帽子上面写着达科他州砂石公司。他伸出双臂要推诺拉，但诺拉那一招已在特拉维斯神父身上练得纯熟，她身体前倾，胸部突出，送进那个男人手中。戴司机帽的男人一声惊叫。

“把你的爪子拿开。”诺拉尖叫起来。

彼得只看到两只手乱摸诺拉，卡车司机的妻子还在擦脸上的葡萄。这时，彼得朝司机一拳挥过去，愤怒发泄出来，感觉真好。当卡车司机疼得弯下腰双手捂脸时，彼得立马又懊悔不已。不过，诺拉很高兴，毫无觉察。比赛被迫中止。瘦瘦的霍塞尔先生满脸担忧，不得不把四位家长从看台上请出去。诺拉紧紧抓着彼得的胳膊，梦游似地不知不觉走了出去。夫妻俩遗憾地错过了下面这一幕：裁判吹哨中止比赛之际，他们的女儿一记发球，朝贝拉依琳的头部砸去。贝拉依琳注意力分散，放松了戒备，脸被球砸中。这会儿，她鼻血流得遍地都是。

裁判出示黄牌以示警告，玛吉在行星队家长的一片嘘声中下场。行星队队员的心里像煮沸的开水一样不停冒泡，比赛时拼命报复，却失控了，不停犯错，连简单的球都接不住，接球不加调整就想直接打棘手的下旋球，结果输了八分。勇士队击掌庆贺，低调地退场。这种感觉不太好，不像实实在在的赢球那么痛快，却像发生了什么不为人知的坏事。

她们什么都不知道，玛吉心想。看到地板上贝拉依琳流的血，她仍然平静而喜悦。

彼得和诺拉被押送出去时朗德罗和艾玛琳也跟着出去了。贝拉依琳的父亲像黑熊似的，他的鼻子疼痛难忍，而她的母亲身强力壮，理着华伦王子①一样的短发，他俩出门后一直走到自家的皮卡处。停车场上没人监督双方的家长不再起冲突，但贝拉依琳的父亲韦尔斯特兰德根本没打算继续打架。玛吉的父母被玛吉的

① 出自加拿大漫画家哈尔·福斯特自 1937 年起创作的长篇连环漫画《华伦王子》，画中主角华伦王子留着齐耳短发，刘海与眉毛齐平。

物理老师送出体育馆，好不尴尬。霍塞尔先生极其难过地转头注视着他俩，用满是伤痕的双手向他们做了个抱歉的手势，转身走了。诺拉喘着粗气。

“要是老师因为我们俩取消玛吉的优怎么办？”

“如果你想先送诺拉回家，”艾玛琳对彼得说，“我们可以把玛吉带回去。”

“不，不，你们走开。”诺拉喘着气说。但艾玛琳没走，她的表情也没变。诺拉虽然冻得牙齿打战，却不肯上车。空气中的雾气已冻结。一盏盏卤素灯闪烁着，投下的光晕仿佛带着另一个世界的宁静，笼罩着停车场上的汽车、结霜的挡风玻璃和闪光的柏油路面。

艾玛琳朝怠速皮卡点点头：“贝拉依琳的父母吧，她母亲本就不该来看比赛的，她去年就被禁止了！”

诺拉还没来得及挪动身体，艾玛琳突然伸出双臂拥抱了她一下，然后迅速放开。诺拉还没来得及做出反应拥抱就已结束。

“我们在这儿等着，等孩子们都上车再走。”彼得说。

“那不是玛吉的错，”朗德罗说道，“裁判吹哨的时候她的手早就在空中准备发球了。”

他们四个人跺着脚，搓着双手抵抗寒气。

“上车吧，”彼得说，“我们坐在车里等玛吉出来。”他哄着诺拉靠近他，劝她一起上车。

诺拉转身时深深地看了艾玛琳一眼。艾玛琳拥抱了她一下，拥抱的方式耐人寻味，拥抱的感觉不好也不坏，她说不清是什么感觉。也许这就是平常的感觉吧。

斯诺和乔塞特陪玛吉走出体育馆大门，贝拉依琳从她们身边经过，她们狠狠地瞪着她，她却径直朝自家的皮卡走去。

“她为什么跟你过不去?”

“她是我原来学校的同学，我踢了她哥哥巴奇的胯下。”

“怎么回事?”乔塞特问。

玛吉低下头看着脚，耸耸肩。

“哦。”乔塞特说。

“我猜，他们还在生气吧。”玛吉说。

“不是吧，她专跟你过不去。”斯诺说。

她们注视着，皮卡载着贝拉依琳呼啸着离开停车场。

“哦，天哪！不可思议!”黛蒙德追上她们，“你知道吗？你爸爸揍了贝拉依琳的爸爸，你妈妈吐了她妈妈一口。”

“你们一家可够浑蛋的。”黛蒙德说。

玛吉跳上车后座。

“妈妈？爸爸?”

“玛吉?”

“打得不错。”彼得说。

※

特拉维斯神父反复回味着艾玛琳的话。

“不公平，你不按规矩来。”跆拳道班下课后，他跟艾玛琳聊天时她是这么说的吗？他情不自禁地想象着，希望她做出跟他一样的回答，并留下来……但艾玛琳把他的手绢塞给他，带着拉罗斯离开了。值得注意的是，她的脸既没红，也没肿，没有流露出任何情绪，没有任何言语不当。她也没回应他的爱情宣言。

“我到底怎么了？怎么会跟她说我爱她？”

这次会面后，特拉维斯神父每次自我拷问仍激动不已，无法回答自己的问题。但一个又一个星期过去了，她再没出现在跆拳道课上，只是派拉罗斯的某个姐姐或哥哥送拉罗斯来上课，这让他开始为说过的话后悔。他开始怀疑自己是不是讲过那些话，或者她到底领会了没有，或者她当时哭泣也许有别的原因。

一天晚上，斯诺陪拉罗斯走进训练室时特拉维斯神父重重地踩在地板上，听声音像是把木板下的龙骨踩塌了。他膝盖支撑不住，一条腿不听使唤地跪在地上。不过，他很快站起身，全神贯注地上课。这是他最初喜欢跆拳道的原因：跆拳道不允许胡思乱想，只能想下一步。

在大家鼓掌向彼此加油致敬，神父示意下课后，拉罗斯向他走来。他喜欢这孩子，喜欢他勇敢无畏，与人推心置腹，喜欢他勤奋刻苦。虽然拉罗斯没有天赋，可还是磕磕绊绊地掌握了他教的品势，记住了训练内容。他踢腿和出拳之间看不出对跆拳道的理解，仅仅是在空中做出动作而已。

拉罗斯在老师面前立正站好。

“老师。”

“什么事？”

“我跟人打了一架，输了。”

“你知道，我教你不是让你跟人打架，我教你是让你自卫。”

“是的，老师，我就是自卫。”

“那么说，有人想伤害比他弱的对手，你是去保护那个受伤的人?”

“有人伤害过别人，所以我去打坏蛋了。”

“有人做了这种坏事？正好当时你看到了?”

“不是。我想，是几年前的事。”

“那就不是自卫，是报复。”

“她也说过，报复就是这样的。”

“是谁?”

拉罗斯没回答。

“好吧，我猜得出。”

“这些家伙的所作所为伤害了她。我到他们的车库，揍了一个家伙，但另一个家伙把我打倒了，我差点断气。”

特拉维斯神父把拉罗斯带到体育馆的一个角落，一起坐在一摞地垫上。

“这些家伙多大了?”

拉罗斯说：“他们现在上高中，哎，其中有个叫布拉德的家伙，后来开车送他回家，还跟他说，他应该去打橄榄球。”

“唔，布拉德？布拉德·莫里西吧？我知道那几个家伙。这么说，你去揍他们了。我上课告诫过你们不能这么干，你违反了我们的纪律，腰带应该没收。”

拉罗斯耷拉着脑袋，凌乱的头发垂在前额。

“他们把她伤得很重。”拉罗斯低声说。

特拉维斯神父深呼吸，憋住气，等到能控制自己的声音才开口。

“你实话实说，腰带可以重新奖励给你。”他说，“现在把一切都告诉我。”

“具体情况我也不知道，”拉罗斯说，“我只知道她洗澡不知洗了多少次，就想把自己洗干净。他们把她吓得像个受伤的动物。”

特拉维斯神父把两个手指搭在一边的太阳穴上，闭上眼睛，双手克制着，没有攥起拳头。他心中不觉怒火燃烧。

“特拉维斯神父？”

“我会和他们谈谈，”特拉维斯神父睁开眼睛，开口说道，“是跟他们聊聊，不是跟他们打架，你懂吗？”

韦伦、霍利斯和酷奇决定开车去霍普丹斯的卡车司机休息站吃汉堡，担心遇到巴奇或他的朋友，他们带上了直筒袜和石块；石块放在手套箱里，直筒袜塞在杯架内。要是情况不妙，他们就把石块放到袜子里，下车甩出去。但休息站的大多数隔间里挤满高声谈笑的老农民，都在小心翼翼地吃着当天的特价汉堡。三个孩子没理会保温餐台和小小的沙拉台，直接坐在后面的小隔间里。他们刚给巴普和奥蒂打扫过车库，口袋里有钱。汉堡吃到一半，他们就看到巴奇独自走进店里。巴奇没注意到他们几个，一个人晃了一会儿，最后在长餐台旁坐下。他刚点好单，却突然从座位上跳起来。三个孩子匆匆把汉堡吃完，跟女服务生打了个手势，把钱放在桌子上，走出店门。巴奇正在跟快餐店的厨师说话。他们坐在霍利斯的车里，等他出来。

过了几分钟，特拉维斯神父开着教堂的白色货车，停在他们的车旁。神父下车时看到他们，打过招呼，走进休息站。他们眼瞧着神父坐在巴奇旁边的餐凳上。巴奇跳起来要离开，特拉维斯神父伸出手，友好地搭在他肩头，巴奇重重地坐了回去。

三个孩子看得清清楚楚。

“他在干什么？”

“也许巴奇找到工作了。”

三个孩子注视着餐台旁的两个人：巴奇边说边做手势，但身体一直前倾，脸几乎要埋进土豆煎饼里。时不时地，巴奇转动椅子，左顾右盼，好像有人在偷听他们的谈话，可各个隔间里的老农民几乎都耳背，不时用手把助听器音量调高或调低，喝着淡而无味的咖啡。终于，特拉维斯神父递给收银员几张纸币，他们两人一起走出休息站。巴奇站在特拉维斯神父身边，紧张不安，一直到科坦斯开车过来。巴奇一坐进车，霍利斯就启动了引擎。他正要把车开出去，特拉维斯神父走过来，拦住他们的去路，把手放在凹陷的发动机盖上。霍利斯熄了火。特拉维斯神父绕到驾驶室一侧，霍利斯摇下车窗。特拉维斯神父后退了几步，示意他们都下车。他们下了车，尴尬地站着，不愿看他的眼睛。

“我都明白，”特拉维斯神父最后说道，“不过，还是停手吧。”

他们迅速地交换了个眼神。

“可不能威胁巴奇。他精神快崩溃了，但还有危险性，所以你们离他远点儿。他父母把他从家里赶出来了。他伤害了自己的妹妹，现在只剩科斯坦一个朋友了。我想，还是静观其变吧。如果你们非要追着他不放，可能会被以人身攻击的罪名起诉，这个污点会留在档案里，对你们申请大学不利。”

韦伦还没认真考虑过上大学的事。不过，神父认为他有可能上大学，这让他感到高兴。

特拉维斯神父刚开车离开，三个孩子就钻进霍利斯的车，他们商量了一会儿，然后开车去找巴奇·韦尔斯特兰德，可他已不见踪影。

两个星期后，一个暖和的日子，酷奇听说了巴奇鬼混的地方，他们便开车过去。那地方在一条没铺过的拖拉机车道上，他们开过一片沼泽后，来到一条满是车辙的土路上。开过土路后，周围树木林立。霍利斯说道："这不是那个幼儿园老师住的地方吗？是斯威特太太吧?"

"她在这儿声名狼藉，前一年就从镇上逃回来的。"

韦伦和酷奇没说话，因为他俩看到了那栋房子。房门洞开，几扇完好的窗户上遮着污渍斑斑的毯子。院里淤泥已融化，泥里混杂着石头，还有污物，污物上覆盖着雪，而淤泥和污物上放着三个皱巴巴的黑色垃圾袋。三人小心翼翼地朝前走，边走边嗅，接着他们发现那几个垃圾袋其实是几条大狗干瘪的尸体，狗脖子上系着链子躺在那儿。

"这地方不对劲，别进去了。"霍利斯说。

酷奇和韦伦已走到阳台上，霍利斯加快脚步跟在他们身后。空气中弥漫着化学制剂刺鼻的味道和死亡的气息。他们拉起T恤捂着鼻子，站在进门处。

这地方毁得面目全非。厨房的柜子已被人拆下来，所有台面上都堆着塑料罐、缠绕在一起的管子，或熔化的塑料。发硬的黏稠物从天花板垂下来，又向顶部烧得焦黑的石膏板上飘。冰冷的地板上堆着因为食物残渣黏在一起的衣服，里面还埋着破碎的盘子、压扁的易拉罐和打碎的玻璃瓶。他们小心地迈过装袋的和没装袋的垃圾、比萨盒子，不知放了多久、像爬虫的壳一样硬的比萨，还有黏糊糊的汽水、啃过的骨头和人的大便。靠近昔日客厅的那一面墙的墙边没有任何动静，但霍利斯感觉屋子里有什么活物在动，脖子上的寒毛竖了起来。韦伦把离他最近的一扇窗户上的毯子扯了下来。他们发现了两个人，一个蜷缩在垃圾里，也许还在睡觉，另一个摇摇晃晃地站起身，积蓄着力气。他们认得出，这个人就是以前的巴奇。

巴奇的眼睛嵌在黄色的头盖骨上，像两盏一明一灭的霓虹灯，嘴巴像个黑魆魆的洞。他双手时而紧握时而松开，一只手去挠那只正流血结痂的胳膊。

“你们是来杀我的。”巴奇说。

“不是。”霍利斯回答。

“我们现在就走。”韦伦说。

酷奇朝后退去。

巴奇突然冲向他们，扑倒酷奇，一言不发，挥臂就打。韦伦想把巴奇拉开，巴奇站起身，一头朝韦伦撞过去，然后恶狠狠地抡起拳头猛击霍利斯，把霍利斯打倒在地，躺在湿滑的污秽里喘着粗气。巴奇对他们三个拳打脚踢，他们仨差点没命逃出屋奔到车旁。一切在可怕的静寂中悄然进行。霍利斯加大油门往后倒车；巴奇迈着大步飞快地追上来，扑在汽车的前盖上，他的脸压在挡风玻璃上，双眼圆睁，转动舌头舔着玻璃。霍利斯只好猛然掉转车头向前开，接着脚踩刹车，突然后退，想把巴奇甩下去。巴奇以一个奇怪的角度撞在地上，速度慢下来。但当他们开车离开时酷奇向后看，发现巴奇蹲在地上，似乎像电影里的怪物一样四肢并用，准备跳跃着追赶他们。

他们开了一英里，然后霍利斯说道："巴奇本该是班上的优秀毕业生代表。"

"也许，"韦伦说，"他现在落到第二名了。"

"正好当毕业代表致辞。"酷奇说。

霍利斯打开挡风玻璃上的雨刷，想擦掉巴奇留在玻璃上的唾沫。但他的汽车没有雨刷清洗剂，唾沫变成了脏兮兮的条状污痕。

"就像一只虫子。"韦伦说，但没人笑。

※

三月，战争开始了。特拉维斯神父看了一会儿新闻里惊悚的轰炸场面，然后关掉电视。他心里发抖，无法思考。接着，他关掉灯，跪在床边，脑袋压在交叠的双拳上。他想祈祷，但身体被黏腻、滚烫、火红的悲愤之情控制。房间里的空气越来越沉重，发狂似地旋转起来。他跳下床，穿上跑鞋，向学校和医院附近的田野奔去。在那儿，他可以随心所欲地绕着圈跑。这片田地不大，他刚跑了几圈，突然发现艾玛琳的办公室里亮着灯。

他告诫自己别去，却发现腿不由自主地朝那儿走去。他自我安慰，他去那儿只是为了确认艾玛琳不在办公室，即使她在，也只是想确认她安然无恙。他告诉自己，如果艾玛琳在办公室，如果他看到艾玛琳，就马上离开。可当艾玛琳来到空无一人的大楼门口时他没有离开。他迈步进去的那一刻就知道，自从上次交谈过之后，她一直在等他。别人都在家里看战争新闻，所以这儿只有他和艾玛琳。

她径直往办公室走去，他在后面跟着。走进办公室，她没有关门，灯光很刺眼。她在办公桌前坐下，指了指另一把椅子。

将近五分钟，他们什么也没说，也没看对方。他倾听着她的呼吸声，她也倾听着他的呼吸声。他身体稍微挪动，朝前俯身。她紧张地轻轻吸了一口气，声音几不可闻。

罗密欧看看四周，看看自己的生活，看看自己的晚饭。他吃的是医院冰箱里别人剩下的比萨，意式香肠干得像硬邦邦的碟片，奶酪也很硬，味道不错，但为了好消化，罗密欧倒宁愿吃个蔬菜比萨。他现在把工资存在银行账户里，可他不喜欢逛店，他不喜欢花自己的钱购物。他存钱到底想做什么呢？

相同的电视字幕一遍遍重复。他攒钱到底为了什么？世界不知在哪里终结。

为什么攒钱呢？

他真不明白。钱的数目一直在增加，也许有一天，霍利斯会去看看他们共同的银行账户，说点什么。也许，他认为罗密欧这个爸爸也不是一无是处。

这就是我存钱的原因，罗密欧对着美国有线电视新闻网说，我存钱就是为了他。我啃这个硬邦邦的奶酪，吃这个硬纸板一样的比萨，就是因为他；就是因为他，我才能忍受电视没有声音。

霍利斯跟朋友们在外面玩，很晚才回来，大概有点喝多了。

拉维奇家只有彼得在看新闻。他说，拉罗斯不应该看，所以诺拉上楼去陪他了。玛吉对新闻不感兴趣。他家的狗把脑袋靠在彼得的腿上，在彼得的抚摸下合上了眼睛。电视里的声音傲慢而兴奋，絮絮叨叨，弄得它昏昏欲睡。

突然，狗被推到一边，迷迷瞪瞪，哀鸣着，转了几圈，扑通倒在地上。彼得翻着一本薄薄的电话簿，拨了一个电话。

彼得在玛吉的排球赛上用拳头狠狠揍过的那个人，也就是贝拉依琳和巴奇的父亲，接了电话。

“我是韦尔斯特兰德。”电话中的声音说。

“你好，”彼得说，“我是彼得·拉维奇。很抱歉我打了你，也希望你家女儿没事。”

彼得放下电话。“我为什么要打电话呢?”他问自家的狗，而狗黑棕色的眼睛闪闪发光，带着满满的赞赏。过了一会儿，电话响了。彼得接起电话。

“我是韦尔斯特兰德，我不是故意碰你老婆的。”

“我知道。”

这次是韦尔斯特兰德挂的电话。彼得把狗放出去走了走，又把它叫回来，然后把一楼该关的东西关掉，又检查了前后门。

他朝楼上喊了一嗓子，没人回答。

“达斯提离开了。”他说。

他俯下身，狗钻进他怀里。

彼得走上楼，发现两个孩子都睡了，走廊门缝透进的灯光中隐约可见他们的脸。拉罗斯在下层的床上缩成一团，身影模糊，脸埋在枕头里；玛吉房间的地上扔着牛仔裤和内衣，书本摊开，还有论文和笔记本。不过，她化妆台上的指甲油严格按照彩虹七色摆得整整齐齐。他走进自己和诺拉的卧室，里面是肥皂和沉睡的味道。诺拉像石棺上刻的女王一样仰面躺着。他轻轻上了床，做贼似地小心翼翼地安顿下来。诺拉没有动。到了早晨，重力作用加上他占优势的体重，诺拉自己就会滚到他身边，他醒来时，诺拉将睡在他臂弯里。

※

艾玛琳收拾行李，准备去大福克斯开会。她只带了过夜的常用物品：一套换洗衣物、化妆盒和逛哥伦比亚购物中心时穿的鞋。开车的路上，她本可以播放车上的唱片，但每张唱片或者组曲都会让她想起曾经的时光。这次不像以前开会的途中那样，她什么曲子也没放，也没有认真考虑什么问题。这次，她只是一路开车前行。西北风干燥寒冷，两侧的沟渠旁，雪堆像沙丘般起伏，雪堆上的积雪星星点点吹洒在路面上。艾玛琳不时瞥一眼不断消失的残雪。残雪那么美，让司机沉醉。

到达大福克斯后，她驱车直奔北达科他大学。她做完报告，与几个同事聊了一会儿，很快就找借口离开，住进宾馆。她预订的是河对岸一家普通宾馆，这儿不会有参会者入住。她报上个人信息，签了入住单，上楼来到房间。她脱下夹克、鞋子和长筒丝袜，然后在床上躺下。没过一会儿，她又从床上下来。可她已疲惫不堪，最后还是掀起被子，再次躺下，仍旧没脱衣服。她侧身蜷缩着，迷迷糊糊，似睡非睡，一直等到电话铃响起。她的手犹豫着没接，直到电话响了三声，但最后还是拿起电话，把房间号告诉了他。

她开门让他进来，他小心地关上门。他们面对面站着。当然，他穿得像个普通人。他们没有说话。过了一会儿，她伸手拉拉他夹克的袖子，他脱下夹克。她摸摸他的衬衫，他把衬衫也脱了。他胸脯上的伤疤像蜘蛛网一样密密麻麻，伤疤即将不见的地方痕迹越重。她等待着。他碰碰她的衬衫，她解开小小的白色贝壳纽扣，他把衣服从她肩上拉下来。她肩膀抬高，衣服落在地上。到了这一步，一切顺理成章了：像路上的积雪一样，他们不知不觉地靠近彼此，不停地奔跑在漆黑的路面上。

※

那年春天登出了实惠的全家福拍摄广告：周日上午艾柯停车场。玛吉坚持要去，彼得说这种照片矫揉造作，他们家里有那么多照片，带相框的照片摆满了好几排架子。

“不过，都不是专业摄影师拍的。”玛吉说。

彼得指着好几排在学校拍的照片。

“爸爸，全家人，在一张合影里。这会让妈妈开心的。”

“她现在就很开心，不是吗?”

“哦，爸爸，别这样!”

彼得拿不定主意。自从达斯提离开后，他们没拍过全家福；还有，他不知道这事要不要瞒着朗德罗和艾玛琳。因为拉罗斯也会出现在全家福里，这件事具有象征意义。这样的事彼得一向低调处理：哪一家都不要过多地争抢拉罗斯。自艾玛琳一度想要回拉罗斯之后，彼得更加小心谨慎。但玛吉眼睛盯着他，那副奇怪的、笑眯眯的乖乖女模样让彼得拿她没办法。

“拍个全家福，你会开心吗?”诺拉走进房间时彼得问道。

“我们拍吧!”玛吉伸出双臂拥抱诺拉，想激起诺拉的兴趣。诺拉两眼发亮。

“好啊！我正想拍全家福。”

我需要喝点啤酒，彼得心想。

最近，玛吉让彼得扮演了好几个角色：笨手笨脚的爸爸，可他还不知道有谁比他更心灵手巧；让人扫兴的爸爸，可他只是喜欢时不时地看看孩子们怎样了；粗心大意、丢三落四的爸爸，可他知道，一直在丢东西的可不是他。也许，他其实是个感情上不知所措的爸爸，因为他心知肚明，玛吉一直在照顾诺拉，虽然他说不清用的是什么方式。他说不清也记不得玛吉以前的样子。这么说，也许他是个健忘的爸爸，也是个神思恍惚的爸爸，因为他爱回避问题。他还像跟儿子打成一片的爸爸，虽然拉罗斯大多数时候扮演的是诺拉的儿子。诺拉深爱着拉罗斯，拉罗斯吃饭时，诺拉的眼睛追随着他的餐叉；拉罗斯离开房间时，诺拉的目光追随着他的背影。

不过，说起这张照片，要让全家人开心，他只需穿上最好的衬衫，脸上挂着微笑就行。

“爸爸，你还是穿西装吧，”玛吉说，“你有西装吧？爸爸，我们可是特意打扮了，你得穿西装打领带。”

彼得找出他结婚时穿的西装和戴的领带。

诺拉出来时，身穿紫色连衣裙，腰系带搭扣的银色皮带。玛吉垂下脑袋，瞪着母亲，空气中有电离子移动，诺拉转身走回卧室。刚才怎么了？彼得纳闷儿。之后他再没见过这条紫色裙子，诺拉已经换上一件棕色外套，搭配白衬衫、黑皮鞋，像个女乘务员或总统候选人。

“我的票投给你。”他说。

“妈妈，你这套衣服正需要那副闪亮的绿色耳环来搭配，”玛吉说，“再配条围巾！”诺拉回到卧室。

拉罗斯没有西装，可他的确有件西服衬衫。玛吉蘸着水，把他的头发向后梳得一丝不乱。诺拉说，他像个名副其实的非凡少年。每个人都笑容满面。玛吉上身穿着相配的毛衣和马甲，是热烈的粉色系，下身穿着时髦的蛋壳色人造革短裙。她扎着白色发带，穿着摇摆舞风格的塑料白靴，这一套是诺拉九十年代的装扮。那时彼得密切关注着诺拉和她的穿着打扮；玛吉穿上诺拉大学时代的衣服，彼得真有点穿越的感觉。

“我真幸运！”彼得看着母女俩，由衷地感叹。

诺拉和玛吉宽容地望着他。母女俩经常听不懂彼得的话，就带着母亲般的些许不悦，看向别处。

如果服下适量的羟苯氨酮，罗密欧看什么事都像看电影故事一样：复仇就是伸张正义，就是站在自身躯壳之外注视自己，甚至能听到音乐，音乐声时而隐隐约约，时而突然高昂。看到了吗？彼得穿着英雄的服装上场，要扮演属于他的英雄角色了，罗密欧心想。但他看出了其中惊人的意义。

罗密欧在艾柯停车场发现了彼得·拉维奇，迈步朝他走去。为了接近彼得，罗密欧不停地跟脑袋里的朗德罗争辩。还有，还有呢！朗德罗从没跟罗密欧说过从前的事，高高在上、自以为是，不屑对罗密欧做任何表示，直到现在也没对罗密欧为救他所做的牺牲表示过感激。另外，他一直在努力偷走霍利斯和艾玛琳，还有罗密欧本可以拥有的一切。他偷完了还全身而退，因为他们全都相信一个虚伪的朗德罗，一个迷途知返、幡然悔悟的朗德罗，一个坏事做尽仍有人爱的朗德罗。那样的朗德罗必须消灭。

我想警告他，试过一次又一次。

现在，罗密欧站在彼得·拉维奇面前。

“可以谈谈吗？”

彼得隐约对罗密欧有印象，但不知道是在什么地方认识他的，罗密欧也没想起来。有一次，彼得正在给车加油，罗密欧趁彼得皱着眉头看电子计数器上飞速增长的读数，骗了他一次。罗密欧撒谎说自己丢了皮夹，需要十美金的汽油把祖母送到医院去。彼得打开瘪瘪的皮夹，给了他五美金。现在，罗密欧弯腰弓背，鬼鬼祟祟，把彼得跟他的家人分开。

“是私事。”他说。

罗密欧把一小撮头发编成整齐的发辫；他偷偷摸摸地在赌场的野营地洗过澡，头发湿漉漉时就把辫子编好了。他翻拣了一遍自己的收藏品，选了件崭新发硬的T恤穿上，T恤上印着一只巨大的塑料老鹰，还有一个头戴印第安人发带的乌龟，两个动物凶猛有力，似乎要从捕梦网里冲出来。他脖子上系着挺括的红色印花大手帕，手帕上几个靛青色的头颅小心地从折叠处探出来。罗密欧把他下垂的八字胡修得尖尖的。他的牛仔裤松松垮垮地挂在胯上，几乎要掉下来。虽然每说一个字都要清清嗓子，但他语气平静。

“抱歉，”他说，“一会儿就好。”

“我应该到那边去。”彼得说。

“我是朗德罗的朋友。”

“嗯？”

“这么说，也不是朋友，你马上就会知道，不过，在我发现他的企图之前做过朋友。”

罗密欧停顿了一下，他很为“你马上就会知道”这句话感到自豪，皮斯太太曾把这种技巧称作铺垫。他装出真诚而难过的表情，因为马上要对过去信任朗罗德的人揭穿他不为人知的品格。

事实上，罗密欧突然来了灵感，用上了那句台词。

“我知道，你信任他。”

“我……是的，当然……到底什么事？”彼得匆匆瞥了家人一眼，迟疑地笑了笑，冲不耐烦的三个人挥挥手。

“你知道，我是医院的工作人员，”罗密欧郑重地说道，“因此，我偶然会听到生活中事情实际上是怎么发生的。”

彼得洞悉了朗德罗接下来会说什么，想抽身离开。可罗密欧讲述时自信满满，他讲的故事早已让彼得欲罢不能。罗密欧一只手捂在胸口。

“很抱歉这件事会再次揭开你的伤疤，”罗密欧说道，“但你不明真相。我只是觉得——我就是我，不会说谎——你作为家长，有权知道真相。”

现在，一切似乎变得缓慢，甚至停滞，时间似乎已经停止，这世上只有罗密欧，只有彼得，恐惧像铜锣一样在彼得脑海里作响。

“所以，三年前的那天……”罗密欧说道。

“少废话。”

彼得双肩耸起又放平，胸口上下起伏，脖子上青筋毕露，真想用有力的双手抓住那块红色大方巾并扭紧，把这些话憋回去。这家伙真是个浑蛋，杀人不见血。同时，有些事彼得又不禁想知道。不论他眼下是留下听完还是马上走开，那根刺将会扎在他心里，那根刺将扎在罗密欧那表示“我很难过”而微蹙的眉头和洋洋自得的神情背后。

“这不是废话。”罗密欧平静地说。他预料彼得不肯轻易接受，所以放慢了节奏。“可怜的朗德罗，”罗密欧叹了口气，“有时，他会给自己开药吃，你知道吗？那一天，他好像吃了自己开的药。我听那天救护车上的工作人员说的，我弄到了验尸官的报告。”

“验尸官？”

“是的，没人告诉过你？没人给你报告？你大概不知道有报告吧？”

彼得的双腿变得虚弱无力。是的。报告也许是收起来或烧了，他没想过。事情虽难以置信，但至少简单明了。彼得亲眼看过出事地点的那棵树。合情合理，但让他受不了。他不想知道细节。那时，他分身乏术，诺拉似乎越飘越远，而玛吉则像溺水的人一样紧紧抓着他不放，接着又把他甩开，然后再紧紧抓住他。看死亡报告于事无补，也不能让儿子活过来。报告是用冰冷的逻辑对死亡进行说明，而他应对的却是滚烫灼人、让人悲伤的事实。

“这么说，你没看过报告。”

“我这儿有。”罗密欧压低声音说，然后把电视上常说的话重复了一遍。“我弄到了这份文件，我可以把大致内容告诉你。”罗密欧的声音干脆有力，他惊叹自己的言谈多么机智——他的脑子虽然蛀得都是洞，可还是挺聪明。

“验尸报告说，朗德罗的子弹没打中达斯提的头、心、肺、肝、主动脉、股动脉和胃。报告说，达斯提当时坐在一棵树上，他不是被子弹杀死的，而是被树枝碎片扎入身体失血而亡的。先生，伤口都是浅表性的。他失血死亡时，朗德罗正把你的妻子堵在屋里，不让她出去。报告里没提到这一点，但救护人员推测朗德罗的判断力——真是不幸！——出了问题。要是朗德罗没有一走了之，没有惊慌失措，而是停下来给孩子止血，那孩子也许可以救活。他是一个私人护理师，肯定知道怎么止血吧。”

“还有……”说到这儿，为了加强效果，罗密欧开始添油加醋，“还有，要是你妻子能赶到现场，即使是她也有可能救活孩子。”

彼得摩挲着手里的文件。他打开文件，里面是密密麻麻的手写字。他的大脑不肯按照顺序辨认里面的词语，不过，罗密欧提到过的字眼不时出现在里面。文件掉在地上，罗密欧捡起来，小心地往彼得手里塞，但彼得没有反应，所以他往后退了几步。彼得的胳膊很长，罗密欧怕是要挨揍了。

彼得盯着罗密欧，眼睛却不知在看什么地方，他的脸变得憔悴。他的皮肤起了皱纹，仿佛变成了陈旧发黄的羊皮纸。他突然老了，老得厉害。罗密欧被这不寻常的变化吓得又往后退了一步。

接着，彼得的女儿喊他。

“爸爸，轮到我们了！”

彼得闭上嘴巴，眼神开始聚焦。他从罗密欧身边走过去，站到摄影师面前。

彼得站在车道尽头。他双手垂在身体两侧，双肩平放，一动不动。他没有朝路过的汽车挥手，甚至连看都没看，那些都不是朗德罗的车。皮卡在他身后，车后窗的枪架上放着他的猎枪。他穿着蓝色牛仔裤，红黑格子的旧夹克，脑袋嗡嗡直响，耳朵里是血液空洞的咆哮。他是否记得要把放枪的柜子锁好呢？他取枪时动作太快。是的，他记得锁了，是的，锁了。这个问题，他每隔三分钟就问自己一遍。他心里的那个彼得早已知道罗密欧会说什么，他其实一直在等待这一刻，感觉听到的新消息不过是证实了他的怀疑。每一种噪声都被放大了。家里的狗在灌木丛里钻来钻去。彼得注视着桦树和杨树，树叶映着阳光颤动。他不记得儿子的声音，除了照片，想不起儿子幸福的样子。但就在达斯提出事的地方，他在树叶间看到儿子，可大惊之下转瞬即逝；达斯提睁着眼睛，他在呼唤，他很害怕。彼得捶打着脑袋一侧，想记起达斯提别的模样。幸福的模样，不是照片里的样子。真正在一起的时候，他怎么不记得有这样的时刻呢？

这一刻，他像石头一样冰冷。

他抬起胳膊，挥手让朗德罗停车。别动。在朗德罗看来，彼得显然有话要说，所以他停下车，满脸担心地从车里下来。

“什么事？”

彼得转身打开皮卡副驾驶座旁边的车门。

“上车。”他说。

朗德罗照做了。

彼得坐进驾驶座，发动皮卡，驶出车道。

“我们去哪儿?”

“打猎去。”

“现在不是打猎的时节。”朗德罗说。

“不，恰好是。”彼得说。

在开往属于联邦政府的土地的路上，彼得把罗密欧在艾柯停车场说的话全都告诉了朗德罗。朗德罗没有跟他争辩谁是谁非，因为他脑子里一下子涌入很多画面，他什么也不知道，什么也记不得。他那天吃药了吗？没有。他认为自己没吃药。没有。他确定他没吃。没有。但这一点重要吗？不管吃没吃药，他都是有罪的，枪是他开的。要是他能救活那孩子……朗德罗张开手捂住脸，好像要把支离破碎的自己用力拼回去。他们一路沉默，彼得的皮肤像岩石一样晦暗无光。但他握着方向盘的手很放松，很温暖。四十分钟一秒一秒地过去了。

皮卡吱嘎吱嘎地驶过一条废旧的伐木小径，来到一个山脊上，停在茂密的次生林环绕的一块空地上。多年前，他俩曾一起在这儿打过猎。这儿有一处以前伐木清理出来的空地，如今长满草木；朗德罗曾坐在空地南端的一个树架上等待猎物，而彼得从北面向他靠近，他们合力猎到了一头漂亮的公鹿。

眼下，他们从卡车上下来，彼得探身去车里拿猎枪。

“我去那儿找那个树架。”彼得指着最南端说。他平静地看着朗德罗的眼睛，朝北面点点头。“你从那座山上下来，朝我这儿走。我等你。”

朗德罗转身朝小山走去。他感到头晕，却很轻松，因为这一切很快就要结束了，彼得是个好枪手。死了就是从世上消失了，再也不用掩饰他活得那么痛苦了，再也不用纠结到底吃不吃这种药，不用再等艾玛琳重新爱上他。尽管孩子们……放他们自由吧？无论如何，那天的事时时刻刻在他眼前徘徊，永远无法忘记，他觉得无法再苟活。他的想法绕了一圈回到原点。是的。彼得的猎枪上有瞄准器，朗德罗连枪声都不会听到。死没什么大不了的，简直就是上帝赐予的恩惠。朗德罗不紧不慢地走着。他心平气和，梦游似地往山上走，走到半山腰，他告诉自己转身下山。这时，他碰到了麻烦。

朗德罗盯着山下那片树林，彼得在那儿等着他呢。这时，想活命的念头像不速之客突然冒出，差点让朗德罗功亏一篑。他看到了桦树，那是一片青翠的新绿，树叶映着阳光颤动。他的祖父曾在春天收集过桦树液，他们一起喝过桦树液，那液体中有生活的滋味。他曾吃过桦树皮最里面的那一层；他的父母扔下他出去喝酒，他饿极了就吃桦树皮。他发觉近处那片高大茂盛的果栎树可供他藏身。彼得的子弹穿不透那片林子。山下的青蛙又吟唱起来，好像叫他赶紧逃跑。可是，他没跑。心脏的血已枯竭，他的胳膊和腿变得透明。他低头看自己，还没被子弹打中，身上没发现血迹，他垂头丧气，却又松了一口气。心底有个念头告诉朗德罗，他还可以一走了之。他还没到射程之内，他可以逃跑。那么，他为什么还要低着头一心往山下走呢？

他的倔脾气上来了。他心里怒火燃烧，发誓绝不给彼得得意的机会。他很冷静，连他自己都感到吃惊，命令颤抖的双腿迈步走，腿真的动了。只要他脑袋朝山下移动，身体的其他部分就得跟上。他眼睛盯着地面，花朵稀疏的延龄草、蒜芥、沼泽茶、白浆果、鹿蹄草、野草莓。朗德罗蹲下捡了几颗莓子放进嘴里，莓子味道浓烈，他差点撑不住，当场就爬进东倒西歪的树丛和粗壮的灌木丛。但他没有，他走了一步又一步，恐惧在血液里吡吡作响。他低声自语，杀了我吧，你个浑蛋，现在就杀了我，他喃喃自语，极力维持内心的怒火。他打算像老一辈说的那样，唱一首死亡之歌，可嘴巴张不开。杀了我，你个浑蛋，现在就杀了我，开枪啊，开枪啊，现在就开枪啊。但他走了一步又一步。他有时会跌倒，但他会爬起来继续走。

※

罗密欧离开艾柯停车场，漫无目的地走着。他这辈子活着就是想做成这件事。

“终于做到了。”他说。

他已点燃导火索，事态的发展已超出他的控制。

我的任务已经完成了。

去看谁，做点什么好呢？干什么都提不起精神。肾上腺素已经耗尽，所以今天是个消沉低迷的日子，虽有阳光，可空气中的能量已消耗一空。罗密欧本该在上夜班前睡一觉，他昨晚只睡了几小时。不过，他能借助几种化学兴奋剂继续保持清醒。他不想马上就睡，这可是决定命运的几小时。要是能跟另一个人聊聊，那该多好！可是，跟平常一样，没人欢迎罗密欧上门。他当作宝贝的将军椅还放在舒适的家中，没人坐：他可以回家！正好可以拉好窗上用作窗帘的毛毯，打开灯，读读部落新闻，或是从医院垃圾里捡回来的资料什么的。有人连这些好端端的东西都会扔掉，表面上看着很好，可每当打开，看到的都是废话。

去哪儿？去哪儿，伙计？

戒酒会向他发出召唤。戒酒会的目标呢？罗密欧想起，小组成员正在瞎扯戒酒十二步骤中的那个步骤，内容包括开始列一个失德问题清单，要做到深刻彻底、无所畏惧。这是罗密欧最喜欢的步骤，他喜欢听同组的人谈论每周新增的失德问题。罗密欧那热切倾听的本事让小组成员的讲述不会冷场。而他的评论有时让人哭，有时让人笑。每次会面就像演戏似的，正适合罗密欧，每次都让他心情更好，所以他去了。搭上上山的车，无精打采地绕过教堂一侧，走下楼梯，沿着走廊，进入一个舒适的房间，地上铺着发霉的地毯。椅子围成一圈，等着人来。还没人来，罗密欧在椅子上坐下，意识到他可能没有办法调节心情，承受同组成员的批评。他带着药离开房间，躲到卫生间里偷偷服用，回来时已勇气倍增。

还是没人来。咖啡先生①是空的。

阳光钻进房间，大厅里传来葬礼的香味，一会儿可以好好吃一顿了。化学兴奋剂开始发挥作用，硬邦邦的椅子也变得舒服多了。另外，罗密欧还可以好好得意一番，细细品味愿望终于实

---

① 咖啡机品牌。

现的滋味。现在回想起来，他还记得他们在艾柯停车场里说过的每一个字、每一句对话、流露出的每一次情绪。这些时刻他将永远铭记，一个人慢慢回味。他慢条斯理地想象着朗德罗刚开始的疑惑、醒悟后心头的恐惧、眩晕和解脱，这是朗德罗最终应得的大报应。甚至还有死亡，迟也好早也罢，尽管不可能。他真的想让朗德罗死吗？他不过让事情自然发展，仅此而已。

我在其中的作用已经结束了。

我喜欢这样，罗密欧自言自语。

他把头轻轻放在扭曲的胳膊上，身体向后一仰，双腿伸直。那条可怜的老短腿，这会儿不疼。特拉维斯神父进来看到的就是这么惬意的罗密欧。神父在罗密欧对面坐下，而罗密欧摆着这种不可思议的姿势，睡得正香。终于，神父喊着罗密欧的名字，唤醒了他。十分钟前聚会就该开始了。

“我猜，就我们俩了。”特拉维斯神父说。

“那就没意思了。”

罗密欧很失望，这下没乐子了。

“正好相反，”特拉维斯神父说，“罗密欧，正好看看这一步你取得了哪些进步。”

“我有事，要到别的地方去。”罗密欧说。

“你本该在这儿。”特拉维斯神父说。

他俩按照白纸黑字写好的常规问候和思路提示，一来一回互相问答，然后念完十二个步骤。特拉维斯神父说：“该你讲了。”

“该我讲？”

“你是今天的主讲人。”

“我没什么可讲的。”

“肯定有。”

罗密欧真想说去他的，但让他吃惊的是，他嘴巴可不是这么说的。

“好，那我就说了。”

刚开始，他的嘴、舌、喉，好像各说各的。他喉结颤动，颅骨共振，声音发抖。怎么回事？好像是一个不同的罗密欧在讲话，一个藏在心底的罗密欧。这个不为人知的罗密欧发动了政变，这个罗密欧二号潜入了他的信息交流系统。是哪些药出卖了他？他又吃了什么药？是什么形状的药片？罗密欧认为自己吃了一片白色椭圆形大药片，还有几片黄色的小东西。也许是药物交叉反应产生的副作用吧。罗密欧吓得说不出话来，而罗密欧二号口若悬河，一股脑坦白了因为某些原因做过的一些事。罗密欧二号说得天花乱坠，声调在变换，声音越说越高；罗密欧一号绝望地意识到，罗密欧二号像青蛙一样连蹦带跳，一直说到不可逾越的那一步，大概已越界三步，也许是四步、五步了。到了那个地步，事情只有上帝和另一个人才能知道你确切的罪过。说起药物交叉产生的多重副作用。眩晕、胃痛、大小便失禁、呼吸短促、肾衰竭的风险，这都是真的吗？同时，特拉维斯神父作为一个普通人和上帝在人世间的代表，沉浸在罗密欧出人意料的狂热独白里。

“我不是一直是这副卑鄙小人的德行，特拉维斯神父。以前，我也算个人物。以前，老师认为我是班上最聪明的孩子。那时的朗德罗是个很酷的男生，我跟他关系最铁。这是他冒冒失失、潦倒不堪之前的事了。那时，他刚上寄宿学校，有点像摇滚明星，总靠在木墙板上。那时，朗德罗怂恿我从学校逃跑。那场惨痛的遭遇将会改变我的生活，那将……”

他眼里的泪花不是为了骗取别人的同情，套取信息。他哽咽难言，凄惨可怜，痛不欲生。他发出的声音很刺耳。“那将毁掉我的生活！”罗密欧想控制住罗密欧二号，可已经来不及阻止了。他俩融为一体，还在滔滔不绝。

“在我们共同的历险中，朗德罗从高处摔下，落在我身上，砸断了我一条胳膊和一条腿。这事你知道，大家都知道。朗德罗天生就是给身边的人带来死亡和毁灭，而他安然无恙，或者回到艾玛琳身边。我是说那时我们还在上学。那是我俩从学校逃跑之后的事。我们被逮住了，早就认命了。我从医院回到学校，身体一侧已经完全毁了，胳膊长时间打着石膏，又痒又臭，腿是从里面接起来的，因为神经受损，现在还疼。我一回学校就去看朗德罗。”

“我的老伙计！”我朝他喊，“老伙计！”

“他好像没看见我一样。也许他为自己干的事感到难过，但他没说过对不起！他好像没看见我一样。”

“特拉维斯神父，这就是为什么神不再眷顾我。不是因为我肱骨部位的皮肤起皱或是有条可怜的老伤腿，不是因为我坠地时伤了脑子，不是因为我骨子里是个瘾君子，会不惜一切满足对药物的渴望，虽然这么说也没错。但特拉维斯神父，这都不是原因。”

“您听说过脐营养畸胎吧？您知道那是什么吧？就是双胞胎中的寄生畸胎。畸胎没有心脏，靠正常胎儿的心脏提供血液循环。他靠另一个胎儿存活，通常人们还没注意到他的存在，他就已萎缩死亡了。我就是这样的：朗德罗就像那个心脏跳动的胎儿，我是那个虚弱的胎儿；在他不认我这个朋友的那一刻，我的血液循环就停止了。特拉维斯神父，我成了行尸走肉，我的心死了。朗德罗突然不认我这个朋友，突然不再理会我的求助，突然在我最需要他的时候抛弃了我，第一年这样过去以后，我就死了。我需要他的帮助，制止别人给我起绰号。我拼尽全力才躲避了那些绰号，或阻止别人叫我那些绰号。我把克里普打得一败涂地，追着斯多帕打，用牙狠命撕咬那个叫维因的男生，我是谁由我做主。我仍然是罗密欧。我做到了，但付出了代价。现在，您看，我就是我。不算好人，也不是坏蛋。”

特拉维斯神父垂下眼睛，面无表情地听着。

“好吧，也许，”罗密欧说，“也许我是个坏人。这些年月里，我一直对这件事耿耿于怀。可每当我眼睁睁地看着朗德罗陪着我心爱的女孩——这女孩曾相中我——过得那么快活，一想到我的女孩可能像我爱她一样爱过我，我的心就会再死一次，比以前死得更彻底。我变得跟那苍白的蚯蚓没两样，就剩一条消化道，真的。”

这么说，罗密欧也爱着艾玛琳，特拉维斯神父心想。他和这个黄鼠狼似的朋友同样为爱情所苦；这个突然发现的事实让他抬起头，注视着罗密欧。这个表示关注的小小举动让罗密欧毫无保留地倾吐肺腑之言。

他把不知道真假的事情也一股脑地倾倒了出来。

“我刚给朗德罗打上死亡的标记，特拉维斯神父。”

“什么意思?”

罗密欧糊涂了。他说的是什么意思？打上死亡的标记。诉衷肠带来了不良后果，他说话结结巴巴，好不容易才说清楚他跟彼得·拉维奇的谈话内容，当时他说得那么肯定。他的讲述自信、严肃、流畅，让人难忘。哦，是的。现在他想起来了。罗密欧换上了一张坦诚的面孔。

“这么说，你知道那天朗德罗·艾恩的老毛病又犯了。”

“是的!”罗密欧举起一只手作证，“我们知道，他挣扎过，他反抗过，我比任何人都理解这一点。特拉维斯神父，我承认这一点属实。我比任何人都讨厌传递坏消息。但是，没错，克服老毛病需要个性坚强。即使朗德罗具有这种力量，我知道他确实有，特拉维斯神父，因为我很了解朗德罗。但即使如此，人总有失控的时候。这就是一次失控。他的子弹打断一根树枝，把树枝打得粉碎，那孩子被断裂的树枝击中了。可都是表面伤口，伤口很多，这儿、这儿，还有这儿，这……这些伤口没有一处打中主要的动脉或者静脉。孩子的死因是失血过多。不过，要是朗德罗没离开现场，他可能就止住那孩子的血了。要是他没拦住那孩子的母亲，也许她就能及时赶到儿子身边，止住流血，那孩子可能就不会死。我把验尸官的报告复印了几份，报告能证明我说的话。报告是玛吉·乔琪本人签名的，不对，是乔琪·玛吉，可她已不在人世了，真让人难过，否则她本人就能证实这一点，这份报告还有本州验尸官签字证明。本州验尸官当时恰好也在本地，受邀参与这桩案子，所以这么说没错了。真让人伤心……”

罗密欧出了会儿神，然后回过神来，在口袋里摸索了一会儿，拿出那份报告。

特拉维斯神父伸手接过报告，读起来。他拿着报告好一会儿，足够反复读好几遍。最后，他的目光离开报告，看着罗密欧睁都睁不开的双眼。

“报告上不是这么说的。”

罗密欧眨眨眼睛。

“报告上不是这么说的。”

罗密欧在椅子上坐直身体，咬紧嘴唇。

“我把这些拼凑起来才知道的！”罗密欧语气坚决，“特拉维斯神父！”

“报告不是这个意思，罗密欧！报告上有你用过的词语，但合起来不是你说的那个意思。报告不是这么说的。”

“求您了，别夺走它。这是我唯一的东西了。”

他固执地盯着特拉维斯神父。

“您弄错了！”罗密欧拍打着膝盖，“您弄错了！”

罗密欧把他过去和现在的细节一股脑全都聚集在一起，毫不客气地摆到神父面前。

“特拉维斯神父，”罗密欧很有权威地说，“我说的每一个字都是从可靠的渠道收集来的。所有的信息是听当天——那个可怕的日子——参与现场工作的人转述的，我把零碎的信息拼凑在一起才得出这份完整的报告。哪怕报告上跟我说的不完全一样，也能进一步证明我的话。这些也不是我想编就能编出来的。”

“这些都不算事实。”特拉维斯神父指指那份报告，“里面没提到。”

“这些话，这些关系，这些事实，它们正好吻合。一点一滴，正好！说明事故不可避免。我做好了图表。我弄到一盒大头钉，钉子还钉在我的墙上，现在还在那儿。我从人们说的话里抽出一些句子，然后删减[1]……您知道这个词吧？知道这个词的意思吧？”

“知道。”

“难道您不喜欢这个词？我把这些句子里的线索与其他线索删减，形成一张更大的关系网。”

“你在说什么？‘删减’这个词没有联系的意思，它的意思是删除。”

“还有含糊！”

“是的，就像你喝醉了，就会含含糊糊，吐字不清！”

“那么，”罗密欧说，“也许是吧。删减相关要点之间的意义关联，有可能。那又怎样？”

“那会导致，那会导致，啊，彼得·拉维奇当时在艾柯停车场，对吧？”

罗密欧端详着双手，摩挲着手腕，把他跟彼得说过的话一五一十地告诉了特拉维斯神父。神父起身时，罗密欧还在说。神父走出门后，罗密欧还在不停地说。他对着空空的咖啡壶和等人来坐的椅子絮絮叨叨，对着墙壁絮絮叨叨，对着从地下室窗户透进来的光柱絮絮叨叨，对着食物的香气絮絮叨叨，对着自己的手、膝盖絮絮叨叨，对着空气絮絮叨叨。他不停地说，因为他不知道一旦停下来会发生什么，他这辈子还有什么盼头。他不能拔腿就走，因为他脸上还糊着一层让人难堪的鼻涕，眼泪还在往下流。他站起身去追特拉维斯神父，嘴里仍旧念念有词。爬上楼，穿过教堂的主要走廊，他嘴里依然念念有词。他对自己的行为感到吃

① 原文为“elide”，有“省略”、“删除”或“含糊其辞”之意。

惊，忘记屈膝，抬脚走出教堂前门。

从那儿，可以从山上向下望见保留地小镇的中心。虽然他吃过药脑子迷糊，心神不定，可他能看到每颗心的深处。族人的胸腔深处散发着痛苦的光，红光星星点点遍布小镇。小镇西面，死者的心脏仍在跳动，他们在棺材里燃烧着温和的绿光，暗淡的光从尘土中流淌到地面。小镇南面放养着部落为发展旅游业而购买的野牛，牛群聚在一起，黑压压的一片。野牛的心脏也在燃烧，急切地诉说着它们即将灭绝的噩耗，像一群鬼魂。它们是抗争精神的象征，像我们一样，罗密欧心想。像我们一样，它们的鬼魂也在小小的草棚里转来转去，一味长膘，蹉跎生命。像我们一样，它们的心如同风尘中的灯依然可以看见。每天清晨，神圣的太阳在小镇东面升起，以希望开头，以沮丧结局。他实在太累了，罗密欧。因为，彼得必定会杀了朗德罗。他早已看出来了，心里明白。他不想朝北看，因为他意识到，他一直在用冥界特有的逆向思维看问题，现在他似乎属于那个世界，他可以在那儿长眠。

这一刻，罗密欧极其自信，极其安心，一心求死。他头朝下，猛地从教堂的二十级水泥台阶上扎了下去，一路滚到台阶底部。

※

特拉维斯神父开着教区的外勤车，沿着印第安事务管理局的马路横穿到二十七号县公路，然后停在拉维奇家的车道上。朗德罗的卡罗拉停在车道一侧，彼得的皮卡不见了。诺拉从前门出来，站在通向车道的那条异常整洁的碎石子路上，双手放在臀部，脸上化着浓妆，头发用亮色挑染过，浅色套装干净整洁。她愉快地看着神父，好像从来没见过他。

“您好？我能为您做什么？”

“彼得在家吗？”

“不在。”

“我有事要马上跟他说。”

诺拉狐疑地猛然转过身，去喊玛吉。玛吉走了出来，也打扮得很漂亮。

“出什么事了？”

玛吉马上就看出有什么事不对劲。又出事了。她那么起劲地张罗着拍全家福！不过，显然是她爸爸出事了。他回来的路上表现得很奇怪。现在，连长得像范·迪塞尔①的老神父也来了。

“能告诉我你爸爸去哪儿了吗？”

“我去看看，”玛吉对神父说道，“您等等。”

玛吉启动了自身的侦查雷达，在家里走了一圈。她母亲讲究物品的收纳，东西各归其位，所以玛吉眼睛还没看出来，却能感觉到房间里的不同。

玛吉回到屋外。

“他带走了最好的猎鹿枪。”

“谢谢。”特拉维斯神父说。

※

特拉维斯神父刚离开，韦伦就开车来了，正好在车道上见到

---

① 好莱坞演员与制片人，曾主演《千面人》《速度与激情》《极限特工》等电影。

玛吉，玛吉关掉了雷达。她请韦伦过来帮忙干玉米地里的活。彼得已把去年的玉米茬儿翻进地里，但田垄里早长出了杂草。她进屋换上工装，涂上防晒指数为三十的防晒霜，然后走出门。他们一起下到地里，天气很暖和。他们各自带着一把锄头，牛仔裤后面的口袋里装着锉刀，用来打磨锄头。玛吉穿着剪短的旧牛仔裤。她除草速度更快，或者说比较马虎，所以一会儿就赶到韦伦前面了。韦伦漏了黑土里的几棵杂草，勉强跟在玛吉后面。玛吉的白衬衫系在腰上，穿着包住小腿的厚袜子，脚上穿着收口的厚靴子，一顶破旧的稻草牛仔帽遮着脸。她嘴唇随着脑海中的曲子在动，臀部的两个裤兜里都装着厚实的棕色棉布手套，但没戴，只管徒手挥动锄头干活。压扁晒干的植物、敲碎土块儿，刺鼻却纯粹的味道，一路伴随着他们。韦伦很为自己的乔丹牌运动鞋得意，本不该穿到地里干活。当时他爸爸想买下这双鞋，可是没钱，只好签了个什么文件才拿到鞋，但爸爸想让别人知道韦伦家能买得起好鞋。细细的泥土渗进鞋里，他的脚在出汗，把泥土变成了泥巴。他继续挥动锄头，铲断杂草，穿着黏糊糊的鞋，挪动脚步跟在玛吉身后。前一分钟，他想着回头用水管把鞋冲一冲，或拿湿布擦擦，想着会不会把鞋子弄坏。下一分钟，一切都变了。

玛吉已脱掉白衬衫，只穿着一件文胸——天蓝色的罩杯托着两个奶油勺般的乳房——正在用力除草。她身上涂了厚厚的防晒霜，所以全身发白。她的皮肤毫无瑕疵，没有雀斑，没有痣，连疤痕都没有。只是肩膀上有个蓝点，她转身时韦伦才看到。那个蓝点，他知道是什么，她告诉过他。他的心好像被针尖一般的铅笔尖刺穿了。他把手放在胸口，又移开，还看了看手指，可上面没有血迹。而玛吉却毫无知觉地挥动锄头，时而俯身向前，用力铲除一棵根深蒂固的大蓟。

防晒霜也遮不住她背部的光泽，她的背散发着醇厚的金色光芒。闪亮的汗珠沿着她的脊柱向下，流到小小的牛仔短裤上。她那奶白色的双腿像小鹿一样轻盈。泥土像一片阴影，被汗水黏在小腿内侧和大腿上。

韦伦在田垄间洒满阳光的黑土上坐下，一只小小的黑色跳蛛落在他膝头，瞪眼看着他，眼里郁积着巨大的痛苦，然后跳走了。韦伦没有动，他摸着脑袋，好像在整理思绪。

玛吉沿着田垄向前挪动。

"懒鬼，起来干活，"她说，"可不能让我一个人把地里的活都干了。"

韦伦把锄头扔在地上，起身走到玛吉面前，玛吉眯着眼抬起头看他。她笑着，那神情不知是说你运气不错还是说你要倒霉了。此时此刻，天地间只有他们俩，可韦伦羞于大声说出口，俯身到玛吉脖颈处小声说了句话。

不管灌木丛多么茂密曲折，玛吉都能钻过去。可韦伦像个大块头的牛犊，跌跌撞撞跟在她身后，头发杂乱，眼睛瞪得圆圆的，粉红的嘴唇发亮，黝黑的皮肤上挂着汗珠。终于，玛吉的手用力抵在韦伦的胸口，示意他停下来。

"好了，这就是那个地方，"她说，"我的地盘。"

这是一棵高大的老橡树，大树底下其他灌木无法生长，只剩他们身下细长脆弱的青草。

"你爱我吗？"韦伦问。

“不爱。”玛吉回答。

“你撒谎，唔……你爱我。”

“我说了不爱。”玛吉笑了。

他一只手捧着她的脸，欣赏着她的下巴。她脑子里正在想排球比赛的得分：上个赛季，她的积分已上升到二百分，至少还得几年才能积累到一千分。

“可以吗?”

“可以，”玛吉说，“我们试试。我意思是，要是疼得厉害，你得停下来。”

她靠近他，他尽量不用力抓她，不表现得急不可耐，不一味使蛮劲，努力表现得像男人一样克制，可一切简直不可思议。

他不停地动啊动啊，沉浸在如梦似幻的幸福中。大树下，她随着他一起律动，突然她超越了疼痛，无比自在。她是玛吉。猫头鹰已进入她的身体，她正用猫头鹰金色的眼眸放眼凝望。

※

特拉维斯神父强迫自己倒车，避免摩擦小货车的橡胶轮胎。他开出拉维奇家的车道，平静地从倒车挡换到前进挡，然后一路冲到朗德罗家，跳下车去敲门。艾玛琳出现了，隐藏在纱门后面。他极力克制，不去贪恋她清凉的目光，不去贪恋她纱门后的身影。她说请进，他迈步进门。她站得离他太近了。不，很正常的距离。任何距离对他来说都太近了。

“怎么了？大家都好吧?”

特拉维斯神父不知道如何把纷乱的思绪说出口。

“他们都很好，不过我得找到朗德罗。他，我是说罗密欧，道听途说，脑子里生出这么个念头或者想法，认为朗德罗杀死……的时候，服用过药物。”

“没有，”艾玛琳说，身形突然高大起来。“他没有。罗密欧胡说八道。”

她挺直身体，往后退了几步，拉开与他的距离。他多么想跨过这段距离，朝她走过去，但他拼命克制住，一心考虑朗德罗的事。艾玛琳明白他的意思。她双臂交叉在身前，灵魂缩回自己的躯壳。她存在的气息原本一缕缕散逸在外，可她突然收拢回去。那一刻，她与孩子的父亲重新结为一体，面无表情地等着。

“罗密欧胡说八道。”她又说了一遍。

“我知道，”特拉维斯神父说，“可他的话听起来很可信。他跟彼得说过了。”

艾玛琳的双臂落下来，垂在身体两侧。

“他们在哪儿呢？”

“我得搞清楚他们去哪儿打猎了。”

艾玛琳的眼睛变成浅绿色，她意识到将要发生什么事。

“属于联邦政府的土地，往西走。”

艾玛琳告诉他怎么到那儿，但没要求同去。她勉强支撑着，站在原地没动。

※

朗德罗出现在彼得的裸眼中，起初，朗德罗只是一个活动的物体，远处的他拨开树叶时，那模糊的绿色会摇晃。接着，彼得用瞄准镜锁定朗德罗，注视着。彼得双手沉稳冷静，因为这双手属于另一个男人。那个人一直想这么干，只是没付诸行动；那个人劈木柴时无数次想劈开朗德罗的脑壳；那个人，做梦都想把彼得现在干的替他干了。

朗德罗小心地往前走，离得仍然很远。他不时停下脚步，把树枝拨到一边，让彼得瞄得更准。当彼得看出朗德罗无意挡住他的视线时，深切感觉到他俩成为至交不是没有原因的。他发现朗德罗的嘴唇在嚅动，他很高兴朗德罗在做祈祷。这是正确的结束方式，双方用行动表示同意，还有两个儿子见证。他让朗德罗走得很近，这样开枪就万无一失了。再近点，再近点，可以了。彼得的心似乎要炸开，他轻轻扣下扳机。毫无动静。他知道来复枪里装着子弹，因为他一向是装好子弹再把枪收起来的。他从没卸过子弹，没人知道他把钥匙放在哪儿，所以他再次将十字准星对准朗德罗的眉心，开枪射击，毫无动静。彼得想要再次扣动扳机，但他的手不听使唤，手不听使唤了。朗德罗的脸填满了整个瞄准镜。

彼得放下枪，但枪仍紧贴着身体。他注视着朗德罗仍在疲惫地迈向死亡。现在，彼得肉眼看得清楚，他从朗德罗扭动的腰胯和沉重的脚步中看到了拉罗斯的影子。真有意思，他以前从没注意过。接着，他看到了更多，看到了以前视而不见的一切，看清了其中的异常：悲伤的磷火吞噬了他爱的那些人。他脑海中飞快地闪过一系列流动的画面：错过的所有东西，还有所有真真切切丢失的东西——阿司匹林、刀、绳子，所有落在诺拉手里会要命的东西。还有他自己手里夺命的子弹。

是拉罗斯。

画面里，男孩那双能干的小手填满彼得的脑海。那双小手弯起手掌接住子弹，装上又卸掉他枪里的子弹。绳子，毒药。那双小手把绳子和毒药找出来扔掉。消失不见的老鼠药、番木鳖碱、不见踪影的漂白剂。拉罗斯现在又救了他，救了他的两个父亲。

哦，朗德罗啊！彼得没成为杀人凶手。朗德罗要死自己死，不需要别人帮忙。让他一个人把心里的恐惧赶出去吧。让他慢慢走吧。只有彼得一个人知道自己扣动过扳机，这让他深深自责。沼泽在新鲜的空气中闪着微光，彼得走到岸边，跑了几步，一个起跳，像投掷渔叉一样把枪投进波光粼粼的水里。

猎枪哗啦一声落水，彼得感到一阵轻松。他举起双臂，两手朝天，等待上帝赦免，赋予他力量。什么也没有。那温暖、晴朗、寻常的天空降下的依旧是同样的秘密：他扣动过扳机。什么也没有。他杀死了朗德罗，但其实什么也没发生。

※

远处，在那宽阔的县石子路上，特拉维斯神父发现一个小小的身影沿着沟渠移动。当他认出是朗德罗时，他感到双臂不再僵硬发冷。虚弱乏力的感觉对他来说很陌生，连他自己都弄不清是什么感觉，这时却从心灵到肉体传遍他全身，耗尽了他的气力。他停下车，关闭发动机。他的心脏还在跳动，神经仍然紧绷。无论发生过什么，朗德罗仍好端端地出现在他眼前。

一段不和谐的音符在他脑海中响起。

他松了一口气，可随之而来的却是一阵奇怪的失望。他的失望与脑海中一闪而逝的念头有关，这些念头在脑海中浮现，被压下，却又再次出现。大概就是在想，如果是这样会怎么样。如果朗德罗刚才走了。哦，这话的意思是，如果他死了。好吧。如果朗德罗已经死了。不要总想如果这样别人会怎样。

如果朗德罗死了，艾玛琳正好需要我。

如果没有朗德罗，只剩下艾玛琳，如果是这样呢？

一路上，这些念头来了又走，但特拉维斯神父没做出任何反应，眼看着朗德罗踉踉跄跄地朝他走来，这些想法才变得真实。

不是他非要这么想。当然，他一再拒绝这些念头，可它们却不停地钻进他脑海。他双手紧握方向盘，低下头，合上眼。一切都好，因为朗德罗还活着，只是他刚才不该那么想。

"你算什么？"

特拉维斯神父低声对自己说，像是窃窃私语。他抬起头，朗德罗还在朝他走来，身影越来越大。

"我还可以把他撞倒。"特拉维斯神父对着挡风玻璃说。

绝望过后，特拉维斯神父注视着那个大块头脚步沉重地走过来，他心脏下方某处掀起一阵风暴，发出怪异的声音，像豺狼的叫声，像动物园某种动物的声音。神父没听出是什么声音，直到这声音变成大笑。

"我可以踩油门撞他！"

朗德罗走到他旁边时他还在大笑。朗德罗打开副驾驶座一侧的车门，特拉维斯神父看看朗德罗那张苍老的脸，一副倒霉相，跟罗密欧描述的一模一样。特拉维斯神父一阵狂笑，这笑又像是哭。他一只手啪地砸在方向盘上，放声大笑，笑个不停。

朗德罗关上车门，继续往前走。

天快黑时他才到家，问题还在脑海里盘旋："彼得真的想杀我吗？还是只想吓唬我呢？特拉维斯神父呢？这一切是一个笑话吗？到底什么才是真的呢？"乔塞特沿着房子围了一圈摇摇晃晃的马口铁栅栏，他绊了一跤。艾玛琳当时坐在餐桌旁，大概认为他喝醉了，但等他走进门，艾玛琳才意识到他不过是笨手笨脚，差点摔倒。

不管那些沉甸甸的问题会有什么答案，他现在浑身轻松。回家的路上，他感觉身体越来越轻，一直来到家门口。这时，他突然像从地上飘了起来，在门口踢掉脚上的鞋子，径直走到妻子身边，俯身抱住她。艾玛琳坐在椅子上，抬手抓住他的胳膊。厨房灯光刺眼，艾玛琳闭上眼睛，身体往后仰。他用下巴轻轻地摩擦着妻子的头顶。

"你身上一股户外的味道。"她说。

她抓住他的胳膊，一个虚弱无力的动作，一点不像妻子对待丈夫的方式，不像在外人面前那么亲热，比如艾玛琳意识到她表弟扎克上门时。不过，也算是有表示了。可那只抓着他胳膊的手无法证明他俩的婚姻曾激情四射，无法证明他俩的生活一度堪称保留地的爱情教科书。她只是抓着他的胳膊，他的胳膊肘放在椅背上，俯身靠近她。他俩过去常住廉价汽车旅馆，门锁坏了，他们就用椅子抵在门把手下面。跟那时候比，俯身靠近算不上亲热。他们过去常常以为他俩与众不同，多幸运！他俩过去常说，他们敢肯定没人像他俩这么幸福，这么相爱。他俩过去常说，我们要一起变老。"当我变成干瘪的老太太时你还爱我吗？""我会更爱你。你比现在更甜美，像葡萄干，或西梅脯。我们以后一起吃西梅脯。”过去他俩常这么说。可现在，他俩吃的是青梅，不是吗？味道很苦。“我呢？你还会爱我吗？”“我不知道，要看你身上枯萎的是哪个部位了。”过去他俩常这么说。

朗德罗直起腰，端来两杯水，他在另一把椅子上坐下。艾玛琳感到一阵后怕，因为这有可能，而且很可能会发生。她手拿水杯，合上眼。她看到一片沼泽地上长着密密麻麻的芦苇，沼泽底部是淤泥，盘根错节，深浅不一。她看到成群的鸭子拍打着翅膀穿过沼泽上岸。她看到自己，身边是朗德罗。她看到他俩并肩踏进沼泽地。

※

特拉维斯神父已跟彼得·拉维奇说过，并让他看过验尸官的报告，然后回到教堂辖区。这时，新任神父已到任。新神父穿着一套讲究的中世纪神父法衣，腰上系着链子，脚上的鞋像室内拖鞋。他是从一个新成立的修道会过来的。他很年轻，面容白皙，双颊像苹果花一般，眼睛像鲜艳的矢车菊，玉米须似的头发剪得很短，露出头皮。他的声音尖利刺耳，却让听者时刻关注。

“我想您就是特拉维斯神父吧。”新神父说道。他眉头一皱脸也发红，双颊出现斑驳的杂色。

“我想我就是吧。”特拉维斯神父回答。

“我是迪克[①]·博纳神父。”

---

① 神父的英语名为“Dick Bohner”，“Dick”小写时指男性生殖器，而“Bohner”小写时意为随意和不加选择。

啊，不，特拉维斯神父心想。

“我是来接替您的。”博纳神父说。

“在这儿，您该用理查德这个名字。”特拉维斯神父说。

“我叫迪克。”新神父说，语气咄咄逼人。

“那当然。”特拉维斯神父说。

“这儿的情况会改变的，”博纳神父说，脸涨得更红了，“星期六的弥撒十分钟前就该开始了。”

“那你迟到了十分钟。”特拉维斯神父说。

特拉维斯神父没理会新神父，转头去收拾行李。他当初来时带了两个新秀丽牌的硬壳箱。不知怎的，收拾时他却发现东西少了，只能装满一个箱子。他仅剩的那点现金都放在一个包里，藏在一块松动的吊顶隔板后面。兰德尔·拉斐内斯每周都会开车去法戈，神父给他打了个电话，约好搭他的车离开。特拉维斯神父决定从有火车停靠站的镇上出发，买一张帝国建设者号①的票去法戈、明尼阿波利斯、芝加哥，然后乘火车继续向东，再乘大巴南下到杰克逊维尔、北卡罗来纳和勒琼海军基地。他要沿着纪念树之间的林荫道走过去，去瞻仰那面斑驳的纪念壁，触摸刻在上面的名字。

叠衣服时，他突然意识到他没什么钱了。电话响了。他任凭电话响了一会儿，然后突然扑过去，笑容逐渐绽开，纵声大笑。

“我是穷光蛋一样的上帝的战士！我能为您做些什么？”

电话那头是个印第安人，也跟他一起大笑，挂了电话。

---

① 由美国国铁营运，运行在美国中西部和西北太平洋地区的长途客运城际列车。

你爱上一个永远也无法拥有的女人，他心里默念着，挂了电话。别抱怨，勇敢面对吧。但他热血沸腾，心脏好像要爆炸。他坐在床上，双手捧头。他又想起钱的问题。过了一会儿，他站起身，神色沉重，凝视着散落在床上的最后几件私人物品。他拿起从艾玛琳那儿要来的一件手感光滑的衬衫，然后放进箱子，他啪地合上箱子，那箱子是个暗红色的重家伙。

大聚会

“心愿已了”

乔塞特和斯诺打算给霍利斯举办一个盛大的毕业派对，要用三个蛋糕。她们认定，办派对需要一个庭院和一个花园。乔塞特的英语老师说她可以用教室里的天竺葵，深红色的天竺葵。今天，乔塞特把从教室搬来的天竺葵移栽完，又撒下金盏花的种子；种子是霍利斯去年秋天摘好替她保存下来的。她也在排球场碾碎的细土里撒上了草种子。斯诺买来水管，装在院子里的水龙头上，想给草种浇水，可冲得种子在土块间打转。

“我看，你们得翻翻地才行。”酷奇看着她们的做法，评头论足。

“我们是天生的猎手和食物采集者，”乔塞特说，“耕种可不是我们的传统。”

“错了，”斯诺说，“根据历史事实，我们种过土豆、豆子和南瓜。我们有自己专用的种子之类的东西，还首创了玉米这个名字。”

乔塞特意味深长地说：“我们管它叫苞谷。”她停顿了一下接着又说：“所以，应该这么说，是我们丢了自己的传统。”

“只有我们家这样，”酷奇说，“很多印第安人都有菜园。外婆以前也有菜园，就在那边。”

那边，一片青翠的杂草在风中摇摆。也许里面有鲜花，但两个女孩不知道哪种叶子是花的，哪种是杂草的。她们忧伤地望着那片荒芜的土地。

“也许我们可以把地毯铺在外面。”

“不行，”乔塞特说，“我想要一片草坪。见鬼。我要去找玛吉聊聊，她妈妈好像有种草的魔力，至少我们得有片草坪，对吧？”

“爸爸妈妈会养草坪。”酷奇说。

“他们要么没时间，要么不愿意。”乔塞特有点显摆地说。她每次跟酷奇说话都是这样，炫耀她的用词、她的理解。酷奇是她的小弟弟，所以她接着教训他。

“这不是他们要考虑的头等大事。不过，如果我们要为霍利斯举行一个地道的烧烤派对，总不能在光秃秃的排球场上聊天吧。”

“我懂了。”酷奇答道，眼瞅着她迈着粗壮的短腿大步走开。

“再见，自作聪明的教授。”他喊道。

乔塞特走了条远路，沿公路走了一英里，拐到拉维奇家的车道上。拉维奇家的狗叫了三次，然后认出了乔塞特，跑过来迎接她，朝她低下头，摇着尾巴。玛吉跟拉罗斯在一起，他们都在外面，手拿工具蹲在草坪上。他们看到乔塞特，扔下手里的工具。拉罗斯朝她跑来。

“嗨。”乔塞特说。

她从没上过门，以前只是来接拉罗斯。

“快来，”玛吉说，努力收敛笑容，“我们进屋吃点冰激凌。”

“实际上，我想向你妈妈请教怎么种草坪。”

“他们去镇上了。快点来，我们饿了。”

乔塞特随他们走进屋里，以前她连前门都没进去过。进屋后，她四面环顾，看看棕褐色的地毯、棕褐色的沙发，看看棕色和金色的靠枕，蓬松柔软，摆得整整齐齐。

拉罗斯就是在这儿过他的另一半生活的，她心想。

房子里的东西陈旧、发亮、古香古色。厚重的乳白色水罐、木质雕花的时钟和相框。其中一幅照片里，拉罗斯和玛吉坐在彼得和诺拉的前面，他们精心打扮过，面带微笑，笑得很自然，并不僵硬，好像他们一直都是一家人。乔塞特一只手拂过亮闪闪的茶几，每件家具上要么没摆东西，要么放着一件装饰品。一匹玻璃马。一套大小不一的暗绿色瓷盒。书架上摆着书，是按什么顺序放的呢？颜色？所有的书都严格而精确地叠放在一起。餐桌上什么也没有，连一块小垫布都没有。厨房的台面也没有随意摆放的药瓶、面包袋或工具，所有东西都收在柜子里。玛吉打开橱柜的一扇门，拿出做冰激凌用的锥形蛋筒。乔塞特看到柜子里放着透明的存储罐，罐子里盛着形状各异的意大利面。刚开始，整栋房子就像电影场景，就像杂志广告里的房子。接着，这一切开始让她感到压抑。玛吉从冰箱的冷冻抽屉里拿出一盒冰激凌。乔塞特越过玛吉的肩膀看去，发现冰箱里成袋的蔬菜整齐地码在一起，上面都贴着标签。玛吉做了几个黑莓酱冰激凌，给了拉罗斯一个。她盖上冰激凌盒盖，放回冰箱。接着，她把餐勺冲干净，放进洗碗机。乔塞特手拿两个冰激凌蛋筒站在厨房里，心里突然涌上一阵怪异的感觉。

“我们回外面去吧?”

他们从后面的玻璃移门出去，在躺椅上坐下。乔塞特发现草坪上有一堆即将枯萎的蒲公英，玛吉和拉罗斯的工具末端有金属叉头。

“你们刚才在干什么?”

“我们每天要拔一百棵蒲公英。”拉罗斯说。

“不是每天都拔。”玛吉说。

“差不多吧。”拉罗斯说。

“你们现在拔了多少了?”乔塞特觉得脑子转不过来，这种说法把她搞糊涂了。

“哦，已经拔了七十八棵了。”玛吉回答。

“那接下去怎么处理呢?”

玛吉耸耸肩：“我不知道，扔在谷仓后面那一大堆杂草里吧。接着，草坪上还会有更多的蒲公英长出来。有些人用除草剂，可妈妈要在草坪上养小鸡。我们去你家吧?”

“我喜欢这种口味。”乔塞特说，“你爸妈不会着急生气吗?”

“我给他们留个便条。”玛吉说。

“哎，我还需要了解怎么种草坪呢，”乔塞特说，“我该怎么种草坪?”

“我不知道，”玛吉说，“这片草坪早就有了。”

“别种了，”拉罗斯说，“我可不要在两个家里都拔蒲公英。”

“想帮我们开派对吗？霍利斯的毕业派对？我想办成烧烤野餐会。弄片草坪就是为了这个。”

“要是我能把这片草坪打包卷起来就好了。”玛吉说，它从没派上什么用场。

“要是我们能借来用就好了。”乔塞特说。

她舔舔蛋筒的内壁，然后把蛋筒吃得只剩下一小口。这片草坪青葱茂密，看上去很柔软，像毯子一样。乔塞特想象着把草坪一片一片地卷起来，轻快地扛在肩上搬走。她要把这片草坪铺在艾恩家屋后，至少暂时取下排球网，客人光着脚在柔软的草坪上走动，还要挂上纸灯笼，五颜六色的纸灯笼，珊瑚色、黄色、天蓝色的，里面点上小灯。

“你该等你爸妈回家，”她对玛吉说，“然后再到我家来。谢谢你的冰激凌，我得走了。”

玛吉可不喜欢这主意，但乔塞特走后，她和拉罗斯又回到院子拔蒲公英。

“人们为什么这么讨厌蒲公英呢？”

“你老是这么问。”玛吉说。

“你的回答没道理。”

“因为老实说，我也不知道。”玛吉回答。

“蒲公英那么快活，那么努力。”

“我知道。”玛吉说，向后跪坐在腿上。

“我们罢工吧。”

“罢工？你的意思是不干了？”

“对。”

玛吉拿起她和拉罗斯的金属叉，举起来扔进树林。

“我觉得这个主意不错，”她说着，拍掉手上的土，“我们罢工吧！”

“我们不当大人了。”拉罗斯说。

乔塞特沿着公路往家走，脑子里有意要忘掉拉维奇家地毯似的草坪。她身旁的沟渠里就有茂密的青草，原有的草丛里又长出新草，她想起自己的家。在家里，她可以把东西随手一放，过会儿再去拿；在家里，妈妈总是唠叨着让每个人把东西整理好，可书架上还是塞满东西，有杂乱的书和报告，红色的长方形布片上放着一把鹰羽扇、鲍鱼的贝壳、鼠尾草、烟草袋、红柳提篮、带框的照片、鸟窝、雪松木、迪士尼人偶。也许放的东西太杂了。她走下沟渠，然后又爬上来，来到她家那杂乱的灰房子旁。她停下脚步，审视着她那顽强的小小花朵。在教室历经考验的天竺葵还活着，还有从树林里挖来的白色紫罗兰、从外婆的花盆里移来的三色堇、散发着洋葱气味的刚长花苞的紫色细香葱。哦，家里的院子啊。有些杂草长起来了，她经常浇水。工具棚里放着一台破旧的手推式割草机，还有汽油动力除草机。蒲公英无处不生，一片绿色，青翠欲滴。她任凭蒲公英生长，长得枝叶相接，连成一片。她也要修剪蒲公英，修剪所有杂草，她点点头，面带笑容，环顾四周。前门口要有几大片醒目的颜色。不管怎么样，人们专程赶来就是为了蛋糕，蛋糕要准备妥。她和斯诺要用攒的钱买几个蛋糕。一个巧克力蛋糕，上面用白色糖衣写着“毕业快乐”，画有糖霜做的毕业证，写着“霍利斯”。第二个蛋糕是黄色的，有巧克力糖霜，内容一样。第三个蛋糕上面要写上“前程似锦”，糖霜是沙漠迷彩色的。

“沙漠迷彩，”她们订蛋糕时乔塞特说道，“明白吗？”

“受不了。”斯诺抱怨着。

她们的妈妈要去霍普丹斯的冷藏专柜，那儿可以买到合适部位的牛肉来做慢锅[①]烧烤。朗德罗被安排四处借锅，从奥蒂和巴普以及沾点关系的亲戚那儿借了个遍。油炸面包是皮斯外婆带来的。他们自己做卷心菜沙拉、土豆沙拉，霍利斯说他去弄两个大冷藏箱和冰块。他会买汽水。

“别告诉爸爸，”乔塞特说，“弄点无糖汽水。”

现在，霍利斯也加入派对的筹备中，他是派对前一周才知道的。他学校的一个朋友跟他说，他会去。

“去哪儿？”

“你的毕业派对。”

“什么派对？”

“哇。糟了。老兄，是惊喜吧？”

“我不知道。”

斯诺走过来：“我们正打算告诉你。”

“还是给你惊喜！”乔塞特说，“我们还没决定好该怎么办，我俩一直在吵。”

“天哪，”斯诺说，“真高兴你知道了。”

“我们知道，肯定是酷奇泄露的。”

“不是，”霍利斯晕乎乎地回答，“我不知道这事。还有派对啊。”

---

① 又称慢炖锅，20 世纪 60 年代出现于美国，与电饭锅原理相同，但价格便宜，耗电少，操作简单。

现在他也参与到其余的筹划中。

“我应该，”霍利斯说，“我能……”

“什么？”

“邀请我爸爸来吗？”

“哦，天哪，当然可以。”斯诺说。

“他已经在我们的邀请名单上了，”乔塞特说，“我们把邀请函送出去了。”

“你们还做了邀请函？”

“别太激动了啊，霍利斯。”

一瞬间，乔塞特露出了真面目。自以为是。接着，她想到自己可能爱上霍利斯了。她的声音更加温柔，有意把话说得随意。

“对，我们用妈妈学校的复印机复印的。你知道，最简单的那种。”

“不，可不简单，”斯诺说，“她设计得很漂亮，把各种不同的字体都用上了，还加了‘请答复’这样的字眼呢。”

“能给我一张吗？”

“当然，”乔塞特说，“你可以检查一下，看看有没有问题。我觉得做得很好。”

“我不是这个意思，”霍利斯说，“我想要一张放在相框里，将来挂在墙上。哪里有面墙遮风挡雨，哪里就是我最终落脚的地方。”

他声音越来越小。

“嘿，留下来吧。”斯诺说。

乔塞特望着霍利斯瘦削的脸颊，想随意地说句“是啊”。可她喉咙发痒，变成了一阵咳嗽。为什么每次都这样？这样欢欣雀跃？接着却突然哽咽难言？她想随意笑笑应付过去，可她的笑声卡在鼻孔里，像个脾气暴躁的老头从鼻子里哼哧哼哧地发出难听的干咳。还有比这更难堪的吗？斯诺看着她，表情似乎在说，“冷静”。霍利斯被她弄得尴尬，眼睛盯着院子那边。乔塞特深吸一口气。尊严，请保持你的尊严。

“对不起，我过敏。你当然应该留下来。”

接着，她又一次直视霍利斯，她的心思清清楚楚地写在脸上。要是他不那么客套，装作没注意到她的咳嗽声，要是他及时转过头看到她脸上的表情他就会看出，肯定会看出：她的眼神洋溢着爱。可他仍然在盯着院子看，这时她的表情慢慢变僵，然后什么也看不出了。霍利斯心里在想，也许我可以在那儿，在那几块荒地上，种一片草。也许她会喜欢。

※

乔塞特想用多面体小珠子做个圆形奖章，但到现在她只做了个十分硬币大小的圆。斯诺正在做一双鹿皮软鞋，还帮外婆缝被子。她不时帮外婆往被子上缝几块布，只是保证被子做得快点。她们有一块软软的切布板、一个挺大的塑料导布尺和一个锋利的切割轮。切割轮刀片一下就把长布条剪好了，效果不错。皮斯太太一如既往，还在分拣几个罐头盒里的信和文件。让她感到惊喜的是，她收到了历史学会一封热情洋溢的回信。这些年来，尽管历史学会几度更改名称和馆址，但现任会长已在信里承诺，会对第一代拉罗斯的相关事宜进行调查。

“因为那项法案吧，”斯诺说，“各家博物馆都得归还我们的圣物，对吧？还有我们族人的骸骨。《美国原住民坟墓保护和归还法案》，我写过这方面的报告。”

“让人毛骨悚然。”乔塞特说道，用手里的针追着盒盖里的小珠子。斯诺没把这个单词标记出来放进最近的词汇测试中，因为她俩现在一直在使用有趣的词语。姐妹俩在这方面很有名气。

“我想让她回家，”外婆喃喃自语，“她可以和家人一起，在山下安息。我们要给拉罗斯单独点上灯笼，让她回家。”

“哦，不行，我又得把这个拆了。”

乔塞特一屁股瘫坐在那儿，头靠在桌上，旁边是放珠子的雪茄盒。

“我怎么这么笨？算什么印第安人呢？”

她坐直身体，扔下手里的塑料绷子、贝隆牌打底布和上面毫无章法的小珠串。

“别乱扔，”斯诺说，伸手把东西拿回来。“你把针乱放，外婆坐到上面会扎到的。”斯诺拿着妹妹的珠饰品，用针尖挑起珠子，然后飞快地串起来，很快串好了几圈紫铜色、金色和绿色的珠子。乔塞特松了一口气，看着珠串变得越来越大。

“你做珠饰真厉害，”她轻松地说，“我喜欢看你做。”

“你选的都是硬珠子，”斯诺说道，“13 号雕花玻璃珠。”

乔塞特摸摸姐姐做得越来越大的珠串：“真完美，完美得让我受不了。”

斯诺把珠串朝她扔过去，乔塞特躲开了。

“继续做啊，求你了！”

斯诺拿回珠串做的奖章，现在已有二十五分硬币那么大了。

她又串了几圈珠子，然后瞥了乔塞特一眼，问她奖章是给谁做的，乔塞特没回答。皮斯太太用穿着拖鞋的脚踩动缝纫机的脚踏板，机器咔嗒作响。

“爸爸，酷奇，还是拉罗斯？”

“非常感谢，”乔塞特对姐姐说，伸手要拿回珠串，“现在我要收回。”

“啊，真暖心！一定是给我的惊喜吧。”斯诺把勋章放得远远的，不让乔塞特碰到。“真是好妹妹！竟然亲手给我做礼物！啊，真可爱。我可不配！”

“你当然不配，”乔塞特大叫，“还给我！”

“是给霍利斯的吧？”

乔塞特夺过珠串，针刺到了她的手指。她又开始串起来，接着却扔下正在串的奖章，把手放进嘴里吸。

“看到了吧？你害得我把血弄到上面了。”

“唔唔唔唔，是古老的爱药。”

“不吉利的药！”

皮斯太太从缝纫机的踏板上抬起脚，她用切割器割断缝纫线。

“不能把女人的血滴在男人的东西上。”她说道。

“嗯嗯嗯，”斯诺冲乔塞特挤挤眉毛，“外婆，谢谢你分享这条古训。”

“那么，外婆，”乔塞特说道，手里的针费劲地穿进穿出。“我认为，只有经血会损害男人的东西，难道女人身体里所有的血都会吗？”

“啊，我哪知道，”皮斯太太耸耸肩，“我是在白人的学校里当老师的，新的习俗层出不穷，你们听了都会笑。山姆跟马尔文说，她参加仪式时要穿裙子，这样神灵就知道她是个女的。好的，马尔文答应，我穿，只要你穿上腰布，穿上那个像尿布似的东西，或者露着你的老二，让神灵知道你是个男的。要是真这么干，我看你们男人都该重新捡起弓箭，想去哪儿就迈开两条腿走过去了。这些习俗？你们得去问伊格纳西亚了，不过她早到冥界去了。”

皮斯太太说得很起劲，冲窗户挥挥手，好像伊格纳西亚是去度假寻开心了。

“那么，这个奖章是给霍利斯做的了，”斯诺说道，“你的意思是……”

“我们那么说过吗？没有。不过，我大概就是想为他做点特别的事，你有意见吗？”

“当然没有，”斯诺说，“来，我帮你再加一种颜色。”

乔塞特再次交出手里的活儿，注视着姐姐整理好珠子，接着再串。

“外婆，我们看电影吧？”

“你们弄到人面机械身的电影了？”

“我们在促销桶里找到了《终结者》，”斯诺说，“激动得要命。”

皮斯太太高兴地说：“今天真让我开心①。”

---

① 克林特·伊斯特伍德在其主演的《拨云见日》（1983）里曾说：“Make my day!”意为“真让我开心”。

“那是克林特·伊斯特伍德[1]说的，”斯诺说，“他演的都是真人，老古董一个。”

“我可不觉得，不过是个小崽子。”

“你也喜欢阿诺德[2]。”

“里面有阿诺德？我马上来。”

“有！”

她们都背得出台词，根本不需要用眼睛看；虽然演到关键时刻她们会瞄一眼屏幕，若有所思地拉动丝线，划过那印记纵横交错的蜂蜡表面，因为蜂蜡会让线更结实。

“你知道，”斯诺对乔塞特说，“千万记得犯个错误，让造物神自由离开。”

“只有造物神是完美的，”乔塞特顺从地说道，“你觉得，我把血滴在珠串上算错误吗？还是我弄错了两行才算？”

斯诺仔细看看奖章珠串。

“你和造物神都是安全的。”她说着，把珠串还给乔塞特。

“这下我可放心了。”乔塞特举起两根手指[3]，“我和造物神。我们现在又是老样子了。”

“我心里老在想这个问题，”两个女孩的外婆说道，“伊格纳西亚到了冥界会跟哪个丈夫跳拍圆舞[4]呢？”

---

① 美国演员、导演兼制片人，其经典作品是1995年自导自演的爱情片《廊桥遗梦》和2005年执导的《百万美元宝贝》。

② 指阿诺德·施瓦辛格。

③ 表示关系恢复，和好如初。

④ 一种舞蹈，流行于当时美国乡村，跳舞过程中频换舞伴。

“为什么她非要从自己的丈夫里挑呢?”乔塞特说,“反正有那么多女人的丈夫可以挑。”

“还有那些没结婚的。”斯诺补充道。

“她有过好几个男人呢。”皮斯太太表示同意。

“外婆,你呢?”

乔塞特和斯诺飞快地交换了一下眼神。

“哦,我啊,”皮斯太太说,“我一辈子对你外公忠贞不渝。”

她俩没说话,对外婆既尊敬又怜悯,可乔塞特还是没按捺住好奇心。

“你为什么一直都没变心呢?”

“啊,我也没你说的那么好,我就是厌倦了那些家伙。男人嘛,让人不得安生,你们以后就懂了。”

“我们已经懂了。”斯诺说。她还把那让人失望的摔跤手男友的连帽衫挂在衣柜的最里面。

回家的路上,斯诺和乔塞特拐了个弯去接玛吉。三个女孩从厨房经过,顺手拿了几根胡萝卜和沙拉酱,然后端着碗走进卧室。斯诺插上不算结实的小插销,三人顿时觉得这里成了私密的小天地。斯诺像小鹿一样优雅地坐在床上,长长的头发夹在指缝间,抱着修长的双腿,咯嘣咯嘣地咬起水果胡萝卜来。

“唔唔唔唔?”她满嘴胡萝卜,可表情严肃。

玛吉抬头望着天花板。刚才斯诺和乔塞特坐在车里,一路都很奇怪,没开玩笑,也不自然,她俩肯定有事要说。乔塞特清清喉咙,却又咳嗽起来,砰地一头倒在床上,不停地笑,笑得喘不过气来。她穿着紧身牛仔裤感觉不舒服,所以跳起来,脱下牛仔裤,换上运动服。“那么，也许没什么吧？”但乔塞特突然开了口。

“嗨，玛吉，那事，你跟韦伦做过了？”

“啊，是的。”玛吉说。原来是这件事，她松了口气。

“是全套的吧？”斯诺问，想弄清楚。

“呃呃呃。”玛吉回答。

“作为姐姐要保护你。”乔塞特说。

“对。”斯诺回应。

“我们得确保你们采取了预防措施。比如说，他戴东西了吗？”

“没。”玛吉回答。

“说真的。”姑娘。

“没有。”玛吉答道。

“只要他给你爱，就得戴上护套。”斯诺说。

“无论在上面还是下面，剑得入鞘。”乔塞特说。

“他要想喷射，让他的兄弟戴上帽！”

“他要想快活，戴上保险套！”

斯诺和乔塞特变得歇斯底里。

“哦，天哪，你们俩，别说了！”

玛吉用枕头蒙住脑袋，滚得离她俩远远的。过了一会儿，乔塞特不再大笑，夺走了枕头。

“还没说完呢。”

玛吉叹着气，扑倒在床上。

“快点，相信我们。”斯诺说，“你知道要做什么吧？”

“当然。”玛吉回答。

“理论上还是实际上？”

“什么意思?”

“我说的是医生、方法、手段,你知道,避孕之类的。你知道这些问题怎么解决吗?”

“当然不知道。”

“啊,甜心。”

斯诺和乔塞特盯着彼此的眼睛。

“首先,”乔塞特说,“我和斯诺,要跟韦伦私下谈谈。”

“别!”

“就是严肃地谈谈而已!他得知道,我们不会让他跟我们家小妹胡来,除非他知道用什么避孕。接着,他得等你做好避孕措施,我们看看该去哪儿找医生想办法。我意思是,你可以到印第安健康服务医院去,那儿有一位医生,她的职责就是用正确的方法帮你解决问题。她可不想看到中学女生未婚先孕。还有,一个女孩子靠着乡村医疗体系生孩子,你知道多危险吗?是的,医生就是这么说的。我们去找过她。哦,斯诺跟谢恩在一起时就去过。我没有。我还没有认真谈过朋友,对吧?可这位医生,她是不定期来的,我们知道怎么给你预约医生。玛吉,你得好好想想以后的事,听到了吗?”

“还不知道他跟别人上过几次床呢,”斯诺说,“你也得考验考验他。”

“他说只有三次。”

“那么,好吧,你看到我朝天翻白眼了吧?”

玛吉翻了个身,表示投降。

“我可以打避孕针吗?”

“要是你想胖三十磅的话。”

“宫内避孕器怎么样?”

“你说什么?”

“子宫内避孕器。”

“你是说子宫内避孕器?”

玛吉点点头。

“哎呀,”乔塞特说,“我们从基础知识开始吧。”

“宫内避孕器,再方便不过,”乔塞特说,“可大多数情况下,他们只给成年女性。”

“那吃药呢?”

“你吃药没困难吧?”

“没问题,”玛吉说,“可我不想让妈妈发现。那种像杯子似的东西呢?”

“专业用语,子宫帽,不是百分之百的安全。你跟韦伦在一起需要绝对安全,他的兄弟和叔叔们都……”

“很危险,”斯诺接着说,“我想还是吃药吧。暂时,你可以用我的处方药。吃的时候别给你妈看到,还有,用避孕套吧?每次都要用避孕套。”

“那就像,百分之一百二的保护。”

“我肯定会选那个。”斯诺说。

※

霍利斯摆好椅子,收起随意乱放的除草机、塑料棒球棒和不适合派对的东西。他手脚麻利,让干什么就干什么。这个派对是为他办的!他忙前忙后,让他干啥就干啥。毕业派对啊,他心里的感觉还说不上来，可他的苦闷忧郁确实减轻了不少，他发觉自己不知不觉在笑。他的派对安排在学校毕业前的那个周末，那个周末或之后的一周大家都在搞派对，人人都在赶场子。霍利斯的派对定在周日傍晚，正好每个人参加过前一晚的派对，宿醉之后需要喝点汤，吃点东西，不过不包括那些彻夜狂欢的人。报上已刊登了即将毕业的学生的照片，大家都知道谁家有派对。举办派对的人家要接待络绎不绝的客人，还有客人带来的客人，没法计算来的人有多少。到现在为止，他们借到十口克罗克电锅；艾玛琳弄到了一箱名人戴夫[1]牌的烧烤酱，已过了保质期。

“可烧烤酱从来不会坏，对吧？”

“从来不会！”

名人戴夫是一位文化英雄，一个成功的烧烤企业家，一个开有多家连锁店的奥吉布瓦企业家。

艾玛琳已在厨房所有的插座上插了慢炖锅，往里面放进大块牛颈肉，浇上烧烤酱，开到夜间慢烧一档。派对当天，家里每个人醒来时都闻到一股浓郁的烤肉味儿，刚醒来就闻到不太舒服，他们打开了窗子。朗德罗用两个餐叉把一块块烤肉分开，开着电锅继续炖。到下午，肉炖得恰到好处。艾玛琳已烧好肉丸汤，冻在冰箱里，还准备了老年人特别喜欢的肉汤。

因为经常修剪，现在的杂草很像青草；还有青草，是偃麦草，一

---

① 指戴夫·安德森，印第安奥吉布瓦族人，1986年获哈佛大学管理学学士学位，曾任印第安事务管理局主管。他于1994年在威斯康星州的海沃德湖附近创办了第一家名人戴夫餐饮店，逐步将其发展为一家拥有170多家分店的连锁餐饮店。

种杀不死的青草。院子里摆了一圈塑料折叠餐桌，桌子是从艾玛琳的学校借来的。还有草坪躺椅、帕瓦仪式上用的椅子和折叠椅。院子一边放着拼装式凉亭，艾玛琳说是笔投资。毕竟，未来几年还要办四场毕业派对。乔塞特把酷奇那条破旧的超能战士床单铺在餐桌上，接着又拿下来重新叠好。

没有节日气氛。

艾玛琳说可以用她那条绘有鲜花的大号床单。

乔塞特非常感动。

“可妈妈，人家会溅上脏东西，毁了你最好的床单。”

“我会洗干净的。”

“不行，我要把你的床单铺在放贺卡和礼物的桌子上。”

乔塞特把父母两人的床单折了又折，平整地铺在放贺卡的折叠桌上，她把自己那条没有图案的紫红色床单罩在长条形折叠餐桌上，上面沾上烧烤酱也看不出来，她们把那条超能战士的床单反面朝外铺在沙拉桌上。乔塞特退后，歪着脑袋打量着。桌腿盖好后，立着的桌子看上去很雅致。她脑子里想着食物摆在哪儿好。克罗克电锅放在紫色餐桌上，一个接线板连着另一个，一路从窗子延伸到厨房里，慢火炖着烤肉。面包要放在烤肉旁边的大铝碗里，饼还是留在原来的塑料袋里，这样不会变硬。她买的是芝麻饼，小小地讲究了一把。还有常见的沙拉、通心粉、生菜和她小有名气的自制土豆沙拉。

前一天，她让霍利斯和酷奇把二十磅一袋的土豆削了两袋，她把土豆切成一口就能吃下的小块，然后煮好，不能煮得太软。夜里，她把几个大洗碗盆里的土豆块凉透，用油、醋、盐、辣椒和洋葱丁腌上，盖上干净的餐巾，放在地下室的洗衣机上面。现在，乔塞特不再考虑菜的摆放问题，动手把放凉的土豆搬上楼。她小心地把蛋黄酱拌进去，因为抹蛋黄酱时放了足够的芥末，上面闪着明亮的金色，不过芥末的味儿不能太重。她切了几罐腌菜，也拌进土豆里。斯诺已经煮好十几只鸡蛋，并放进冷水里浸过，这样蛋黄就不会发青。现在，她俩往绿色、橙色和蓝色的塑料沙拉碗里放上切成片的鸡蛋，再撒上辣椒粉。乔塞特拿起一块凸出来的土豆，尝了尝，缓慢而凝重地锁起眉头，冲着沙拉盆点点头。

男孩把冷藏箱搬出来，里面的汽水上铺着一层从外面买来的硬币似的冰块，再搬出那一大锅菰米和那一箱油炸面包，接着打开稠李果酱，把餐刀、汤匙和餐叉放在咖啡杯里，打开装有汉堡面包的塑料袋，取出土豆沙拉，碗上再次盖上餐巾。最后，乔塞特和斯诺终于端出了那几个单层大蛋糕。蛋糕看上去真漂亮，糖霜里突起的字母酥脆挺括，糖霜毕业证完美地环绕在蛋糕两侧。迷彩糖霜里黄棕色的螺旋图案看上去恰到好处，乔塞特瞒着霍利斯，蛋糕上的图案跟霍利斯警卫队制服上的相配。但她改了上面的话，去掉了“前程似锦”几个字，蛋糕上没有字，因为一切尽在不言中。

斯诺和乔塞特把蛋糕摆在并排的两张餐桌的一头，旁边一个花瓶里放着新鲜的郁金香。餐桌上还有大切刀、餐巾纸、纸质蛋糕盘，每个蛋糕配有一把抹刀。她们往后退了几步，打量着一切。她们不打算现在就取下蛋糕上的塑料盖子，或把蛋糕切开；那要等大家都欣赏过蛋糕，唱过赞歌，每个人都说几句祝贺过霍利斯之后。

客人们把车停在土路上，接着停在草地上，接着是没有草的地方，最后沿大路停放。高中生陆陆续续来了，因为大家都喜欢霍利斯，知道他家要举办一场盛大的派对，有很多吃的。他们来了，汽车后备厢里带着成箱的啤酒，女同学给霍利斯送来毕业贺卡。皮斯太太和马尔文来了，是山姆·伊格尔鲍伊开着他那辆车身极低的绛紫色奥斯莫比尔[①]送她们来的。扎克不值班，也来了。巴普开车带奥蒂来了，朗德罗大步走过去，帮着从后备厢取下轮椅打开，扶奥蒂坐进去，把他安顿在后院的廊檐下，跟老人家待在一起。他们可以在那儿看着闹哄哄的年轻人。

"别让奥蒂靠近那些漂亮小女孩，"巴普说，"她们会来抢我男人。"

奥蒂摸摸她的手。

年轻高中生的父母陆续来了，他们的兄弟姐妹也来了，一窝蜂地下了车，朝美食奔去。彼得、诺拉和玛吉步行过来。彼得安静地跟周围的人一一握手，然后给诺拉搬来一把折叠椅，一起坐在院子边阳伞下的阴凉处。不久，他们家的狗慢慢走过来，趴下，一点点靠近诺拉，直到碰到诺拉的脚踝，诺拉让它留了下来。她早就决定参加派对了，说真的，这个决定毫无道理。可是，来的这个人，她的身体、声音和名字跟诺拉一模一样。没多久，她吃起烤肉来，脚边一只狗温暖着她。彼得擦掉两鬓的汗水，他想问题想得头昏脑涨。对事物间的差别进行极其抽象的区分，对彼得来说是个吃力的活儿。但朗德罗邀请他来参加派对，却对往事只字不提。这是信奉印第安传统的朗德罗的行事风格，还是仅仅表示人应该向前看呢？玛吉把他们一家的毕业贺卡和二十五美金的支票放进霍利斯的篮子，然后走

① 美国通用汽车公司旗下的品牌，2000 年起停产。

到餐桌后面，帮两个姐姐分发食物。过了一会儿，诺拉看到那个有时来帮忙干农活的大个子男孩韦伦。他站到女儿身边，俯身说了句话。玛吉迅速抬头看了他一眼，然后放下汤勺。

我明白了，诺拉心想，我知道了。

她了解自己，在某些方面，也了解女儿。

罗密欧突然出现在派对上，也许他是把车停在很远的路边走来的，也许是搭车来的，他跟老人们坐在一起。

老人们凝视着他，纷纷点头。

突然，他感觉似乎要晕倒。真奇怪。他站起身，像幽灵一样走到院子边上，望着远处苍翠的树林。那是我们的家园，他想，我们是从那儿来的。现在，我们生活优裕，我们的年轻人又要为曾经的敌人战斗，不用到处搜寻这类充满讽刺意味的事，或是肉食了。看克罗克电锅里那满满的肉，还有其他食物。看看朗德罗，我差点把他害死，也该满意了。看看艾玛琳，她知道我差点害死她男人，那现在好了，她永远也不会爱我了。可霍利斯呢。让霍利斯离开我，真是为他做了一件大好事。可他现在已长大成人，我却一直稀里糊涂混到现在，最近才清醒过来，无比清醒。工作让我活得有点人样。真奇怪，我走动时身体的疼痛渐渐减轻。好像自从朗德罗砸到我身上，我身体就不再正常，而从教堂的台阶上摔下去，我又恢复正常了。

因为他从教堂台阶上站起来了，罗密欧啊，他就像死人复活一样站起来了，独自一个人走下山，没有昔日顽固的疼痛。日子一天天过去，他身上的瘀伤已消退，不太疼了，哦，因为他用了处方药。但只是当时用了，用了微不足道的一点点。他需要的药越来越少，再后来几乎什么药也不用了。这件事匪夷所思，但他身体内部的骨头好像在慢慢移动，逐渐复位。三十多年前，朗德罗从明尼阿波利斯的桥墩上摔下，当他重重落地时，砸坏了罗密欧右侧的身体。两个星期前，罗密欧从那可恶的水泥台阶上摔下来，身体左侧先着地，接着站了起来。这简直是奇迹，绝对的奇迹。没人在场目睹这一切，没人在场可怜他，而让他难过的是，没人在场，对此感到震撼。不管怎么说，那次摔倒不但没要了他的命，反而治愈了旧伤，让一切恢复了正常。这就是那次摔跤给他的感觉，神秘的内部调节发生了。罗密欧越来越心平气和，他闭着眼睛也能保持身体平衡，这是健康的登山者才能做到的。

玛吉从罗密欧身边走过，绕过坐在一起的老人，没发现老人或者母亲已注意到他俩，玛吉的眼里心里只有她和韦伦，两人一起溜进了树林。

拉罗斯得到一根秃鹰的羽毛和一个鲍鱼壳，壳里装着熏烟用的鼠尾草团。他四处走动，熏着食物，让神圣的烟雾拂过电锅、砂锅、蛋糕、桌子和贺卡篮。他走到老人们那儿，他们纷纷拉着烟拂过头顶，他的姐姐们也拉着烟拂过头顶，霍利斯也一样。鼠尾草团随之燃成灰烬。拉罗斯用盘子把各种好吃的都装了一点，还拿了蛋糕里不引人注意的一角和一撮烟叶。他从院子一侧走进树林间，把盘子放在一棵桦树的根部。他站在树旁，抬头凝视新生的树叶，望着他曾禁食并过夜的地方，达斯提和其他族人的魂灵来这儿看过他。要是他们在的话，拉罗斯该说什么，拉罗斯自己也不知道。哦，那么，就像对待平常人一样吧。

“请来参加我们的派对吧。”拉罗斯用平常的声音说道。

他回来时，房子周围的院子挤满了人，他们一边聊天一边拿盘子取食物，大声笑着，笑着，真像，啊，真像一群印第安人。吃东西的人太多，椅子都坐满了，接着后门台阶、前门台阶上也坐满了人。汽车车顶也铺上了毛巾，这样女孩缀有荷叶边的裙子就不会沾上灰尘了。人们手拿盘子站着，一边聊一边不停地吃，因为这儿的食物是最棒的。大家都这么说，最棒的美食。人们也带来了各种食品：长条面包、成袋的薯片、辣番茄酱、饼干。

"该切蛋糕了。"朗德罗喊霍利斯到前面来，霍利斯随即走到人群中，一直走到院子边上，站在罗密欧面前。

"嗯？"罗密欧问。

霍利斯抓住他的胳膊。

"找我？"

"来吧。"

霍利斯陪着罗密欧走到蛋糕前站定。罗密欧知道，他就是知道！这是他命中注定的：总有一天，他会开心得飘飘然，好像腾云驾雾。现在，他来了，飘到客人面前。一切从他身旁缓缓经过，每个细节他都看得清清楚楚：下摆塞进裤子里的衬衫、穿着鲜亮衣服的女孩、黄色衣服、粉色衣服。他来了，儿子陪他从女孩们身边走过；他表现正常，身体没有歪斜，没有扭曲。他来到桌前，站住不动，笔挺地站在儿子旁边，没有弯腰弓背，从头顶到脚呈一条直线。大家都注意到了吗？他们肯定注意到了，但没人说话。可罗密欧明显感觉到人们的反应。他一动不动，一动不动地站在原地。他在微笑，也许还抬起手摸摸自己的脸，试试这一切是不是真的。

通常情况下，人们此时会请特拉维斯神父念一段祈祷文。没人想起邀请新来的那位神父,人人讨厌上头派给他们一个名叫博纳的神父。好像除了这儿,他哪还有别的地方可去呢?你又不能喊他迪克神父,这么喊不妥。

艾玛琳站在霍利斯的另一侧,平静地注视着朗德罗,眼神不算温和,但没有通常的怨恨和不耐烦,乔塞特注意到了。

朗德罗唱起毕业赞歌,他的声音纯净浑厚,一如既往地暖人肺腑。接着,他邀请罗密欧说几句。

这时要讲肺腑之言,罗密欧僵住了。人人都主张讲话要发自内心,到底是什么意思?讲话要发自那个像压扁的酒瓶一样的东西,发自那个像不会动的鞋一样的东西,发自胸腔里那团廉价却会跳动的肉?讲话要发自那颗曾满怀希望却屡遭挫败的老李子干吗?那还是长话短说吧。罗密欧慌乱地眨眨眼,他朝前走了几步,一只手摸着下巴。

"那么,他……"罗密欧朝朗德罗点点头。

"我……"罗密欧朝霍利斯点点头。

"没尽到做父亲的责任,"罗密欧说,"我啊,也没尽到做母亲的责任。有些人没什么选择。"他的声音变大了点。

"除了卑微没别的选择,"罗密欧说,"因为我不知道怎么把事情做好,看到什么拿什么。我就是这样的人。所以,当艾玛琳……"

罗密欧朝艾玛琳那个方向点点头。

"所以当艾玛琳和皮斯太太答应——"皮斯太太就在那边"——皮斯太太这位老教师,哈哈,是我年轻时的老师。所以当朗德罗答应……他们收留了我的孩子,把他养大成人。看看这孩子现在多出息,都高中毕业了。"罗密欧喉咙堵得说不出话来,他闭上眼睛。

“我这个人没什么能给别人的。人人都说我是个废物,这话太宽容了。但我今年意外地找到了工作,更想不到的是,我一直没丢掉这份工作,你们可别吓得摔倒,我现在把工资都存在银行里了。”

罗密欧伸手到裤子臀部的口袋里,取出一本棕色的塑料支票簿,他双手捧着支票簿,郑重地弯腰俯身,交给霍利斯,霍利斯吃惊地接过支票簿。

“里面有三千块钱,”他对霍利斯说,“我生活很节俭。我的孩子,你现在可以准备上大学了,不要进国民警卫队了。”

霍利斯走上前,伸出胳膊拥抱罗密欧。当他们拥抱时罗密欧听到人们在鼓掌。

拥抱结束后罗密欧退到后面,心里想,啊,真感人！他哭得稀里哗啦的。

“他妈妈一定会为他感到骄傲的。”罗密欧突然说道,双臂伸开,声音很响。

霍利斯专注地盯着父亲。

“她是谁?”

“卡里斯玛,第一个字是卡,不是克,她姓李。卡里斯玛·李。”

“卡里斯玛·李？听起来像……”霍利斯正要说像个来自异国他乡的舞者或脱衣舞女的名字,但他没说出来,心里忐忑不安。

“是的,”罗密欧说道,“她去密歇根大学读博士了,我输给了她的博士项目。”

“我们吃蛋糕吧,”乔塞特碰碰母亲的胳膊说道,“别再讲话了。”

“等等!”

山姆捧着一根老鹰的羽毛,稳步走上前。那是根成年金雕的尾羽，根部垂着用珠子编上去的皮革穗子。

“这是我见过的最漂亮的羽毛，”马尔文啧啧称赞。山姆拿着那根羽毛跳过太阳舞，特意用羽毛为霍利斯做了装饰。

山姆面对霍利斯，用奥吉布瓦语祈祷，大家互相示意保持安静。听得懂奥吉布瓦语的老人耳朵都不好使，不过，山姆现在是直接对着霍利斯说，拉罗斯也竖起耳朵听。

当拉罗斯专心倾听时，那种缥缈的感觉袭上心头，他与那些魂灵再次相聚。他感觉到，他们从林间走出来。他们信步走来，站在他身后。他感觉到他们的理解和好奇。当拉罗斯感觉他们走得更近时，他注意到，生者身上穿的衣服颜色更加清晰明亮。然而，他听得清那些人所说的每个字，虽然他们的声音合在一起一片嘈杂。他注视着他们：他们快乐地起舞，时而彼此靠近又分开，时而皱眉，时而放声大笑，而那平凡的快乐发生、传递，瞬息即逝。更多透明的身影从林间走来，和其他魂灵站在一起。达斯提想要吃蛋糕，拉罗斯告诉他尽管拿。达斯提走过去，拿了点蛋糕。没人注意到达斯提，只有那条狗，也许还有达斯提的母亲。达斯提的母亲朝达斯提的方向转过身，不解地笑笑。帽子上插着羽毛的古装女人说：“你们等着吧，他们将收到一个包裹，那里面是我饱受岁月侵蚀的骸骨。”伊格纳西亚慢慢走过来，不过身上没带氧气瓶。有两个女人——他不记得是谁了——慈爱地打趣说：“玛吉那姑娘，看紧她。”其他人都说，霍利斯和乔塞特可真是般配，还说有一天晚上奥蒂叫他们在门口等他。他很快就到那儿去了，看看他就知道了，他已经在路上了。他们坐在空气做成的椅子上，把透明的树叶当作扇子往脸上扇着风。他们讲话用的是两种语言。

我们爱你们，不要哭。

悲伤会吞噬时间。

要忍耐。

时间会吞噬悲伤。

乔塞特端上来第一块蛋糕。“没有比这更漂亮的蛋糕了。”霍利斯说，他的嗓音因为激动变得沙哑。

“等等！等着蛋糕颂歌！”

“啊，别，”乔塞特说，“还有蛋糕颂歌？”

是兰德尔，他来迟了，不过他直接来到前面，跟朗德罗站在一起。他拿着手鼓，脸上笑开了花。兰德尔和朗德罗开始唱歌，歌曲唱的是蛋糕不知道有多甜，就像霍利斯未来的生活，充满了甜蜜，就像人人对霍利斯的爱，就像霍利斯对同胞的爱。那是一首长长的歌谣。霍利斯站在大家面前，感觉傻乎乎的。他手里拿着他那块蛋糕，不断点头，表情严肃，但此刻心中洋溢着幸福，虽尴尬却甜蜜，随着歌曲一直微笑。

乔塞特手里仍握着抹刀，在桌子边挤来挤去，跟霍利斯说道：“不管怎么说，你现在不用去国民警卫队了，对吧？”

“不行，”他有点吃惊地说道，“我已经签了协议。”

“啊，霍利斯。”

乔塞特站在他身边，眼睛直盯着前面，说话的俨然是个女人。

致　谢

我的母亲丽塔·古尔尼·厄德里克曾提及一家奥吉布瓦人，这家人将自己的孩子送给饱受丧子之痛的夫妻收养，这一现代行为与古老的正义遥相呼应。感谢您，妈妈。感谢您，我的爸爸拉尔夫·厄德里克。您三十年如一日，坚持参加国民警卫队的训练。帕西亚，感谢你将奥吉布瓦文化用浸入式的方法传授给新一代拉罗斯们；帕拉斯，感谢你的细读和不断的鼓励；感谢阿扎（见下一段）；感谢天空之女般的凯伊兹，你冷静地复原了我们的世界。感谢理查德·斯塔梅尔曼、山迪普·帕塔尔博士。还要感谢詹姆斯、克丽丝塔·波茨福德、布伦达·蔡而德、大卫·吉金斯奇、普雷斯顿·麦克布莱德、金·阿伍、我的文字编辑特莉·卡尔顿和文字编辑特伦特·达菲。

我的外祖父帕特里克·古尔尼曾就读于托顿堡印第安寄宿学校和瓦珀顿印第安寄宿学校，他毕生用训练有素的漂亮字体进行书写。阿扎·厄德里克[1]设计本书封面时使用了帕特里克在寄宿学校学到的字体。这将我们大家与她的曾祖父和她曾祖父的曾祖姨婆——就是我们的祖先，第一代拉罗斯——联系在一起。

① 厄德里克与迈克尔·多里斯的小女儿。